江汉大学中国语言文学论丛

总主编：彭松乔　庄桂成

非遗视域下武汉地方传说的传承研究

FEIYI SHIYU XIA WUHAN DIFANG CHUANSHUO DE CHUANCHENG YANJIU

◎彭松乔　著

華中師範大學出版社

新出图证(鄂)字 10 号

图书在版编目(CIP)数据

非遗视域下武汉地方传说的传承研究/彭松乔著.—武汉:华中师范大学出版社,2021.12

ISBN 978-7-5622-9560-0

Ⅰ.①非… Ⅱ.①彭… Ⅲ.①民间故事—文学研究—武汉 Ⅳ.①I207.73

中国版本图书馆 CIP 数据核字(2021)第 228999 号

非遗视域下武汉地方传说的传承研究

© 彭松乔 著

编 辑 室:高等教育分社 **电　　话**:027-67867364

责任编辑:宋文静 **责任校对**:王　胜 **封面设计**:胡　灿

出版发行:华中师范大学出版社有限责任公司

社　　址:湖北省武汉市洪山区珞喻路 152 号 **邮　　编**:430079

销售电话:027-67861549(发行部)

网　　址:http://press.ccnu.edu.cn **电子邮箱**:press@mail.ccnu.edu.cn

印　　刷:湖北新华印务有限公司 **督　　印**:刘　敏

开　　本:710mm×1000mm　1/16 **印　　张**:16.25

版　　次:2021 年 12 月第 1 版 **印　　次**:2021 年 12 月第 1 次印刷

字　　数:300 千字 **定　　价**:52.00 元

欢迎上网查询、购书

本书为江汉大学武汉研究院开放课题重点项目“武汉地方传说的保护与开发研究”（项目编号 IWHS2016107）成果。

前　言

武汉是国务院公布的全国历史文化名城之一，历史悠久，文化源远流长。考古发现，早在5万至1万年前，汉南的纱帽山一带就生活着古老的“汉阳人”(1997年在此发现更新世晚期古人类头骨化石)；而在距今约6000年前的新石器时代，武汉市区内(东湖放鹰台遗址)就已有先民繁衍生息的痕迹。城市北郊的商代盘龙城遗址作为武汉建城开端，距今已有3500多年历史。这里不仅“出现过许多改变武汉、影响中国、震惊世界的壮举”(章开沅)，而且是荆楚文脉重要的发源地之一，世世代代生于斯长于斯的人民，用勤劳的双手和智慧的大脑创造了特色鲜明的地域文化。

作为历史文化名城，武汉的城市格局和行政建制，曾经历过多次变迁。自汉代设立江夏郡沙羡县起，武汉就以汉阳的却月城、鲁山城和武昌的夏口城为基础，不断发展。到明末清初时期，由于汉水改道后江汉汇流形势发生改变，汉阳、武昌和汉口“两江夹三镇”的基本城市格局逐渐形成了。20世纪后期以来，随着国家城镇化的迅猛发展，武汉城市规模的体量更趋庞大，已经形成下辖13个行政区、6个功能区，土地面积达8569.15平方千米的超大型城市。城市建制也由汉代初建时期的县级城镇发展为今天的副省级大都市。与此同时，武汉的区域文化也在不断融合发展，内容更加丰富多彩。

在漫长的历史进程中，武汉人民不仅创造了光辉灿烂的物质文化，而且也创造和传承了底蕴深厚的精神文化。武汉地方传说就是在城市发展进程中活态流变、薪火相传的优秀精神文化遗产。武汉地方传说的内容十分丰富，目前被列入国家级非物质文化遗产代表性项目名录的有“木兰传说”“黄鹤楼传说”“伯牙子期传说”“三国传说·卓刀泉传说”“禹的传说(武汉大禹治水传说)”，列入省级非物质文化遗产代表性项目名录的有“梁子湖传说”“孟宗、黄香孝行故事”等，列入市区级非物质文化遗产代表性项目名录的则更多，至于那些散布在民间，尚未被收录进各级非物质文化遗产代表性项目名录的传说故事更是不胜枚举，而且随着时代的发展变迁，一些新的民间传说仍在不断产生和发展。这些源于武汉不同历史时期的民间传说，意蕴丰富深厚，故事生动感人，千百年来从武汉传播到全国各地，逐渐发展成为既富有鲜明地方特色又超越地域局限的著名民间传说。

“民间传说是围绕客观实在物，运用文学表现手法和历史表达方式构建出来的，具有审美意味的散文体口头叙事文学。”（刘守华、陈建宪）不同于神话的神圣叙事和一般民间故事的虚构性，在民间传说中，客观实在物始终处于核心地位。按照日本学者柳田国男的说法，传说的核心必有纪念物。这个“传说核”，可以是一个历史人物、历史事件，也可以是一个地方古迹或风俗习惯等，但传说并不完全受限于“传说核”，它以此为蓝本，经过传说地群众的口耳相传，不断地添枝加叶，并附会和融合一些与本地相关联的人物、事件、故事、情节和细节，变得更加生动有趣，更富有地域性、时代性、文学性和审美性。因而，传说“呈现出一个社会的精神特质或存在方式”（费特曼），对于地方文化符号系统的构建具有重要的口传历史、乡土情怀和文化开发等多重价值。武汉地方传说就是与客观存在物密切相关、共创共生，具有多重精神价值的民间文化存在物。

首先，武汉地方传说具有重要的历史文化价值。武汉地方传说自然不可能是武汉城市发展的信史，但是作为武汉的口传历史，却寄寓着武汉人民对于发生在本地的历史人物、历史事件的真实评价，是武汉人民历史观点和历史情感的重要载体。不仅如此，这些地方传说也积淀与传承着荆楚文化悠久的生存方式、生活智慧、思维方式和文化意识。例如，举世闻名的“伯牙子期传说”究竟有几分历史真实性，人们至今仍没能在正史文献或考古发掘中找到可以征信的依据，但是它却将武汉人珍视友谊、信守承诺的心灵史牢牢地镌刻在人们的脑海中，同时也将“楚才晋用”的人才史观，合乎逻辑地延伸到春秋战国那个人才辈出、思想多元、风起云涌的“轴心时代”。而“禹的传说（武汉大禹治水传说）”则以龟山、蛇山、朂质碑、禹功矶等“传说核”弥补了史前期武汉人文历史的缺失，“桃花洞中息夫人”的传说则将武汉人民对历史上弱国弱者的同情演绎得无比哀婉凄美……

其次，武汉地方传说具有较强的文化产业开发价值。地方传说是以本地传奇人物、人文景观、历史遗迹、地方风物和风俗习惯等作为“传说核”，因此，这些文化元素在大力发展旅游产业和文化创意产业的今天，有着非同寻常的资源价值。围绕这些“传说核”形成的传说故事，既能使静态的客观实在物流动起来、生动起来，使已经逝去的人物活跃起来，从而增强客观实在物在旅游文化产业中的人文吸引力和精神感召力（例如黄鹤楼建筑群和“黄鹤楼传说”的完美融合使黄鹤楼公园的文化产业价值无形中被提升到一个全新境界），又能使影视、动漫、设计和“互联网＋”等新兴文化创意产业从中获得许许多多的灵感，进而带动地方经济的繁荣发展［例如黄陂“木兰传说”就使木兰旅游区的景观设计获得许多灵感，进而开发出一系列旅游产品和文化创意产业；“禹的传说（武汉大禹治水传说）”等就使汉江十景的规划设计合理地将历史和传说元素融汇于现代城市景观之中]。

最后，武汉地方传说有利于我们深刻了解本地的乡土文化与民族精神。武汉地方传说深植于本土历史文化之中，它的每一处“传说核”都有着独特的来历，每一句话都饱含着浓郁的乡土情怀，对于塑造地域文化起着不可替代的重要作用。例如，当我们在武昌黄鹤楼附近酒店用餐时，偶尔听见旁桌的老者用夸张的武汉方言聊起仙人跨鹤升天与辛氏夫妇布施的故事；在木兰山风景区民宿居住时，听当地人用黄陂话讲述木兰代父从军的传奇；在新洲问津书院附近的孔叹桥上，听老乡跟我们摆起长沮、桀溺与孔丘对话的龙门阵……他们朴实的方言土语，传神的边讲述边表演的方式，会将我们一下子带进那些传说产生的悠远历史时空中，使我们的心灵在一串串乡音土语的浸润下，获得巨大的审美愉悦和精神震撼，无形中升腾起浓郁的地域文化自豪感。

一座历史悠久的文化名城的形成，既与真实的历史文化事件紧密相连，也同流传在民间的传说故事息息相关。历史用文献、文物、考古、建筑和影像述说着城市时空流变的光荣传统，传说用想象、乡音、习俗、胜景和古迹讲述着城市曾经经历过的各色传奇，它们共同建构起城市的光荣与梦想，让一代又一代城市居民血脉相连，声气相通，从而自然地形成地域性的“文化共同体”，产生世代相传的地方文化认同感与亲和力。与此同时，这些传说以其独特的艺术魅力，融入当下火热的城市文化建设之中，成为当代旅游开发、景观设计、影视创意、休闲娱乐、网络视频等文化产业不可或缺的重要元素，参与到城市发展的远景蓝图规划之中，成为满足人们日益增长的美好生活需要必不可少的组成部分。“中国特色社会主义进入新时代，我国社会主要矛盾已经转化为人民日益增长的美好生活需要和不平衡不充分的发展之间的矛盾。”习近平总书记在中国共产党第十九次全国代表大会报告中关于新时代我国社会主要矛盾的深刻阐述，为我国社会的发展指明了前进的方向。文化遗产的保护和开发，归根到底是为了增强人民群众对非物质文化遗产的“参与感、获得感、认同感”，满足人民日益增长的文化生活需要和多样化的审美需求。因而，从非物质文化遗产保护角度对武汉地方传说的传承开展研究，既是时代赋予我们的神圣使命，也是建设大武汉、复兴大武汉的题中应有之义。

彭松乔

2021 年 8 月 16 日

目　　录

第一章　武汉地方传说文献整理与传承

武汉是个传说故事极为丰富的城市，传说星星点点散布于三镇的历史文化遗迹中，层层叠叠码放于各大图书馆舍的文献典籍里，美若珍珠般点缀在城乡的街区里巷中，无一不在向我们诉说着一个又一个动人的故事。虽然传说主要是以口耳相传的形式在民间活态传承，但是民间文学这种口传心授、靠记忆保存的方式，极易造成作品的流失，故通过对保存在历代文人创作的各类文献中的传说加以搜集整理来把握民间传说的整体状况，无疑是一条非常重要的途径。因此，研究武汉地方传说，不仅要非常重视田野调查工作，而且也应在文献整理这类案头作业上下足功夫，进行知识考古式的探究。只有这样，我们才能够比较全面、系统地把握传说的来龙去脉，充分发掘蕴含于其中的宝贵价值，探寻出其作为非物质文化遗产的精神所在。

第一节　历史丰厚的传说文献

有关武汉地方传说的文献，可以说是多种多样。有的保存在诗词歌赋之中，有的流传在变文、善书里面，有的蕴藏于演义小说章节，有的镌刻在家族族谱册页，有的收录于地方方志篇目……例如，著名景点黄鹤楼的仙人跨鹤传说就散见于南北朝时(梁)任昉的《述异记》、(梁)萧子显的《南齐书》卷十五“五洲郡下”，唐代阎伯理的《黄鹤楼记》引用的南朝《图经》中的若干文字，金代王朋寿的《增广分门类林杂说》卷十二之“辛氏酒店”，明代王世贞的《列仙全传》、吴元泰的《东游记》第二十六回“洞宾酒楼画鹤”，清代褚人获的《坚瓠集》卷八之四等各类文献资料之中。概括说来，武汉地方传说文献主要由行世文献、民间文献和若干残缺文献几个方面构成。

一、行世文献

所谓行世文献，指的是历代公开出版物中保存的与武汉有关的地方传说。这类文献，虽然不及口传心授的活态传说那样因为在场表演而具有鲜活的民间艺术感染力，但却以官方或半官方文本形式较为完整地记录了传说的流变形态，能够勾勒出传说演变的历史轮廓，从而为我们探究传说发展过程提供清晰的脉络。此外，行世文献广泛流播于民间，往往会成为地方口头传说文本的重要来源，因而是地方传说不可或缺的重要补充形式。有关武汉地方传说的行世文献，散见于从先秦诸子散文到明清及近代的典籍、小说、诗词、话本、戏曲剧本等各类公开出版物中，其中尤以典籍、小说、类书、方志记载最为常见，且价值较高。

例如伯牙子期传说，最早就见于先秦典籍《列子·汤问》和《吕氏春秋·本味》中。

> 伯牙善鼓琴，钟子期善听。伯牙鼓琴，志在高山，钟子期曰："善哉，峨峨兮若泰山！"志在流水，钟子期曰："善哉，洋洋兮若江河！"伯牙所念，钟子期必得之。伯牙游于泰山之阴，卒逢暴雨，止于岩下，心悲，乃援琴而鼓之。初为霖雨之操，更造崩山之音，曲每奏，钟子期辄穷其趣。伯牙乃舍琴而叹曰："善哉，善哉，子之听夫志，想象犹吾心也。吾于何逃声哉？"
>
> 《列子》卷第五《汤问》
>
> 伯牙鼓琴，钟子期听之。方鼓琴而志在太山，钟子期曰："善哉乎鼓琴，巍巍乎若太山。"少选之间而志在流水，钟子期又曰："善哉乎鼓琴，汤汤乎若流水。"钟子期死，伯牙破琴绝弦，终身不复鼓琴，以为世无足复为鼓琴者。
>
> 《吕氏春秋》卷十四孝行览第二《本味》

以上两则文献记载的虽然比较简约，但内容都较为完整，均传扬了人世间知音难觅的精神诉求。从此以后，有关伯牙子期传说的文献代代相传，如汉代韩婴《韩诗外传》、司马迁《史记·报任安书》、刘向《说苑》、扬雄《解难》、枚乘《七发》、应劭《风俗通义》，魏晋曹丕《与吴质书》，南北朝刘义庆《世说新语·伤逝》，唐代王勃《滕王阁序》、李白《月夜听卢子顺弹琴》、孟浩然《赠道士参寥》、吴兢《乐府古题要解》，宋代类书《太平预览》等文献中都有关于伯牙子期传说的内容，或简约、或完整，连绵不绝。

然而，由于这些文献都没有将故事发生的时间和地点具体化，也未能将人物生活的语境充分展示出来，这就给后世留下了十分丰富的想象空间，因而也就造成人们在传说属地看法上的争议，比如山东泰山说、安徽固镇县说、浙江海盐县说、湖北石首市说、武汉蔡甸汉阳说等。

真正将伯牙子期传说与武汉关联起来，使之成为经典叙事，并固化为专属于武汉地方传说文献的，则是明代冯梦龙《警世通言》中的拟话本小说《俞伯牙摔琴谢知音》。《警世通言》开卷第一篇就是《俞伯牙摔琴谢知音》。在小说中，冯梦龙以不容置疑的语气明确将故事发生的时间地点定为“春秋战国时期”“湖广荆州府之地”，并将传说主人公钟子期的角色定为姓钟，名徽，山中之樵夫；伯牙的角色定为姓俞，名瑞，楚国郢都人氏。从此以后，这一浸润了“楚才晋用”历史情怀和“高山流水觅知音”人间真挚情感，引发千古共鸣的伯牙子期传说就无可争议地专属于武汉了。传说经过扩张改写和加工润色，将原本简约的百余字典籍文献演绎成为人物形象生动、情节结构完整、故事曲折动人，且篇幅长达七千多字的话本小说，这无疑使伯牙子期传说的审美感染力和传播效度得到了极大提升。这当然不是冯梦龙个人的杜撰，实际上冯氏撰写话本小说时，该传说在武汉民间早就广为流传了，2012年刘守华教授发现《明万历刊小说传奇合刊》说书话本中的《贵贱交情》一文可能是冯梦龙《俞伯牙摔琴谢知音》的底本，这为此前猜测提供了佐证①。后来，明清一些古小说选本又将其收入，就更是以广泛的阅读量强化了该传说与武汉地区的关联度。更为重要的是，通过明代朱衣纂《嘉靖汉阳府志》，清代《乾隆汉阳府志》，清代胡凤丹纂《大别山志》，清代张行简、许盛春纂《同治汉阳县志校》，清代黄式度、王庭桢、王柏心编纂《续辑汉阳县志》②等地方志的记载，这一传说不仅受到民间的广泛认可，而且也得到官方的充分肯定。

伯牙子期传说只是其中一个比较典型的案例而已。其他像木兰传说、黄鹤楼传说、禹的传说（武汉大禹治水传说）、孔子问津传说、洪山菜薹传说、归元寺传说、舵落口传说、墨水湖传说、龙泉山传说、柏泉传说、叶开泰传说、汉阳高龙传说等大量的武汉地方传说也都通过行世文献的广泛传播而得以保存，并在推动传说的民间化过程中产生了积极影响。

二、民间文献

民间文献是民间文学口传心授、活态传承的另一重要补充。这类散布于民间未经整理出版的原始资料（如碑文、庙记、族谱、手抄本、祠堂题壁、私人笔记），虽然未曾刊行于世，流传范围不广，以致在收集、整理和解读上存在诸多差异与分歧，但是却具有知识考古学的独特价值。有关武汉地区民间传说的文献十分丰富，但又极难搜寻。一方面，20世纪六七十年代这类

① 文俊：《专家实证“高山流水觅知音”自古在汉阳流传》，《湖北日报》2014年8月7日。

② ［明］朱衣：《嘉靖汉阳府志》，上海古籍书店根据宁波天一阁藏书刻本影印，1963年版。其他方志文献在省市及高校图书馆等藏书较多的地方均易于找到。

文献毁损严重，像碑文、庙记、祠堂题壁等被发现的存世之物极为罕见；另一方面，若干族谱、手抄本等文献保存者，大多怀有隐私不肯示人的心理，将之看得相当贵重，不愿轻易贡献出来。这就需要我们在进入自然生态环境和社会文化生态环境进行观察、了解、记录和调查时，自觉地与各类市民交朋结友，建立起亲密的友情关系，以搜寻到有价值的民间文献。

例如，有关木兰传说的研究就有许多民间文献需要搜集整理。因为木兰传说流传范围很广，全国各地存在不同的版本，河南虞城、湖北黄陂、陕西延安、安徽亳县、河北顺平县等地都自称是木兰故里，都流传着美丽动人的女英雄代父从军的传说，并且都存留有相关遗迹以及相关的民俗信仰活动，在旅游文化产业开发过程中争议颇多。因而搜寻地方保存的特有民间文献，在建构黄陂木兰传说方面就显得尤为重要。

在实地展开田野调查中，我们发现黄陂木兰传说主要集中在塔耳、长岭、姚集一带，这里流传的木兰传说跟《木兰辞》中表现出来的豪迈刚健风格并不完全一致，它增加了木兰被奸臣污蔑谋反(或者被乡人诬陷失贞怀孕)，最后在(滠水)河边剖腹洗心以自证清白的情节，豪迈中浸透着英雄末路的悲剧，美丽中蕴含着旷世奇冤的凄婉。在这里，从地名到实物，有关木兰的遗迹十分丰富。像木兰川、木兰山、木兰寺、将军庙、木兰殿、铁屎墩、将军坟、一里河、好汉坡、棋盘石、飞来石、剑劈石、眼泪凼等，都与木兰的经历和命运息息相关，并且每一处地名和古迹的背后几乎都蕴含着一则动人的传说，构成一个较为完整的故事链。但是，由于在20世纪六七十年代遭到破坏，与此有关的文献荡然无存，这就更需要搜集民间文献来予以弥补。

近年来，陆续发现的民间文本有元朝碑文《汉孝烈将军记》、明朝焦绂[①]著《焦氏笔乘》中有关木兰记载、明代辽东巡抚张涛著《题建木兰山将军庙奏疏》、民间善书《木兰从军》、道教徒藏书《木兰醮科》与《朱木兰救世真经》、手抄本《木兰宝传》等散落民间的木兰文献，为黄陂木兰传说提供了非常重要的佐证[②]。像明代焦绂在其《焦氏笔乘》中说“木兰，朱氏女子，代父从征。今黄州黄陂县北七十里，即隋木兰县。有木兰山、将军冢、忠烈庙，足以补《乐府题解》之缺”，就言之凿凿地指明木兰故里在黄陂，而且黄陂在隋代就因木兰将军之故被命名为木兰县。这些民间文献，为我们打开了一扇木兰传说地方化研究与开发的新大门。

像黄陂木兰传说这类民间文献的搜集发现和开掘整理，在武汉民间传说

① 焦绂，有的版本写作“焦竑”，此处从主流写法。

② 张静：《黄陂木兰传说与风物》，华中师范大学出版社2016年版，第15页。

研究中还有大量的文章要做。尤其是流传于汉阳蔡甸的伯牙子期传说，流传于东西湖的牛郎织女传说，流传于新洲的孔子问津传说，流传于武昌的孟宗、黄香孝行故事，流传于黄陂的“二程故事”等历史久远、影响巨大的民间传说，我们在研究中一定要高度重视碑文、庙记、族谱、祠堂题壁等民间文献的搜集整理工作。

三、残缺文献

由于年代久远，有些地方传说在历史的长河中，“河水淘沙渐渐深，口耳相传失了真”，我们今天已经无法按照历史地理学方法勾勒出它们的生活史了。但是，在历代保留下来的若干或字迹模糊不清或内容残缺不全的文献中，可能仍然保留着一些有价值的线索。这些残缺文献，虽然不能像完整的行世文献和记录在案的民间文献那样生动有趣、脉络清晰，但却可以为我们还原故事的历史风貌提供必要的佐证。

例如，黄陂木兰传说的存世文献之一，在20世纪80年代木兰山风景管理处编写《木兰山志》的资料中，就搜集到一部用300页的字格稿纸，从右至左隔行竖写，少数地方字迹模糊不清的手抄本，记载的木兰事迹与其他行世传说文本明显不同：

> ……至五岁时，寿甫许聘同邑高士节矣。隋炀帝大业六年，征召天下军民，大举伐高丽国，士节举家于舟，次洞庭以避徭役，遂不复出(?)。寿甫长男全恩殁于军，赵氏卒，寿甫继娶孙氏，生少男孺生尚幼。木兰儿时，状貌端凝，不雅修饰，心志贞纯孝友，忒聪颖，诗书过目成诵，悲歌慷慨，有烈士风。每对镜流涕，耻为女相。每叹曰：? 中士，才足有为，而落妇女之流，伏栖? 人下。目得君子事之。开国承家，夙兴夜寐，虽勉同心，亦云宜矣。倘红颇薄命，堕儒不孝，为异? 士之英。策之不以其道，鸣之不通其意，? 之不能尽其才，岂能女乎? 故妇人择配非宜，不如妮媪之自得也。读书至母仪妇道及忠孝大义，乃叹息太息不自安，若有失也。(文中标注“?”处为手稿中原字不清楚的地方)①

这一出自手抄稿的残缺文献，虽然个别地方字迹不是很清晰，但是却增加了行世文献《木兰古传》《忠孝勇烈奇女传》等文本中没有出现过的内容(见画横线之处)。它至少给木兰传说填补了三个方面的缺失：其一，木兰因故被

① 引自木兰山风景管理处内部资料。

原聘夫家同邑高士节家遗弃；其二，木兰从军是因为长兄牺牲战场，后母所生之弟尚幼小；其三，读书聪明，耻为女相，耻于“择配非宜”，而立志从军。这些行世文献中没有出现过的内容就对木兰的身世、家庭和代父从军心理进行了深度交代，很好地弥补了故事生活史的空缺，增强了传说的可信度。

类似的残缺文献在武汉传说研究中并不少见，但很多时候并没有引起人们足够的重视，以致让这类珍贵的资料湮没无闻。这种不利于地方传说的保护与开发，轻视残缺文献的现象，应当引起我们的高度重视，并予以纠正。

第二节　经典叙事的传承变异

流传于武汉的民间传说，纷繁复杂。楼台庙宇流传着名流轶事，寺庙庵观记载着历史掌故，陵墓冢丘演绎着悲情故事，节庆庙会蕴含着古老传奇……像黄鹤楼传说、木兰传说、伯牙子期传说、武汉大禹治水传说、孔子问津传说、龙泉山传说等越传越精彩，不知不觉中完成了其经典化过程，成为最能代表武汉地域特色的名片式传说叙事。武汉众多一般性地方传说故事形式比较单一，在流传过程中，除了语言和细节上的变化外，其他变化不大，较少出现内容相去甚远的异文。而这些经典传说，往往呈现出异文众多，情节变化前后不一，内容较为驳杂的状况。

例如，黄鹤楼传说究竟起源于什么时代？为什么有时人们将黄鹤楼上乘鹤而去的仙人指称为汉代的子安，有时指称为三国时的费祎，有时又指称为唐代的吕洞宾？这些在人们讲述故事时经常混淆、令人费解的现象，如果我们不认真研究相关文献的话，是根本就没法弄清楚的。

一、经典传说

在武汉，最经典的传说要数伯牙子期传说、黄鹤楼传说和木兰传说了。如果你是武汉人，不知道这三大传说恐怕是说不过去的；又或者你是来到武汉的游客，不了解这三大传说，也没有到过传说地所在的景区游历一番，那也一定会留下遗憾。

首先，是关于伯牙子期的传说。伯牙子期传说是源于两千多年前的汉阳区及相邻的蔡甸区境内，以汉阳古琴台为中心传说地带而形成的一个千古传诵的优美传说。前面讲到，伯牙子期传说经过冯梦龙《警世通言》中七千多字的拟话本小说《俞伯牙摔琴谢知音》的发扬光大，从明代开始就成为誉满天下的经典传说。传说的情节梗概为：春秋战国时期，晋国大夫俞伯牙奉王命出使楚国，完成使命后乘船返回。当船行至龟山脚下时，猝遇大雨阻滞，只好将船暂泊在江口的古月湖。在雨息风止的间隙，面对眼前的青山绿水，熟谙音律的伯牙琴兴大发，鼓起了瑶琴，一时间优美的琴声回荡于山水之间。琴声恰被在附近砍柴避雨的楚国隐士钟子期听见，他不禁失声赞叹。伯牙鼓琴，一直未遇知音，与钟子期见面后，为了印证子期对琴艺的感悟，于是再次抚琴演奏。当他用琴声抒发高山情怀时，子期就说："善哉，峨峨兮若泰山！"当他表现流水韵味时，钟子期就说："善哉，洋洋兮若江河！"伯牙演奏时抒发的情感，钟子期马上就能感悟，并用语言表达出来，这使伯牙颇有相见恨晚之感。于是二人一见如故，结为知音，相约来年再来此地相会。到了第二年伯牙如期而至，而子期却因病离世未能赴约。伯牙悲痛欲绝，他割断琴弦，摔碎瑶琴，从此不复鼓琴，以此来悼念这位逝去的知音。从此以后，有关伯牙子期高山流水觅知音的故事基本就以这个定型版本传播开来，其蕴含的理解、真挚、友谊、诚信的精神追求浸润着一代又一代华夏儿女，并成为武汉乃至中华民族最具韵味的文化符码之一。

其次，是关于黄鹤楼的传说。黄鹤楼传说，是以武汉市武昌蛇山黄鹤楼为故事发生地，由与之有关的若干故事构成。黄鹤楼传说内容十分丰富，有建楼传说、景点传说、名人传说、楼名起源传说等，可以说它实际上已经形成了一个传说群。但是，黄鹤楼的经典叙事却是与仙人跨鹤飞升有关的《辛氏酒店与黄鹤楼》(申报国家级非物质文化遗产项目就是根据这一传说整理的)，该传说最早见于明代《报恩录》：黄鹤楼原名辛氏楼。辛氏在山头卖酒，有一位道士常常来喝酒，辛氏并不向他索要酒钱，道士内心颇为感激。后来道士要离开此地，临别时用橘皮在辛氏酒家的墙壁上画了一只鹤，并对主人说："我就用这只鹤还你酒钱。如果有客来了，你只要拍拍手，这只鹤就会从墙上飞下来起舞助兴。"说着就亲自示范了一次。辛氏知道遇见仙人了，每当客人来了就照此行事。从此以后辛氏酒家生意兴隆，逐渐富裕起来了。过了10年，那位道士又来了，拿出他所佩戴的铁笛吹了数声，一会儿，白云自空中飞来，黄鹤也从墙上飞下来舞蹈一番，然后道士乘鹤而去。辛氏为了感谢仙人帮助致富之恩，便在道士跨鹤升天的地方建造了辛氏楼供奉仙人，因橘皮画的鹤呈黄色，后人就把辛氏楼称为黄鹤楼。到了后来，人们又在此基础上增加了道人将井水变酒水相谢，辛氏夫妇因此大富，以及辛氏婆婆一句"井水当酒卖，还嫌猪无糟"的牢骚，终致道人跨鹤离去、井水还原的内容，并将仙人直接附会为八仙之一的吕洞宾。最终这个传说形成一个故事情节跌宕起伏、人物形象仙凡丰富、传说意蕴伦理分明的完整故事。"黄鹤楼传说"不仅承载了武汉人乐善好施、勤劳致富的伦理精神，而且蕴含了荆楚文化想象奇特、精彩绝伦的审美特色。后来又有崔颢《黄鹤楼》中“黄鹤一去不复返，白云千载空悠悠”的诗句，诗歌与传说相得益彰，使得“白云黄鹤”成为武汉走向世界的一张亮丽名片。

最后，是关于木兰的传说。木兰传说是在武汉市黄陂区土地上发生和演绎的一个千年传诵、家喻户晓、脍炙人口的巾帼英雄的故事。这里的山山水水和庙宇殿堂无不打上木兰传说的印记，每一处胜景奇观都有一段优美动人的木兰故事。在众多传说中，经典的传说版本为申报国家级非物质文化遗产时采用的版本：汉朝时，江夏郡西陵县北有一叫双龙镇的地方，镇上住着一个姓朱的千户人家。当家的朱天禄、赵桂珍夫妇，年过半百，膝下尚无子女，于是到镇南十华里青狮岭的祈嗣顶山神庙求嗣，一年后喜得一女，取名“木兰”。木兰长到六七岁时，每天离开学堂缠着隐居镇上的前朝武将——祖父朱若虚习武练功。朱若虚文韬武略，经常向她讲述《孙子兵法》及自创的梨花枪等秘诀。与此同时，木兰又拜丧吾和尚和铁冠道人这两位武艺精奇的世外高人为师学得了一身武艺。这一年，北方匈奴侵犯汉朝边境，为抗击匈奴，汉文帝让兵部招兵买马保卫边疆，点兵于西陵县双龙镇千户朱天禄。当时朱天禄年迈有病，儿子又太小，但是又不能违抗朝廷命令。于是，年仅16岁的木兰就女扮男装，代替父亲踏上了万里征程。木兰征战塞外12年，克服女性生理上的诸多不便，英勇善战，在青年将领伍登的帮助下，破界牌关、克五狼镇、夺金沙峪、擒单于义女花阿珍、捉敌帅吉阿和、烧红罗城粮草营、斩敌将蒙箕、克金牛关和玉门关等，立下十二大功劳，晋升为将军。一次偶然机会，伍登知道了木兰身世，两人倾心相慕，互订终身。打败匈奴后，木兰凯旋回到长安，受到皇上的封赏，但木兰思家心切，上表给皇上获准回到家乡看望父母。后来，皇上因木兰有功，敕封她为武昭侯兼兵部侍郎，降诏木兰进京就职。皇上得知木兰为女儿之身后，惦念她威武俊美的面貌，有意将之纳入后宫，但木兰以“臣无媲君之礼”再三以死相抗，最后皇帝只好恩准了她辞官归故里的请求。木兰不受封禄、辞归故里几年后，父母双双病倒，木兰在病榻前亲奉汤药，精心照料，尽孝床前。这年三月，木兰收到恋人伍登从雁门关来的信，问及婚姻操办之事，木兰答应待来年春暖花开时举办婚礼。可惜未能等到这个时候，镇北侯伍登就被朝中奸臣以私通匈奴单于的莫须有罪名杀害。木兰闻此噩耗，每天面朝西北洒泪眺望，脚踏之处，泪滴成凼，留下了“眼泪凼”的遗迹。后来木兰活到了九十岁，在寿诞之日喝过乡亲们敬的寿酒，吃过大家送的寿糕和寿面，是夜躺在堂屋太师椅上安详而逝。木兰去世后，皇上谥封为“贞德公主”。唐朝时，皇上再谥封为“忠孝勇烈”将军。人们为了纪念木兰，在青狮岭为木兰修建了将军坊、祈嗣顶、木兰祠、木兰庙、木兰宫等。久而久之，这座承载着木兰英灵和精神的大山便被人们称作“木兰山”。黄陂木兰传说以家国情怀为核心，以忠孝勇节为基本内容，弘扬了民族女英雄木兰巾帼不让须眉的英雄气概，激励着一代又一代中华女英烈为国献身的豪情壮志。

武汉地方传说的经典叙事，当然并不只有上述列入国家级非物质文化遗产的三个故事，像孔子问津传说、武汉大禹治水传说、洪山菜薹传说、梁子湖传说等也都成了较为经典的叙事，限于篇幅，笔者这里就不一一列举了。

二、变异叙事

作为武汉地区的经典传说，上述民间叙事并非从一开始就成为情节完整、内容稳定的文本样式。实际上，在历史长河中这些传说都经历了一个由简单到复杂，由散漫到有序，由平淡到生动的流变过程。我们只有通过对这些历史流变过程中存在的实际文本进行搜集、整理、比较和鉴别，找出它们在不同时间、空间背景下流传并发生变异的情况，才可能大致还原出这些经典传说的生活史，进而为武汉地方传说的有效传承提供可靠的路径。

以黄鹤楼传说为例，除申报国家非物质文化遗产项目时采用的“辛氏酒店与黄鹤楼”这一经典叙事外，围绕黄鹤楼这一“传说核”形成的民间叙事，历史上还存在过军楼传说、文楼传说和仙楼传说等多种异文文本①。军楼传说，认为黄鹤楼在三国时期是作为吴王作战的瞭望台和军事堡垒而兴建的。唐代李吉甫《元和郡县图志·卷第二十七·江南道三》中有较为详细的记载：“吴黄武二年，城江夏，以安屯戍地也。城西临大江，西南角因矶为楼，名黄鹤楼。三国时，黄祖为太守，吴遣凌统攻而擒之。祢衡遇害，亦此地也。”②与此相关，一些关于黄鹤楼军楼的民间传说也相伴而生，其中比较有名的有“诸葛亮计赚‘鹤楼宴’”“刘备智闯黄鹤楼”“孔明灯的传说”等。文楼传说，指的是隋唐以来在中华大一统时代背景下黄鹤楼功能转换为游览胜地后，历代名人登楼赋诗、游宴唱和的基础上形成的系列逸事传说，主要有“崔颢题诗，李白搁笔”“王维鹤楼赠诗画”“辛弃疾南楼赋别离”“李时珍悬壶古楼下”等。

仙楼传说，可算是黄鹤楼逸事里居于正宗地位的传说，异文特别多，且在民间呈现多向发展的态势。仙楼传说的源头可以追溯到南北朝时期，这个传

---

① 梅莉：《军事哨楼 游宴场所 城市地标——黄鹤楼历史文化意蕴探寻》，《华中师范大学学报》(人文社会科学版) 2014 年第 6 期。韦娇：《黄鹤楼传说研究》，华中师范大学 2014 年硕士学位毕业论文。

② [唐]李吉甫著，贺次君点校：《元和郡县图志》，中华书局 1983 年版，第 644 页。

说的最早文本记载于南朝梁代任昉创作的志怪小说《述异记》中：

> 荀瓌字叔伟，潜栖却粒。尝东游，憩江夏黄鹤楼上，望西南有物，飘然降自霄汉，俄顷已至，乃驾鹤之宾也。鹤止户侧，仙者就席，羽衣虹裳，宾主欢对。已而辞去，跨鹤腾空，眇然而灭。①

魏晋南北朝时留下的这则记载，是迄今发现的关于黄鹤楼仙人传说的最早文献。它清晰地记录了荀瓌于江夏黄鹤楼上修炼辟谷道术时，巧遇仙人驾鹤而来又驾鹤而去的故事，这个文本可能是后来一切有关武汉黄鹤楼仙人传说异文产生的直接源头。它以黄鹤楼上仙凡际会的简略情节，激发起令人无限神往的悠远情怀。但该文本叙事过于简单，仙人不知姓名，情节也缺乏趣味，除了宣扬游仙主题外，几乎没有什么有价值的意蕴。

到了唐代阎伯理撰述《黄鹤楼记》时，则引述《图经》内容，明确指认仙人身份为三国时修仙得道的蜀国大臣费祎，并将仙人驾鹤传说与黄鹤楼得名的由来关联起来。

> 州城西南隅，有黄鹤楼者。《图经》云："费祎登仙，尝驾黄鹤返憩于此，遂以名楼。"事列《神仙》之传，迹存《述异》之志。观其耸构巍峨，高标巃嵸，上倚河汉，下临江流；重檐翼馆，四闼霞敞；坐窥井邑，俯拍云烟，亦荆吴形胜之最也。何必濑乡九柱、东阳八咏，乃可赏观时物、会集灵仙者哉。②

费祎是三国时期的历史名人，祖籍为江夏郡。这样坐实以后，黄鹤楼仙人驾鹤传说在民间的传播范围和影响力可能会有所扩大，这点可以从宋代的传世著作《太平寰宇记》③和《文苑英华》④等都采用同样的说法中得到印证。但文献并未记载全部的传说内容，仅"费祎登仙，尝驾黄鹤返憩于此，遂以名楼"十六字而已，且费祎为前朝大臣，缺乏民间市井生活的烟火气息，在民间产生共鸣的概率不大，市井小民传播的兴趣并不浓厚。

直到后来传说中增加了辛氏酒店做生意赊账的内容和道教信仰中八仙

---

① 李剑国：《唐前志怪小说辑释》，上海古籍出版社 1986 年版，第 557 页。

② [唐]阎伯理：《黄鹤楼记》，https://so.gushiwen.org/view_72751.aspx。

③ 参见[宋]乐史：《太平寰宇记》（影印本），中华书局 1999 年版。

④ 参见任继愈主编：《中华传世文选》，吉林人民出版社 1998 年版。

人物吕洞宾这些接地气的元素以后，黄鹤仙楼传说的民间趣味才逐渐浓厚起来。

费文祎，字子安，好道得仙。偶过江夏辛氏酒馆而饮焉。辛复饮之巨觞，明日复来，辛不待索而饮之。如是者数载，略无吝意。乃谓辛曰："多负酒钱，今当少酬。"于是取橘皮向壁间画一鹤，曰："客来饮，但令拍手歌之，鹤必下舞。"客至饮，鹤果蹁跹而舞，回旋宛转，曲中音律，远近莫不集饮而观之。逾十年，辛氏家资巨万矣。一日，子安至馆曰："向饮君酒，所偿何如？"辛氏谢曰："赖先生画黄鹤而获百倍，愿少留谢。"'子安笑曰："未讵为此？"取笛数弄，须臾，白云自空而下，画鹤飞至子安前，遂跨鹤乘云而去。辛氏即于飞升处建楼，名黄鹤楼焉。

[明]王世贞《列仙全传》

相传唐时吕纯阳尝客兹地，倦寓酒家，日饮酒数壶，累至数百；不偿值，复索饮，主人供给无倦色。纯阳喜之。适啖西瓜，遂以瓜皮画一鹤于壁上。始，色瓜皮青，久之变黄，遂为黄鹤。纯阳又教酒家童子唱道词，自敲板为节。已而唱时，鹤辄从壁间飞下，婆娑翔舞。观玩饮酒者，日数千人。凡阅数月，酒家得钱数百万，骤富。以钱酬纯阳，纯阳不受。遂构此楼志感，故名黄鹤楼。

[清]褚人获《坚瓠集》

王世贞《列仙全传》中由于增添了仙人费祎（文伟）在江夏辛氏酒馆饮酒赊账、画鹤酬谢情节，民间气息就浓厚多了，传播范围应该更广。但由于仙人费祎在民间缺乏信仰基础，传说的重点就由对仙人的景仰变成了感恩文化。而相传为唐末由仙人汉钟离度脱成八仙之一的吕洞宾在民间的名气则要大得多，再加上宋元文献中有吕洞宾"黄鹤楼中吹笛时，白颇红寥满江泥，衷情欲诉谁能会，惟有清风明月知"和"历江州登黄鹤楼，以五月少十日午刻升天去"的记载，慢慢地黄鹤楼传说中的神仙就被固化为吕洞宾了。

就黄鹤楼传说而言，无论是军楼、文楼还是仙楼传说，其异文文本在民间实际存在的样式应该是异常丰富的。虽然它们早就湮没于永不停息的历史长河之中了，但是我们通过对有关文献的搜寻，大致能够还原出这些经典传说在历史时空中传播的生活史线索，从而使我们能在传说的保护与开发中获得有价值的文脉资源。

三、当代传承

在联合国教科文组织和中国政府非物质文化遗产保护条例的影响下，以及在文化产业大发展的带动下，各地申报非物质文化遗产的热潮持续高涨。武汉地区经典传说的发展获得了前所未有的外在动力，使其在沉寂多年之后重新焕发出崭新的传承活力，呈现出传说故事化、叙事风物化、传说地景观化和传播数字化全面发力的井喷趋势。

首先，是传说故事化。我们知道，民间传说是介于神话与故事之间的叙事文体，它是用历史表达方式和文学表现手法构建出来的，涉及的内容"一般是特指的、相对固定的，讲述时不能随意遗漏和替代，有的学者曾将它概括为'四固定'，即时间固定、地点固定、人物固定和事件固定，这决定了民间传说的叙事内容具有可信性"①。但是在民众口耳相传的具体传承过程中，为了便于传播，叙事模式常常会发生些许的偏离，出现故事化的倾向，这一点在当代武汉经典传说的传播中表现得较为明显。例如，近年来黄鹤楼传说中出现的"黄鹤楼上看翻船""黄鹤楼上西瓜会""黄鹤、幺妹镇龟蛇""黄鹤楼飘金""黄鹤楼下听仙乐"等新故事都是如此②。

> 相传清代时候，湖北黄陂县（今武汉市黄陂区）有个人在山东省做了大官，发了不义之财，养了个报应儿子。这个少爷，文不能提笔，武不能挑担，只会败家。他穿厌了绫罗绸缎，吃够了山珍海味，玩遍了花街柳巷，仍不满足。有一天，他想出了一个新鲜玩意：命令仆人们抬着几箱极薄的金叶子，到黄鹤楼去飞金。太阳当顶时，一阵阵的风把楼上撒下的金叶子吹向江面。金光霞亮就像一群翩翩飞舞的蝴蝶。大小船只上的人争先恐后地去抢天上落下来的金子，江面上乱成一片。有的小船撞翻了，或者人落了水，别的船只还是只顾去抢。这个家伙看了后哈哈大笑，更加起劲地大把大把地撒。这时，黄鹤楼下有位老人向楼上高声吼道："你们搞的么鬼？黄鹤楼上看翻船，见死不救！"败家子在楼上答应道："这不能怪我，只怪他们要钱不要命。"③

---

① 刘守华、陈建宪：《民间文学教程》（第二版），华中师范大学出版社2009年版，第57页。

② 见中国民间文艺研究会湖北分会、湖北省群众艺术馆编：《湖北民间故事传说集》（武汉市）（上、下册）。冯天瑜主编：《黄鹤楼志》，武汉大学出版社1999年版。

③ 马昌松编：《黄鹤楼纵横谈》，武汉出版社1993年版，第143-144页。

这则“黄鹤楼上看翻船”的故事文本在叙事上显然有悖于民间传说固有的范式。其他如伯牙子期传说、木兰传说、汉阳贱三爷、梁子湖传说、龙泉山传说等武汉地区广为流传的经典传说也都存在故事化的倾向。为了便于市井民众更易于接受，这些传说在当代传承过程中并没有完全按照时间、地点、人物、事件“四固定”方式发展，而是部分借鉴了民间故事可以虚构的形式。

其次，是叙事风物化。武汉地区经典传说当代传承的第二个特点，就是叙事越来越呈现出风物化趋势。可以说，凡传说地风物存留处皆有传说，是传说必定依附于风物。例如，伯牙子期传说的传说地汉阳区和蔡甸区就是如此。汉阳的钟家村、古琴台、琴断口、碎琴山，蔡甸的集贤村、马鞍山等地，与该传说相关的每一处地点及风物，几乎都附会上了一段优美故事。像集贤村就流传着这样一段解释性传说：

传说钟子期在楚王宫中当乐尹，很受楚王喜欢。但是，随着时间的推移，他也慢慢地晓得了王宫的明争暗斗，看到了奸雄当道、忠臣受压的残酷现实，逐渐厌倦了宫廷的生活，产生了归隐山林的想法。数年后，他以父母年迈、体弱多病为由，向楚王请辞，回归故里，为了清净，避免过多的干扰，他回到钟家台后，将父母接到马鞍山南，在古汉水岸边的一个村子里，盖了一座茅屋竹舍安居下来，从此过上了以砍樵为生的日子。由于钟子期在楚宫为官多年，他的乐理和演技不仅楚人知晓，其他各国的名人雅士也多有耳闻。后来，当有人得知钟子期隐居汉水岸边当樵夫后，楚国各地以及其他国家的很多人都慕名陆续前来造访。他们中间有的是社会上很有权威的贤达，有的是宫廷中胸藏正气的贤士，有的是民间身怀绝技的贤人；更有的看中了这块风水宝地，在这里筑屋居住。一时间，这座很不闻名的小村庄就出了名。由于来的都是一些有身份、有地位、有技艺的贤达、贤士和贤人，而且越积越多，这座小村庄越建越大，以至到后来沿着汉水形成了上、中、下三个村落。久而久之，这三个村落便有了同一个名字——集贤村。

摘自《蔡甸地名故事集》，邬义斌搜集整理

叙事风物化，使以“高山流水觅知音”主角钟子期为生发点的这类植根于武汉某一特定区域内的民间传说，在超越地域局限、承载中华民族审美意蕴的同时，又具有了浓厚的地域性和乡土情怀，从而达到了历史情结、地域文化与华夏精神共同体的和谐统一。

再次，是“传说核”景观化。在民间传说中，“客观实在物始终处于核心地位，因此人们又将它称为‘传说核’”[①]。中华人民共和国成立后，特别是 1978 年改革开放以来，各级政府非常重视文化建设，加大了对包括传说在内的非物质文化遗产的保护与开发力度，武汉地区一些与传说有关客观实在物的景观化开发不断向深度和广度拓展。像黄鹤楼传说、伯牙子期传说、木兰传说、孔子问津传说、龙泉山传说、梁子湖传说、柏泉传说等都围绕“客观实在物”进行了系统化的景观设计与建设，它们以建筑、雕塑、石刻、壁画、楹联等景观呈现为叙事语汇，通过命名、揭示、聚集、序列等多种方式，将语言叙事下的传说故事，用物态形式进行了很好的艺术重组和视觉传达，从而有效地增强了当地旅游景区的文化内涵和审美吸引力。“景观叙事既可唤起传说记忆，又可创造性拓展传说内涵，并以直观、形象及可视性的表达形式迎合了时代的发展要求。”[②]以黄鹤楼传说为例，如今在黄鹤楼旅游景区，与传说相关的导游词，多数便是围绕建造的景观来讲述的，其中以神仙传说为内容所建造的费祎亭、仙枣亭、吕仙洞和跨鹤亭等景观，正好对应了该传说发展的历史变异脉络。景区导游的讲解，对于来此旅游的观光客了解黄鹤楼故事起到了形象化的呈现作用，其艺术传播功能不可低估。

最后，是传播数字化。利用数字技术等现代科技手段对包括民间传说在内的非物质文化遗产进行保护和开发，是武汉地区经典传说当代传承的又一行之有效的重要途径。通过微信公众号、微博、抖音、快手等新媒体平台，以及视频、动画、3D 课堂等数字技术，民间传说的传承效果变得更加富有时代气息。以武昌的长春观、黄鹤楼、宝通禅寺等传说的数字化传播为例，这些传说目前就既开发有数字光盘、动漫故事、微信公众号等新型传播方式，又探索了基于 AR 技术[③]的非物质文化遗产资源开发，还融合了“斗鱼直播”等崭新的传播手段[④]。其他像“汉阳区委党史办”“黄陂天下”“江夏民间故事”“木兰山风景区”“新洲文化旅游”“武汉晴川阁大禹文化博物馆”等微信公众号，就在

---

① 刘守华、陈建宪：《民间文学教程》（第二版），华中师范大学出版社 2009 年版，第 50 页。

② 李鹏燕：《黄鹤楼传说群的生成及其景观叙事研究》，华中师范大学 2015 年硕士学位毕业论文。

③ AR 技术，又称增强现实技术，是借用信息技术、多种传感技术、计算机视觉技术等，把计算机生成的虚拟数字信息（文字、图形、动画、声音、视频、虚拟三维物体）叠加到用户所要体验的真实环境中的一种技术。

④ 例如“网红大爷”胡昇就以斗鱼直播的方式参与“黄鹤楼传说”等的传播活动，主动为外地游客和年轻人讲述武汉故事，引起人们的广泛共鸣，线上、线下人气极高。

武汉地方传说的数字传播方面起到了很好的文化引领作用。

图 1-1　70 岁“网红大爷”胡昇斗鱼直播武汉传说故事

（图片源自《最年长网红现身斗鱼直播节　“网红大爷”讲述中国故事》，长江网，http://news.cjn.cn/sywh/201805/t3203276.htm）

第三节　有待开掘的宝贵遗产

从古至今，流传下来的武汉地方传说资料相当丰富。从历史源流来看，上起“大禹治水”留下的无人能识的 77 字禹功碑文（也有说是出自长沙岳麓山的摩崖石刻），下迄当代记载和流传的众多名流轶事，绵延不绝；从空间分布来看，早期的江夏分野传说资料散落如珍珠遍布郡内各处，现代的大武汉范围故事累积珍藏在各地不同的文献之中，蔚为大观。有著作将之划分为名流足迹、古城胜景、地名探幽、佳品荟萃、民俗雅趣和逸闻记事几类，也有著作将之划分为历史沿革、山川览胜、古迹寻踪、名流轶事、社会民俗、大案探秘几类①。由这些传说分类情况，足见作为非物质文化遗产的武汉地方传说是多么丰富、多么值得挖掘的一大笔宝贵财富！只不过从研究的宏观角度看，这两种分类方法又稍显繁复，我这里将之概括为三大类：胜景传说、名流轶事和民俗掌故。

① 参见肖志华、严昌洪：《武汉掌故》，武汉出版社 2000 年版。武汉市汉阳区地方志办公室编：《汉阳典故传说》，湖北人民出版社 2013 年版。

一、胜景传说

武汉历史悠久，名胜古迹众多。据武汉市文化局官方网站公布，截至2013年12月31日，共有282处胜景列入市级以上文物保护单位。其中，列入国家级文物保护单位的有禹稷行宫、盘龙城遗址等29处，列入省级文物保护单位的有钟子期墓、木兰山古建筑群等108处，列入市级文物保护单位的有柏泉古寺、卓刀泉等145处①。当然，这只是传说附属景观的一部分，还有很多与地方传说有关的景点并未纳入文物保护单位范畴。这些遍布武汉三镇的名胜古迹，或为古建筑，或为古文化遗址，或为古墓葬，或为石窟、石刻，或为近现代史迹，或为风景独特的自然景观，大多蕴藏着十分宝贵的传说故事。

第一，古建筑。围绕古建筑产生的传说，在武汉可以说比比皆是，像古琴台、黄鹤楼、卓刀泉等传说更是被列为国家级非物质文化遗产（民间文学类）。但是，另有一些在当地十分有特色的古建筑传说尚未广泛流传开来，值得进行深度开掘。例如，武汉的古老书院建筑和传说。现在的武汉是中国高等教育资源最集中的五大城市之一，拥有高等学校80多所，在校大学生数超过100万。但是，这一资源优势并非突然间从天而降，实际上武汉拥有悠久的书院历史，并且大多蕴藏着动人的传说。历史上，武汉著名的书院有问津书院、江汉书院、晴川书院、凤山书院、经心书院、两湖书院、钟台书院等。新洲区始建于西汉年间的问津书院，不仅历史久远，而且因孔子问津的传说声名远播。随着城市变迁，这些书院建筑有的早已湮没无闻，有的尚有遗迹可考，只有少数得以大修重建。围绕它们的传说也与之兴衰共存，大多快要湮没无闻了。这就需要政府从文化建设的宏大视野出发，对其开展非物质文化遗产的调查和保护，并将这些古书院建筑的重建工作纳入城市整体规划范畴。与此同时，对围绕这些古建筑的地方传说的发掘也应予以高度重视。

第二，古文化遗址。武汉的古文化遗址很多，列入国家级文物保护单位的有盘龙城遗址和湖泗瓷窑址群2处，列入省级文物保护单位的有老人桥遗址、放鹰台遗址等14处，列入市级文物保护单位的有古郢州城遗址、纱帽山遗址等38处②。这些遗址流传着的与之相关的大量传说也是需要好好挖掘的。例如，在盘龙城遗址一带，至今民间依然广泛流传着“荷姑造城”“湖上彩虹”

---

① 详见武汉市文化局网站，http://www.whswxgj.gov.cn/wbdwml/5142.jhtml。

② 详见武汉市文化局网站，http://www.whswxgj.gov.cn/wbdwml/5142.jhtml。

“始皇打横山”“熬年夜”“独角牛”“泥人鬼”等精彩的传说，这些传说较少被收入《武汉掌故》《武汉市非物质文化遗产大观》《汉阳典故传说》这一类公开出版物之中，值得进一步发掘与传播。

第三，古墓葬。武汉地区的古墓葬遗址很多，像明楚王墓、陈友谅墓、祢衡墓等被列入国家级、省级和市级保护单位的达22处。其中有不少与这些墓葬遗址相关的传说故事，都值得我们进行发掘。例如，围绕明楚王墓地遗址就形成了“朱元璋与鲶鱼精打赌”“楚昭王占风水赶樊哙建墓地”“江夏王李道宗送文成公主入藏”“婆婆树的栽植保护和根条形成”“状元楼、银屏井、灵泉古井、仙人锅的来历”“张舜民夹山戏贪官”等一系列传说，这些传说与中国古老的风水文化结合在一起，传神地呈现了墓地遗址所在处龙泉山神奇的色彩，增加了无穷的历史韵味，让旅游至此的观光客平添一段思古幽情。再如，位于汉阳龟山上的桃花夫人墓址也流传着一段凄美动人的传说。

第四，近现代史迹。武汉是辛亥革命的首义之地，是洋务运动中实业救国的历史重镇，近代中国工业的重要发祥地，这里留下了许多近现代重要史迹和代表性建筑。仅列入国家级文物保护单位的就有武昌起义军政府旧址、八七会议会址等22处，省级有楚望台军械库旧址、黄兴拜将台旧址等76处，市级有武昌黎元洪公馆、天主教圣母会旧址等66处。这些近现代史迹留存处，大多蕴藏着一些有价值的民间传说，需要我们深入民间去认真发掘。例如，汉阳龟山北路老汉阳铁厂旧址附近就流传着“定汉神铁守汉阳”的传说。相传，人们在发掘近代史上张之洞、汉阳造等武汉历史文化遗产时，无意中发现了龟山脚下静卧着一尊重约200吨、高约3米、直径约4米的铁锭——汉阳铁厂凝铁。这是中国近代工业重要基地，是晚清时湖广总督张之洞在龟山北麓创建汉阳铁厂留下的重要见证。据说，1923年9月2日晚，汉阳铁厂四号高炉因炉墙坍塌而停炼，一炉铁水停留在炉中，逐渐冷却凝固，形成一炉凝铁。现在这块状如卧牛的巨型“石头”静静地躺卧在龟山北路。如果不是一旁的凝铁碑和文字介绍，大概没有人会想到它竟然是一块没有冶炼成型的钢铁。围绕它的保护和收藏，留下了一系列精彩的传说。

第五，自然景观。武汉市位于东经113°41′—115°05′，北纬29°58′—31°22′。最东端是新洲区的徐古镇将军山村，最西端是蔡甸区的侏儒街国光村，最南端是江夏区的湖泗街道均堡村，最北端是黄陂区的蔡店街道李冲村。城区内山环水绕，江河密布，湖汊纵横，自然景观资源异常丰富。有东湖风景名胜区、黄鹤楼公园、黄陂木兰生态文化旅游区、黄陂锦里沟旅游度假风景区、木兰清凉寨、东湖磨山风景区、蔡甸金龙水寨景区、九真山国家森林公园、嵩阳山国家森林公园、马鞍山森林公园、姚家山旅游风景区、道观河旅游风景

图 1-2 汉阳铁厂凝铁

（图片源自《探访汉阳铁厂旧址：91 岁“定汉神铁”重 200 多吨》，荆楚网，http://news.cnhubei.com/xw/wh/201407/t2986412.shtml）

区、梁子湖自然风景旅游区等国家 A 级风景区，有上涉湖湿地自然保护区、武湖湿地自然保护区、草湖自然保护区、涨渡湖自然保护区、木兰湖岛湿地自然保护区、沉湖湿地自然保护区、后官湖湿地公园等湿地保护区，还有龟山、蛇山、仙女山、米粮山、龙泉山、龙阳湖、墨水湖、郎官湖、武湖、鹦鹉洲、白沙洲、天兴洲、白云洞等众多风景名胜……这些自然景观大都蕴藏着丰富的地方传说，需要我们从非物质文化遗产保护角度好好发掘。例如号称“气壮山河四面九峰插天起，化行汉沔五伦八德挽潮流”的蔡甸九真山就流传着九仙女炼丹、大王菩萨仁显庙、飞砖飞瓦造娘娘殿等美丽动人的传说，但绝大多数武汉人对这些传说早就没有印象了，甚至当地人也所知不多。其他像磨子山上取宝库的传说、白马山与郑天子的传说、龙泉龙女龙阳湖的传说、汉阳古十景的传说、黄陂古十景的传说等，现在武汉人所知也十分有限。

二、名流轶事

自汉代设立江夏郡沙羡县起，特别是三国魏蜀吴争霸以来，武汉就成为中国人才星空中一座璀璨的星系，留下了不少风流人物的趣闻逸事。最著名的有大禹治水收赑屃的传说、襄王幽梦会神女的传说、桃花夫人息妫的传说、伯牙鼓琴谢知音的传说、屈原东湖行吟阁畔赋诗的传说、祢衡傲赋鹦鹉洲的传说、关羽武汉卓刀为泉的传说、晋将陶侃督造战船巧留木屑竹头的传说、李白泛舟郎官湖的传说、吕洞宾的传说、欧阳修汉阳为婿的传说、岳飞屯兵鄂州（今武昌）抗金的传说、二程夫子与黄陂的传说、熊廷弼巧帮冯梦龙的传说、张之洞武汉办洋务的传说、“床下都督”黎元洪的传说、京剧谭派鼻祖谭鑫培的传说、汉阳贱三爷的传说等等。这些关于帝王将相、文人学士、高僧大德的传说，或以历史上的真人真事为题，或以某个虚化的人物为依托（吕洞宾、贱三爷），通过他们的传说故事将武汉这座历史名城描绘得更加富于传奇。

第一，帝王将相。武汉留下的帝王将相传说，虽然不像西安、洛阳、开封、杭州、北京等古都之地那样占尽风流，但是武汉作为长江汉水两江交汇处的九省通衢，再加上荆楚大地独有的自然风光和人文景观，驻足武汉并留下浪漫传说的帝王将相亦不在少数。这里面既有大家非常熟悉的武汉大禹治水、孙权复仇斩黄祖、关羽卓刀为泉、岳飞千筏屯翠微等故事，同时也有一些不为今天大众所熟知，需要好好挖掘的历史掌故。例如秦始皇与“天下水府十八处”的传说。相传秦始皇第五次巡游全国，由赵高、胡亥、李斯等人陪同，在巡游了云梦等地后，十一月由汉水进入长江，到达两江交汇处的汉阳，当时正值夏秋水涨之际，汉阳江口处横无际涯，一片汪洋，于是秦始皇开始向李斯等人发问：“天青日朗，万里无云，何来如此洪涛？”李斯回答：“《尚书·禹贡》载：大禹导水，过三澨，至于大别，南入于江。此乃江汉汇流，朝宗于海之大观也。始皇帝一统天下，六国归顺，万邦来朝，益显江汉朝宗之状矣。”秦始皇听后非常高兴，又问当地船夫：“汝可知大禹治水之事？”船夫兴致勃勃地讲述了大禹治水到龟山收服龟蛇二将和赑屃镇住洪水的传说，继而又说：“汉水横流入江，上下三十一里。”秦始皇不由赞叹道：“江汉朝宗，郡国神韵，固有禹王之功，当为天下水府绝佳者，第十八处也。”于是，命李斯刻石记事，李斯在汉阳龟山一块巨石上刻下“天下水府十八处”七个大字以记之。后来，由于时间久远和江水冲击，再难寻李斯刻石踪迹了，但这则传说一直在武汉一带流传。时至今日，由于娱乐方式的改变，人们再难以从街谈巷议中听到这一历史传说了。类似需要挖掘的传说还有萧统食采太子湖、朱元璋武湖练兵、岳飞与武汉、楚昭王占风水赶樊哙、乾隆微服访汉阳等。

第二，文人学士。除了帝王将相的传说需要挖掘整理外，文人学士的传说也应予以高度重视。例如李白与武汉的传说就构成一个系列，有“李白诗歌与武汉”“李白搁笔黄鹤楼”“李白泛舟郎官湖”“李白难舍汉阳情”等。相传唐代的时候，武汉的经济社会非常繁荣，隋朝时设置的江夏县（武昌）和汉阳县此时已经分别升格为鄂州和沔州的州治，成为长江沿岸的商业重镇和政治文化中心，著名的黄鹤楼此时也已变成文人墨客赋诗必登临的天下名楼了。大诗人李白就多次到达武汉，并留下了许多脍炙人口的诗歌和富于浪漫色彩的传说。这得从李白与武汉的两段情缘说起。第一次是唐玄宗开元年间，李白“仗剑去国，辞亲远游”，欲“申管、晏之谈，谋帝王之术。奋其智能，愿为辅弼，使寰区大定，海县清一”（李白《代寿山答孟少府移文书》），然而却因放于才情，疏于人事，虽几经求谒，终无所成就，只好“酒隐安陆，蹉跎十年”，在安陆许府为婿。但在“时或出游”中，他却多次踏足武汉，留下了《江夏行》《江上寄巴东故人》《黄鹤楼送孟浩然之广陵》《江夏送张丞》《江夏别宋之悌》《江夏送友人》《送二季之江东》《赠张公洲革处士》等著名诗歌，尤其是《黄鹤楼送孟浩然之广陵》更是千古传诵。第二次是晚年的时候，由于安史之乱时投靠永王李璘幕府，在唐肃宗镇压李璘后李白被流放夜郎时途径武汉，恰遇故友尚书郎张谓巡视汉阳，李白受邀而短期逗留武汉，并结交了汉阳王县令、汉阳辅录事、沔州杜太守、江夏韦太守等新朋友，写下了《与史郎中钦听黄鹤楼上吹笛》《自汉阳病酒归寄王明府》《泛沔州城南郎官湖》《寄王汉阳》《醉题王汉阳厅》《江上吟》等诗歌。李白在这两段情缘中不仅留下了许多优美的诗歌，而且还留下了因发现崔颢《黄鹤楼》“昔人已乘黄鹤去”一诗太难超越，而只好写一首打油诗“一拳打碎黄鹤楼，一脚踢翻鹦鹉洲。眼前有景道不得，崔颢题诗在上头”的“李白搁笔黄鹤楼”的民间传说。此外，李白逗留武汉期间还留下了一个传说：尚书郎张谓在汉阳一湖亭上设宴招待李白，二人一起泛舟游湖，诗兴大发。张谓对李白说：“此湖古来贤豪游者非一，枉践佳景，寂寥无闻，夫子可为我标之嘉名，以传不朽。”李白为答谢盛情，以《泛沔州城南郎官湖》为题，赋诗一首：“张公多逸兴，共泛沔城隅。当时秋月好，不减武昌都。四座醉清光，为欢古来无。郎官爱此水，因号郎官湖。风流若未减，名与此山俱。”并留下“刻石湖侧，将与大别山（现名龟山）共相磨灭焉”的传说……其他值得挖掘的还有欧阳修汉阳为婿、熊廷弼巧帮冯梦龙等传说。

第三，高僧大德。武汉地区地势开阔，湖光山色旖旎，风景秀丽迷人，是块风水极佳的宝地。自古以来，这里诞育了不少大德之才，也吸引了不少著名僧道驻锡。像黄陂就诞育了程颐、程颢两位地位极为尊崇的儒家大德，至今这里仍广泛传诵着他们求学励志的诸多故事；汉阳归元寺、洪山宝通寺、汉口古德寺、江夏龙泉寺、东西湖景德寺、索河嵩阳寺、武昌长春观等佛教丛林和全真道场就吸引了众多宗教名流，留下了他们传经布道的各种传说。其中有些故事已经广为人知（如德明挂冠入佛门、袈裟圈地建禅寺、白光修建莲池庵、昌宏精雕古德寺），另有一些传说则湮没无闻，需要进行深度挖掘。例如江夏金口流传的“达摩祖师一苇渡江”传说。一般认为，佛教禅宗达摩祖师因为与梁武帝之间发生了“金陵语不契”（《五灯会元》），准备离开金陵（南京）渡江北上。可是，达摩祖师离开不久，梁武帝便将与达摩祖师话禅的事告知师父志公禅师，志公认为达摩高明至极，梁武帝深感懊悔并决定派人追回。当追赶达摩祖师的人马到达幕府山中段时，两边山峰突然闭合，一行人被夹在两峰之间。正走到江边的达摩看见有人赶来，就在江边折了一根芦苇投入江中，化作一叶扁舟，飘然过江。但是，在武汉江夏金口一带流传的版本却将达摩一苇渡江之地移至金口，并增加了若干内容，说达摩祖师因为与梁武帝萧衍发生“金陵语不契”，加上看透了梁武帝表面崇佛，实则是伪善帝王的假把戏，所以断然离开了他。达摩祖师从金陵燕子矶达摩洞（今狮子渡）出发，一路西进，当到达江夏金口（古称涂口）的回峰山（北望槐山，南临钵盂山，西望长江，东靠凤凰山）、槐山附近时，或许是被当地灵山秀水的旖旎风光所吸引，就停了下来。当时槐山上有一座寺庙，达摩就前往寺庙，住持听说达摩到访，非常高兴，想留达摩在寺庙当住持。当天晚上，达摩在槐山寺休息，住持怕达摩走了，便连夜派人将江边的船只撤走。第二天达摩要北上弘法，见江面上无船可行，便随手在江边扯了一把芦苇，踏浪而去。并留下了一偈：“峭石凌空浪拍天，槐山依旧锁风烟。回头二十年前事，哪得工夫上钓船。”以揭示梁武帝的虚伪面目，表明自己不辞而别、弃之而去的心迹。时至今日金口江边仍然长有许多芦苇，特别是在江中心的“铁板洲”上芦苇更多，似乎依然在诉说着这段传奇。其他值得挖掘的还有关于黄陂二程的“双凤送子”“鲁台望月”“流矢变鱼”“水涨台高”“二程晒书”“花柳前川”“聪明池”“夜月楼”“理趣林”“西郊桥”“涵虚亭”等系列励志传说等。

除了上述这些历史人物的传说外，一些活跃在民间口碑中的人物传说也十分珍贵，值得好好挖掘。花木兰、俞伯牙、钟子期等已经被列入国家非物质文化遗产项目的人物就不说了，那些名气不是特别大，但却很有武汉地方特色的人物尤其值得关注。例如“汉阳贱三爷的传说”。贱三爷是一个在武汉三镇流传久远的机智人物，他姓什么现在已经搞不清楚了，只晓得他单名健，排行第三。后来因为戏弄财主刘善人，被骂：“健三哪，健三！放着钱不赚，却要做牛拉犁，真是生得贱！”健三笑着回答：“哈哈，么样呢？我就是贱三爷嘛！”从此贱三爷的名字就叫开了。贱三爷故事大约从明朝中期开始就在民间流传，迄今已有500多年历史。故事起源于武汉市汉阳（现属蔡甸区），后来传播范围不断扩大，逐渐成为武汉市区及周边县市广为人知的机智人物故事。贱三爷故事具有鲜明的武汉地域特色，同徐文长、解缙等全国其他知名的机智人物故事相比，贱三爷故事具有四个不同于他者的显著特征：“第一，一般这种机智人物都是以农村为背景的，贱三爷是唯一活跃在城镇的；第二，其他机智人物都只靠舌战，贱三爷还会武功，中过武状元；第三，贱三爷做过县官造福百姓，这是其他人没有的；第四，这种机智人物通常没有好结果，不是被整死就是不知所终，贱三爷则安享晚年。”（传承人沈远义语）贱三爷是一个集中概括了旧时代城镇劳动人民的叛逆精神、丰富智慧和理想愿望的艺术形象，故事内容庞杂、形式多样，已经构成了一个特殊故事群，值得进一步挖掘。

三、民俗掌故

岁时节令、礼仪宗教、特色饮食、三教九流、竞技娱乐等传统民俗活动最能反映一个地方的文化精神。武汉作为中部水陆交通要冲，各色人流汇聚，各种文化杂糅，呈现出包容性很强的特点，但这并不意味着武汉就没有属于自己独特的民俗文化，相反武汉的民俗文化特色非常浓厚。一些记录武汉民俗的掌故，将这些民俗传承的来龙去脉故事化，使之不胫而走，不断地扩大武汉文化的内在张力，非常具有文化开掘价值。

第一，岁时节令。一年之中，四时八节的民俗活动很多。武汉有关这方面富有特色的民俗风情活动不少，像拥有800年历史的新洲旧街花朝节庙会、汉阳归元寺正月初五迎财神活动、蔡甸江夏黄陂的特色元宵节活动（大踩街、舞高龙、采莲船等）、八月的木兰山亮子会等就是如此。但是，既富有地方民俗节日特色，同时又传承民俗掌故的传说就不太多了，这就值得我们下大力气去搜集整理。例如“木兰山的亮子会”掌故。古时候，木兰山上的庙会很多，有正月初九的玉皇会、二月十九的观音会、三月初三的祖师会、四月初八的如来会、五月十三的关帝会、九月初九的斗姆会、腊月二十九的华严会等，而在众多的庙会中，最隆重热闹、延续时间最长的当数农历八月的亮子会。亮子会是木兰山唯一在全国有影响的一个庙会。亮子是“将2米多长的竹竿

图1-3 黄陂区木兰山亮子会

（图片源自杜有源：《木兰山亮子会》，搜狐网，https://www.sohu.com/a/151723802_720480）

用彩缎或彩纸包扎，竹竿顶端插上扎制的小菩萨，也就是吉祥物”①。亮子会就是各路举着这种旗幡的人马，在特定的日子里汇聚在一起按照赶庙、敬香、朝拜、祭祀、请愿几个礼节顺序举行宗教仪式的庙会。木兰山亮子会从农历八月初一开山门起一直持续到月底，八月初一开山门和八月十五中秋节最热闹。以前，每逢亮子会期间，省内外佛教道教信徒、香客和游人就会携带香烛、鞭炮、黄裱纸、供果、香麻油、布匹、功德钱等朝觐木兰山。木兰山亮子会是怎么来的？一说“亮子”指朝觐者在其上山行进途中炫耀锣鼓箫呐、诵佛诵经声、此起彼伏鞭炮土铳声的响亮，擎举各色旗幡的壮观漂亮，所抬祖师、灵官、罗汉等金身佛像在日光辉映下的闪亮。二说“亮子”实为“娘子”之变音。每年的八月亮子会，实际上以祭拜忠孝勇节的木兰女神为重头戏。亮子、娘子，木兰也。三说“亮子”为“谅子”。明成祖朱棣抢夺了侄儿朱允炆皇位，朱允炆起兵反朱棣失败后，朱棣为名正言顺将皇位据为己有，便将道教信奉的北方之神真武大帝变成他的真身，把民间俗称的亮子菩萨供奉于各大宫观内。朱棣还“大度”地谅解侄子，即民间所说“谅子”。亮子会组织大小不一，大到两三千人一支，小的只有百十来号人。明清到20世纪40年代末，今湖北荆州、黄冈、孝感、鄂州、咸宁等地均有朝觐木兰山的亮子会组织。外省河南信阳、驻马店、周口，安徽六安、金寨，江西九江、吉安，湖南岳阳、临湘等地都有朝觐木兰山的亮子会组织，不过人数很少，有的亮子会朝觐木兰山甚至没有旗幡。亮子会期间，木兰山上灯火辉煌，鞭炮震天，各庙宇宫观前宾客盈门。在此期间，朝山亮子会香客每日都在万人之上，太平丰收或大灾的特别年份，每日则多达两三万人，甚至六七万人。在1964年至1981年间，木兰山亮子会和其他庙会曾经中断长达十多年，到1982年庙会和亮子会活动又开始恢复。随着时代的进步，恢复后的亮子会活动变化很大。现在随着国家对非物质文化遗产的重视，木兰山的亮子会正在一步步恢复生机，再续辉煌②。

第二，礼仪宗教。礼仪宗教在世俗人生中占有相当重要的地位。仪式化会使人们增强信心，增强责任、荣誉和敬畏感，宗教活动则让普罗大众在生活的迷茫中能够寻找到一点精神寄托。所以，自古以来有关礼仪宗教活动的记载和传承一直绵延不断。武汉有关这方面的民俗也很多，像归元寺的数罗汉

① 武汉市汉阳区地方志办公室：《汉阳典故传说》，湖北人民出版社2013年版，第540页。

② 杜有源：《木兰山亮子会》，见“木兰山征文 · 八”，http://www.sohu.com/a/151723802_720480。

和大士阁求子、木兰山进香的讲究、三茶六礼的婚俗、红白喜事礼仪与禁忌等都很有地方文化特色。但是，与这些活动相伴相生的民间传说却搜集整理得并不多，这就需要我们进行深入挖掘。例如“木兰山进香”传说。古老相传，上木兰山进香一定要谨言慎行，进香的人必须提前几天就斋戒沐浴，禁止房事，不乱说话，否则菩萨会怪罪下来。武汉民间曾经流传着这样一则笑话：有个年轻人要去木兰山进香，他的妻子就嘱咐他，莫忘了到祈嗣殿抽一张灵签（因为二人结婚三年还没有生孩子），一边说一边把一些解手纸放在他胸前挂的黄布袋里，体贴地说道：“去来这远的路，你不用解手纸吗？”事也凑巧，这个青年下山后突然腹泻，直泻得全身无力。回家后，他不断埋怨妻子，不应该说“破口话”。有趣的是，木兰山附近的人倒不把木兰山的菩萨说得灵验无比，朝山进香也没有远方人踊跃，因而民间流传一句俗话：“木兰山的菩萨验远不验近。”另外，朝山的人，回家时一定要记得买一些小喇叭、筷子、木汤勺与木刀、木枪之类，分赠亲友，受赠的人往往非常高兴。所谓“一人至诚去进香，一方都沾菩萨光[①]。

第三，特色饮食。特色饮食也是体现一个地方民俗文化的重要因素。武汉的饮食文化虽然融汇了南北众多特色，具有很大的兼容性，但是武汉本地的一些饮食名品和制作技艺却依然特色鲜明，像洪山菜薹、汉阳藜蒿、蔡林记热干面、老通城豆皮、老大兴园鮰鱼、武汉（小桃园）煨汤、青山麻烘糕、四季美汤包、汤逊湖大嘴鱼丸、曹祥泰酥京果、舒安藠头、五里界界豆酱等作为特色饮食都被列入了省市级非遗保护项目名录，但是与之相关的民俗掌故依然不多，值得搜集整理。例如“汉阳藜蒿与李后”传说。藜蒿本是一种野草，何以却成了天下闻名的美食佳肴？这与宋代姓李的一位皇后钟爱藜蒿有关。话说南宋光宗（赵惇）的皇后是朝中太尉李道的女儿，李道原籍本是河南南阳，在绍兴年间担任鄂州御前诸军统制的时候，举家搬到了汉阳的南乡一带，李皇后就出生在这里。青少年时期的李皇后是一位热爱自然的少女，喜欢到乡间野外去闲游赏玩，也喜欢同小伙伴们一起采食野花、野果、野菜。待到她及笄之年时，因出众的美貌和才华被选入宫中成为太子妃，后来太子赵惇继承了皇位，她就当上了皇后。可是，后宫佳丽三千人，天天尔虞我诈，不断宫斗，她就常常感到寂寞，不时想念家乡以及家乡那洋溢着辛香味的野菜藜蒿的味道。于是，每逢初春时节，她就降下懿旨，命人从汉阳南乡捎来土产藜蒿进宫佐餐，以慰宫中的寂寞和乡愁。可是，在斗争异常激烈的皇宫后院，这种行为引起了那些伺机邀宠的嫔妃的关注。她们散布谣言说，李后是人妖，不喜欢

① 肖志华、严昌洪：《武汉掌故》，武汉出版社 2000 年版，第 201-202 页。

吃宫中的山珍海味，偏爱吃野草，是兔子精。谣言传到了皇帝赵惇的耳中，他亲自去御厨房查看，果然发现菜料中有一种辛香刺鼻的野藜蒿，于是就信了这谣言，认为李后确实是女中异端，但也不好说什么，只是成天闷闷不乐，进而抑郁成疾。后来，在李后的精心照料下，他的病好了，对李后的猜忌也就过去了，并且加封李后为慈懿皇后。过不多久，他觉得当皇帝也就那么回事，于是把皇位传给了儿子赵扩，自己就过上了到处旅游观光的悠闲日子。有一次，他巡游到了鄂州（武昌），州官接驾时奉上一桌御膳，其中有一盘地方名菜"凉拌藜蒿"香味扑鼻，他吃了以后龙颜大悦。于是，问了菜名，观看了原始菜料及加工工艺，极为赞赏。这时候，他突然回忆起李后曾经喜欢吃的一种野藜蒿就是这种味道，才恍然大悟，原来李后爱吃的菜竟是她的家乡特产，于是疑云顿消，深悔自己误解了李后。从此以后，武汉的藜蒿也就成为登上大雅之堂的美味佳肴了。

第四，三教九流。在城市的一些背街小巷乃至僻静一点的大街上，如果我们留心观察的话，总是能看到一些拆字算卦、吹弹卖唱、沿街乞讨的小店铺或群体，它们虽然数量不多，但却沉淀了历史的悲欢，呈现了城市的社会生态，是一道不可或缺的民俗特色风景线。武汉这类民俗在诸如归元寺、木兰山、长春观、户部巷、吉庆街等一些地方并不少见，甚至偶尔也能在热闹的街道上看到。随着社会进步，这些行当大多已经被政府明令取缔，但不可否认的是其中的若干行当仍不时变着花样出现在大众视野中。研究这些东西，意义并不特别大，但是作为城市的历史记忆和现实存在，以及艺术再现中应该被葆有的因素，依然具有搜集整理相关资料的必要。例如"旧汉口的乞丐"传说。旧汉口是个消费色彩浓厚的商业城市区。有钱人花天酒地，颐指气使；无钱人沿街乞讨，衣食无着。这些乞丐人数众多，在 20 世纪四五十年代，最多时达到 5000 多人。那时汉口的乞丐有属于自己的帮派和势力范围，主要分为"三江""两湖"两大派系，以"两湖"派系为主。在"两湖"派系下有刘华堂、彭钧启等门宗，每一门宗下又分若干字派，字派下又有坐大一方的"甲头"。它们划定区域，各管一方，互不侵犯。如若有外来乞丐渗入，要么被客气地"清谱"，要么惨遭毒打后被驱赶出势力范围。同时，丐帮内部有严格的帮规，规范乞丐的行为，主要有十条禁令：①不准越边抽舵，即所谓"兔子不吃窝边草"，不得偷行乞地范围内人家或乞丐同行的东西；②不准顶色卧莲，即不得嫖宿同行的妻子；③不准点水发线，即不得充当内奸，泄密告发；④不准引马上槽，即暴露丐帮所做的坏事；⑤不准溜边拐将，即借同行的东西不还，或拐走别人的徒弟；⑥不准挑灯拨火，即在同行中挑拨是非；⑦不准欺孤傲相，即欺压同行中的老弱孤残人；⑧不准遁逃扯谎，即欺骗自己人而逃跑；⑨不准偷言耳哄，即偷听别人私话后外传；⑩不准迷糊吃大，即讨得的钱财不公开交出。如有违反上述条款者，将受到相应的惩罚。另外，在丐帮中还有专门的行话、黑话，是一个独特的话语系统。这些东西及与之相关的传说故事都值得挖掘、整理，为将来的文艺创作或历史文化研究积累资料。

第五，竞技娱乐。竞技娱乐是重要的健康生活方式，让人们既能在休闲中陶冶情操，同时也能创造经济价值。作为民俗形式的竞技娱乐，往往带有很强的地方色彩，比如蒙古族的赛马摔跤、藏族的锅庄舞、东北的二人转、江浙的昆曲、湖南的花鼓戏等。武汉民俗中的竞技娱乐也非常富有地域特色，像汉剧、楚剧、湖北大鼓、单弦拉戏、新洲牌子锣鼓和皮影戏、蔡甸五虾闹莲和高龙、黄陂高跷和鳌鱼灯等都非常有名，有的还被列入省市级非物质文化遗产保护项目名录。但是，与之相关的民俗掌故却是少之又少，需要我们认真搜集整理。例如“汉阳高龙”传说。汉阳高龙是2008年入选第二批国家非物质文化遗产名录的武汉传统舞蹈。一般认为，汉阳高龙源于汉代的“鱼龙曼衍”，形成于唐代贞观时期，盛行于汉阳县的江堤乡、永丰乡及蔡甸的部分地区，自古至今从未间断。高龙舞跟其他龙灯的舞法有很大不同，属于竖式舞法，汉阳高龙舞动起来场面宏大、气势壮观，并且其扎制、开光、焚烧、抢福过程别具一格。据传，汉阳高龙的产生跟唐太宗李世民和名臣魏征梦中斩老龙的传说有关(《西游记》中叙述了这个故事)，至今汉阳永丰、江堤和附近蔡甸地方人多以唐时从都城长安(今西安)迁徙到云梦泽的后人自居，讲起故事来有根有据。话说唐代贞观年间，中原地区大旱，长安城内百日没有下过一滴雨，于是自恃“真命天子”的李世民上书玉皇大帝求雨，玉帝降旨要求龙王按“长安城内三寸，城外四寸”降雨，但是龙王却故意反着降雨：城内四寸，城外三寸。一时间长安城内洪水泛滥，玉帝龙颜大怒，下令立即斩杀龙王，由道家出身的魏征奉御旨行刑。龙王无奈，向相士求救，相士指点他向太宗李世民求情。于是，李世民急宣召魏征进宫伴驾弈棋，想帮助龙王逃过午时之劫。哪承想，二人对弈之时，魏征忽然伏桌而睡，在梦中将龙王斩杀为13段，向天庭缴旨。因为龙王被斩，李世民没能兑现自己的承诺，颇感歉疚。为弥补这一过失，李世民遂下令每年正月初一至十五祭祀龙王。因为龙身被斩为13段，于是民间祭祀用的高龙也就断作13节，称为十三太保；又因为魏征是道家出身，于是每节龙身上就画上八卦等图案。从此以后，高龙就成为人们在春节时祭祀、庆祝的一种竞技娱乐活动了。

第二章　武汉地方传说的传承状态调查

在全球化和信息化时代，一切文化现象都不以人们意志为转移地发生了巨大而深刻的改变。作为传统民间文学的武汉地方传说，随着其赖以生存的语言生态、传播媒介、互动群体、讲述方式、社会功能等生活语境的变化，在保护与开发方面出现了一些新的文本现象和传承形态。一方面，互联网背景下的多媒体形式激发了人们传播民间传说的巨大能量，使传说的受众面无限扩大，只要你愿意发表这方面的内容，就可以在公共平台或自媒体上随时上传，版本形式多种多样，远远超过前信息化时代的总量；另一方面，在世界性非物质文化遗产政策扶持和文化产业开发利益双重因素影响下，各地对民间传说的保护与开发意识不断增强，力度不断加大，使得民间文学政府主导的非民间色彩和经济利益攸关方的“创作意图”日益浓厚，以至于各地的伪民间传说愈演愈烈。所有这些，都值得学者在非物质文化遗产传承过程中认真加以研究和辨别。

第一节　当代传说的存在样态

在中国传统社会里，由于交通闭塞和信息不畅，普通民众大多囿于一方，甚至终生都没有出过远门，《周易·井卦》“改邑不改井”的卦辞（很多人终生只饮用同一口井里的水）就对古代社会的封闭状态进行了形象化的描述。后来，虽然社会不断进步，但是在统治者重农抑商政策和长期维稳心态的主导下，中国人安土重迁的文化并没有获得多大的改变。改革开放以来，在“解放思想”“发展经济”政策的影响下，城市经济日趋繁荣，社会经济体量不断增大。经济驱动带来了城乡人口的大迁移，每年成千上万的农村人口春节过后进城务工，也有很多人在城里经商并定居下来，再加上互联网带来的信息无限传播，人们的思想日益活跃，文化生活方式更加多元，固有的乡土社会和街坊里巷文化也不断发生深刻改变。社会经济和文化生态环境的改变，必然导致包括民间传说在内的民间文学的存在样态发生深刻变化。

一、乡土社会中的民间传说

武汉新洲、黄陂、蔡甸、江夏等几个郊区，虽然已经被纳入了城市发展总体规划，经济上取得了长足进步，但是在文化上仍然保留着浓厚的乡土社会本色。由于这些地方仍是以农业社会为主，乡村中那些老年人群体、留守妇女群体、留守儿童群体、鳏寡孤独群体、宗教宗族群体中讲说地方民间传说的习俗依然比较流行。

第一，老年人群体。这里的老年人指的是正常家庭中年长的成员。城市郊区的老年人是一个较为特殊的社会文化群体，他们在城市与乡村融合过程中处于边缘地位，很难融进以青年人为主体的当代网络文化（如使用短视频平台、打游戏、使用交友软件等），也融不进城市经济生活的主流（很少能进城经商、创业或务工），再加上城郊农村经济向乡村工业、集约农业、高科技农业、观光旅游农业转变，传统"三农"生活方式不断萎缩，留下来的青壮年劳动力越来越少，村落空心化现象日趋严重，使得这些老年人感到十分惶惑。但这并不意味着他们被社会文化生活遗忘，在这个民族传统文化振兴备受推崇的时代，他们除了学习上网使用QQ、微信等现代交际工具外，还以一种特殊的传统文化传播方式介入当代生活，重新建构乡村文化生活模式：他们往往是乡村庙会节日的积极倡导者、乡村红白喜事的执事人、家族宗庙修建和族谱修续的推动者、乡村观光旅游的积极参与者……由于长时间受到乡土文化的浸染，他们的民间文化观念十分强烈，讲唱当地的民间传说可以说是他们的拿手好戏，也是他们在新时代树立文化权威的重要方式，他们成为乡土社会中民间传说的有力传播者。

以江夏区×村老年人群体为例，看看他们是如何介入当下地方传说的传播的：

表2-1　江夏区×村老年人群体民俗文化生活调查统计

特征值		人数	百分比（%）	参与民俗活动情况（人数/占比%）											
				庙会节日参与		红白喜事执事		宗庙族谱修撰		民宿旅游接待		说书唱戏参与		地方传说传播	
年龄	56—65	56	52	21	38%	9	16%	6	11%	8	14%	34	60%	8	14%
	65以上	52	48	19	37%	5	10%	8	15%	6	12%	32	62%	9	17%

续表

特征值		人数	百分比(%)	参与民俗活动情况(人数/占比%)											
				庙会节日参与		红白喜事执事		宗庙族谱修撰		民宿旅游接待		说书唱戏参与		地方传说传播	
性别	男	55	51	20	36%	7	13%	12	22%	7	13%	36	65%	11	20%
	女	53	49	20	38%	7	13%	0	—	7	13%	30	57%	6	11%
婚姻	已婚	102	94	35	34%	14	14%	12	12%	14	14%	68	67%	13	13%
	未婚	6	6	4	66%	0	—	0	—	0	—	6	100%	2	33%
	丧偶	16	14	1	6%	0	—	0	—	0	—	10	63%	2	13%

虽然我们调查的只是个别村庄，不足以反映全部武汉市乡土社会中老年人群体的情况，但是这却也能说明当前城市郊区农村社会的一般现实。从这则统计表和实际调查中我们了解到，城市郊区的老年人群体，由于文化生活习惯，一般比较热衷于参与民俗文化活动，也有部分人对地方传说的传播有一定兴趣。他们的传承途径主要从三个方面展开：一是在参加民俗活动过程中加深了对家乡传说的了解（如通过修族谱活动对某位家族名人的事迹有了更多认识，参加庙会活动对庙会来历的认识普遍增强），然后在村民和同族晚辈中予以传播；二是通过在民宿接待活动中对外来游客宣讲本地传说故事，以提高民宿的入住率和吸引更多回头客，从而实现非物质文化遗产传承范围的扩大；三是带孙子辈参与这些民俗文化活动，在耳濡目染中无形地传承了地方传说这类非物质文化遗产，而且传承效果比较理想。

第二，留守妇女群体。在武汉郊区农村，还有一些留守妇女在家里承担着繁重的家务与农活劳动，她们一般年龄在25—55岁之间。这些留守妇女除了劳动、带孩子、赡养老人外，闲余时间也会去打麻将，玩斗地主，用手机上网聊天交友，发抖音视频。除此之外，她们对武汉地方传说也有一定的聆听和传播兴趣，特别是那些有励志意味和民俗色彩的故事尤其对她们有吸引力。励志故事往往成为她们教育孩子的第一手素材，而民俗色彩的庙会婚丧讲唱则是她们乐意参与的项目之一。有些年轻留守妇女还喜欢将这类民俗事项拍摄成短视频在抖音、微博和QQ空间平台上发布。

以江夏区×村留守妇女群体为例，我们看看她们是如何介入当下地方传说的传播的：

表 2-2　江夏区×村留守妇女群体文化生活调查统计

特征值		人数	百分比(%)	参与文化活动情况(人数/占比%)											
				抖音		QQ、微博、微信		庙会婚丧讲唱		看电视		说书唱戏参与		地方传说传播	
年龄	25—35	15	39	15	100%	15	100%	8	53%	15	100%	9	60%	3	20%
	35—55	23	61	12	52%	18	78%	19	83%	23	100%	20	87%	8	35%
子女	1个	21	55	19	90%	21	100%	14	67%	21	100%	16	76%	5	24%
	2—3个	17	45	9	43%	17	100%	10	59%	17	100%	13	76%	5	29%

从这则调查统计表上我们可以看出,25—35岁的年轻妇女比较热衷于玩抖音视频,QQ、微博和微信也是她们参与文化活动的主要形式,对于说书唱戏活动也乐意参与;35—55岁的中年妇女在庙会、婚丧、嫁娶这类活动方面参与程度高,对说书唱戏活动也比较有兴趣,在地方传说的传承方面也占有一定比例。在实际调查中我们了解到,她们主要是通过带低龄孩童参加民俗活动和拍摄民俗视频发抖音的传播方式来让人感受地方传说的魅力,并对幼儿进行励志教育,进而实现非物质文化遗产传承的目的。

第三,留守儿童群体(除留守妇女自带儿童之外者)。随着大量为人父、为人母的青壮年劳动力外出务工,农村中的留守儿童群体越来越成为乡村文化中一个值得关注的群体。我们知道,父母是家庭结构的核心,是儿童成长的监护人,孩子的物质生活和精神生活都离不开父母的亲密陪伴。但现实情况是,越来越多的留守儿童在缺少父亲母亲直接关爱的环境下,不得不仰仗祖父祖母隔代抚养,从而造成精神和情感方面的缺失。那么,武汉郊区留守儿童的生活状况究竟如何?他们传承地方的民间传说吗?通过实地调查走访,我们了解到武汉郊区留守儿童群体其实也有着较为丰富的精神文化生活,其中聆听和讲唱地方民间传说就是一个重要方面。由于他们的祖父母年龄偏大,对外面瞬息万变的世界了解不多,而对乡村历史掌故却相当熟稔,在孩子放学回家后,他们往往会在孩子晚饭前后或入睡前讲些乡村历史掌故给孩子听,以慰藉孩子幼小的心灵,再加上经常带他们参加一些地方民俗活动,意外承担起了传播非物质文化遗产的责任。

还是以江夏区×村为例,看看郊区留守儿童群体对地方传说兴趣如何:

表 2-3　江夏区×村留守儿童群体文化生活调查统计

特征值		人数	百分比（%）	参与民俗活动情况（人数）					
				参与庙会节日	参与红白喜事	参与说书唱戏	听祖父祖母讲故事	从学校校本课程了解传说	对地方传说感兴趣
年龄段	学龄前	33	36	30	31	33	33	—	33
	小学段	35	39	15	16	11	31	15	30
	初中段	23	25	8	9	8	10	10	12
性别	男	41	45	33	32	30	35	15	35
	女	50	55	20	24	22	46	10	40

郊区农村留守儿童作为城市社会的一个特殊的群体，他们是将来城市建设不可或缺的重要力量，他们对地方文化建设负有不可低估的责任。我们对学龄前、小学段和初中段三个年龄层次以及男女性别进行了比较和甄别，然后发现，学龄前儿童参与民俗活动的比例最高，对故事性强的地方传说兴趣浓厚，也比较容易接受，但是他们却面临着长大后随父母迁移到城镇上学，乡土记忆逐渐消失的问题；进入小学段，尤其是进入初中段以后的儿童，由于课业任务重，他们在节假日虽也随着祖父祖母（或外祖父外祖母）外出参加一些民俗活动，在学校学习时也会在校本课堂上接触当地的民间传说故事，但是在参与次数及兴趣方面总体上呈现下降的趋势。从男生和女生对地方传说的兴趣程度看，男生较女生兴趣强，有些男生甚至放言自己一定要超过当地某名人，干出一番惊天动地伟业的豪言。从这些情况来看，地方传说在广大农村留守儿童中还是得到了一定的传承。

第四，鳏寡孤独群体。中国共产党十八大以来，“创新、协调、绿色、开放、共享”五大发展理念深入人心，引领中国社会走上更加健康的发展道路。受益于“共享”改革开放成果这一更加科学、更加富于人文情怀的发展理念，在国家精准扶贫政策指引下，武汉郊区农村现在基本建设了福利院，将鳏寡孤独、生活困难的村民集中安置，并发放一定的生活补贴，使他们即使无力参加生产劳动，也能够维持基本的生活。这样一来，聚众而居的生活方式、相对闲暇稳定的日常生活，使他们对精神文化的需求不断增强。特别是在那些雨雪烦闷季节、暑热难熬夏夜、节庆落寞时分，他们并不热衷于看电视、听音乐，往往喜欢聚集在一起聊天讲故事，以驱赶寂寞时光，其中民间传说是他们热衷讲述的内容,有时甚至还传播一些当代新产生的民间传说。

课题组曾经委派一个大学生暑期社会实践调查小组,以志愿者服务的方式,深入调研了新洲区××福利院,通过跟鳏寡孤独老人直接进行接触、观察和交谈,他们获得了大量第一手资料,并提供了如下统计数据:

表 2-4　新洲区××福利院鳏寡孤独群体文化生活调查统计

特征值		人数	百分比(%)	参与民俗活动情况(人数)					
				参与庙会节日	听说书看戏曲	看电影看电视	讲故事听故事	传播当代传奇	对地方传说感兴趣
年龄	56—65	36	46	21	32	36	36	21	18
	65 以上	42	54	20	38	42	42	26	22
性别	男	60	77	31	54	60	60	35	31
	女	18	23	10	16	18	18	12	9

从这则调查统计表我们可以看出,这所福利院中的鳏寡孤独老人对地方传说还是有较为浓厚兴趣的,这也从一个侧面反映了在部分年长的特殊群体中,地方传说依然是他们文化生活中重要的内容,而且他们还是传播当代传说的一支重要队伍。通过他们的传播,那些农村中文化水平不算高的正常家庭老人也会跟着传播,进而影响到年轻群体的传承。

第五,宗教宗族群体。宗教是人们精神寄托的一种方式,正常的宗教活动及宗教群体在中国是受到国家法律保护的。佛教寺庙的僧人、道教宫观的道士、基督教堂的神父和伊斯兰教堂的教士,这些宗教人群虽然人数不多,但都是受到国家法律保护的。为了传播宗教教义,扩大宗教的社会影响,宗教群体通过定期举行宗教仪式、讲述宗教故事等形式来宣扬宗教思想,其中一些地方传说往往被附会上宗教色彩,像黄陂木兰山的木兰传说、武昌黄鹤楼传说、长春观邱处机传说、汉阳归元寺传说等就是如此。宗族群体是指那些以姓氏为核心,以重修族谱和家族宗祠为纽带,以研究和传承优秀家族文化为名义展开活动的家族活跃分子,他们的活动在当地一般很具号召力。为了凝聚家族成员对氏族的向心力,他们往往热心搜集和传播家族中著名人物的传说故事,以激励后代发奋向上,整合家族的族群精神。对这一群体的传承情况,我们也进行过调研,但情况比较复杂,在此就不予以展开了。

二、都市娱乐中的民间传说

都市文化生活较之郊区农村要丰富得多，老年人可以跳广场舞、唱京剧、看电影、看比赛、免费乘市内交通车观光旅游……中年人、青少年的文化生活就更是丰富多彩了。但这并不意味着他们就不传承民间传说了。实际上，在都市娱乐中很多时候也存在民间传说的影子。

第一，寺院庙会。武汉市区内的几乎所有寺院中都会举办庙会活动，其中尤以汉阳归元寺的规模最大，香火最盛。归元寺庙会又称汉阳文化庙会(1991年定名)，由武汉市和汉阳区政府联合举办。每年春节前后庙会期间，汉阳翠微路东端扎起彩楼，沿街张灯结彩，遍插旗幡。街道两侧则设置了丰富多彩的展演活动点和商品展销点。其间有民间杂耍、文艺表演、书画展览、灯谜会猜、汉货展销、地方小吃等固定内容。展演开始，由几十个单位、街、乡组成的数千文艺大军举行声势浩大的踩街表演，节目都是武汉市民喜闻乐见的民俗年节活动——滚龙、高跷、采莲船、高龙、舞狮、虾子灯、竹羊、虫半精、三节龙等，不少民俗是武汉地区特有的文化绝活。从1991年第三届汉阳文化庙会起，活动内容逐渐增加了特色主场(当年举办舞龙大赛)，第四届又加进了彩车大巡游，第五届举办街头迎春会，第六届举行群众性广场文体舞大展演……活动时期，参与人数成千上万，熙来攘往，盛况空前。庙会期间，有不少虔诚的信徒还会去庙内抽签、数罗汉，聆听熟悉归元寺掌故的解签人讲述归元寺五百罗汉的来历，以及归元寺选址时白光禅师得到八

图2-1 汉阳归元寺新春庙会“祈福”

(图片源自《中国摄影报》2017年2月1日)

仙帮助于葵园中“袈裟圈地建寺院”等传说。当然,也会有街坊向外地来的亲朋好友讲述关于高龙、虫半精、三节龙等民俗活动来历的传说。其他像长春观民俗庙会、黄鹤楼古肆新春庙会等也很有名,活动期间,有关民间传说就会得到一次较好的传播。

第二,红白喜事。红白喜事是中国人最重要的民俗文化活动。红喜事包括结婚、生孩子、孩子抓周、老人做寿等,白喜事特指老年人寿终正寝时的丧葬活动。以结婚为例,武汉当代婚俗一般由婚姻准备和婚礼仪式两个阶段构成。准备阶段,主要包括提亲下聘礼,商定婚礼中的具体细节,议定婚期以及请客酒店,选定婚庆公司等内容;婚礼阶段,主要包括前一天铺床叠被、童子压床活动,迎亲当天新郎进门、新郎进茶、新郎找新鞋、彩车绕城,新娘进门、新娘喝甜汤、新娘进茶、婚宴迎宾、闹洞房、三朝回门等环节。在这期间,操办婚事的喜娘或其他长辈会给在场的一些客人或晚辈讲述若干民间传说。例如,笔者有一次在江岸区长春街参加同事小孩婚礼的时候,铺床的喜娘连续讲了月老牵红线、喜神、床神和送子娘娘等好几个经典传说故事,并且还讲了一个现代版的婚姻故事,听得主家和到场的宾客十分愉悦,赶热闹的小孩子露出崇拜的眼神,她自己也越发神采飞扬,十分有成就感。后来,一打听才知道她就是附近的一个老街坊,家境殷实,子孙齐全,但特别喜欢赶红白喜事这种热闹场子,很受大家的喜爱。

第三,民俗节庆。作为历史名镇,自古以来武汉就传承着荆楚故国的节庆民俗,像春节、元宵节、清明节、中秋节等各地都有的节庆民俗就不必说了,武汉特有的端午节以及现代兴起的渡江节也非常有名。比如端午节,因为相传屈原流放期间,行吟泽畔到过武汉的特殊关系,武汉人过端午节心里装有一份特殊的文化情愫,过节期间人们会提前买好或亲自去采摘菖蒲和艾蒿挂在自家门口,节日当天一定要吃粽子、绿豆糕、煮鸡蛋(有些单位会在餐点时间特别赠送),条件较好的家庭现在还增加了一项吃食——黄鳝。除了吃,武汉人还流行女婿给岳父母家送礼的习俗,也就是说,有女儿的人家,上述食物完全不必自己购买,节日当天或前几天女儿女婿会提前送到。在娱乐方面主要是划龙舟,或观看龙舟比赛,武汉湖泊众多,适合比赛的地方也不少,这自然是节庆期间一道美丽的风景线。另外,为了吸引外地游客到武汉观光旅游,一些旅游公司与商家合作,在汉口里举办贴花钿、艾草拔禊、刺五毒、投壶等参与性很强的游艺节目,也吸引了众多游人参与民俗活动,增加了活动情趣。与此同时,这些都市娱乐活动中自然也会讲唱一些传说故事,与端午节相关的主要有屈原投江和《白蛇传》里许仙与白娘子的传说。

图 2-2　汉口里端阳文化节

（图片源自《园博园将举办“汉口里端阳文化节”》，新浪湖北网，http://hb.sina.cn/news/2019-06-06/detail-ihvhiqay3970348.d.html? from＝wap）

三、网络社群中的民间传说

随着现代数字信息技术的迅猛发展，网络社群成为民间传说散播的重要渠道。一方面，由于纸质媒介容易生霉，录像带、磁带等容易老化失真，不利于长期存贮，政府通过非物质文化遗产的数字化保护工程，为民间传说这类依赖于长期经验的积累，“主要靠口传心记、言传身教传承，具有活态性、生态性、传承性、变异性等特殊性质，保护难度较大”①的非物质文化遗产，开发了资源巨大的数据库。据统计，“在民间文学数字化方面，启动了中国口头文学遗产数字化工程，建立了容量高达 9 亿字的中国口头文学遗产数据库，收录了 1949 年以来国内出版的各种神话、传说、故事、歌谣、谚语等民间文学读本 6000 余册”②。另一方面，微信公众号、短视频网站、微博、博客、QQ 空间、抖音、斗鱼、BBS 等各种自媒体和公共空间新媒体技术的大量涌现，也为民间传说在当代的传播提供了极大的便利。由于网络社群没有电视频道和广播频道资源有限性的限制，能够让更轻量、更小众化、更垂直的网络节目得以便捷传播，并能在受众中积累起“以小见大”的文化效应，所以在网络社群中备受

① 黄永林、谈国新：《中国非物质文化遗产数字化保护与开发研究》，《华中师范大学学报》（人文社会科学版）2012 年第 2 期。

② 刘彬：《保护好民间文艺这袋“脐带血”》，《光明日报》2016 年 6 月 27 日。

年轻一代受众青睐。

第一，微信公众号。利用微信公众号推介当地民间传说是当下各地文化部门和文化产业公司的常见做法，因为这种媒体形式成本低，操作简便，且推广面极为广泛。微信公众平台账号分为服务号、订阅号、小程序、企业微信几大类。服务号是一个“给企业和组织提供更强大的业务服务，能够帮助企业快速实现全新的公众号服务的平台”。订阅号是“为媒体和个人提供一种新的信息传播方式，构建与读者之间更好的沟通与管理模式”。小程序是“一种新的开放能力，可以在微信内便捷地获取和传播，同时具有出色的使用体验”。企业微信是“企业的专业办公管理工具，有与微信一致的沟通体验，提供丰富免费的办公应用，并与微信消息、小程序、微信支付等互通，助力企业高效办公和管理”。目前，武汉地方民间传说的推介主要是打造“订阅号”，像江夏区的“江夏民间故事”，汉阳的“汉阳区委党史办”，新洲区的“新洲文化旅游”，黄陂区的“黄陂天下”“黄陂区文联”“木兰山景区”，武昌的“黄鹤楼”等公众号就发表和转发了大量有关武汉民间传说的好文章，并吸引了很大一批热心民间文学的个体关注，关注量有时达到10万+，从而使当地民间传说变得容易获取与接受了。

第二，传承人博客。传承人是指直接参与非物质文化遗产传承活动，使非物质文化遗产得以沿袭的个人或群体(团体)，他们是非物质文化遗产最重要的活态载体。民间文学传承人一般都对当地民间传说十分熟稔，是各级政府部门认可的权威，又有很高的传播激情。但是在受众相对较少的当代乡村社会与城市里巷，他们的声音却不断被弱化，而“博客”这一自媒体形式，刚好使他们找到了便捷上传和分享民间传说的好渠道，他们的博客大多拥有一定规模的粉丝量，是网络社群中传播民间传说不可忽视的一支重要力量。例如，武汉唯一民间文学类国家级传承人叶蔚璋(黄陂“木兰传说”传承人)就曾经开办过个人博客(“花将军的博客”)，用来传播黄陂“木兰传说”，对于传承地方传说起到了一定的辅助作用。

第三，论坛和贴吧。以前网上有这样一句话：“问问题去贴吧，找资源去论坛。”论坛和贴吧作为较早出现的网络社群空间，虽然现在不如以前那么火爆了，但也并没有因为更加便捷的新媒体出现而彻底衰微。不少热衷民间文学传播的个人和团体喜欢在论坛和贴吧上发表和谈论各地的民间传说。只要上网一搜，关于武汉地区的民间传说就可以在东湖论坛、天涯社区、百度贴吧中找到不少可以分享的内容。例如，只要输入“东湖民间故事”“黄陂元宵节玩龙灯传说”等关键词，就可以很快从贴吧、论坛中找到有关内容，其中有文字，有图片，有音频，有影像，十分生动有趣，这是当代民间传说生存的一个不可忽视的网络空间。例如百度贴吧“黄陂吧”中就有大量关于黄陂的民间传说帖子，像网友“初涉江湖”在2005年10月10日这一天的12:00—12:30时段就接连上传了10个与木兰有关的传说故事，这对于民间文学的当代传承无疑是十分有意义的。

第四，热播视频。21世纪的今天是一个读图风气盛行的时代，视频、图像成为网络文化和新闻传播的重要渠道之一，包括民间文学在内的非物质文化遗产也充分利用了这一新型媒介工具。一些热心非物质文化遗产传播的专业人士与业余爱好者用摄像机或手机录像功能，拍摄一大批反映地方民间传说内容的民俗活动影像在优酷土豆、搜狐视频、爱奇艺、腾讯视频、芒果TV、西瓜视频、火山视频、抖音视频、快手视频等视频网站上传，逐渐在互联网上掀起一股清新的民间文化传播潮流。像黄陂的“木兰山庙会”、黄鹤楼举办的各种文化活动、古琴台文化活动等在以上视频网站中均可以搜索到，其中有不少是讲述或介绍地方传说的视频。由于视频网站具有大众媒体与自媒体兼具、大众传播与窄众传播并存、观看—接受模式与反馈—生产模式共存的特点，这类民间传说视频通过网友之间的互相转发和制作上传，能够得到快速而有效的传播。

第五，微信社群。微信群作为多人聊天交流的平台，具有通过网络快速发送语音、视频电话、图片和文字的功能，还可以通过发红包、点赞等激励机制激活群体的活力，在各类人群中得到广泛应用。据我所知，在武汉市民中有不少微信群除了发布工作信息、社群活动和搞笑段子等常见内容外，一些非物质文化传播活跃分子往往也会不时地推送包括地方民间传说在内的文章、视频或图片，而一些非物质文化遗产传承或研究方面的专业人士组成的社群更是几乎天天在推送自己熟知或在田野调查中得来的民间传说新材料，从而起到了很好的文化传承和信息散播效果。

四、非遗言说中的民间传说

在世界性非物质文化遗产保护热潮影响下，上至国家层面下至各级地方政府，先后出台了一系列保护非物质文化遗产的文件、法规和条例，并将包括地方传说在内的若干代表性文本、代表性传承人、生产性保护示范基地、传承示范基地等都列入非物质文化遗产保护名录。武汉各地的民间传说也成为所在地政府部门积极申报的对象。截至2015年10月，武汉拥有市级以上各级非遗代表性项目516项（其中国家级15项、省级50项、市级138项、区级

313 项），拥有各级非遗代表性传承人 224 人（其中国家级 11 人、省级 59 人、市级 154 人），各级非遗生产性保护示范基地 17 个（其中国家级 1 个、省级 3 个、市级 13 个），省级非遗传承示范基地 4 个。黄陂区、汉阳区被国家文化部命名为“中国民间文化艺术之乡”①。下面，我就武汉地方传说类非遗状况作一简要描述。

（一）代表性文本

目前被列入市级以上非物质文化遗产代表性项目名录的地方传说一共有 18 项（重复入选者，以最高级别列入）。从这些代表性项目名录来看，内容上涉及人物传说、史事传说、风物传说、动植物传说几大类，但风俗传说是缺项；范围基本上涵盖了武汉地区的大部分区县，但仍有江岸、江汉、硚口、青山、汉南等地传说未能入选，需要补齐短板，实际上这些地方有很多精彩传说可以申报；时间上以古代传说为主，近现代传说入选的则非常少。入选文本的代表性不够广泛的问题是显而易见的，这些都有待各地非物质文化遗产主管部门和地方政府进一步努力。

表 2-5　武汉入选市级以上非遗代表性项目名录

序号	项目名称	项目级别及入选时间	申报地区
1	木兰传说	国家级（2008　第二批）	黄陂区
2	黄鹤楼传说	国家级（2011　第三批）	武昌区
3	伯牙子期传说	国家级（2014　第四批）	武汉群众艺术馆
4	三国传说·卓刀泉传说	国家级（2014　第四批）	洪山区
5	禹的传说（武汉大禹治水传说）	国家级（2021　第五批扩展项目）	汉阳区
6	贱三爷的故事	省级（2009）	蔡甸区
7	孟宗、黄香孝行故事	省级（2011）	武昌区

① 另据报道，截至 2018 年 3 月又有 7 人入围“第五批国家级非物质文化遗产代表性传承人名单”，29 项遗产入围“第六批市级非物质文化遗产代表性项目名录”，至此，武汉市国家级非遗代表性传承人已达 18 人，武汉市级项目达到 167 项。2021 年国家级第五批非物质文化遗产代表性项目目录公布后，又增加了“武汉大禹治水传说”“木偶戏”“中药炮制技艺（汉派彭银亭中药炮制技艺）”“中医传统制剂方法（叶开泰传统中药制剂方法）”等。

续表

序号	项目名称	项目级别及入选时间	申报地区
8	梁子湖传说	省级(2013)	江夏区
9	惟楚有才传说	市级(2006)	武昌区
10	孔子问津传说	市级(2008)	新洲区
11	龙泉山传说	市级(2008)	江夏区
12	柏泉传说	市级(2010)	东西湖区
13	黄陂十景传说	市级(2012)	黄陂区
14	洪山菜薹传说	市级(2015)	洪山区、武昌区
15	二程故事(传说)	市级(2015)	黄陂区
16	江夏金口传说	市级(2017)	江夏区
17	叶开泰传说	市级(2017)	汉阳区
18	宋·香妃传说	市级(2017)	蔡甸区

(二)代表性传承人

虽然武汉至今拥有各级各类非遗代表性传承人达二三百人之多,但是被评为市级以上的民间传说代表性传承人的却仅有9人,其中还有2人是黄陂区以木兰传说名义申报成功的。毫无疑问,9位被确定为市级以上民间文学传承人,确实非常热心于民间传说的搜集、整理和传播。例如2018年5月入选第五批国家级非物质文化遗产代表性项目传承人的叶蔚璋,就经常走村串户搜集木兰传说,并且还潜心搜集与木兰传说有关的古迹、绘画、雕塑、唱本、剧本、工艺品等,据说目前收集的藏品已达3000多件,已初步形成了以木兰传说为核心的历史文化谱系,极大丰富、充实和扩展了木兰传说的内涵。此外,为了有效传承木兰故事,他还将收藏品集中起来举办木兰文化展,建立了与推广木兰传说有关的专门网络平台,以现代多媒体的方式传承木兰传说,并以网名“花将军”的名义多次发起热心网友赴黄陂木兰故里实地开展旅游、调研与讲唱活动。在讲述木兰传说时,叶蔚璋声情并茂、流畅自然,并且长于将木兰传说与木兰山地区的自然风景、人文景观和风俗习惯相结合,以增强木兰传说的地域性和历史感。通过这些传承活动,叶蔚璋充分展示了木兰传说及木兰文化的丰富性和多样性，起到了传承、保护和发展木兰传说的积极作用①。那么，合乎要求的民间传说传承人为什么这么少呢？他们又是怎样开展民间文学传承活动的？这里其实涉及民间文学生存的核心问题——真实传承状况。就此而言，真正生活在民间、活跃在民间的传承人或许并不是各地推选的非遗代表性传承人，因为有些被政府部门认定的传承人大多属于公职人员，又游离于实际传承地域和传承过程之外，是传承过程中的外生力量，而真正的传承人应该是土生土长，具有广泛号召力和充沛内生活力的民间文学聚散式人物（如当地擅长讲故事的农民、手工业者、街坊里巷的大爷大妈等）。从这个意义上来看，或许武汉地区民间传说的真正传承人并没有被发掘出来，因为他们默默无闻地生活在民间；又或者他们正在走向衰微，因为适合这类人物生存的乡土社会环境和街区里巷环境正在逐渐消失。

表 2-6　武汉市级以上非遗项目代表性传承人

序号	项目名称	项目级别	代表性传承人	申报地区
1	木兰传说	国家级	叶蔚璋（2018 国家级、2012 省级、2012 市级） 杜有源（2014 市级）	黄陂区
2	禹的传说（武汉大禹治水传说）	国家级	陈涛平（2016 市级）	武汉大禹文化博物馆
3	贱三爷的故事	省级	沈远义（2014 市级）	蔡甸区
4	梁子湖传说	市级	陈锋（2014 市级）	江夏区
5	柏泉传说	市级	黄子材（2014 市级）	东西湖区
6	孔子问津传说	市级	李森林（2016 市级）	新洲区
7	黄鹤楼传说	市级	姜普林（2019 市级）	武昌区
8	叶开泰传说	市级	李振昂（2019 市级）	汉阳区

① 《青山一民警计划在家办花木兰文化博物馆》，长江网，http://news.cjn.cn/24hour/wh24/201203/t1680126.htm。

（三）生产性保护示范基地和传承示范基地

由于民间传说是语言艺术，很难将其直接转化为文化产业，目前与民间传说相关，勉强可以列入非遗生产性保护示范基地的只有木兰文化博物馆、武汉非遗文化传承有限公司等少数几家，而像传统戏剧、传统音乐、传统技艺类的则比较多，这应该说是不太符合实际的，因为一些从事旅游观光服务的公司和名胜景点的企业如果加入申报行列的话，肯定会涌现一大批此类基地。当然，这就需要对旅游从业人员和相关景点服务人员进行民间传说传播的培训教育，以激励他们讲述当地民间故事的激情，激发他们的地域自豪感。目前，武汉对于此类基地的培植和深度开发尚需努力，有待进一步挖掘潜力。至于民间文学类传承示范基地尚付阙如，由于专门从事语言类传承的单位十分稀缺①，即便有这类单位（如高校的民间文学教学研究），也因为参与度不高而未能入选，这不能不说是一大遗憾。

第二节　语言生态与传说流变

我们知道，民间文学“是一个民族在生活语境里集体创作、在漫长历史中传承发展的语言艺术”②。作为历史悠久的语言艺术之一，民间传说是保存在人们的记忆里，流传在人们口耳间，以方言土语形式口头讲述，在特定的语言生态环境中传承发展的非物质文化遗产。在民间文学传承的各种要素之中，语言永远是最活跃的因素。因此，当民间传说赖以生存的语言生态环境发生了比较大的改变时，产生一定的变异性自是题中应有之义。

一、语言文化生态

语言作为人类文化的一个重要组成部分，包括地方方言在内的语言间互补和共生构成了语言赖以生存的生态环境。但是，随着现代社会经济全球化、信息高速化和人口城镇化的飞速发展，人们在语言方面却出现了前所未有的求同趋势。一方面，为了增强人际交往的便捷性，掌握一种使用面广、社会功能强的语言，成为人们内生的迫切需要；另一方面，广播、电视、电影、报

① 需要说明的是，这里指的是“示范基地”而不是保护单位，保护单位是不少的。

② 刘守华、陈建宪：《民间文学教程》（第二版），华中师范大学出版社 2009 年版，第 3 页。

纸、因特网、手机等新兴传播媒介的日益普及和应用，又为人们习得第二种乃至更多通用语言创造了十分有利的条件。于是，语言趋同就成为当代社会生活中突出的文化现象，使得人们长期以来形成的传统语言惯性被打断，语言生态环境发生了深刻而巨大的改变，其中汉语普通话、英语更是成为人们学习和应用的首选语言。

（一）国家推广普通话

1956 年国务院发布《关于推广普通话的指示》，规定在全国推广"以北京语音为标准音、以北方话为基础方言、以典范的现代白话文著作为语法规范"的普通话。1982 年，"国家推广全国通用的普通话"被写入《中华人民共和国宪法》，推广普通话成为我国的基本国策，普通话由此从汉民族的共同语进一步成为全国的共同语。2001 年，《中华人民共和国国家通用语言文字法》实施，规定"国家通用语言文字是普通话和规范汉字"，进一步明确了普通话和规范汉字的法定地位。与此同时，国家还制定了在教师、公务员等行业准入的普通话等级标准等一系列保障普通话政策得以全面贯彻实行的刚性措施。普通话推广 60 多年来，为我国的社会文化建设作出了巨大贡献。截至 2016 年，"我国的文盲率从新中国成立之初的 80%下降到 4.08%，普通话普及率提高到 70%以上，识字人口使用规范汉字的比例超过 95%。语言文字为新中国开基创业发挥了基础性和关键性作用，对快速扫除文盲、普及基础教育、提高人民群众的文化知识水平，具有最直接和最现实的意义，在传承传播中华优秀传统文化、提升国家软实力方面的作用日益凸显，为国家统一、民族团结、社会发展作出了重大贡献"①。毋庸讳言，随着普通话作为全国通用语言的地位不断提高，各地的地方方言也就相应地被不断弱化，失去了多元共生的语言文化生态环境。而今甚至像粤语、闽南语、上海话等强势南方方言也都渐渐失去了统领一方的地位，改革开放初期形成的独特语言圈社群优势已经渐趋弱化。虽然近年来随着非物质文化遗产日益受到关注，社会各界的语言资源意识逐步增强，国家有关部门也从保护我国丰富语言资源的角度，倡导保护地方方言，各地电视台等公共媒体还推出了方言版块电视节目，但却因人口变迁等深层次原因，难以从根本上恢复多元语言生态环境。武汉地区自不例外，武汉话本是一种极富地方特色和表现力的语言，一些土得掉渣的方言，在老武汉人那里用武汉话讲出来往往生动幽默，妙趣横生，而如果用普

① 姚双喜:《推广普通话任重道远》,《光明日报》2016 年 9 月 18 日。

通话讲则完全达不到这种效果，但是现在城市的大街小巷里，讲说地道汉腔汉调武汉话的人却越来越少了。尽管武汉本地电视台等公众媒体推出了方言新闻《哼天》《阿星笑长开讲》，方言文艺节目《都市茶座》，方言情景剧《婆媳一本经》《故事新传》《新闻故事会》《开心公寓》《经视故事会》《杠上开花》等地方特色和生活气息浓厚的武汉话节目，彰显武汉方言的魅力，一些本地文化名人不断倡导人们讲说武汉方言①，但是武汉方言的衰颓之势已成开弓之箭，势难挽回了。在普通话和方言二元结构的张力作用下，传统社会中那种用方言讲述传说故事的语言场正在逐渐消逝，传承魅力消减已是不争的事实。

（二）城乡人口大流动

1978年实施改革开放政策后，得风气之先的珠江三角洲和长江三角洲区域，由于经济上诸多利好政策的倾斜，出现了“风景这边独好”的繁荣局面，劳动力人口紧缺，尤其是那些来料加工型劳动密集产业，更是需要大批薪资水平要求不高的农村劳动力来厂打工，于是带动了一场全国性的城乡人口大迁徙，再加上近年来国家不断推进城镇化进程，而今我国人口结构已经出现了较之传统社会而言“城乡倒置”的崭新局面。人口结构的巨大改变，必然带来语言交流和习得方式的相应变化。而今，“在南方的很多城市，六岁以下的儿童几乎不会说方言，甚至连听懂也有困难；六岁到十五岁的少年，大体可以听懂方言，但基本不说；十五岁以上的青年，有时会说说方言，但说得不地道，没有‘土味’。武汉话的现状也大抵如此”②。当代中国社会城乡人口大流动带来的语言文化生态环境变化，对地方方言的影响显然是十分深刻的。

（三）英语的强势介入

改革开放以来，一些外来语特别是英语对中国语言生态环境产生了深刻而巨大的影响。在高考、中考试场上英语是分值很高的必考科目；在互联网上，经常出现BBS、BF(boy friend 男朋友)、CU(see you 再见)等指代符号混用的语言混杂现象；在商业用语和广告用语中，卡西欧(Casio)、佳能(Canon)、

---

① 池莉、陆鸣、何祚欢等不仅在文艺作品中大量使用武汉方言，而且还撰写了若干篇学术性文章宣扬武汉方言的魅力。

② 记者海冰，实习生柴艳红：《说武汉话的人越来越少了》，《湖北日报》2014年4月15日。

马赛克(Mosaic)、比基尼(Bikini)等英汉结合的音译语言早已为中国大众普遍接受;在日常流行语中,像"I服了U""high死了""太cool了"等早已是人们经常挂在口头上的高频词了;在流行词汇中,像CEO(首席执行官)、fans(粉丝、狂热者、追星族)、hacker(计算机黑客)、PK(player killing,网络游戏中彼此对打、对手)、Blog(博客)等,早已为人们所熟知;在报纸、电视上,IP、IC、IQ、ID、CD、MTV、CCTV、ISO9000等英文缩略语更是被直接使用……英语的强势介入,无疑丰富了汉语的词汇量,增强了语言的外来成分和异域风情,但却也影响了语言的正常交流,甚至产生了"语言代沟",导致家长听不懂孩子的交谈,老师读不懂学生的作文,因为这些"新新人类"更多时候使用的是土洋结合的奇怪话语,如"本人在贵公司的烘焙机(homepage)上荡(download)了一个软件不能用,想必不是猫(modem,调制解调器)的问题,而是贵公司的东东里bug(故障)太多"之类混杂语,在武汉的一些互联网平台、日常用语、学生作文乃至报刊上也比较常见,这对于一些上网不多、没有一定英语基础的受众来说就相当头疼。

语言生态环境的变化,特别是语言趋同现象的产生,虽然一定程度上增强了语言的交际功能,但与此同时却也挤压了地方方言的生存空间,正如有些语言专家所指出的那样,"方言学习要有环境,家庭生活不应放弃方言,爷爷奶奶教孩子地道方言,孩子教爷爷奶奶标准普通话,才是和谐的语言环境"①。失去方言言说的环境依托,民间传说这类口头语言艺术发展必然会受到限制。

二、地方传说流变

"民间文学是活的语言艺术,它保存在人们的记忆里,流传在人们的口耳间,永远没有定稿。"②变异性是民间文学的生命力所在,它不仅大量地、经常地表现在文本的语言变化上,同时也表现在文本的主题、形象、情节、结构等要素方面。因而,地方传说的流变是民间文学的生命力所在,本不足为怪,但是如今的情况却并不完全是传统意义上的变异性,而是涉及语言文化生态发生巨大变化这一根本性问题,故而它对地方传说的影响更为复杂。

① 记者海冰,实习生柴艳红:《说武汉话的人越来越少了》,《湖北日报》2014年4月15日。

② 刘守华、陈建宪:《民间文学教程》(第二版),华中师范大学出版社2009年版,第25页。

（一）方言传说圈不断弱化

如前所述，民间文学与方言之间是唇齿相依、不可或缺的共生关系。跟作家文学不同，任何民间文学的创作和传播都离不开方言这一最富有地域文化认同感和艺术表现力的语言形式支撑，尤其是地方传说更是只有在方言所在地用方言讲说，才具有鲜活的艺术生命力。一旦脱离了方言所在地和方言的言说方式，它所具有的独特地域文化意蕴和审美情怀都将大打折扣。可是，现代社会不以人们意志为转移的急遽变化，以及由此而带来的语言生态改变，使得包括地方传说在内的民间文学跟方言之间的血肉联系被不可逆转地弱化了，由此就带来了方言传说圈的不断萎缩。一方面，伴随着方言人口的急遽减少，从城市里巷到乡村小院，以前那种热衷于“讲古”的人越来越少，因为没有了热心听众的支持了。比如，我们在黄陂区罗汉寺街道实地调查采访期间就发现已经很少有年轻人能完整地了解二程（程颐、程颢）故事和黄陂十景的传说，更不用说讲述故事了。即便是从前当地十分有名的木兰从军传说，包公扬正气、碾孽子的碾子岗传说，和朱元璋杀红滠水传说等，而今能够完整讲述的人也不多了。另一方面，由于武汉作为省会中心城市的文化建设撵档升级的速度过快，文化娱乐内容十分丰富，人们对传播地方传说也缺少相应的热情，这相较于省内其他地市而言存在一定的差距，而在我们赴荆州、黄冈等地开展民间文学田野调查时却还能听到外出打工返乡的工人、农民用地道的方言绘声绘色地讲述一些诸如打工者命运的传奇、创业者暴发的故事，讲得有鼻子有眼，有些时候讲述得甚至比作家创作的文学故事更为精彩。

（二）旅游话语中的传承变异

在旅游产业日益发达的今天，地方传说这类民间文学因其具有独特的审美文化魅力而受到当地政府和旅游公司的青睐，他们不仅深度挖掘地方宝贵的传说资源，有时甚至还会“创造性”地编造一些传说附会到旅游景点上。一来地方传说能够以生动的故事情节增强旅游目的地的神秘性和吸引力；二来地方传说能够在人们赏心悦目的观光旅游之余引发思古之幽情，提升思想境界；再者地方传说有利于传承和宣扬本地独特的文化精神，形成品牌效应。故而，旅游话语中的地方传说同千百年流传下来的原始故事已经形成了比较大的差异。例如，当外地旅游团到武汉来时，当地导游必定会向他们推荐武汉特色饮食“热干面”，其中武汉当地有一个旅游公司的导游词是这样设计的:"××地方的朋友,大家早上好,热忱欢迎你们来到美丽江城武汉游览,我叫李××,大家叫我小李好了。下面我带大家一起去'蔡林记'品尝武汉最著名、最地道的小吃热干面,请问有哪位朋友吃过热干面或知道热干面的来历?我们武汉的热干面,可是与山西的刀削面、四川的担担面、北方的炸酱面并称为中国的四大著名面食哩。它的做法既不同于凉面,也不同于汤面。首先要把面条基本煮熟,然后捞起来拌油摊凉,吃时再放进开水里烫几下,捞起来放进碗里,加上芝麻酱、虾米、葱花、酱萝卜干、小麻油、醋等佐料拌匀。吃的时候香气扑鼻,耐嚼有味。说起热干面来还有一段传说哩。相传20世纪30年代,汉口长堤街有个名叫李包的人,在关帝庙一带靠卖凉粉和汤面为生。有一年夏天,天气非常炎热,小饮食店里还有不少剩面没有卖完,他生怕面条发馊变质,于是就将剩下的面条煮熟沥干,晾在案板上。可是一不小心,胳膊肘碰倒了案板上的麻油壶,小麻油就泼在面条上。李包又生气又无可奈何,只好将面条用麻油拌匀重新晾放。第二天早上,李包试着将拌了麻油的熟面条放在沸水里稍烫,捞起沥干入碗,然后再加上卖凉粉用的调料向外叫卖,谁知这种面食热气腾腾,香气四溢,吸引了不少过早的人,人们争相购买,吃得津津有味。有人就问:'李老板,这卖的是什么面啊?'他随口说了一句'热干面'。没想到从此以后'热干面'就被叫响了,他小小的饮食店立刻红火起来了,每天来吃早点的人排队购买,供不应求。李包不仅'热干面'早点生意特别好,还有不少人向他拜师学艺哩。后来有位姓蔡的餐饮经营者在中山大道满春路口开设了一家热干面馆,取名叫'蔡林记',由于地段好生意异常火爆,就成了在武汉经营热干面的名店,现在的'蔡林记'餐馆是几经搬迁后的地址。听说毛主席他老人家,每次到武汉来必定要专门到'蔡林记'去吃那里的热干面哩,其他很多国家领导人也爱吃武汉的热干面咯。大家先好好品尝,如果想给亲朋好友带点回去的话,等大家吃好了我再带大家到武汉正宗商店去购买上等的袋装热干面大礼包。"在这段导游解说词中,开头增加了热干面这一地方风物的制作特色,末尾增加了若干领导人吃热干面的煽情内容。至于像黄陂的"木兰传说"类热门景点的地方传说就传承、变异得更是厉害,有些时候被掐头去尾,有些景点又被附会上一些从来没有听说过的内容,尤其是那些新开发的景区,经常会无中生有地"创造"出许多新的传说。这些地方传说虽然讲得生动传神,但是由于面向的单一性(外地游客),加之又是使用普通话讲述,缺乏武汉方言所具有的独特魅力,因而在本地人中并没有产生多大的影响。

(三) 网络生存中的场景缺失

如前所述,在微信公众号、BBS、博客、视频网站、微博、QQ空间等各种自媒体和网络平台上,武汉地方传说获得了广阔的话语空间。但是,由于网络空间中缺少实际传说地的客观实在物为依凭,所以网络中的武汉地方传说常常会走样。例如,关于“武昌鱼的传说”的异文在互联网上就有好几个,而且内容大相径庭,附会的特别多。在微信公众号“江夏民间故事”中“武昌鱼的传说”(2017年12月8日上传)就完整地采用了詹天金、吴松林搜集整理的传说。相传,梁子湖原先是一片陆地,属高唐县管辖。县官贪赃枉法,鱼肉百姓,惹怒了龙王,龙王发了大水,才把这片陆地淹没了。有家姓樊的母子俩,事先得到仙人的指点,知晓要发大水,于是,分头挨家挨户送信。等到乡亲们都逃走了,娘俩才准备走,这时天崩地裂,电闪雷鸣,几丈高的浪头铺天盖地地滚了过来。娘俩无处逃生,幸亏有一片随水浮起的大荷叶,救了他们的性命。眼看一片汪洋,无法上岸,娘俩蹲在荷叶上,又急又愁。快到黄昏时,波浪中忽然钻出一头大水牯,开口对娘俩说道:“你们积了德,行了善,我把你们背上岸。”娘俩又惊又喜,骑上牛背,逃了难。大水牯脚踏波涛,如走平地,一口气走了十几里。天慢慢黑了,大水牯分不清东南西北,急得团团转。这时,樊子高兴地喊道:“快看,东边升起了月亮!”大水牯抬头一看,东边果然有个闪闪发光的东西,又像半边月亮,又像半圆形的山,那就是现在的“月山”。大水牯认清了方向,背着娘俩拼命地跑。走到半夜,娘俩都饿了,樊母说:“儿啊,逃了一天一夜,没沾一粒米,想吃的啦!”大水牯说:“老人家,忍一下,我背你们下海吃鱼吧。”大水牯把娘俩背到下通海,这下通海,有一块大石板盖着,鱼儿出不来。大水牯大喊一声:“鱼来!”成千上万的鱼,拼命地朝石板缝外挤,把身子都挤扁了,成了现在这个样子,所以叫作“鳊鱼”。娘俩吃饱了肉嫩味鲜的鱼,大水牯继续赶路,不一会儿就上了岸。岸上,那些被娘俩救出的乡亲们,正围着一起念叨着,娘俩不知是死是活,看到他们也逃出来了,都围上来问长问短。娘俩把被大水牯搭救的经过,说给大伙听,还告诉他们下通海的鱼是如何好吃。大水牯看到乡亲们饿得东倒西歪,又背着他们到下通海吃鱼,背了一趟又一趟,最后,活活累死了,四脚趴地,横卧湖中,变成了现在的“牛山”。打那以后,老百姓都知道下通海鱼多,味道好,还知道鳊鱼年年在那里“挤板”,于是,把下通海取名为“鳊鱼潭”。这是比较经典的传说,它将梁子湖传说和武昌鱼关联起来,同时又跟梁子湖景区的一些自然景观相结合。如果将这当作正宗传说的话,那么其他的则比较另类了。在“东湖社区”2015年2月4日发的一个帖子上，传说变成了东海龙王的小女儿因对樊湖标致出众的鱼哥儿产生爱情，误了回归大海的日期，被老龙王惩戒后变成了“鳊鱼”(武昌鱼)①。在“飞嘴特产网”之“特产故事”中，武昌鱼的传说又与孙权饮酒及鱼刺可以醒酒的“神仙汤”关联起来。在“步步升布鞋文化村”网站上，武昌鱼又变成了高唐县状元刘满江之妻孟玉红，她割股疗亲，孝感天地，上天派遣一位神仙化身老道人事先送给她母子俩两双布鞋，使他们在城陷为湖的灾难中幸存，后来孟玉红的布鞋不小心掉入湖中，布鞋就化为武昌鱼。这些异文都富有鲜明的地方传奇色彩，可是由于真实场景的缺失，网络语言生态中存在的这些传说只能让浏览网页的网友们望文生义了。

(四) 国际交往中的文化重构

随着武汉作为国际性大都市地位的不断提升，“讲好武汉故事”成为武汉城市文化建设的重要组成部分。一方面，一些国际友人在武汉投资、就业和求学过程中，对武汉地方传说产生了浓厚的兴趣。在黄鹤楼、古琴台、归元寺、木兰山等著名旅游景区，我们经常会碰见欧美朋友和非洲朋友，不时地用刚刚学会、不太地道的普通话向导游或翻译询问有关景区的历史掌故和趣闻逸事，当然更多的时候则是翻译和导游主动向他们介绍与景点有关的民间传说；另一方面，也有不少国内文化学者和外国文化公司热衷于将武汉的著名传说改编为合乎当代流行审美趣味的文艺作品，进行跨文化、跨语际传播。例如，美国迪士尼动画电影公司经过三年准备、五年摄制，于1998年推出的年度动画巨片 *Mulan* 就在全球60多个国家和地区发行，获得了极大的轰动效应，赚取了巨额的票房收入。虽然动画电影 *Mulan* 历经3年时间的调研，还聘请了中国内地和港台文学艺术家、历史学家对影片的文学脚本、人物造型和动画背景进行反复打磨，以保持木兰传说的本土风味和文化精神，但是 *Mulan* 却在跨文化、跨语际传播中将地方文化的精髓悄悄置换了，仅仅保留了女扮男装、代父从军、征战沙场、胜利归来等基本的故事框架，而骨子里宣扬的却是当代美国人的价值观念：形象上，木兰被设计为符合西方审美情趣的大嘴巴、高颧骨、吊梢眼的中国性感美女形象；思想上，木兰从军主题则由中国传统思想中宣扬的为国尽忠、为家尽孝、坚毅勇敢、热爱和平等，转化为追求个性、实现自我、超越自我的美国式自我奋斗精神。类似的跨文化、跨语际传播在黄鹤楼传说、知音传说等传播过程中也不断被异国他乡的文化爱好

① 内容详见 http://bbs.cnhubei.com/forum.php?mod=viewthread&tid=3649231。

者所推动，并在艺术生产过程中进行着程度不同的文化重构①。

（a）　　　　（b）

图 2-3　美国动画片 *Mulan* 第一部与第二部海报

第三节　媒介叙事与非遗教育

媒介（media）是传播学上的一个术语，它包括两个方面的要素：一是能够携带信息的介质或工具（如甲骨、竹简、纸书、相片、录音磁带、电影胶片、影音光盘、U 盘、移动硬盘等），二是用以传播信息的技术设备、组织形式和社会机制（如通信类、广播类、网络类）。在当代社会，媒介一般是指报刊、纸质书籍、无线电波、电影电视和互联网络等大众传播工具及其传播信息形式。媒介叙事是当代人最主要的信息传播与接受方式。按照英国学者麦克卢汉的说法，“媒介是人体的延伸”。媒介无时不有，无时不在。凡是能使人与人、人与事物或事物与事物之间产生关系的物质都是广义的媒介②。由于传播媒介不同，武汉传说的叙事方式、叙事效果自然会有所差异，它们构成了地方传说的

① 据中新网 2016 年 12 月 19 日电，2016 年由马克博士和周俊博士历时两年将黄鹤楼传说创作编译为德文版《黄鹤楼童话故事》在德国明斯特和平大厅举行首发式，在德国各界引起强烈反响。德国知名童话表演艺术家弗里茨还计划将它改编成舞台剧，搬上表演舞台。而伯牙子期传说在武汉友好城市日本大分市和法国波尔多市也以主题公园的内景形式进行着跨语际传播。

② 参见麦克卢汉著，何道宽译：《理解媒介——论人的延伸》，商务印书馆 2000 年版。

重要传播语境。而随着经济全球化、信息互联化和人居城镇化进程的飞速发展,非物质文化遗产保护和传承成为当今世界迫在眉睫的一大难题,包括民间传说在内的非物质文化遗产均被列入各级各类非遗项目保护名录,而非遗教育在武汉传说生活语境的形塑和叙事传承方面,也发挥着越来越重要的作用。

一、媒介叙事中的地方传说

如麦克卢汉所言,广义的媒介是一个十分宽泛的概念。依据实际存在样态来看,武汉地方传说在媒介叙事中主要是以故事文本、学术论著、新闻传播、民俗仪典和影像叙事几种方式存在,或者说媒介已经成为武汉地方传说的重要生活语境。

(一) 故事文本

所谓故事文本就是民间传说的文学形式,通常是以活态方式存在于民众的口耳之间。但是媒介叙事中的故事文本则是指存在于纸质书籍、录音磁带、数字平台、互联网络等媒质上的文学文本。当代武汉地方传说的故事文本的搜集和整理,在民间文学爱好者、出版机构和政府相关部门的共同努力下,取得了相当突出的成绩。前面我们已经介绍了数字平台文本和互联网络文本,而录音磁带文本由于介质易于损毁,现在基本都不保存了。就纸质书籍而言,在各大图书馆、新华书店及书商那里,我们可以购买或借阅到大量有关这方面的作品。像武汉群众艺术馆编写的《武汉民间传说故事集》(上、下册,1983 年内部资料),肖志华、严昌洪主编的《武汉掌故》(武汉出版社 2012 年版),刘守华、陈建宪主编的《江城记忆——武汉故事传说选》(华中师范大学出版社 2010 年版),周天六编写的《黄鹤楼的传说》(湖北人民出版社 1979 年版),裴高才编写的《木兰传说》(武汉出版社 2014 年版),王新民、罗来启主编的《江夏民间故事集》(长江文艺出版社 1998 年版),吴松林编选的《江夏民间故事续集》(武汉出版社 2009 年版),武汉市汉阳区地方志办公室编写的《汉阳典故与传说》(湖北人民出版社 2013 年版),以及由刘醒龙撰写"总序",徐元桥、陈建红、谢和清、张平、陈清平、董金元等分别主编的《新洲民间故事》(1—6 册,长江出版社 2014 年版)等都是非常好的纸质故事文本。在这些纸质故事文本中,武汉地方传说得到了比较全面的呈现,既有重点传说的专书,也有涉及面很广的传说选本或全本,尤其是《汉阳典故传说》和《新洲民间故事》(1—6 册),由于集中了当地民间文化界精英来编写,传说类别搜集得较为齐全,故事叙述文笔流畅,对于宣传地域文化精神、推介地方文化品牌起到了很好的示范效应。但由于文稿是以整理稿或再创作形式组成的，部分篇章淡化了民间方言口语的本色，显得书卷气浓了些。此外，为扩大武汉地方传说的影响，使之走向世界，部分传说文本还被翻译改编成外国人容易接受的样式，向外国出版界推介。例如由法国人尼古拉·亨利和妻子司墨合作完成的手绘式童话版《黄鹤楼传说》就于 2016 年 5 月 27 日被推荐给法国埃菲尔家族的菲利浦·埃菲尔先生，以启动法文版《黄鹤楼传说》在法国的出版和发行。

图 2-4　巴黎时间 2016 年 5 月 27 日上午，网球明星李娜与黄鹤楼公园管理处负责人将卷轴版的手绘黄鹤楼童话故事，赠送给埃菲尔家族的菲利浦·埃菲尔先生

（图片源自荆楚网，http://focus.cnhubei.com）

（二）学术论著

学术论著也是构成武汉传说的重要生活语境。这里的学术论著是指那些以研究民间传说为主旨，揭示民间传说创作、传播和鉴赏规律的专门论著，主要包括相关学者的研究专著、研究论文和博士、硕士学位论文几大类。从研究专著来看，全面、系统地研究武汉地方传说的专著比较少见，专题研究或附着在其他研究课题上的相关研究较为常见，例如冯天瑜的《黄鹤楼志》、万艳华的《荆楚名楼揽胜》、马昌松的《黄鹤楼纵横谈》、涂怀章和卢延光的《黄鹤楼传说》、蒋红瑶的《木兰文化新论》、周大望的《花木兰传奇》、裴高才的《理学双凤——程颢 程颐》和《木兰传说》、高双桂的《孔子河畔话问津》等；从研究论文来看，也是专题研究的居多，例如刘守华的《伯牙、子期传说的文化解读》、皮明庥的《伯牙和钟子期是否真有其人》、张静的《道教与黄陂木兰传说》、董光宇的《名孝黄香出江夏》、魏益海和任凯的《“二程”黄陂历史遗迹及民间传说考》、陈鑫和杨建波的《对知音故事的文化再阐释》、高艳芳的《进城务工代表"贱三爷"——贱三爷故事解读》等；从博士、硕士学位论文来看，同样是集中于专题研究，例如张静的《黄陂木兰传说研究》(2005 年硕士论文)、王源的《伯牙子期传说圈研究——以蔡甸、汉阳地区为中心》(2013 年硕士论文)、韦姣的《黄鹤楼传说研究》(2014 年硕士论文)、李鹏燕的《黄鹤楼传说群的生成及其景观叙事研究》(2015 年硕士论文)、梁程的《明清通俗文学中的木兰故事文本研究》(2015 年硕士论文)、尹小娇的《知音传说的形成与当代建构》(2015 年硕士论文)等。一般来说，学术研究关注的地方传说大多是知名度较高、政府较为重视并具有一定文化产业开发价值的非物质文化遗产，而通过学术研究活动又可以进一步扩大传说的社会影响，推动地方政府的文化扶持和生产性保护热度。

（三）新闻传播

新闻传播是快速传播社会上新近发生的事情，以广泛散布、扩大社会影响的信息加工方式，一般包括线性传播(报纸、广播、电视)和双向传播(以互联网为平台的新媒体)两种形式。新闻传播也是构成武汉地方传说的重要生活语境。在武汉、湖北，乃至全国各地报刊、通讯社和新闻网平台上，几乎每年都有大量关于武汉地方传说的新闻报道。例如，2013 年 1 月 23 日《长江日报》就以《"知音传说"发现最新文本 申报国家级"非遗"有谱了》为题，详细报道了华中师范大学非物质文化遗产研究中心刘守华教授研究发现《明万历刊小说传奇合刊》中的《贵贱交情》一文，可能是冯梦龙《俞伯牙摔琴谢知音》的底本。经该中心研究生王源查实，《明万历刊小说传奇合刊》是说书人的话本集子，成书于明万历年间，由此推断彼时"知音传说"在汉阳地区已广为流传，冯梦龙的小说是对当时民间口头传说的改编。王源还经过田野调查证实，如今的蔡甸区马鞍村、集贤村、钟家台以及汉阳琴断口、黄金口等地区，还有很多普通民众能够讲述"知音传说"[①]。又如 2015 年 8 月 24 日《北京晚报》以《成君忆把"牛郎织女"搬到武汉》为题，详细报道了因《水煮三国》一书成名的武汉作家成君忆推出新书《牛郎织女》，其通过实地考察在武汉地区发现了大量与"牛郎织女"传说相关的文化密码，将流传千年的"牛郎织女"故事的起源地从争执不休的河南鲁山、山西和顺、山东沂源和陕西等地"搬到武汉"。成

① 记者蒋太旭，实习生杨童舒：《"知音传说"发现最新文本 申报国家级"非遗"有谱了》，《长江日报》2013 年 1 月 23 日。

君忆在新作中有关“牛郎织女传说”起源地的论述，引起海内外学者们的强烈关注。武汉大学陈官涛教授认为，成君忆的《牛郎织女》不仅是一部小说，同时也让几近湮没于历史的古郧国重新进入了人们的视野，证明这里早在6500年前就已经进入了男耕女织的时代，可以与当地流传的牛郎织女故事互为印证。还有七夕节最初的时间，应该是干支历法的七月初七，换算成农历则应该是六月初十或十一，《牛郎织女》包含着一系列惊人的文化信息①。这就更是对武汉地方传说的内容进行了重新发掘和拓展。然而，另有一种借丑化民间传说人物以博取观众眼球的现象却值得警惕。例如，2015年国内相声和小品界某知名女演员在东方卫视一档竞赛真人秀节目中，就故意恶搞“木兰从军”，小品中该女演员饰演的花木兰被父亲骗去从军，贪吃胆小，完全颠覆了历代传说中的花木兰形象②。总的来看，新闻传播中的武汉地方传说大多聚焦于非物质文化遗产申报这一文化热点，而对其他地方传说的宣传则不够充分。

（四）民俗仪典

民间传说与地方民俗息息相关，有些民俗仪典活动是以传说为基础形成的，有些民俗则衍生出相应的地方传说。民俗仪典也是构成武汉地方传说的重要生活语境。在武汉很多地区至今都开展着承载民间传说内涵的民俗仪典活动。例如，黄陂区的木兰山亮子会（现改称“木兰山金秋庙会”）。每年从农历八月初一零点开山门开始，一直持续到九九重阳节，历时40余天，是传统的民俗及宗教文化活动。据说其历史可以上溯至南北朝时期，至今已有1500余年之久。庙会期间，省内外数十万香客、游客来到木兰山朝山祈福，熙熙攘攘，盛况空前。近年来，随着木兰传说被列入国家级非物质文化遗产保护名录及旅游文化产业的深度开发，木兰山亮子会民俗仪典活动组织得越来越红火。在庙会期间，游客会在民俗活动的熏染下，拓展对木兰山当地传说的了解和认识，获取关于黄陂木兰的许多趣闻逸事。类似于黄陂区木兰山亮子会的民俗仪典活动在武汉可谓多不胜数。像汉阳的归元寺新春庙会（1991年后改名为“汉阳文化庙会”）、武昌长春观的新春民俗庙会、新洲的花朝节文化庙会等都很有名。至于木兰山更是庙会活动频繁，如正月初九的玉皇会、二月

①《成君忆把“牛郎织女”搬到武汉》，中国青年网，https://t.m.youth.cn/transfer/index/url/news.youth.cn/jsxw/201508/t20150824_7041343.htm。

②《贾玲恶搞花木兰是文艺界的悲哀》，人民政协网，http://www.rmzxb.com.cn/c/2015-07-15/533912.shtml。

十九的观音会、三月初三的祖师会、四月初八的如来会、五月十三的关帝会、五月十八的天佛会、六月二十四的雷祖会、七月十八的娘娘会、七月二十二的财神会、九月初九的斗姆会、冬月初三的太阳会、腊月二十九的华严会等，它们共同构成武汉地方传说的生活语境。

(a)　　(b)

图 2-5　木兰山亮子会

（图片源自杜有源：《木兰山亮子会》，搜狐网，https://www.sohu.com/a/151723802_720480）

（五）影像叙事

在当今这个影像信息高度发达的时代，影像叙事成为文化活动的主渠道，电影、电视和网络视频等构成了武汉地方传说的重要生活语境。例如，围绕伯牙、子期传说就涌现了好几部动漫作品，像天空蓝动漫时空就出品了《高山流水遇知音》的动漫短片、人民网动漫频道就报道过获得文化部支持的优秀手机动漫作品《伯牙和子期的故事：高山流水》；围绕木兰传说就有美国迪士尼版动画片 *Mulan* 和中国电影《花木兰》，美国迪士尼公司出品的由妮基·卡罗担任导演，由刘亦菲主演的《木兰传说》；围绕黄鹤楼传说出品了皮影动画《黄鹤楼传说》和大型高清纪录片《黄鹤楼》；围绕贱三爷的故事出品了《贱三爷的故事》和《小子贱三》的动漫等。一般来说，本土影像叙事基本保持了原传说文本的故事情节、思想内涵和风格特征，而跨文化、跨语境的异国影像叙事，由于要满足他者文化视域中异民族受众的文化可接纳性，除了故事主题没有根本改变之外，在人物形象塑造、故事情节设置、环境氛围营造、文化元素选用和思想内容呈现等方面则表现出明显的改编痕迹，出现了较大的文化错位。

二、非遗教育中的地方传说

自从 2004 年我国加入联合国教科文组织《保护非物质文化遗产公约》(简称《公约》)和 2011 年颁布实施《中华人民共和国非物质文化遗产法》(简称《非遗法》)以来,非遗保护、文化认同和非遗教育就作为非物质文化遗产工作的核心理念和行动指南得到社会各界的普遍认同。与此同时,我国《非遗法》中有多个条款要求开展面向社会的非物质文化遗产宣传和教育。对应于《公约》中"特别是通过正规和非正规教育"进行非遗传承的强调,我国《非遗法》还要求"学校应当按照国务院教育主管部门的规定,开展相关的非物质文化遗产教育"(第 34 条)。这一条款不仅第一次确立了非遗教育的法律地位,而且把开展非遗教育作为学校的法定责任义务,同时也要求教育部门及时做出相应的规定,作为实施本法所需配套的部门规章,供学校开展非遗教育时遵循①。在 2021 年 3 月 1 日教育部公布的《教育部关于公布 2020 年度普通高等学校本科专业备案和审批结果的通知》里,"非物质文化遗产保护"更是成为新增的 37 个本科专业之一,被列入"艺术学"门类、"艺术理论类"之下(专业代码 130103T,学制 4 年,授予"艺术学"学士学位)②。民间传说作为民间文学类非物质文化遗产,是一个城市发展的根脉,蕴含着深厚的城市文化精神。像黄鹤楼传说、木兰传说、伯牙子期传说、三国传说 · 卓刀泉传说、武汉大禹治水传说、孔子问津传说、孟宗哭竹生笋故事、"惟楚有材"传说、贱三爷的故事等让老武汉人津津乐道的民间文学类非物质文化遗产,其中蕴含的乐善好施、忠孝勇烈、重友情、讲诚信、知耻后勇、见贤思齐、大胆探索、勇于担当、在家行孝、从政清廉、文化自信、敢为人先、机智豪爽、打抱不平等精神,早已经融进武汉人的血脉之中,成为构成武汉文化的特质与要素。因而,武汉的大中小学都非常重视地方传说这类非物质文化遗产教育。

(一) 中小学非遗课程

中小学是人生成长的重要阶段,中小学时期的教育对一个人的成长影响重大。中小学教育为人的一生奠定道德、文化、身体、心理等方面的扎实基

---

① 李重庵:《非遗保护、文化认同和非遗教育——纪念〈非遗法〉颁布实施五周年》,《光明日报》2016 年 7 月 29 日。

② 《教育部关于公布 2020 年度普通高等学校本科专业备案和审批结果的通知》,中华人民共和国教育部,http://www.moe.gov.cn/srcsite/A08/moe_1034/s4930/202103/t20210301_516076.html。

础，为学生将来成就事业、实现人生目标做准备。为此，很多学校将包括民间传说在内的非遗教育作为民族优秀文化的种子，种入学生的心田，使他们能够在优秀文化的哺育下健康成长。

1. 非遗文化进课堂

针对武汉各区文化传统的不同特点，结合课程和教材要求，一些中小学大多在教学过程中开设有凸显地方自然、历史和人文特色的非物质文化遗产校本课程。这类课程既增强了广大青少年了解地方文化遗产的兴趣，又提升了他们的文化自信心和自豪感，很受学生的欢迎。例如人教版《语文》九年级下册第一单元课程的主题是“土地情思”，单元的综合性练习是“脚踏一方土”，有很多学校就结合这一练习要求，指导学生利用周末参观附近的黄鹤楼、古琴台、卓刀泉、木兰山、汉阳兵工厂、汉口黎元洪路等名胜古迹和历史遗址，听老一辈人讲述本地的民间传说和历史掌故，拍摄相关的影像资料，然后在此基础上写一篇夹叙夹议的散文。通过这项实地考察活动，同学们与本地民间传说类非遗文化有了一次亲密的接触，很多同学的作文中就穿插了诸如黄鹤楼传说、古琴台传说、卓刀泉传说、张之洞传说、黎元洪传说等民间文学内容。再如，鄂教版《品德与社会》四年级上册第三单元要求“说说家乡的故事”，很多老师课前就搜集了大量本地民间传说资料，教学过程中让学生参与讲说家乡故事，课后又让他们去实地考察。通过这种教学方式，在广大青少年心灵中撒播下了武汉民间传说这一非物质文化遗产的种子。根据不完全统计，像江岸区育才行知小学、蔡家田小学、硚口区崇仁路小学、黄陂前川二小、江夏区求实中学等在这方面做了许多有意义的探索。

2. 非遗活动常参与

如果说以教室为空间载体的第一课堂是教学主渠道的话，那么以自然和社会为活动背景的第二课堂则是开阔学生眼界的重要学习辅助方式。第二课堂可以让学生暂时离开书本，离开相对单调的教室，在丰富多彩的大世界中学习更多的知识，增长本领。因此，在当今教育活动中，很多学校非常重视拓展学生的第二课堂教育，让学生按兴趣组织一些小型社团，积极参加社会实践，开展体验式教育。在武汉，除第一课堂外，第二课堂更是中小学开展非遗文化教育的重要渠道。很多学校鼓励学生在节假日走出家门，跟家人和同伴一起去深入探访黄鹤楼“辛氏酒店”等民间传说所在地，亲身聆听当地人讲述“黄鹤楼传说”故事；看《花木兰》戏剧，在木兰草原上近距离感受战马表演“木兰从军”的真人秀场景；去琴台音乐厅观摩大理石外墙上的伯牙子期传说

图 2-6　武汉市某小学学生实地参观木兰文化博物馆，聆听传承人叶蔚璋介绍藏品和传说

（图片源自《文化乡贤叶蔚璋：三十年矢志不渝为木兰，五千件藏品展木兰魅力》，"极目新闻"百家号，https://baijiahao.baidu.com/s?id=1697116137401678384&wfr=spider&for=pc）

浮雕，欣赏古琴演奏《高山流水》曲调；编演《汉阳贱三爷》小戏，体会武汉机智人物故事；组织非遗文化传承微队课，开展武汉传说故事演讲比赛；等等。例如黄陂区就打造了"超级木兰少年"研学大课堂，以具有本土特色的木兰文化为切入点，带领学生在为期一天的研学之旅中边游边学，传承木兰精神，争当智勇双全的黄陂好少年。通过这样一些非遗文化参与活动，让中小学生在"行万里路"的第二课堂中亲身体验到民间传统文化的博大和深厚，在他们的稚嫩心灵中播种下非遗文化的种子。在传播武汉民间传说方面，像江岸区育才小学、蔡家田小学、汉阳区钟家村小学、武汉经济开发区实验小学、黄陂区泡桐第二中学和前川街第五小学等学校就做了很多开拓性的工作。

（二）大学非遗活动

相比较中小学非遗文化活动而言，大学生的非遗文化教育活动开展得更加丰富多彩，也更加富于文化创意。由于包括民间传说在内的非物质文化遗产蕴含了中华优秀传统文化中最精湛的部分，包含了中国人的记忆与技艺，承载着中国人的智慧与梦想。为在青年人群中探索中华优秀传统文化的传承路径，提升学生的文化素养、文化感知力，增强民族文化自信心，几乎所有的大学都积极开展非物质文化遗产教育活动，主要包括开设非遗课程、组织非遗社团、开展非遗知识竞赛、举办非遗培训等形式。

1. 非遗课程

为推动非物质文化遗产进入大学生的文化谱系，探索行之有效的方式培养传承的沃土，很多高校将建设非物质文化遗产类课程教学体系视为切实可行的长效机制，充分发挥课堂教学的主导作用，纷纷开设非遗类专业课程(如“民间文学”“中国民俗学”)和公选课程(如“民俗文化与旅游”“世界自然与文化遗产”)；并约请国内本领域具有权威性和践行力的专家代表，进校开展非遗文化讲座，增加课程的热度；以项目为源，溯本引今，对课程内容指出思考方向，从历史、社会、文化、技术、传播等多元的角度，提高学生对于非物质文化遗产现象的纵横思考能力，增强大学生的家国情怀和文化自觉性；开展课程之外的教研活动与延伸推动工作，包括组织学生参与认领非遗文化课题、引导学生开展非遗科研活动、建立有专业方向的传习基地等。在武汉，像武汉大学、华中师范大学、武汉理工大学、湖北大学、中南民族大学、江汉大学等高校大都开设有与武汉地方传说有关的这类非物质文化遗产课程，开展过相关的非遗活动。通过非遗课程的开设以及相关非遗教研活动的开展，大学生们对自己成长或求学的这块土地上承载的民间传说故事有了比较多的了解，觉得武汉并不仅仅是一个传说中的“火炉”，是内陆“码头文化”和“九省通衢”所在地，更是一个处处有传说故事、处处有文化底蕴的历史与现代高度融合的文化大都市，进而增强对武汉城市文化的认同感和亲近感。

图 2-7　江汉大学学生在“民间文学”课堂用方言讲“武昌鱼传说”

(图片源自课堂拍摄)

图 2-8 华中师范大学文学院研究生采访国家级传承人叶蔚璋

（图片源自叶蔚璋之微信朋友圈）

2. 非遗社团

随着非物质文化遗产教育的深入推进，武汉地区各高校里一批热爱非物质文化遗产的大学师生纷纷组织起非遗社团，定期或不定期地开展非遗活动。像华中师范大学就成立了“华中师范大学非物质文化遗产传承协会”（简称“协会”）。协会于 2013 年 9 月由华中师范大学文学院孙正国教授及文学院民间文学教研室的几位研究生筹备组建，并于 2014 年 9 月 21 日通过审批，正式成立。协会由华中师范大学“中国民间文学”专业博士点提供学术支持，是唯一挂靠华中师范大学文学院的学生社团。2015 年 5 月，协会荣获华中师范大学“十佳社团”荣誉称号。江汉大学 2014 年由人文学院汉语言文学专业严林等同学联合发起组织的“江汉大学非物质文化遗产保护与研究社”在民间文学、地方传统戏曲调查与保护等方面也做了大量工作，其中严林同学因为将这项活动纳入暑期社会实践调查之中，撰写的非遗文化调查报告得到广泛认可，并在 2014 年由人民网强国社区联合共青团中央学校部、人民日报政文部举办的“知行天下 激扬青春——第三届全国大学生社会实践评选”决赛中入围全国优秀实践个人前 10 强，荣获“实践之星”称号，在扩大学生社团影响及推广非物质文化遗产活动方面产生了积极的影响。大学生非遗社团通过对民间传说所在地的深入调查，获得了武汉民间传说存在状况的第一手资料，增强了大学生传承武汉民间传说的浓厚兴趣和强烈责任感。

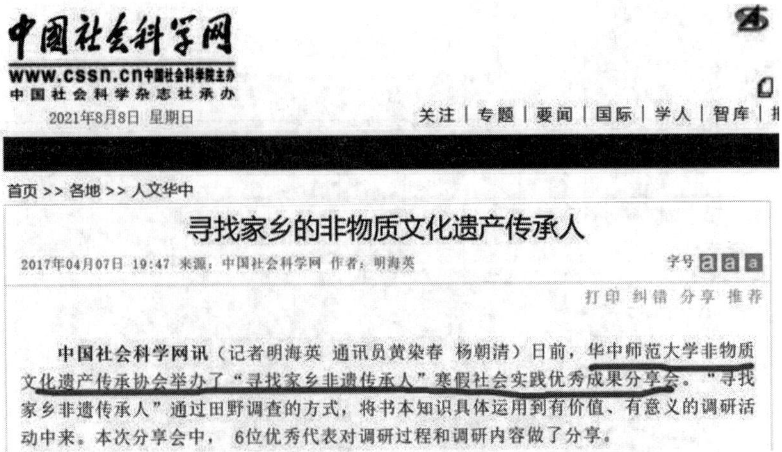
中国社会科学网
www.cssn.cn中国社会科学院主办
中国社会科学杂志社承办
2021年8月8日 星期日
关注 | 专题 | 要闻 | 国际 | 学人 | 智库 |

首页 >> 各地 >> 人文华中

寻找家乡的非物质文化遗产传承人

2017年04月07日 19:47 来源：中国社会科学网 作者：明海英 字号 a a a

打印 纠错 分享 推荐

中国社会科学网讯（记者明海英 通讯员黄染春 杨朝清）日前，华中师范大学非物质文化遗产传承协会举办了“寻找家乡非遗传承人”寒假社会实践优秀成果分享会。“寻找家乡非遗传承人”通过田野调查的方式，将书本知识具体运用到有价值、有意义的调研活动中来。本次分享会中，6位优秀代表对调研过程和调研内容做了分享。

图 2-9　华中师范大学非物质文化遗产传承协会活动介绍

（图片源自明海英：《寻找家乡的非物质文化遗产传承人》，中国社会科学网，http://www.cssn.cn/gd/gd_rwhz/201704/t20170407_3479481.shtml）

图 2-10　江汉大学严林同学获奖合影照

（图片源自“人民网—强国论坛”）

3. 非遗知识竞赛

为了更好地推广和普及非物质文化遗产知识，让当代大学生充分认识和了解中华优秀传统文化，学校需提高大学生对优秀传统文化的鉴赏和学习能力，增强其保护和传承优秀传统文化的责任感，更好地传承、发展中华优秀传统文化，有力促进非物质文化遗产在大学校园的普及。在高校非遗文化教育活动中，举办非遗竞赛是一项行之有效的重要举措。在武汉地方传说属地，像华中师范大学、中南民族大学、武汉理工大学、湖北大学、江汉大学、湖北第二师范学院等高校均开展过此类竞赛活动。自 2014 年开展第一届非物质文化遗产知识竞赛活动以来，江汉大学至今已经连续举办了五届。该项赛事在师生中的影响力越来越大，进一步激发了全校师生参与非遗保护和研究的热情，推动了校园文化的建设和发展。在竞赛活动中，通过参与武汉地方传说知识，如伯牙子期传说、武汉大禹治水传说、木兰传说、黄鹤楼传说、洪山菜薹传说等的笔试和现场抢答，学生对保护和传承武汉地方传说的兴趣被大大激发，原本被大学生当作旅游景点的若干物象和风俗，因生动的传说故事而鲜活起来。

图 2-11　第五届江汉大学非遗知识竞赛活动照

（图片源自“江汉大学网—图说江大”）

4. 非遗培训

非物质文化传承与发展的重要载体之一是传承人。传承人是非遗传承群体中的杰出代表，在传承活动中发挥着承上启下的作用，是非遗保护的核心和关键。但是随着经济全球化、信息网络化和人口城镇化进程的加快，各级各类非遗传承人呈现出代际乏人的窘境。以武汉市民间文学类非遗传承人为例，入选国家级传承人的目前仅叶蔚璋1人，入选省市级的也只有叶蔚璋、杜有源、沈远义、明德运、陈锋、陈涛平、李森林、黄子材等数人，区县级传承人是构成非遗传承人队伍的主力，但由于各种原因，这些中青年传承人欠缺政策理论，传承技艺乏力，急需加强培训，增强其传承活力与后劲，进而为非遗的保护和发展储备更多的后续人才。因此，各级非遗主管部门对高校非遗研究基地（省市非遗主管部门一般将这类中心或基地安置在高校）承办的非遗传承人的培训工作非常重视，督促其定期举办非遗培训活动，以帮助各级传承人掌握和了解政策理论，加强学习交流，提升传承技艺，推动非遗保护工作在传承群体中的具体落实。这类非遗培训活动大多采取专家授课、互动交流、现场教学相结合的形式进行，并设计传承人交流对话环节，让传承人讲述自己的故事，讲述自己的探索，讲述自己的坚守。通过培训和交流，非遗传承人对包括武汉地方传说在内的优秀文化遗产从政策理论到传承方式、传承手段等各个方面都提高了认识，增长了见识，达到了较为理想的效果。

（三）公益非遗活动

除了利用学校主渠道进行非物质文化遗产教育外，面向社会开展广泛的公益性非遗活动，也是十分重要的教育途径。对此，《中华人民共和国非物质文化遗产法》作了明确的规定和提倡。第三十四条规定“新闻媒体应当开展非物质文化遗产代表性项目的宣传，普及非物质文化遗产知识”。第三十五条规定“图书馆、文化馆、博物馆、科技馆等公共文化机构和非物质文化遗产学术研究机构、保护机构以及利用财政性资金举办的文艺表演团体、演出场所经营单位等，应当根据各自业务范围，开展非物质文化遗产的整理、研究、学术交流和非物质文化遗产代表性项目的宣传、展示”。第三十六条规定“国家鼓励和支持公民、法人和其他组织依法设立非物质文化遗产展示场所和传承场所，展示和传承非物质文化遗产代表性项目”。从目前这类活动的开展情况来看，非遗展演、非遗博物馆、“互联网＋非遗”等公益非遗活动在传承武汉地方传说方面开展了许多有益的探索。

1. 非遗展演

根据中华人民共和国国务院文件，自2006年起将每年6月的第二个星期六定为中国的“文化遗产日”。从2009年国家文物局创设主场城市活动机制以来，每年的“文化遗产日”，国家文物局都选取一座城市举办“文化遗产日”主场城市活动。目的是营造保护文化遗产的良好氛围，提高人民群众对文化遗产保护重要性的认识，动员全社会共同参与，关注和保护文化遗产，增强全社会的文化遗产保护意识①。在每年的“文化遗产日”前后，以主场城市为核心，全国各地都会围绕年度主题举办各种形式的非遗展演活动②，对包括以非物质形态存在的民间口头传说在内的种类繁多的文化遗产，开展“见人见物见生活”的活态传承展演。以 2018 年武汉非遗宣传展示活动为例，按照文化部和湖北省文化厅统一部署，武汉市在文化遗产日前后集中开展了“非遗展览活动”“非遗大讲堂活动”“非遗公益电影放映活动”“汉派美食让利惠民活动”等 10 个系列共 70 多项非遗宣传展示活动。活动期间，人们通过听讲座、看电影、品美食等非遗活动，既获得了蔡林记热干面、叶开泰药店等地方特色产品的让利实惠，又从非遗专家的讲座、传承人的示范表演和宣传材料中领略了剪纸背后的中国故事、热干面传说、叶开泰传说、木兰传说等生动传说里的人文精神，达到了以“见人见物见生活”的活态传播方式与传承非物质文化遗产的目的。除了国家层面举办的非遗展演活动外，每年春节、元宵节、中秋节等传统节日期间，武汉各区还会根据本地的风俗习惯与非遗项目举办富有鲜明地方色彩的非遗展演活动。像新洲区花朝节庙会、问津书院纪念孔子诞辰的祭孔大典，黄陂区木兰山亮子会等活动期间举办的非遗展演活动都十分有名。活动期间，人们通过亲身参与体验，不仅增长了非遗知识，树立了文化自信，而且亲身感受到了包括地方传说在内的民族民间文化的巨大魅力。

2. 非遗博物馆

非遗博物馆是近年来伴随着“非遗热”而兴起的，是一种通过实物或数字技术直观呈现非物质文化遗产的空间文化场所。据不完全统计，全国现有非物质文化遗产博物馆 424 个(含实体馆和数字馆两类)。像青岛胶东非遗博物馆、武汉非遗艺术博物馆等都是这一领域里的佼佼者。非遗博物馆，除了具

---

① 2005 年 12 月 22 日，国务院发布《国务院关于加强文化遗产保护工作的通知》，决定从 2006 年起，每年六月的第二个星期六为我国的“文化遗产日”。2016 年 9 月国务院批复住房和城乡建设部，同意自 2017 年起将“文化遗产日”调整设立为“文化与自然遗产日”，将自然遗产列入其中，保护的范围更广，内容也更加丰富了。

② 2006 年主题是“保护文化遗产，守护精神家园”，2007 年主题是“保护文化遗产，构建和谐社会”，2008 年主题是“文化遗产人人保护，保护成果人人共享”，2009 年主题是“保护文化遗产，促进科学发展”，2010 年主题为“文化遗产，在我身边”，2011 年主题是“文化遗产与美好生活”，2012 年主题是“文化遗产与文化繁荣”，2013 年主题是“文化遗产与全面小康”，2014 年主题是“让文化遗产活起来”，2015 年主题是“保护成果，全民共享”，2016 年主题为“让文化遗产融入现代生活”，2017 年主题是“文化遗产与‘一带一路’”，2018 年主题是“文化遗产的传播与传承”，2019 年主题是“非遗保护，中国实践”，2020 年主题是“非遗传承，健康生活”，2021 年主题是“文物映耀百年征程”。

(a)　　　　(b)

图 2-12　新洲问津书院祭孔大典

（图片源自《新洲问津书院秋季祭孔大典活动公告》，搜狐网，https://www.sohu.com/a/255872586_155354）

备传统博物馆的属性外，在征集、展览和研究非遗藏品，扶持非遗传承人群体方面负有不可推卸的责任。就这类博物馆主体而言，既有政府投资建设的公益性场馆，也有自然人投资的公司运营场馆，还有少数热心的非遗传承人个人创建的特色场馆。在武汉地方传说类非遗博物馆中，由国家级非遗传承人叶蔚璋个人创办的位于黄陂区木兰花乡的“木兰文化博物馆”是较有特色的。作为地方传说，流传在黄陂的木兰传说是同河南虞城商丘的木兰传说一起入选国家级民间文学类非物质文化遗产保护项目名录的。但是，在黄陂关于木兰传说的实物并不多见，主要集中在木兰山古建筑和雕塑方面，活态传承又只存在于郊区民众口耳相传的故事之中，不易为人们所感知。有鉴于此，木兰传说国家级非物质文化遗产代表性传承人叶蔚璋，将自己经过 30 多年广泛搜集、潜心收藏的有关木兰传说的史料、戏剧、小说、瓷器、雕刻、邮品、连环画、年画等 20 多个门类近 5000 件藏品集中起来，于 2017 年在武汉市黄陂区木兰花乡景区建成了木兰文化博物馆，并正式对外开放。这些搜集起来的藏品，大多具有独特性、唯一性，填补了我国木兰文化展示与宣传的空白，是弘扬木兰精神，继承和发扬中国传统文化遗产不可多得的实物例证。叶蔚璋也被人们誉为“全国木兰文化收藏第一人”。

3. “互联网＋非遗”

在互联网时代，展示非物质文化遗产的公益活动，除了非遗展演、非遗博物馆这类现实性的、全身心直接参与的体验方式外，“互联网＋非遗”的间接体验方式也是一个非常重要的渠道，像“网站＋非遗”和“网络直播＋非遗”等都是很有成效的方式。就“网站＋非遗”而言，2015 年 9 月 10 日创办的全国首家以非遗传承、非遗认证、非遗藏品销售、创意定制等内容为主导的专业网

图 2-13　黄陂区木兰花乡景区木兰文化博物馆，馆长叶蔚璋向观众讲解藏品

（图片源自《叶蔚璋：三十年讲木兰故事 让木兰文化发扬光大》，"湖北身边的事"百家号，https://baijiahao.baidu.com/s?id=1700200702535838184&wfr=spider&for=pc）

络平台——长江非遗网(www.cjfygift.com)就是一个不错的网站。网站上汇聚了长江流域十九省的非遗精品，到目前为止已上线的非遗项目多达 150 余项，从世界屋脊青藏高原，到天府之国四川盆地；从荆楚腹地湖北湖南，到鱼米之乡江苏浙江……长江非遗网包含"走近非遗""非遗大展""非遗动态""非遗认证""非遗传承""创意空间""非遗收藏"等七大板块，不仅是国内首家整合长江流域十九省非遗资源的网络平台，还是国内首家为传承人、专家、创意者提供互动的平台。此外，长江非遗网还是国内首家开放非遗传承收徒的平台，为非遗传承人提供收徒服务，同时也为非遗爱好者提供拜师学习机会。至于"网络直播＋非遗"近年来更是异常火爆。由光明网主办、中国移动和咪咕文化协办的 2017 年"中国非遗年度人物"推选活动结束仪式上，光明日报副总编辑陆先高现场发布了"2017 中国非遗十大事件"名单，第十件事就是"网络直播＋非遗，推动非遗更加亲近年轻人"。伴随移动互联网的快速发展，非遗与网络直播"联姻"已经开展得如火如荼，越来越多的非遗传承人登上直播平台，现场展示平常难得一见的非遗"绝技"，其中有些非遗直播活动国内观众有近 2000 万人次，海外观众接近 300 万人次。凭借强大的互动性和灵活多样的表现形式，"网络直播＋非遗"让非遗逐渐摆脱了不食人间烟火的"高冷"印象，与年轻一代亲密接触，使非遗保护传承更加青春，充满了活力①。

① 《"2017 年中国非遗十大年度事件"发布》，中国民俗学网，http://www.chinesefolklore.org.cn/web/index.php?NewsID=17235。

第三章　武汉地方传说的传承主体

在非物质文化遗产保护中，民间文学类遗产无疑是保护难度最大的，因为它以口耳相传的形式传承，缺乏稳固的传承载体。如前所述，随着现代中国社会人口结构、方言格局、职业构成、社群活动、媒介形式以及娱乐方式的巨大变迁，传统民间文学的生存状况更是面临前所未有的挑战，不少民间文学处于濒危的状态。但这并不意味着民间文学就会衰微下去，因为民间文学传承发展的关键在传承主体，只要那些活跃在民间文学创作和传播方面的传承人得到有效的发掘、扶持、保护和培养，这些民间文学的“活仓库”和“集散站”，就会在非物质文化遗产保护的旗帜下，以原生态或生产性保护的形式重新激活民间文学固有的魅力。民间传说作为地方性知识生产的资源库，因其天然具有的强大审美文化基因，在日常生活或诸如旅游产业、游戏产业、影视产业和乡村振兴活动中，只要传承人有效发挥作用就比较容易被重新激活。那么，现实中武汉地方传说传承人的生存状态究竟怎样呢？

第一节　个体传承的现实困境

我们知道，传承人可分为群体传承人和个体传承人两类。所谓群体传承人是说民间文学由某个民族、地域或历史时期的广大民众共同创作、共同传承的，它反映了集体的愿望，集中了集体的智慧，融汇了集体的艺术才能。从地方传说的传承情况来看，群体传承的地域性比较明显，例如武汉钟子期和俞伯牙的故事在汉阳区和蔡甸区一带能讲唱和传承的人群显然多于其他区县，而木兰传说在黄陂人中则更为普及。这里，只着重介绍那些在武汉地方传说传承活动中作出特殊贡献的个体传承人的生存情况（如各级政府机构认定的非物质文化遗产代表性传承人、原生态民间故事讲述家和民间说唱艺人、若干宗教人士）。而这类情况实际上是比较复杂的，它既包括各级各类代表性传承人，也涵盖非代表性传承人；既包括代表作项目传承人，也涵盖非代表作项目传承人；既包括项目代表性传承人，也涵盖项目非代表性传承人；还涉及本源性传承人（非物质文化遗产所在族群内部的传承人）和外源性传承人(非物质文化遗产所在族群以外的传承人)①。就此而言,武汉地方传说的个体传承人很多,其中列入国家级代表性传承人的有叶蔚璋(木兰传说,2018),列入省级代表性传承人的有叶蔚璋(木兰传说,2012),列入市级代表性传承人的有杜有源(木兰传说,2014)、沈远义(贱三爷的故事,2014)、黄子材(柏泉传说,2014)、陈锋(梁子湖传说,2014)、陈涛平(武汉大禹治水传说,2016),李森林(孔子问津传说,2016)等,还有许多并未列入各级政府代表性传承人名录,但也很优秀的非代表作项目传承人、代表作项目非代表性传承人、外源性传承人等。通过实地调查走访及若干传承人的自述,我们发现当下这些个体传承人普遍面临着一系列现实的生存困境,我们必须寻找到有效破解困境的方法,才能实现民间文学这类非物质文化遗产的活态传承,发掘并保护重要的承载者和传递者,留住地方传说这类口头非物质文化遗产的根脉。

一、传承梯队难以为继的困境

武汉地方传说资源十分丰富,内容包括街名传说、村名传说、山名传说、水名传说、景名传说、庙观传说、风俗传说、特产传说、历史掌故和名人传说等许多方面。在传统市民社会和农耕社会里,传承人通过口传心授的方式,向文化水平较低的民众讲唱,使之代代相传。那时候,他们或在都市茶馆酒楼,或在评书演唱现场,或在城市工艺作坊,或在农村田间地头,亦或在茶余饭后、含饴弄孙、红白喜事、走街串巷之时都能够用大家熟悉的乡音、熟悉的讲唱方式,将一个个传说故事演绎得妙趣横生,始终保持着民族民间文化鲜活的根脉和艺术本色。但是,随着现代社会的迅速发展,互联网和移动终端等现代媒介科技的不断更新换代,当代中国社会已经进入“媒介即讯息”(麦克卢汉语)的“符号爆炸”(符号的增值与无休止的复制和循环)时代。人们的文化选择日益开放和多元,尤其是电影、电视、网络视频、网络游戏等影像娱乐文化的强势介入,民间传说这种依赖于方言口语现场讲唱的传统文化,正在不断萎缩,听众越来越少,能够讲唱的传承人更是越来越稀少,有人甚至认为包括民间传说在内的非物质文化遗产保护已经进入了“非遗后时代”(冯骥才),并指出在“非遗后时代”,传统社会向现代社会急剧转型,传统文化生存的空间不断被挤压、打破,乃至消失,正面临着传承链断裂的危机②。因为在传统社会里,民间传说是各行各业群众寄托思想感情的重要载体,是

① 周安平、龙冠中:《我国非物质文化遗产传承人的认定探究》,《知识产权》2010年第5期。

② 项江涛:《“非遗后时代”保护是学者的时代担当——访中国民间文艺家协会主席冯骥才》,《中国社会科学报》2011年12月15日。

他们生活中必不可少的组成部分。黄陂的泥塑匠人带徒弟时，讲说汉阳归元寺五百罗汉雕塑传奇是传道授业的重要契机；汉口的药铺郎中行医开药时对人讲述叶开泰传说是树立高尚医德的必然要求；木兰山武术教练在教授女弟子时，传播木兰代父从军故事是尚武励志的形象材料；黄鹤楼旁的酒店老板跟食客聊天时，讲述黄鹤楼传说是诗意的精神佐料；古琴台的表演者在民族乐器伴奏下，演绎着伯牙子期传说是表达知音难觅的情怀……但是，随着时代的变化，这一曾经是“各行各业群众寄托思想感情的重要载体”，除了作为“非遗传承”元素得以保存以及作为地方旅游产业文化资源被利用外，原本固有的传统产业精神生态环境大多已经发生了改变，有些甚至不复存在了。

（一）听众消失

“民间文学是民众宣讲故事、抒发感情、记忆过去、阐述观念的一种方式，这种方式不是来自某些人，而是由生活本身提供的。”①“对民间文学的命运来说，比传承人去世更关键的是听众的消失。与其说传承人代表了那个传统，不如说听众代表了那个传统。”②民间文学为人民大众所需要，才能够存在和发展，失去听众也就意味着失去艺术的生命力。可是，当这些传说赖以存在的生活方式消失了，哪里还会有听众去关注、去倾听、去传承这些优秀的民间传说呢？传统的口头民间文学是产生于科学技术落后、信息传播不畅、人口流动不大的农耕社会文化环境中的。但今天的中国社会文化环境已经发生了翻天覆地的根本变化：社会主义市场经济已经融入了全球经济一体化的“大合唱”，日益扩大的城镇化吞噬了无数曾经繁华热闹的街坊和村落，现代义务教育制度极大改变了知识传承格局，快速、便捷的大众媒体越来越多地占据了人们的业余时光……“乡村社会的青年群体大多外出打工，儿童群体接受学校教育，老年群体的闲暇生活被电视等娱乐媒体占据，这些原本积极的民间文学听众相继脱离了传统的民间文学活动领域。”③原文化部非物质文化遗产司副司长马盛德所描述的当代民间文学生存境况可谓找到了问题的症结所在。当然，这种论断也许显得过于武断了些。毕竟在若干景区游览时，我们还是能够从年轻的导游口中听到一些关于武汉的历史掌故和地方传

① 万建中：《民间文学引论》，北京大学出版社 2006 年版，第 42 页。

② 刘魁立语，转引自胡妍妍：《关注民间文学命运变迁：听众消失更致命》，《人民日报》2013 年 8 月 16 日。

③ 转引自胡妍妍：《关注民间文学命运变迁：听众消失更致命》，《人民日报》2013 年 8 月 16 日。

说，从大中小学课堂的民间文学课程或地方特色的校本课程中听到青年人用地道的武汉话讲述“黄鹤楼”“柏泉古井”“桃花夫人息妫”“李白黄鹤楼送孟浩然之广陵”等当地的传说故事。根据笔者实地调查走访，在武汉远城区新洲、蔡甸、黄陂、江夏等地，农村城镇化、农村人口非农化和新农村建设，虽然极大地改变了传统农耕文明的生存方式，但尚未完全动摇有着浓厚乡土气息的地方传说的传承基础。在那里，能够讲述当地民间传说的中老年人还比较多，他们对于木兰传说、孔子问津传说、伯牙子期传说、武昌鱼的传说、张之洞和奇疯子传说、昭王赶樊哙传说、洪山菜薹传说、贱三爷故事等并不陌生。出于对本地历史掌故的兴趣，有部分农村青年也愿意倾听这些传说故事。而在中心城区，情况则严峻得多，例如我们在江岸区黄孝河路口开展随机调查的时候，询问的36个路人中只有1人知道姑嫂树的传说，4人听说过六渡桥的故事，5人能讲黄鹤楼传说，3人知道知音传说在汉阳，20人去过木兰相关景区却不知道黄陂木兰姓什么(大多回答说“叫作花木兰吧”)。种种情况表明，武汉地方传说面临着传统“听众消失”是一个不争的事实。因为现存的这些民间传说故事讲述活动，或成为当地文化宣传活动的佐料，或成为文化旅游环节的一种噱头，或成为知识生产的一种方式，很难真正融进民众的文化血脉之中，成为他们生命中不可或缺的组成部分。

(二)年龄老化

在走访和调研武汉各城区民间文学传承情况时，我们发现入选武汉地区各级民间传说代表性传承人者大多是50岁以上的中老年人，真正热衷民间文学的年轻人少之又少。当然，这并非武汉一地独有的特殊现象，全国各地几乎都存在此类情况。根据包文婷统计，截至2018年5月，湖南省国家级、省级非遗传承人在世的共294人，平均年龄为68岁，40岁以下的传承人仅3人，50岁以下的传承人仅16人，而70岁以上的传承人有138人，占非遗传承人的47.0%[①]。并且，即使是各级政府机构认定的那些代表性传承人，他们中的很多人也并非来自“民间的”“本源性的”民间故事实际讲述人，而只能看作符合联合国教科文组织和国家有关规定所定义的“传承人”标准的传承者[②]。因为根据鲍曼的“表演理论”，包括民间传说在内的口头文学的传承人应该是从

① 包文婷:《湖南省非物质文化遗产代表性传承人群体特征分析》,《美与时代》2018年第7期。

② 参见联合国教科文组织通过的《人类口头和非物质遗产代表作申报指南》《保护非物质文化遗产公约》和中华人民共和国文化和旅游部发布的《国家级非物质文化遗产代表性传承人认定与管理办法》。

群众中自然成长起来的、见多识广、富于创造才华的即兴表演者，他们是生活中的普通人，是活态传承者。口头文学的讲述语境离不开特定地方生活场景，也与相关的地理景观、历史遗迹等文化场域密不可分，故而传承人的讲唱活动才能够为老百姓喜闻乐见，深受老百姓欢迎，因为"表演是一种语言使用模式，一种说话的方式。表演作为一种语言艺术的概念，它的含义是这样的：我们不必再从富于艺术的文本开始，认定相对独立的形式上的基础，然后重新把它放到实际运用时的情境中，以便于在交流传通的意义上界定语言艺术。表演已经成为基本的构成要素，它支配着作为口头传承的语言艺术"①。就此而言，武汉地方传说的传承人中原生态的活态传承人，可谓凤毛麟角。至于说那些热衷民间传说故事的搜集、整理、讲唱和传播的年轻人则更为罕见。根据笔者在蔡甸区侏儒街××村的一次实地调查走访，村中能够完整讲述 50 个以上民间故事的村民几乎没有（只有 1 人，能讲 24 个民间故事），就连熟悉本地侏儒山地名传说和特产藜蒿传说的都不多，而且那些能讲述传说故事的基本上都是 50 岁以上的中老年人，仅有的几个年轻人对于本地的历史掌故既不知晓，也无兴趣。

（三）传承乏力

地方传说在武汉主城区、近郊区和远郊区呈现出不同的分布状态，各自有着相对集中的类型和主题。在江汉区、江岸区、武昌区、汉阳区等中心地带，人们对于黄鹤楼传说、伯牙子期传说（知音传说）、龙王庙传说、归元寺传说、龟蛇锁大江传说、六渡桥传说、张之洞传说等著名景点和名人传说比较熟悉，在洪山区、硚口区、青山区、武汉经济技术开发区等近郊地带，人们对于洪山菜薹传说、藜蒿与香妃传说、叶开泰传说、龙阳湖传说、太子湖传说等地方风物、地名景点和业态传奇则有一定了解，而在新洲区、黄陂区、蔡甸区、江夏区、汉南区等远郊地带，人们对于那些跟当地生态环境、历史人文、生活方式等密切相关的传说则知晓更多，例如新洲人对于孔子问津传说和道观河传说、蔡甸人对于知音传说和贱三爷故事、江夏人对于黄香传说和谭派京剧传说、黄陂人对于木兰传说和二程故事等，一般都能讲述几个。但是，相对而言，这些当年广为人知的传说故事，今天能够完整讲述的人实在太少了。不仅如此，对于一些武汉人理应了解的传说掌故，人们都茫然不知。例如，很多

① 罗斯玛丽·列维·朱姆沃尔特著，尹虎彬译：《口头传承研究方法纵谈》，《民族文学研究》2000 年第 S1 期。

人都不知道武汉有大禹治水的传说，没听说过黄陂十景传说，不了解李白与黄鹤楼有渊源，也不清楚岳飞曾屯兵武汉……如前所述，导致这种传承问题的原因，主要是传说赖以存在的生活方式发生了根本改变。但是，在举世重视非物质文化遗产保护的时代背景下，这种传承状况是不能令人满意的。首先，人们对于地方传说缺乏社会认同感。地方传说是长期在特定地区、特定族群中传承、流变和固化下来的共同文化记忆，其生动形象的故事中往往蕴含着该地区特有的自然环境、生活方式、风俗习惯、宗教信仰和知识体系，一定程度上表达了当地人的思想情感、价值观念和审美取向，发挥着调节生活、讲述历史、规范道德、传达知识、教育后人的功能，因而得到当地民众的广泛认同。但是，在现代社会里，随着全球化、信息化和媒介化浪潮来袭，尤其是文化选择多元化的深入和普及，人们对于地方传说这类民间文化已经不可能再有那份传统社会里的原始激情了，即使它们被列入各级非物质文化遗产保护名录，在当今也依然普遍缺乏文化认同感。没有了社会认同感，地方传说自然会传承乏力。其次，学校的传承教育介入还不够深入。联合国教科文组织《保护非物质文化遗产公约》中明确规定，对非物质文化遗产的保护和传承要"通过正规和非正规教育"方式进行。在旧社会里，普通民众享受不了学校的正规教育，只能依靠家庭、族群、师徒等"非正规"渠道获得知识、学习技能，因而地方传说这类民间口头文学是年轻一代学习知识、了解历史、培养情操的主要途径，他们的心智正是在爷爷奶奶、外公外婆、爸爸妈妈、左邻右舍和亲朋故旧的民间文学讲唱中逐渐濡化、成熟和丰富起来的。地方传说是他们必不可少的"课目"之一，传承自然不成问题。但是，随着现代中国社会义务教育的普及和完善，地方传说的传承方式不可能再依赖传统的"非正规"教育方式了。如果我们不能够将其有效地融入学校教育体系之中，则势必会出现传承范围缩小、后续动力严重不足的困境。事实上，这种情况在全国各地普遍存在，武汉也不例外。传承乏力，已经成为武汉非物质文化遗产发展的瓶颈。

二、非遗成果保护不力的危局

民间文学个体传承的动力之一，是辛辛苦苦从田野作业中采撷来的非遗成果，能够得到出版界的认可和出版，得到政府相关部门的重视和采用，当然个人也能够从中获取一定的版税及相关收入。但是，现实的情况并不乐观。很多时候，传承人采集来的非物质文化遗产成果，往往由于得不到法律的有效保护，得不到政府部门的强有力支持，他们的传承热情会受到不同程度的打击。

(一)法律条文模糊

自2003年联合国教科文组织《保护非物质文化遗产公约》的颁布及中国民族民间文化保护工程启动以来,非遗传承人搜集、整理的民间传说著作保护问题得到了较大的改善。人们以民间文学的集体性特征为借口,随意攫夺他人辛苦劳动成果的现象已经大大减少。但是,这并不意味着此类问题就得到了根本解决。一方面,国家的有关法律条文中尚存在有待完善的地方;另一方面,民间文学类成果的确存在边界模糊的情况。就前者而言,我国《著作权法》第一章第三条明确规定"文字作品""口述作品"属于保护作品范畴,但第六条又同时规定"民间文学艺术作品的著作权保护办法由国务院另行规定"。而国务院至今尚未正式出台相关文件,这就留下了法律的空子,因而即使有传承人发现其搜集、整理的成果被他人盗用,往往也难以制约,当然更谈不上追究责任了。就后者而言,为了大力弘扬本土民间传说,我们又必须允许并鼓励有能力、有意向的个人或单位合理开发利用民间传说,以扩大民间传说的影响力。试想,假如刘三姐传说、阿诗玛传说、董永传说等,当年因为著作权问题而没有被拍摄为电影的话,那么今天还能有多少人知道这些广为传颂的民族民间传说故事呢?至于说它们给地方带来的附加值——巨大的文化产业、旅游产业价值和地域品牌效应,当然就更不可能存在了。

但是,这些因素并不能成为民间文艺传承人搜集、整理的非遗成果被攫夺的遁词。如果他们的非遗成果得不到有效保护,传承人的积极性必将受到巨大打击,最终受损害的还是民族文化的根脉。就此而言,武汉地方传说的保护跟全国一样,也存在一定的局限性。例如,黄陂区的木兰传说市级代表性传承人杜有源,为了搜集、整理好区域内的木兰传说(讲说木兰女扮男装替父从军的系列故事)、朱元璋的传说(讲说朱元璋的"杀红滠水""红罗港的由来""院基寺放牛""钢钉钉龙脉"等众多故事)和碾子岗的传说(讲说包拯扬正气"碾孽子"的故事)这三大地方传说,就曾经无数次深入木兰山、双龙镇、碾子岗、院基寺等地实地调查采访,还自费去了山东任城,安徽合肥、定远、凤阳等地,了解包拯、朱元璋的传闻逸事。其间,有一次田野调查时因为碰到了马蜂窝,他的头被野蜂蜇得像个大葫芦,还有一次剧毒的蝮蛇钻进他的裤管差点让他丧命,另外一次他差点走进野猪窝里……可是,他这么辛苦搜集、整理出来的非遗成果却常常被他人引用、移植和抄录,而自己却无法追责,只好自己宽慰自己说“还有一点被人利用的价值”①。按照国际国内有关文件精神，民间文艺传承人的权利至少应包括复制权、署名权、修改权、报酬权、资助权、传承权等几大方面，它们都应该得到社会的保护。传承人搜集、整理的非遗成果保护不力绝非个别现象，长此以往必将损害更多个体传承者的利益，不利于地方传说的可持续发展。

（二）利用弘扬不足

对于搜集、整理好的地方传说成果，除了在法律上通过知识产权法等刚性规定予以保护外，合理的利用弘扬显得更为重要。正如冯骥才在《“非遗后时代”保护是学者的时代担当》一文中指出的那样，“把遗产挖掘出来进入名录并不是终极目标，真正的保护其实是刚刚开始。这之后，我称之为‘非遗后时代’，这时的重要任务就是科学保护、广泛传播、利用弘扬和学术理论支撑这四方面的工作”②。包括民间传说在内的非物质文化遗产成果只有得到广泛利用，才能发挥其应有的精神文化价值，也才能够得到更好的保护。

就武汉地方传说的个体传承情况来看，传承人搜集起来的文字、视频和音频成果并未很好地得到利用，往往是将成果整理成册上交给有关部门作为内部资料存档就基本了事，只有极少数比较出色的成果交由出版社出版发行，至于怎样对这些成果进行深度开发和利用，大多数时候则付之阙如。其实，有些成果是完全能够通过开发利用扩大影响、产生效益的。例如，将搜集的地方传说成果与武汉旅游文化产业进行深度融合就不失为一种值得探索的开发利用方式。武汉作为中部特大中心城市，历史文化得天独厚，旅游资源十分丰富，导游人员成为宣传、介绍、传承地方文化的一支重要力量，这就要求一名合格的导游必须成为武汉文化的传播者和传承者。但是，现实的情况并不十分令人满意，课题组在实地调查中了解到在现有导游队伍中，有很多成员对本地历史掌故和民间传说所知有限，也没有接受过这方面的专业训练。如果我们的文化教育部门和旅游主管部门在对大中专旅游专业学生实施专业教育及导游资格培训活动中，加大地方传说文化的教育力度，将由个体传承人搜集、整理好的地方传说作为教学辅助资料和考试必备内容，纳入学习计划，使学生熟悉和讲说武汉地区生动丰富的传说故事，这不但有利于

① 记者刘茜，通讯员高英：《杜有源：做黄陂历史文化的忠实守护者》，《楚天都市报》2015年10月30日。

② 项江涛：《访中国民间文艺家协会主席冯骥才：“非遗后时代”保护是学者的时代担当》，《中国社会科学报》2011年12月15日。

传播武汉传统文化，繁荣地方旅游经济，而且还有利于培养武汉民间文学的核心传承人——导游和外围传承人——海内外游客。其他像若干传说丰富地区的景观设计，如果合理地嵌入地方传说内容，就必定能增强文化渗透力；另外若干情节生动、人物形象新颖的地方传说故事还可以被吸纳进动漫产业、微电影创作等许多不同的领域。

（三）传播媒介受限

在人类已经迈入5G时代的信息化背景下，网站、音频、视频、微信、微博、影视等各种新媒体日趋成熟，照片、摄影、光盘、移动硬盘、U盘、网盘等电子类存储介质十分丰富，这对于传承人搜集来的资料保存与传播十分有利。但是，由于大多数传承人年龄偏大，知识结构更新较慢，他们对新媒体传播和新介质存储方式不太熟悉，再加上一些主管部门重视纸本文档的缘故，导致搜集起来的很多传说类优秀非物质文化遗产成果依然躺在档案柜里"睡觉"，未能产生应有的社会效益和经济效益。与此同时，一些群众喜闻乐见的传统民间文学传播方式的失传也限制了这些成果的活态转化。其实，我们在这方面是可以有所作为的。我们完全可以借鉴其他类型的非遗传播手段，激活民间传说的有效传播。例如在民歌类非遗成果传播方面，一些地方就利用广播频道进行过有益的探索，张堃在《弘扬民族传统文化 传承民间文学艺术瑰宝》一文中写道：随着广播频道"'频率专业化、听众目标化、服务对象化、管理频率化'，中央人民广播电台在两个专业频道，专门开设了《民歌中国》和《中国民歌榜》两档民歌类节目。而北京音乐台，则与上海、广东等22家音乐电台联合组成了'全国卫星音乐广播协作网'，相关成员台每天将同步播出《中国歌曲排行榜》《民歌大赛广播大擂台》等多档节目"。武汉地方传说，自然可以充分利用当地广播电台的相关频道进行传播，扩大影响，也可以通过"喜马拉雅""番茄畅听""懒人听书"等App或自媒体广播平台传播。另外，我们还可以利用视频网站、微信公众号、博客等多媒介、多渠道保存与传播地方传说，使采集来的非遗成果得到最大限度的生产性保护。

三、偏离民间自我建构的尴尬

自从联合国教科文组织发布《保护非物质文化遗产公约》以来，人们保护民间口头文学等非物质文化遗产的自觉意识普遍得到提升，民族民间文化受到了较好保护，但与此同时，非遗保护活动中各种异化现象不断涌现却也是不争的事实。其中，偏离民间文学生存语境的自我建构，更是成为饱受诟病的话题。就民间传说而言，究竟是“谁在讲”“讲什么”“谁在听”，这些问题在过去应该是非常明了的。自然是老百姓在讲，讲的是老百姓喜闻乐见的生活、思想、情感和愿望，听众当然是普通人民大众。但是，现在情况并非如此，在非遗名义下的“民间传说”似乎有点变味了，脱离了原生态民间的自我建构，已经越来越严重地影响到其艺术生命力，这在全国各地几乎成为一种普遍现象，武汉当然不可能例外。

（一）谁在讲？

2019年7月，课题组随机在武汉各区实地调研了12个村组（其中3个是旅游景点附近村）和5个中心城区社区。就调查的情况来看，那些远离中心城区的郊区农村民间传说的传承仍然有着一定的基础，城镇化进程和农村人口非农化并未彻底动摇民间传说在当地的有效传播，有相当一部分人仍然能够讲述几则当地民间传说。而在中心城区，由于城市大规模改造形成的空间隔膜，原始的街坊里巷传统文化氛围正在逐渐消逝，只有在社区“早饭后”和“晚餐后”这两个老年人比较集中的聚会聊天时段，才能够听他们深怀惋惜地讲述一些怀古传说，例如感叹现在很多人不明白为什么这个地名叫作姑嫂树，那个地方叫作升官渡，等等，在讲述中自然地也就顺带讲出了有关传说。另外，在诸如解放公园、中山公园、滨江公园等老年人活动比较集中的场所，也能够听到一些地道的武汉掌故。从讲述人的年龄构成情况来看，能够讲述5—10个当地民间传说的人一般都在50岁以上，其中最小的一位也有54岁；能够讲述30个以上民间故事（含当地民间传说）的老人只有2位70岁以上高龄的民间文学爱好者；至于那些中青年人，他们对当地的民间传说一般不太感兴趣。从学历层次和职业构成来看，从小学到本科及以上学历者都有热衷于民间传说的讲述人，其中以初中文化程度的城市退休工人和中专文化程度的农村退休教师、退休干部居多。从性别构成来看，在课题组深入调查访谈的109人中，79位男性受访者对本地的民间掌故像孔子问津、柏泉古井、伯牙子期、桃花夫人等非常熟稔，而30位女性受访者则不甚了解，她们对儿歌、谜语类倒是有一定的兴趣。这大体上符合当前民间文学传承以中老年人为主的特征。他们都是一些地地道道的武汉地方民间传说的实际传承人，他们的故事讲述活动真正呈现了武汉地方传说的生存样态。但是，一个令人奇怪的现象是，他们的存在似乎远没有那些被列入非物质文化遗产传承人保护名录者重要。他们的讲述没有记录人，没有整理稿，也没有录音和录像资料保存，他们很难进入口述史或口传文学保护的系列。而民间文学类非遗传承人的故事讲述活动，不足以代表所在地民间传说的实际传承情况。

（二）讲什么？

近年来，武汉作为中部特大型城市飞速发展，武汉城区也产生了不少新的传说，诸如中山大道佳丽广场的商业风水传说、武胜路金石大厦建筑风水传说、武汉长江大桥上打卡的传说（恋人携手走完可以白头偕老）、湖滨花园的离奇车祸传说、青山罗家桥的乘车传说等。伴随着现代旅游业的迅速发展，武汉首义文化公园、东湖磨山、黄鹤楼公园等标志性景区，则产生了一些有关辛亥革命元老和老一辈无产阶级革命家的传说故事。但是，这些当代传说并不构成城市传说的主要内容，大多数时候人们讲述的还是那些历史悠久的地方性民间传说。这些传说的内容大致上可以归纳为以下几个方面：

一是风景名胜传说。在武汉那些喜欢讲古的人群里，在旅游景区导游的口中，以及大中小学的非物质文化遗产类课堂上，最为人们津津乐道的还是关于武汉风景名胜的一些传说。例如大禹治水在武汉镇压龟蛇二将，然后有了龟山、蛇山、禹公矶和赑屃雕像的传说；孔子在新洲使子路问津于隐士长沮、桀溺而不得，然后有了孔庙和问津书院的传说；春秋战国时期晋国大夫俞伯牙与楚国樵夫钟子期音乐结缘传佳话的古琴台传说；辛氏老汉因善待仙人获得报答致富而建造黄鹤楼的传说；楚昭王占风水赶樊哙建墓地的龙泉山传说；江夏梁子湖城陷为湖的传说；黄陂十景的传说；汉阳乌龙血染墨水湖的传说；灌水湖改后官湖的传说；米粮山上藏米库的传说；李白命名郎官湖的传说；等等。

二是人物传说。人物传说在当代武汉人的叙述里也比较活跃。在黄陂区，木兰代父从军传说长盛不衰，二程故里关于程颐、程颢的童年故事成为教育子女励志的经典文本；在武昌区，关于毛泽东“畅游长江”和“一桥飞架南北”的预言等多个传说激活了人们旅游的兴趣；在江夏区，孝子黄香的孝行故事历久弥新，成为黄姓族谱里浓墨书写的故事；在蔡甸区，钟子期高山流水遇知音的传说几乎家喻户晓；在汉阳区，民间智者贱三爷的故事依然充满活力……

三是民俗传说。如端午节包粽子、划龙船民俗同屈原行吟武汉的风俗传说；新洲旧街具有八百年历史的二月花朝节庙会风俗传说；黄陂人讲究“年小月半大”“月半大似年”，可以不回家过年，但必须回家过元宵节的风俗传说等。

四是地方风物传说。如藜蒿菜与宋代香妃李秀娟的凄美动人的故事，洪山菜薹与三国时期的孙权、唐代的尉迟敬德、北宋的苏东坡、清朝的慈禧太后、民国时期的黎元洪等相关的生动传说，武昌鱼传说之舫哥与龙女圆圆的爱情故事、孙权与神仙汤的故事，等等。此外，还有叶开泰中药店、新洲邾城的江家良心秤这样一些行业传说等。

值得注意的是，这些当代人讲述的地方传说，很多时候是围绕商业活动来组织故事、开发资源的，这就未能完全体现出民间传说多样化的价值内涵。例如，围绕黄陂木兰传说，人们就开发出木兰山、木兰湖、木兰天池、木兰草原、木兰古门、木兰云雾山等商业项目，换言之，木兰传说是集“食、住、行、游、购、娱”于一体的旅游商业体系服务，其他一些著名的地方传说如黄鹤楼传说、问津传说等也莫不如此。

（三）谁在听？

听众是民间传说这类口头艺术文本的生命力源泉。正如美国学者鲍曼所指出的那样，民间文学作为口头艺术文本，总是以表演形式在特定语境中动态展开的，离开了一定规模听众的倾听和互动交流，民间文学将如同故纸堆里的废弃品一样，变得毫无意义。在传统的农耕社会和市井社会里，一些热心于讲古的民间人士，往往习惯于在劳动间歇和夏夜乘凉、冬天烤火、节日宴乐之际，对着围聚在身旁的听众侃起当地的民间掌故，尤其是有外地客人或年轻听众在场的时候，讲得更为起劲。因为在这一社会交际活动中，他（她）的文化权威地位得以确立，他（她）的价值得以传播，家族和邻里之间的关系也能够得到合理的释放和调节。

但是，随着近年来老城区的大量拆迁改造和郊区人口的频繁迁移变动，过去相对稳定的街坊邻里和亲朋故旧的“熟人社会”形态正在悄然发生改变，再加上当今社会生活节奏的加快、育人观念和方式的变化、群体活动形式的多元、文娱活动的丰富，以及高楼大厦中邻里关系的隔膜与疏远，传统社会中那种老式的讲述场景越来越少见了，曾经热心听众积极捧场的现象也变得十分罕见。尤其是青少年听众，他们即使耐着性子听老一辈人讲说了一两个故事，也常常觉得不可思议，常会发出“竟然没有饭吃”“竟然没有衣服穿”之类的惊叹。

当然，这并不是说民间传说的传承生态就彻底消失了。在城区，一些退休赋闲的老年人，常常会聚集在社区活动中心、老年活动中心、公园的晨练角落、下棋的棋摊旁边、理发店的沙发躺椅上、京剧爱好者的亭阁里、养鸟者聚集的地方，讲述当年如何陪毛主席畅游长江的掌故、张之洞与汉阳造的逸闻、汉阳神铁的发现过程、硚口区历史变迁的故事、神奇的柏泉古井与龟山禹柏等。在郊区，一些守在乡村的老年人，在忙完田地里的农活之余，或在五保户聚集的安居点，或在婚丧嫁娶的宴席场合，或在下棋打牌的娱乐场所，依然会讲述一些有趣的当地传闻。诸如新洲三店街(宋时叫龙丘)的老人常常会讲一些与“河东狮吼”典故有关的陈季常、苏东坡等人的趣闻逸事，旧街孔子河村的老人则喜欢一起侃孔子问津故事；江夏金口的老人在一起讲述达摩祖师“一苇渡江”的传说，黄金村老人喜欢讲其村名由来的传说；蔡甸桐湖一带老人聚在一起喜欢聊关于宋代香妃李秀娟与藜蒿菜的传说，永安镇九真山附近的老人聚在一起喜欢讲九个仙女在九真山上结庐炼丹的故事；黄陂木兰山老人聚在一起最爱讲木兰女扮男装、代父从军的传说，院基寺一带的老人爱讲朱元璋放牛的传说，碾子岗附近的老人则喜欢讲包公碾孽子、倡孝道的故事……老人在讲，老人在听，几乎成了当下民间传说存在状况的通则。当然，事情也并非如此绝对，在大中小学的民间文学课堂上，有时候也会听到武汉学生用土腔土调方言讲述地方传说，外地的学生也会听得津津有味；在若干旅游热门地区，有时候导游也会讲述与景点相关的武汉民间传说，引得异地游客兴趣大增，纷纷到传说景点拍照；在招收民间文学研究生的硕士和博士学位点，导师们也会指导研究生去田野调查，听武汉本地人讲述民间传说故事。但即便如此，曾经的传承形态正在日渐萎缩却是不争的事实。

由以上“谁在讲”“讲什么”“谁在听”几个方面来看，由于很多时候个体传承常流于脱离具体民间文学传承语境的一系列“表演”活动，尤其是缺乏青年听众的热心捧场，使之难以产生强劲的内生动力。再加上一些传说地围绕商业活动来组织故事、开发资源的过当行为，地方传说常常存在于一种自我建构的虚幻景象之中，而那些为了商业利益编造出来的伪民间传说更是阻碍了真正民间传说的健康发展。

四、保护和培养机制的瓶颈

2003 年联合国教科文组织第 32 届大会上通过的《保护非物质文化遗产公约》明确规定，对包括民间传说在内的非物质文化遗产的保护和传承要“通过正规和非正规教育”方式进行。所谓“正规教育”，当然是指通过“非遗进课堂”等学校教育方式予以弘扬教化；“非正规教育”则是指依靠家庭、族群、师徒、庙会、网络等非课堂传承形式进行潜移默化的教育。这两种教育方式都非常重要，它们相辅相成，共同形成保护和培养包括地方传说这类非遗传承人的有效机制。

(一)“传习人”培养机制

地方传说活态传承的主体是社会现实中的讲唱人，也即所谓的“传习人”，他们既是赓续地方掌故方面活生生的载体，又是弘扬和振兴这类非物质文化遗产的现实生产要素。在传统乡土社会和市井文化中，由于普通民众大都接受不到正规的学校教育，只能依靠家庭、族群、师徒、邻里之间讲述故事等渠道来传播思想、表达情感，传授技能，因而地方传说这类民间口头文学就成为影响年轻一代学习知识、了解历史、培养情操的主要途径，他们的心智正是在爷爷奶奶、外公外婆、爸爸妈妈、左邻右舍和亲朋故旧的民间文学讲唱中逐渐濡化、成熟和丰富起来的。倾听和传播地方传说是他们生活中必不可少的“课目”之一，传承自然不成问题，也不需要有意形成“传习人”的培养和保护机制。但是，随着中国社会主义初级阶段全民义务教育制度的普及和完善，再加上改革开放后城乡结构形态的巨大变化，以及信息社会里人们获取知识、表达情感方式的多元化，地方传说的传承方式显然不可能再完全依赖传统的“非正规教育”方式了。如果我们不能够将其与学校教育体制有机结合，并形成“传习人”培养的有效机制，则势必会造成传承范围愈来愈小、传承动力严重不足的困境。事实上，这种情况在全国各地普遍存在。

在调查中，我们发现活跃在武汉各地的民间传说“传习人”，实际上包括两类人：一类是由各级政府机构认定的代表性传承人，他们由于得到官方的认可而被赋予了合法的权威地位，一般都拥有较多的传习资源和话语权，既可以大张旗鼓地招徒授艺，也会受邀到各非遗机构或大中小学课堂去讲故事、开演讲。另一类则是没有得到官方认定的广大非代表性传习人，他们一般没有什么特别的资源，其地位也得不到社会的普遍认可，但依然是地方传说重要的传承者。他们或因生活在传说发生地而具有天然的人脉和文脉，讲起某个传说时能信手拈来，生动活泼、挥洒自由、妙趣横生；或因生活所迫，经常行走在红白喜事场所，参加各种与传说相关的实际民俗活动，讲起传说来往往能从民众生活实际切入，调动情感、控制场面的能力强，故事内容具有很强的时空穿透性和现实指向性；或因进城务工，与老乡们在建筑工地的临时帐篷和看守大门的门房里，一起侃大山、唠家常、讲笑话，讲述家乡传说的新编版本……因而，他们的讲唱活动更接地气，更具有活态传承的艺术生命力。然而，当下的情况是这两类“传习人”似乎都缺少真正能激活民间传说传承的有效机制。

与其他非遗类文化遗产的“传习人”培养机制不同，由于民间传说不像汉剧、楚剧、汉秀、杂技、木雕、高龙舞等能产生实际的社会效益和经济效益的非遗项目，年轻人愿意拜师学习，政府也愿意花力气举办各种培训活动，在民间传说方面愿意自觉拜师学习的人可谓少之又少，而政府的非遗主管部门也很难组织起这类专门的培训活动。传习人的培养只好依凭各大中小学校的民间文学课堂，或者依靠各传说地旅游景点的导游在轻松气氛中当作娱乐噱头了。讲唱故事人才匮乏、受众年龄断层、传承形式单一，使得民间传说这类亟需活态传承的宝贵地方文化遗产长期陷入传承梯队难以为继的困境。其实，在现代这个传媒形式多样化和大众文化盛行的时代，我们完全可以利用电视台举办讲故事的比赛活动，利用视频网站举办传说讲唱视频竞赛活动，采取让代表性传承人现场评判和指导等青年人易于接受的形式，扩大传说活动的社会影响，激活现代传习机制。可惜，我们几乎很少看到这类能重新激活传说讲唱艺术生命力的传习活动。

（二）传承人权利保障和考核机制

毫无疑问，由各级政府认定的民间文学代表性传承人是传承地方性民间传说的重要力量，他们肩负着重塑民族文化自信的历史重任。然而，现实的情况是，由于传承人权利保障机制不够完善和考核机制缺失而造成的传承动力不足，他们作为民间文学的活仓库和集散站应有的作用并没有得到充分发挥。

如前所述，当前我国在非遗成果保护方面还存在法律不够健全、政策不够到位等保护不力的状况，这必然造成传承人的权利保障机制不完善问题。原文化部 2008 年颁布的《国家级非物质文化遗产项目代表性传承人认定与管理暂行办法》第十一条规定："国家级非物质文化遗产项目保护单位应采取文字、图片、录音、录像等方式，全面记录该项目代表性传承人掌握的非物质文化遗产表现形式、技艺和知识等，有计划地征集并保管代表性传承人的代表作品，建立有关档案。"①这应该说是国家层面出台的对包括民间传说在内的非遗传承人权利的权威文件条文，省级以下的下位政策均据此而来，几乎大同小异。在这里，传承人所掌握的知识和技艺产权仅停留在记录、征集和保管层面，缺乏对其著作权、冠名权等方面应有的刚性支持。其实，作为得到政府认可的民间文学传承人，他们拥有的权利应该远不止这些，例如其讲唱文本的复制权、公开表演权及发表权，出版相关著作的署名权和版权，口述文本

① 2019 年 12 月文化和旅游部出台了新的《国家级非物质文化遗产代表性传承人认定与管理办法》，规定自 2020 年 3 月 1 日起施行，原文化部 2008 年 5 月 14 日发布的《国家级非物质文化遗产项目代表性传承人认定与管理暂行办法》同时废止，但新的文件里也没有相应的保护条款。

的改编权和摄制权等都应该得到有效保护。不仅如此，根据联合国教科文组织《保护民间创作建议案草案》，我们还应对传承人赖以开展活态传承的生活场域和传播环境进行保护，因为在民间传说这类口头文学的保护方面，传承人、传说文本、传说核（客观存在物）、表演情景等是共同的文化整体，脱离了其中的某个因素，尤其是传说核一旦被破坏，民间传说的活态传承就将难以为继。但是，由于这些权利常常被忽视，他们的艺术激情受到一定程度打击，影响了开展有效传承的内生动力。

此外，申报非物质文化遗产项目成功后难于考核已成为制约民间文学类非遗项日发展的痼疾，在非遗传承人申报方面也存在这种情况。由于民间文学类非遗传承人所要传承的是精神性产品，它不像马应龙眼药、武汉木雕船模这类可以直接产生经济价值的有形产品传承那样受到重视，也不像它们那样容易衡量其传承效果，所以民间文学非遗传承人一旦申报成功，除了报纸、电台宣传时热一阵外，如果本人没有较强的文化使命意识①，基本上就对传承置之不理了，因为难于考核。虽然《国家级非物质文化遗产项目代表性传承人认定与管理暂行办法》第十三条规定了他们应承担的五项义务（如“采取收徒、办学等方式，开展传承工作，无保留地传授技艺，培养后继人才；积极参与展览、演示、研讨、交流等活动”），第十五和第十六条规定了有关表彰和处罚的方式，但是考虑到各级地方政府在申报时的各种努力，考虑到传承人大都是高龄大德之辈，谁又忍心真的拿文件条款去苛责他们呢？然而，如此一来，则必定会带来一些负面影响。一是认真履责、传承有功者由于辛苦劳动没有得到应有的尊重和鼓励，往往有灰心之感；二是由于缺乏竞争和淘汰机制，那些活跃在民间的卖力传承者看不到“转正”的希望。其结果必然导致民间传说类传承活动后继乏人。

在地方性传说传承人的保护和培养机制方面，如何运用民间文学口述文本的注册制度，借助法律手段保护传承人的知识产权，避免其与文化产业对接时因产业化和商品化的因素而被肆意侵权，并从法律和制度层面保护好传承人生活空间里那些珍贵的传说元素，寻找到传承人合适的培养机制，以及利用数字技术的大数据存储与检索便利，对其口述文本进行数字化保护等问题，目前尚未找到能够解决问题的切实可行的长效机制，这些正成为制约武汉地方传说个体传承方面的瓶颈。

① 需要说明的是，武汉这类具有强烈文化使命意识的民间文学非遗传承人并不少见，这里只是就一般情况而言。

五、走出困境可能的出路

在全球化和信息化时代，对讲好武汉故事、润泽市民审美情怀、滋养现代文化产业、留住城市文化根脉来说，武汉地方传说个体传承人走出现实困境，无疑是一道亟待破解的现实课题。我们必须提高城市非物质文化遗产保护的政治站位，增强“等不及”“伤不起”的紧迫感和使命感，从多方面完善适合现代城市社会发展实际的传承人培养机制，激励更多年轻人投入地方传说故事的讲唱和传承中来，让武汉地方传说这类非物质文化遗产在现代武汉人的精神世界中生根发芽，使传说文化的活态传承重获生机。对此，人们提出了各种可资借鉴的解决方案，如有人提出“为防止‘人走技失’的情况，应尽快组织力量用口述历史、原生态记录、制作全程影像的方式，进一步加大对‘非遗’传承人的保护力度，促进职业传承”，也有人提出“增加‘非遗’项目的‘造血’功能，寻找文化传承与市场追求最大的‘价值公约数’”，还有人提出“要致力于让‘非遗’传承更加人性化、更具有操作性，将物质激励和精神激励有机结合起来”①……这些当然都是很好的建议，但笔者以为破解个体传承人的现实困境，理顺如下几个方面的关系尤为紧迫。

其一，兼顾“社会教育”与“学校教育”两个传承渠道，突出“学校教育”人才培养主渠道作用。2011 年颁布的《中华人民共和国非物质文化遗产法》中有多个条款规定要积极开展面向社会的非遗宣传和教育，其中第 34 条规定“学校应当按照国务院教育主管部门的规定，开展相关的非物质文化遗产教育”。这些条款不仅第一次确立了非遗教育的法律地位，而且把开展非遗教育作为学校的法定义务，同时也要求教育部门及时做出相应的规定，作为实施本法所需配套的部门规章，供学校开展非遗教育时遵循。在非遗传承生态链濒临断裂的现实语境下，有效利用法律赋予的权利，破解武汉地方传说个体传承人的现实困境，是一条切实可行的途径。我们应充分发挥社会教育与学校教育两个传承渠道在培育个体传承人方面的作用，使之形成综合效应。与此同时，更应发挥学校教育正规渠道作用。

其二，兼顾口头传播的在场效应与融媒体传播的信息辐射效应，突出融媒体在促进现代传承人成长方面的特殊作用。作为民间口头叙事文学，武汉地方传说自然应该在家庭教育、旅游观光以及诸如木兰山亮子会、归元寺庙

---

① 参见杨朝清：《“非遗”传承后继乏人，综合施策方可破解》，《中国民族报》2016 年 3 月 11 日。

会、问津书院祭孔大典等大型仪典场合，针对特定群体开展口头讲唱，形成面对面交流的在场效应，并在这一过程中培养和造就传承人。但是，在今天这个互联网和智能手机日益发达的信息化时代，在"媒介即讯息"的大数据传播环境里，我们必须利用融媒体传播的信息辐射效应，充分发挥融媒体和大数据环境在培养潜在传承人方面的优势。近年来，随着广播、电视、报纸、门户网站、视频网站、微博公众号、微信公众号，以及自媒体的发展，融媒体传播形式备受广大市民青睐。实际上，武汉本地的不少机关事业单位和爱好民间文学的人士已经在自觉地利用微信公众号、抖音视频和斗鱼直播等新媒体平台有效地传播地方传说了，这对培养潜在的传承人起到了很好的作用。

其三，兼顾抢救性保护和生产性保护的民间文学传承举措，突出生产性保护在培养个体传承人方面的文化传导作用。在非物质文化遗产保护方面，抢救性保护和生产性保护是得到广泛应用和认可的两种基本方式。所谓抢救性保护，就是对濒危遗产和年事已高、体弱多病的传承人开展的一种抢救性保护工作。现在通行的做法是运用科技手段，如摄像、摄影、文字、图片等方式把技艺记录下来，给予数字化保护。所谓生产性保护，就是在生产性实践过程中，借助文化产业运营方式，将非物质文化遗产及其资源转化为文化产品的现实保护方式。对于武汉地方传说个体传承人这类保护难度较大的非遗品类，以前主要采用抢救性保护方式，将那些年事已高、体弱多病的传承人的讲唱活动用科技手段记录下来。这种抢救性保护，在真实记录代表性传承人的传承活动方面固然重要，但却不是一种有利于培养更多年轻传承个体成长的方式。因此，充分利用文化旅游产业、特色博物馆产业、影视动漫产业等生产活动形式，使年轻人在诸如参观传说类主题博物馆、参与以地方传说为题材的影视创作与观赏、担当传说景点旅游导游等活动中，实际感受与传播民间传说，是以文化实践方式培养新一代个体传承人的重要方式。

本节主要是从传承困境角度来展开论述的，自然遮蔽了很多值得肯定的东西。实际上，在武汉市文化和旅游局非物质文化遗产处等政府机构的领导和扶持下，武汉地方民间传说的原生态传承和保护方面取得了丰硕的成果，这是值得充分肯定的。

第二节　家族传承与社会传承

从民间文学的传承历史来看，家族传承和社会传承是两条重要路径。家族传承，又称亲缘传承，是说传承人获得的传说内容、讲唱技巧和独有的风格等，大都来源于有亲缘关系的家族成员，并一代又一代继承下来，传承下去。民间传说方面的家族传承主要集中在有关祖先立德、立功、立言，家族迁徙、家族习俗和家风家教等方面。社会传承，通常是指民间文学中的地缘传承和业缘传承两种主要形态。从当地地方色彩浓郁的传统文化氛围和民间艺人讲唱活动中汲取艺术营养，获得传承本领，进而成长为地方传说的传承人，是民间文学传承方面一个普遍存在的现象，如武汉新洲区旧街孔子河附近的村民一般都能讲几个关于孔子问津方面的传说。从事某一行业工作，在长期的行业性劳动中听师傅讲述祖师爷或某一位前辈师尊的故事，以及本行业的趣闻逸事，也能将其中那些兼具行业与地方色彩的传说代代传扬开来，如木匠中流传的鲁班故事、中医流传的李时珍传说等。虽然这一传承形式不能像戏曲、说唱艺人那样仪典浓重地收徒授艺，从事专门的民间艺术活动，但是这种传承形式却更接地气，更能深入民间社会，传承久远。

一、家族传承

这里所谓的家族传承并非特指传统民间艺人家庭，而是广泛涵盖了全体市民家庭和某些大家族族群的内部传承情况。从本课题组实地调研的情况来看，虽说武汉地方传说的内容包罗万象，广泛涉及人物传说、风物传说、风俗传说、史事传说、动植物传说等各个方面，但在当下家族具体传承活动中还是有所侧重的，其中家族掌故和地方风物方面传说更受青睐。

（一）家族掌故

“树有根，水有源；人有祖，知渊源。”中华民族自古以来就是一个家国情怀十分浓厚的民族，寻根问祖，述说祖先故事，传承祖先的美德和家风，在很多家族中是世代相传、生生不息的。例如残唐五代以来根脉绵延不绝的吴越钱氏家族、近代兴起的湖南曾国藩家族和安徽绩溪胡氏家族等，虽历经漫长的历史变迁，但却能打破中国古人所谓“君子之泽，五世而斩”的魔咒，恩泽绵远，至今仍保持着良好的家风，代代相传，并涌现出大批杰出人才。这里面，固然有着良好的家风家教影响，但其中有关祖宗立德树人、建功立业的故事无疑对后代子孙的人格塑造、意志锤炼和志向追求起到了非常重要的引领作用。武汉地方传说中，类似的家族传说也不在少数。自然，家族文化传承的地方传说内容并非总是如此单一，在一些重视民间文化教育的家庭，会讲其他各种传说故事的也大有人在。在他们看来，现代正规教育固然是后辈儿孙接受教育的主渠道，但是现代过于刻板的应试教育方式和相对单一的人文教育内容并不足以起到人格塑造的全部作用，有时甚至会扼杀人的天性，影响小孩的全面发展，所以茶余饭后在家庭中讲一些地方传说和励志故事是经常性的活动。这里，简要介绍几个代表性家族的传承情况。

在江夏区，我们调查走访了历史上以望族著称的黄姓族群市民中的家族掌故传承情况。“天下黄姓出江夏”，在江夏区黄姓市民散布于众多村镇、社区。我们的课题小组成员走访了郑店街道、纸坊街道、金口街道、湖泗街道、豹澥街道、佛祖岭街道等地的黄姓市民共计 31 个家庭，其中有几处为黄姓人口较多、聚族而居的地方，例如郑店街黄鹤庄春申君黄歇墓地附近的黄质大山北侧就由号称“黄质五门”的“黄质老屋、黄质上屋、黄质下屋、黄质书房、黄质边屋”五个村落群组成，向南散布着 50 多个黄姓小湾子。通过调查走访，我们了解到这些黄姓市民家庭中的年长男性一般都较重视修族谱和参与祠堂祭祖等宗亲活动，他们中有部分人还参加到“江夏文化研究会·江夏黄氏宗亲会”中去开展一些诸如庆典、祈年的活动，有极个别人还曾去韩国、泰国参加过海外寻访宗亲活动。这些家庭一般都听说过历史上的黄国文化，了解黄姓祖先中历史名人的传说。例如他们一般都会对后辈子孙讲说楚国春申君黄歇的故事，知道黄歇祖籍为江夏郡黄鹤乡仁义村(今郑店街黄鹤庄)，出生于新罗(今韩国、朝鲜)，于 20 多岁时返回楚国江夏。他是战国时期楚国著名的政治家、军事家，是同当时的魏国信陵君、赵国平原君、齐国孟尝君齐名的“战国四公子”。春申君性格豪爽、聪明智慧、喜爱养士，深得楚考烈王的信任，担任楚国相国 20 多年，被封为春申君，并赐淮北地 12 县为采邑。他们还喜欢跟后辈讲述汉末“二十四孝之一”的黄香 9 岁时就懂得为父亲温席扇枕，终成大器的传说，教导后代子孙增强道德修养，成为国家的栋梁之材。

在黄陂区，我们调研了历史上的名门望族程姓家族的掌故传承情况。黄陂是宋代著名理学家程颐、程颢出生和成长的地方，与二程相关的地方有很多，如双凤亭、程乡坊、鲁望台、理趣林、流矢湖、聪明池、涵虚亭、夫子桥等文化古迹，以及前川街、二程书院、双凤大桥、双凤大道、道明小学、双凤中学等新建的相关地名与景点。黄陂程姓人口分布较为广泛，有所谓前川程家墩、李集牛车程、王家河路边程、六指草头程的说法。族人较为集中的聚居地有蔡店街北街、王家河街、六指街等地的 35 个塆(组)，以及原属黄陂区现划归大悟县刘集镇、孝感市丰山镇等地管辖的若干村组。程颐、程颢离开黄陂回到河南祖籍后再也没有回过黄陂，那么这些程姓后人和他们有关系吗？根据蔡店北街《程氏宗谱》、王家河镇路边程《古贤程氏宗谱》、六指店街马家弄《程氏宗谱》、李集镇牛车程《北环程氏宗谱》等宗谱记载，黄陂程姓族人大多是二程的嫡系传人。在族谱记载中，迁居黄陂的二程后裔有三支人，大约都是在明代洪武年间由河南、江西两地迁移至此的。因为元末明初战乱，湖北人口急剧减少，他们或因祖籍地人口众多生存受限而迁入（河南二支派），或因明政府的“江西填湖广、湖广填四川”政策而迁入（江西支派）。历经600多年的繁衍，二程后裔在黄陂现已超过2万多人，而且人才辈出，有大学生300多人，博士生3人，硕士生10人，留学生5人，教授22人，担任县团级干部15人①。在黄陂程姓家庭中，那些稍有文化的人家一般都会跟后辈儿孙讲述“双凤送子”“流矢变鱼”“鲁台望道”“二程晒书”“夜月楼读书”等勤奋好学、求真探索的家族掌故，以激励后代子孙。

其他像江夏、汉阳、蔡甸一带熊姓人家，不仅因江夏熊廷弼公园的文化建设备感荣耀，而且家族内部还代代传承着关于熊廷弼出生时天呈异象的故事和清代榜眼熊伯龙青少年时期生活坎坷、勤勉好学、“喝墨水”的故事。在新洲区，一些家族掌故还与地方民俗紧密相关。例如在新洲辛冲街一带姓孙和姓舒的两姓人中一直传承着一个古老的风俗——不吃甲鱼。这是为什么呢？调查中我们听说了这样一个故事：在元末明初“江西填湖广”人口大迁移过程中，有一户户主名叫孙清五的人家被安排从江西迁往湖北黄州府辛冲（今武汉新洲辛冲街）附近居住。可是，当他们驾驶的小船行驶到鄱阳湖中心时，骤然间狂风大作。他们只好放下船帆，谁知刚一放下帆杆，风浪就将船舵打断了。小船成了无舵的漂舟，在湖中心打转。孙清五见状，仰天长叹：“唉，天要灭我孙家咯！”正当他绝望长叹时，船又停止了打转，孙清五试了试，船又恢复了正常航行，竟然平安地驶出危险的湖心区，来到了风浪平静的湖边。他觉得非常蹊跷，就让妻子掌舵，自己到后船舱查看情况，提起舵来一看，不禁大吃一惊，原来是一个筛子大小的甲鱼咬住了下舵杆，身子成了舵叶，这才保证了小船的正常航行。经过几天的航行，一路上甲鱼始终没松口，以身当舵，一直行驶到辛冲蔡咀的到岸塘边。这时，孙清五下水到舵边将甲鱼拉开一看，发现甲鱼的嘴已经肿得翻卷起来，牙齿已钉入舵杆很深，他费了很大的劲才将甲鱼拔下来。从此，孙家将之奉为神灵，专门挖一小池将甲鱼养起来。直到孙清五去世，家人才将甲鱼放生于长江。后来，孙清五举家落户于辛冲街孙家塆。孙清五家只生了一个姑娘，便招一舒姓青年当上门女婿。姑娘生了八个儿子，孙清五决定除一人姓孙延续香火外，其余七人都姓舒。经过几百

① 黎世炎、潘安兴：《答周恩来、周扬之问——程颢程颐兄弟少年时代在武汉黄陂的足迹》，搜狐网，http://www.sohu.com/a/302656015_120044970。

年的繁衍生息，孙舒二姓现在人丁兴旺。但是这里的孙舒两姓都有一个规矩：以后见了他们家的救命恩人——甲鱼必须放生，一律不准吃甲鱼。也巧得很，谁吃甲鱼，谁就倒霉①。类似的姓氏与风俗相关传说在新洲区还有一些，诸如“方姓祭祖不吃牛肉”“叶家塆焚香不敲磬打鼓”“铁甲塆黄姓人不跟毛巉头塆姓毛的人开亲”等。

（二）地方风物

地方风物传说也是家族传承中一个重要的内容。所谓地方风物传说，是指那些述说各地山川名胜的由来，具有较强解释性特点的传说。武汉地区山环水绕，自然资源丰富，历史悠久，人文景观众多，有关地方风物的传说所在皆是。因而在武汉一些家族传承的故事中，常常将地方风物与家族历史关联起来，构成了特殊的传说类型。在调查采访中，我们搜集到很多这方面的传说。

例如武汉江夏区龙泉山风景区一带樊、李、杜、张、沈、曾、董、邹八个家族的族人中就盛传“楚昭王占风水赶樊哙建墓地”的传说。话说龙泉山周围群山起伏，有天马行空的天马峰，有横空出世的玉屏峰，有高耸入云的龙帐峰，峰峰相望，亭亭玉立，恰似城垣；附近的梁子湖区水域辽阔，通江达海，水中含山，山中藏水，秀丽无比。所以，历代有不少王公贵族、功臣勋旧和文人雅士都钟爱这块风水宝地，像汉朝的舞阳侯樊哙，晋朝八州都督陶侃，唐朝江夏王李道宗、宰相李蹊，宋朝状元张栋的儿子张芸叟，元朝宰相沈如筠，等等，都相中了这块好地方。有的在此隐居，有的举家常驻，有的死后在此长眠……他们的后代在此地逐渐形成了樊、李、杜、张、沈、曾、董、邹八大家族。到了明代洪武三年（公元 1370 年），明太祖朱元璋将喜爱的第六子朱桢封为楚王。朱祯在楚地为王 54 年，常来龙泉山一带打猎逛市，久而久之，从内心里喜欢上龙泉山这块宝地，一心想要据为己有，以建造死后的陵寝。他将这个想法告诉了皇帝老子朱元璋。但这龙泉山中居住着的八大家族都是历代高官显赫的后代，朱元璋不想招惹麻烦，没有同意，朱祯也未敢轻举妄动。但他日夜苦思冥想，终于想出了一条苦肉计，有一天他故意将自己的头颅打破，谎告到皇帝老子那里说：“地没有得到手，反被八大姓把头打破，今后怎么在楚地称王?!”朱元璋心中当然明白是怎么回事，但还是为亲儿子着想，就假戏真做，大发龙威，为儿子撑腰。当即下了一道圣旨，“以夹山易龙泉”。当时虽有明初进士、朝廷“都堂”李盛等当地望族人拼命抗争，最终还是落得个李盛死、楚昭王朱

① 在长江出版社 2014 年出版的《新洲民间故事》第四册中也收集有类似的故事文本。

祯得地的结果。夹山在龙泉山环抱之外,地方风水要差很多。八大家族虽然厉害,终归狠不过皇上,只好忍气吞声,老老实实让出了龙泉山,朱桢就独吞了这块宝地。且说朱桢依仗皇帝老子的威风,霸占了龙泉山八大家族的祖业,作为自己的墓地,这八大家族一走,他就派人去山东请来一位名叫王化龙的风水大师为他找墓定冢,作百年之后的打算。王先生在龙泉山上上下下转悠了近半个月,认定此山的天马峰是“五龙捧圣”之地,风水最好。但是,这里早已是西汉舞阳侯樊哙的墓葬地,不好办。于是,便选定了玉屏峰下一块盆地。那里中间有两条长溜溜的小山,形如金盆游鲤,虽比“五龙捧圣”稍差,埋个王爷也不算亏待他。王先生把这个意见告诉了楚王,楚王大发脾气:“我朱桢龙生凤养,龙子龙孙,岂是那小小金盆中的一条草鱼。你欺负小王就是欺君!”风水先生只好说出“五龙捧圣”之地最好,可是,却早已埋葬了樊哙。朱桢哈哈大笑说:“这有何难?把樊哙给我赶走。”说完,立即派人去挖樊哙的坟墓。这时正是雨季,电闪雷鸣,风雨大作,挖墓的人本来心里有些害怕,又见这风雨阵势以为是樊哙显灵,吓得心惊胆战,撒腿就跑。朱桢怎肯罢休,威逼王先生亲自领人再去挖墓,不然,就到山东去抄斩他老家。王先生心想:“樊哙的后代,历经各朝各代,代代有人在朝为官为宦,在龙泉可以说是树大根深,势力极大,他们惹不起朱桢,可惹得起我王化龙。我一个小小的风水先生,两次三番带人去挖他们家的祖坟,还能活着回去吗?”他日夜动脑筋,终于想出一个对付他们的办法,便暗地里做了一番手脚,然后对楚王说:“挖墓要选个黄道吉日。要得发不离八,八月初八动土,是上上大吉。”昭王想:“管它八月八,九月九,反正我一刻死不了。”于是,就答应了。到了八月初八这天,王先生又带着人来挖墓,在深处挖出一块碑石,只见碑石上刻着四句话:“此处本是昭王地,暂借樊哙上千年,今日时至期已满,樊哙迁移到东边。”挖墓的人不知道是风水先生暗中做的手脚,便相信这是天意,于是放开手脚挖墓。消息传出去后,樊哙后代也无话可说,樊哙的棺椁,就依碑上说的,向东迁移一百丈埋了。同时,在樊哙原来埋葬的墓地上,修建了朱桢的地宫。不久,朱桢又将八大家族居住的数千户人家的大集镇迁往山外,将环山一带划入王陵区。此例一开,历代楚王均在此地修建陵墓,于是昭、庄、宪、康、靖、端、愍、恭、贺九个王爷先后埋葬于此,逐渐形成了“三龟九寝十二景”的所谓风水宝地。在实地调查走访过程中,我们发现这一风物传说依然在龙泉山风景区一带得到较好的传承,当地 30 岁以上的男性公民基本都知晓这一传说,部分人还能够绘声绘色地讲述若干故事情节。

又如在新洲区辛冲镇操家大塆和操家细塆一带的操姓人家中至今仍流传

着操扁担塆来历的传说。据传今天的操家大塆和操家细塆以前人们叫它上、下操扁担塆。说起塆名，还流传着一段神奇的传说。清朝光绪年间，有一群姓操的外地人搬来新洲辛冲镇安家。初来乍到，生活十分艰苦，为了养家糊口，男人们就以挑柴打工度日。因为经常挑柴到城区贩卖，人们就叫他们“扁担客”。虽然辛苦，但这些家庭也能勉强维持基本生活。后来有一年的六月初六，这天清晨，风和日丽，扁担客们就结伴一起到将军山去担柴。可是快近中午的时候，天空中突然乌云滚滚，电闪雷鸣，下起了倾盆大雨，随后山洪暴发，大水迅速淹没了道路，冲毁了梯田。这些挑柴的扁担客们当时正走在回家的路上，前不着村，后不着店，只能涉险冒雨前行。在摸索着蹚水途中，有三个扁担客一不小心就滑落到水流湍急的溪涧，转眼间被大水吞没了。众人一下子急了，纷纷放下柴担，沿着溪涧，一路寻找，可是一连找了三天也没找到人，只好放弃寻找回家。正当他们垂头丧气，准备向三个“遇难者”的家人报丧的时候，却意外地发现那三个人早就平安无事地回来了。原来，三人落水后不久，看见前面有一块黑东西浮在水面，他们便奋力前行，先后爬到那块黑东西身上。那块黑东西就驮着三人顺水下滑，一直滑到旧街沙河岸边水浅处，这时他们才跳下黑东西上了岸。回头一看，那个东西就像是一根硕大的扁担，救了他们三条命，再看那个黑东西在水里一晃就不见了。三人一想，难道这黑东西就是传说中的扁担神？于是，他们在岸边磕了三个响头，就回到了家里。众人听了，大为惊奇。为了纪念扁担神的护卫之恩，扁担客们就将他们居住的两个村庄起名为上、下扁担塆。从此以后，每年六月初六，操扁担塆都要拜扁担神①。类似的地方风物传说，在武汉市其他城区的家族传承中普遍存在，故不在此一一赘述了。

（三）其他类型

除了家族掌故和地方风物方面的传说外，风俗传说、人物传说和史事传说在家族传承中也占有一定比例。

风俗传说，是指以某个流行的风俗习惯为中心构建的民间叙事，有些特殊的风俗常常与地方上的某一家族相关，于是这类传说也就在家族中一代又一代传承下来。例如，在新洲区三店街柳子巷一带居住的胡姓居民中至今流传着一个特殊的风俗：活着时户口本上姓胡，死后立的墓碑上却一律改姓为

① 参见《新洲民间故事》第二册（长江出版社 2014 版）中的《操扁担塆的来历》（洪春生整理）。

熊。这是为什么呢？关于这个风俗，胡姓人家中流传着一则传说。明朝洪武年间，曾有一个叫熊德峻的人，举家从祖居地黄州四望山一带迁到古郓城举水河畔的生生堡（今新洲区三店街柳子巷）定居。熊德峻有两个儿子，老大叫熊有善，老二叫熊有庆，都是为人谦恭谨慎、办事干练的年轻人。据说明代洪武、永乐年间有一项税收制度，规定将田地税和人头税折合成银两，由当地管理各家族的里长分季节征收。话说当时生生堡的里长姓胡，名叫胡毕户，与熊氏兄弟交好。这胡毕户体弱多病，不堪收税劳烦，产生了不当里长的心思，但又苦于无人替代，而且胡姓家族也不允许让里长一职落于外姓人手里，于是在生生堡各位族长的商量下，选择了一个折中的方案，邀请熊氏兄弟暂代里长职位，负责税收的征收和上缴。于是，熊氏兄弟就接下了这个担子。但由于是代人做事，所以办理公务、觐见上级官员时，熊氏兄弟就自称姓“胡”，回来在乡亲和族人面前依旧姓熊，就这样，这种做法父传子，子传孙，一代又一代延续了下来。到了清朝雍正年间，由于采用“摊丁入亩”的税收制度，熊姓这个长期代理里长的家族没有办法再以两个姓氏的方式处理公务了，就只好都改为胡姓登记了户籍，缴纳赋税。为了不忘根本，三店街柳子巷原本姓熊后来改为姓胡的这一支人，就约定俗成地形成一个习惯：活着的时候一律姓胡，死后墓碑上刻字就恢复姓熊①。调查中，我们通过与老年族人聊天及查阅家族族谱的方式，了解到这一风俗依然保存着。

人物传说，是指以真实人物为中心，记叙他们事迹的民间故事，有些人物传说跟家族文化有着千丝万缕的关联，有些人物传说则与地方文化紧密相关，于是关于这些人物的传说也就在当地的一些家族中得以传承。例如，在江夏五里界一带很多家族中至今流传着地方名人明代兵部尚书熊廷弼对对联的传说：相传熊廷弼小的时候，家里并不富裕，但却在白云书院上过学，而且聪明异常，从小就特别擅长对对联。据说有一次，熊廷弼跟随老师和同学一起外出踏青春游，大家远远地就看见水田里有个农民解开一把一把稻秧在田里插播，于是老师就以此为题出了一副很难对出的上联“稻草扎秧父抱子”，让众弟子对出下联。因为情景太真实，上联太切近生活，大家苦思冥想，一时都找不到恰切的句子对出下联来。刚好这时，有一位路过的妇女提着一篮新采摘的竹笋从对面走来，熊廷弼灵机一动，立马就对出了下联——“竹篮提笋母怀儿”。众人听后大惊失色，纷纷赞叹，因为这对联太贴切巧妙了，跟

① 参见《新洲民间故事》第四册（长江出版社 2014 年版）中的《生姓胡死姓熊》（胡建洲整理）。

上联可以说是形成了一副绝对。还有一个传说，说是熊廷弼小时在白云书院读书的时候，有一天书院山长的老丈人去世了，山长想送一副独一无二的挽联去，显得自己这个女婿有文化，也好在气势上压压其他几位连襟(老丈人的其他几位女婿)。于是，他提笔写下了七个全带三点水的字为上联——“泪滴江汉流满海”。可是，他想破脑壳再也想不出下联来，于是就召集书院的秀才们来帮忙，谁知那些秀才都是“道士掉了令牌——冇得法”，个个急得抓耳挠腮。这时只见年龄最小的熊廷弼飞步上前，提笔就对上了七个全带口旁的字——“嗟叹嚎啕哽咽喉”，大家十分叹服。但有个学长不服气，想要刁难一下他，指着附近八分山上的松树就又出了一句上联“岩石苍松伸出龙头望月”，熊廷弼随口对出“园中嫩笋摆开凤尾朝天”。那学长以为他是碰巧的，就再补上一句“雪压竹枝头点地”，熊廷弼又飞快地接出下句“风吹荷叶背朝天”。由于熊廷弼年龄很小就才思敏捷，展现出对对子的才华，实属不易，一时间传为美谈，并一代又一代在当地各个家族中传扬开了。

史事传说，是指以叙述重大历史事件为主的传说，有些地方历史上曾发生过重大的历史事件，对地方乃至中国历史产生过深远的影响，于是关于这些史事的传说也就在当地一些家族中得到较为持久的传承。例如，在新洲三店街，很多家族就一直传承着“陈友谅与走马堤”的故事，作为地方文化历史影响后代子孙。据说元末农民起义军首领陈友谅，因在鄱阳湖大战中被朱元璋战败，只好带领残余部队和妻子一起逃往江北，过长江、越蕲州、赴黄州，最后到达了邾城(今新洲)，从元军将领吴国栋的手里夺取邾城作为“汉政权”的陪都，并以城中的东岳庙为行殿，设朝堂临时议事。因为陈友谅将陪都设在这个地方，于是便有了走马堤的传说。在新洲三店街向南一公里左右，有一条小河，河边有一道堤坝叫走马堤。为什么要叫这么个名称呢？原来陈友谅战败后，心有不甘，常常思量怎样东山再起，有时就到邾城附近散散心，找找感觉。有一天，风和日丽，鸟语花香，他带领少数几个亲兵游逛到了龙丘(今三店街)，路经小堤，看见堤坝边上有一座关帝庙，便让亲随留在外面，只身一人骑马进去算命卜卦，想讨个好兆头。当他走进庙里时，庙里的当家老道是个有眼力的人，一看前来算命问卜的人相貌堂堂，气度恢宏，举手投足间充满了霸气，只是眉宇间有忧虑之色，就猜想这人说不定就是那个陪都的主人，于是连忙起身让座，卜卦算命。经过一番假模假样的掐算后，善于察言观色的老道就说：“施主乃极为尊贵的命格！你的祖上的墓地居于龙脉，帝王之分正应在你身上，我看你相貌大异凡人，实为九五至尊！”说罢，老道赶紧跪在地上磕头，连呼：“小道叩见皇上，吾皇万岁万岁万万岁！”陈友谅听了老道的奉承话，非常高兴，觉得讨了个好兆头，当面酬谢了老道，以后又骑马来看望了老道几次。陈友谅最后还是东山再起无望，抑郁而死。因为陈友谅曾经建立过“汉政权”，当过几年“皇帝”，是同朱元璋一样的明末抗元大英雄，为了纪念这位失败的豪杰，人们就把他曾经骑马走过的这条小道叫作“走马堤”①。不过，人们讲说这个故事的时候，一方面有传扬地方文化的自豪感，另一方面又带有一些迷信天命和同情弱者的味道。

“家是缩小的国，国是放大的家。”家庭是社会的细胞，家族是由相同血缘关系派生出的若干家庭组成的联合体。家族文化是中华文化的重要组成部分，是实现中华民族伟大复兴的内生动力之一。优良的家族文化世代相传，不仅能激励后辈形成良好的家风，传导中华民族的核心价值观，凝聚家族力量和民族力量，而且家族文化还是联系海内外华人社群的重要精神纽带②。在漫长的历史演进过程中，武汉地区一些家族的传说世代积淀，逐渐成为自己家族特色鲜明的文化内涵之一，有些甚至被写进了家族族谱的首卷，代代相传。从笔者多次实地调查采访的情况来看，我们发现在那些建有现代宗族祠堂以及传统文化气息较为浓厚的城市郊区农村家庭中，一些跟家族关系紧密或与地方历史文化相关的传说在家族内部传承较为稳固，而且内容和形式也丰富多样③。但是，在中心城区，由于人们的生活方式更加现代化，文化选择更加多元化，家族意识相对比较淡薄，虽然晚辈人也能从长辈口中听到若干家族和祖籍地的传说故事，却往往有如微风过耳，印象模糊，真正能够形成稳固传承习俗的较为罕见。因此，讲好家族传说故事，传承好这份宝贵的非物质文化遗产，是一件功在当代、利在千秋的地方文化事业，其传承主体理应得到全社会的共同呵护。

二、社会传承

社会传承，在这里特指地缘传承和业缘传承两种民间文化形态。

---

① 此为传说，历史上记载陈友谅在鄱阳湖大战中被流矢射杀，根本没有传说记载的这回事，由此可见民间倾向与官方正史有明显不同。

② 例如闻名海内外的江夏黄氏家族、蔡甸熊氏家族、黄陂程氏家族等，不仅历史悠久，名人辈出，而且自 20 世纪 90 年代以来几乎每年清明节都会有来自美国、欧洲、澳大利亚、韩国及中国港澳台等地区的族人，回到武汉故乡参加宗族祠堂的祭祖活动。

③ 自 20 世纪后期以来，很多大姓家族热衷于新修祠堂，传承宗族文化。例如新洲区的吴氏家族在新修的庆余堂里，为了弘扬祖先的文治武功，就有关于其五世祖吴国栋被明太祖朱元璋封为忠诚护国公显灵王的许多精彩故事；江夏区的黄氏大宗祠，就传承着许多关于黄姓名人如春申君黄歇、汉孝子黄香等的许多传说。

（一）地缘传承

作为地方话语的民间传说，常常以当地有限时空中具体可感的“实物”为依据，例如当地的历史人物、风景名胜和民俗风情等，柳田国男（一作“南”）在《传说论》里称之为“纪念物”：“传说的核心，必有纪念物。无论是楼台庙宇、寺社庵观，也无论是陵丘墓冢、宅门户院，总有个灵光的圣址、信仰的靶的……”[①]这些“实物”能够有效唤起故事讲述者和消费者共同的现场真实感，并将在场和不在场的人群，以穿越历史时空的方式连接起来，激发出对地方文化传统强烈的认同感和自豪感，进而在传承地方民间传说中发挥独特的作用，形成地缘文化优势。例如，因为保存完好的孔庙和孔府遗址之故，山东曲阜人大多能讲述几则关于孔子的传说故事；由于端午节赛龙舟和吃粽子的民俗遗存，湖北宜昌秭归人一般都知晓并能讲说屈原的传说；依凭修葺完好的彭祖园、彭祖像和彭祖路，江苏徐州人对长寿之星彭祖故事比较熟稔；等等。

作为一座历史悠久、地方传说资源十分丰富的大都市，武汉既有中心老城区的传说，也有远郊新城区的传说；既有被列入各级政府的非物质文化遗产代表性项目名录的知名传说，也有难以计数的未列入非物质文化遗产名录的普通传说；既有人物、史事和地方风物等宏大叙事类的地方传说，也有街名、路名、村名、山名、水名等小掌故类地方传说……当这些地方传说以地缘形式传承时，其强烈的地方认同感和城市自豪感往往能产生一定的群体辐射效应。下面略举几个地缘传承方面的案例。

1. 武昌区黄鹤楼传说

武昌区黄鹤楼传说2011年被列入第三批国家级非物质文化遗产代表性项目名录，属于国家重点保护的民间文学。黄鹤楼传说是以武昌区龟山黄鹤楼为故事发生地及与之有关的传说汇聚，包括神仙传说、名流轶事和历史掌故等大类几十个故事，其中“子安驾鹤”“费祎升天”“仙人吹笛”“橘皮画鹤”等神仙故事构成黄鹤楼传说的核心组成部分。这些与黄鹤楼有关的神仙故事，自南北朝时期以来，就在武汉地区世代相传。南朝（梁）萧子显《南齐书·州郡下》、南朝（梁）任昉《述异记》、唐朝阎伯理《黄鹤楼记》、宋朝王象之《舆地纪胜》、宋朝乐史《太平寰宇记》、宋朝陆游《入蜀记》、明朝郭正域《仙枣亭记》等文献对这些传说有明确记载，崔颢、李白、刘禹锡、苏轼、岳飞、孔尚任等人的诗词也借此抒情。2011年申报并入选第三批国家级非物质文化遗产名录时，

① 柳田国南著，连湘译：《传说论》，中国民间文艺出版社1985年版，第26页。

所依据的就是源出《报恩录》中以"橘皮画鹤"为主要情节的《辛氏酒店与黄鹤楼》故事。故事梗概如下:武昌蛇山靠近江边的黄鹤楼原名叫辛氏酒楼。相传古代有一个姓辛的老板曾在此处开有一个不大不小的酒店,店里常有一位仙风道骨的道士来此游玩并喝酒,却从不付钱,辛氏并不向他索要酒钱,有时甚至还将小杯换成大杯,让他喝个痛快。如此几年,道士终于要离开此地,就对辛氏说:"欠你的酒钱实在不少了,现在该偿还啦。"说着便用手中的橘皮在酒楼的墙壁上画了一只鹤,并告诉辛氏:"若有客人至此,鼓掌高歌,黄鹤便会起舞。"有此奇迹,一时间辛氏酒客云集,争相歌咏,黄鹤亦翩翩起舞。此后小小辛氏酒店生意兴隆,逐渐富裕起来。过了10年,那位道士又来了,拿出他所佩戴的铁笛吹了数声,一会儿,白云自空中飞来,仙鹤亦从墙上飞下来舞蹈一番,然后道士乘鹤而去,辛氏为感谢仙人赐福之恩,便在道士跨鹤升天的地方修建了辛氏酒楼,因橘皮画的鹤呈黄色,后人就把辛氏酒楼称为黄鹤楼。到了后来,人们又在此基础上增加了道士将井水变酒水相谢,辛氏夫妇因此大富,以及辛氏婆婆一句"井水当酒卖,还嫌猪无糟"的牢骚,终致道人跨鹤离去、井水还原的内容,并将仙人直接附会为八仙之一的吕洞宾,传说影响不断扩大。最终形成一个故事情节跌宕多姿、人物形象仙凡杂处、传说意蕴伦理分明的完整故事。

在本次调研中,我们对武汉三镇中心城区采取了推送电子问卷调查和实地随机访谈相结合的方式进行。在电子问卷调查环节,共发放了305份问卷,实际反馈收回的有效问卷173份。从173份有效问卷反馈的情况看,各个年龄层次、各种职业和不同文化程度的武汉市民对于黄鹤楼神仙传说的知晓度普遍较高,一般都能够勾选出1—2个传说故事(126份,约占73%),且都说是听本地人讲说的,一般没有固定的传承关系。但是,在黄鹤楼名流轶事类和历史掌故类传说方面,除了对李白、崔颢、毛泽东等人的故事和诗词略知一二,而对于岳飞与黄鹤楼、孙权与黄鹤楼、刘备诸葛亮与黄鹤楼、陈友谅与黄鹤楼的有关传说大多懵然不知,一般都是勾选"没有听说过"或"不知情"选项。在实地随机访谈中,我们分成三组人员,分别在武昌黄鹤楼景区售票口附近、汉阳王家湾地铁站出口和汉口江汉路步行街几个地方对路人随机采访,得到的结论与问卷调查差不多,因很多调查对象不是武汉本地人,与地缘传承没有关联度,所以这里并没有采用完整的数据说明。

2. 蔡甸区九真山传说

九真山传说就是以蔡甸区九真山国家森林公园为故事发生地及与之有关的传说,现被列入区级非物质文化遗产项目保护名录。位于蔡甸区永安街境内的九真山，又称为五藏山、仙潜山，因传说有九位真人各据一峰设坛炼丹而得名，素有“蓬壶仙境”之称。明清时期山上建有大王庙、双龙泉、菖蒲洞、炼丹池、飞升石、云台等，山下还有寺庙、庵堂宗祠 20 余座。据说从南北朝时期开始，一直到民国晚期，每年正月初九和八月中秋之后，汉川、沔阳、天门、潜江、监利等县的善男信女，成千上万，斋戒沐浴，焚香顶礼，长途跋涉来到九真山下，三步一跪，九步一叩，登上顶峰，朝山敬香，向大王菩萨祈祷，或求免灾、祛病，或祈年丰、生子，历近千年，其香火盛极一时。如今，这些景点，绝大部分已朽废，仅存有炼丹池、碑记等少数与传说有关的景点。

九真山传说主要有三个：一说昔日有九个仙女各据一峰，在此处炼丹，后皆悟道成真，登仙而去，故名“九真”。山上的炼丹台、飞升石、炼丹井（又名炼丹池）、菖蒲洞，都是她们留下的仙迹。至今炼丹井中还有九泉涌溅，清澈甘洌，秋冬不涸，故有“九真龙泉香十里”的谚语。因有龙泉滋润，山下稻米风味独特，称为天下一绝。民间传说，炼丹井上若有蛟龙盘绕，则风雨大作。山下菖蒲洞，长年受着龙泉的滋养，其菖蒲也很奇异，一寸九节，吃了能延年益寿。九真威灵仙，更是驰名全国的药材。二说在九真山南麓，旧时有座仁显庙，受百姓香火朝拜的是大王菩萨。相传大王菩萨是一位曾经在洞庭湖一带劫富济贫、为穷苦老百姓做好事的民间英雄，人们尊称他为“大王”，后来被官府所杀。“大王”死后英灵不散，常常在洞庭湖周围显灵，护佑当地百姓。九真山在江汉平原，海拔较高，是菩萨常驻之地。由于大王菩萨在民间颇为灵验，受到元明两代官府的敕封，元朝时被官府封为“敷济仁显录佑王”。明朝时重修庙宇，重塑金身，香火更旺。据说明代宫中曾有一位王子生长毒疮，御医用尽良方，依旧治不好，生命危在旦夕。这天夜里，王子梦见一位足踏龟蛇、盔甲威严的大王菩萨，授予了他仙方。王子清醒过来，按照梦中的仙方用药，几天后，果然毒疮痊愈。王子为了纪念大王菩萨，就依照梦中所见的神像，拨款雕塑了一尊足踏龟蛇、盔甲威严的菩萨供奉。三说清代道光年间，汉阳以柏泉人张仁卓为首的道教徒，为了祀奉汉代五斗米道真人刘伯通（传说真人刘伯通曾经证道于汉阳的九真山），在民间采取募化形式，筹集资金，修建庙宇。修庙时因山高路陡，建材难以运上山，张仁卓便派人到处扬言，说大王菩萨将显灵，那一天九真山下果然神奇地涌现出飞砖飞瓦的奇景，观众人山人海。张仁卓便请求众人帮忙将建庙材料传递上山。众人求神心切，劲头很足，砖瓦传递如飞，很快就全部搬运上了山，不仅建造了祖师殿，还建造了娘娘殿、大王殿等新的道观和寺庙。

课题组在调查过程中，对蔡甸区永安街及九真山风景区附近几个村庄的居民进行了随机采访(2020年10月17日)。我们分头行动,走访了15户居民和一家商户(餐馆就餐时随意聊天),共计35人。通过实地调查,我们了解到,虽然传承的途径不一,有人自称是听家里长辈讲述的,有人表示是在各种不同场合听当地人讲述的,还有个别人说是上小学时听当地学校老师讲述的,但是当地人对于九真山传说的主要内容(九女修真成仙故事和大王菩萨故事)一般都知晓,并且大家都表示作为九真山人,如果不了解这些传说故事是说不过去的。而对于一些文人记载的内容更为复杂的掌故(例如汉阳柏泉人张仁卓重修庙宇的故事),就不甚了解了。不过,值得注意的是,其中采访到的6个小学生则像是听稀奇事一样饶有兴趣地参与到我们的采访活动中,我想这也应该算是一种地缘传承吧。

3. 新洲区孔子问津传说

位于武汉市新洲区旧街镇的孔子河村,村北有一座山,名孔子山;村南有一条河,名孔子河;河中有座桥,叫作孔叹桥;穿过河,迈过桥,相传就是孔子门徒晒书的晒书山;山腰上有座书院,名曰问津书院,是湖北最大的孔庙和书院,也是武汉市唯一与孔子行踪相关的省级文物保护单位。始建于西汉年间的问津书院,屡毁屡建,距今已有两千多年的历史(也有学者认为应从南宋末年龙仁夫创立书院算起,只有一千多年的历史,因为此前称为孔子庙),明清时期最为繁荣,康熙皇帝曾经御赐书院"万世师表"匾额。在历史上问津书院曾经与岳麓书院、东林书院、白鹿洞书院齐名,在我国教育史、文化学术史上产生过重大影响。据史料记载,这里曾是文人荟萃之所,唐代诗人杜牧、宋代理学大师朱熹、宋末元初名儒龙仁夫、明代大学者王阳明、清代"天下第一廉吏"于成龙等都曾亲临书院讲学布道;这里也是人才的摇篮,相传自南宋末至清朝600多年间,此书院共出过387位进士。

孔子问津传说就是与这座书院历史紧密相关的系列传说,2008年被列入武汉市第二批非物质文化遗产代表性项目名录。据《论语·微子》和《史记·孔子世家》记载,春秋末年,西周遗制正处在土崩瓦解之际,为了挽救濒危的封建礼制,孔子怀抱着"兴灭国,继绝世,举逸民"的理想,率领门徒周游列国,不遗余力地宣传自己的救世主张。在自陈蔡到楚国的途中,他们一行来到楚国境内大别山脚下古驿道旁的一个小集市南约5公里处,被一条发源于大别山的河流挡住了去路。当时正值河水涨水季节,河流水深岸阔,不知津口在哪儿。孔子一行踌躇岸边,忽见河的上游有两名身材高大颀硕的男子正在田间并头而耕,便派子路前去问渡口之处。这两个人一个叫长沮,一个叫桀溺,是当时楚国著名的隐士。子路来到长沮身旁,恭敬地揖揖手,问道:"先生,请问这条河流的渡口在何处?”长沮答非所问,反问道:“车上坐着的执辔的人是谁呀?”“是孔丘。”“是鲁国的孔丘吗?”“是。”“那么,他应该知道渡口在何处。”子路不爽,就跑去问桀溺,桀溺反问道:“你又是谁呢?”“我是子路。”“你是孔丘的徒弟?”“是。”桀溺说:“你看,天下哪儿都是一样的动荡不安,谁可以改变它呢?你与其跟着这种躲避坏人的人四处奔波,不如跟着我们这种避世之人还更安逸自在。”说罢,继续耕作。子路不仅没有问到渡口所在之处,反而还遭到了一番奚落、教训,只好沮丧地回去告诉孔子问津情况。孔子听说后,怅然长叹,说道:“人是应该有社会责任的,怎么能够隐居山林,置天下的黎民苍生于不顾,而终日与鸟兽为伍呢?如果天下太平的话,那也用不着我孔丘四处奔波了。”人各有志,儒家一直主张入世,匡时济世,“正心、修身、齐家、治国、平天下”。而隐者认为天下大乱,已无可救药,只能自保。无奈之下,孔子一行只得冒险在离问津处约半里的河道中涉水过河。由于水深流急,车上的书籍被溅湿,无法渡河,孔子只好让弟子们退回岸边,并吩咐他们将浸湿的书籍搬到旁边一座较为平坦的山坡上晾晒,自己则坐在一块石头上唉声叹气。后来人们为了纪念孔子问津这件事,将挡住孔子去路的河流命名为“孔子河”,又名“问津河”;在河上修了一座桥,名为“孔叹桥”;将河边的山命名为“孔子山”;称孔子晒书的山包为“晒书场”;称孔子坐过的石头为“坐石”;将孔子绕道坏车的地方叫“回车埠”;在河流的两旁,长沮、桀溺耕种过的那片呈梯形的田垄,一边称为“长沮冲”,一边称为“桀溺畈”……这些名称一直流传至今。西汉时,因邾县(新洲)庶民在孔子山耕地时掘出一块石碑,上刻“孔子使子路问津处”八个秦隶大字,于是分封在六安的淮南王刘安遂命在发掘地建亭立庙,将石碑立于亭内。设私学,供士人、百姓瞻仰祭祀孔子,并征召学士在此讲学、著书立说。这就是问津书院的前身。自汉武帝“罢黜百家,独尊儒术”以来,历代帝王尊孔重儒之风日盛,这座孔子庙受到地方官吏和儒士们的竞相推崇。据明朝万历年间的《黄州府志》《统一志》和清代《湖广通志》等文献记载,汉代至南宋末年,孔子庙得到了官府多次拜谒和营饰修缮。除了这一源于历史记载的主要传说外,孔子问津传说还包括“磨咀磐对问项橐”传说、“之乎者也之字山”传说、“千年一叹孔叹桥”传说、“渡河落水山间晒”传说、“一门两进士,五里三解元”传说等。

调查中我们采访了问津书院以及附近三个自然村的村民和一所小学的学生,发现孔子问津传说在近年来的保护和开发方面取得了巨大的成绩,如2011年举办了“首届孔子问津文化旅游节”;2015年后每年在问津书院举行春季祭孔大典,还建设了专门的新洲问津书院网站(http://www.xzwjsy.

(a) (b)

图 3-1 孔子问津书院旧址和 2015 年大修后新落成的问津书院

com/)等;尤其是 2015 年问津书院大修落成后,吸引了越来越多的外来游客到访,孔子河村人自然而然地将这一历史久远的文化传说当作重要资源不断传扬。当然,从地缘上来讲传说的范围更广些,不仅在孔子河村,在与之毗连的黄林墅村以及黄冈市团风县淋山河镇一带,几乎所有成年村民都能讲述几则关于孔子问津方面的传说故事。但是,距离书院稍远些的地方就没有多少人能够完整地讲述子路问津的传说经过,这些地方的人甚至连长沮、桀溺这两个传说中的隐士的名字都没有听说过,至于与传说相关的其他景点一概不知,因为他们从来都没有实地游览过。

在本次民间传说地缘传承调查过程中,虽然调查的对象有限,但是我们还是发现了地缘传承方面存在的一些亟待解决的问题。主要有两个方面:一是传承广度明显不够。例如孔子问津传说作为新洲区最著名的非物质文化遗产之一,区域内市民对传说知晓的内容有限,距离书院稍远些的地方就没有多少人能够完整地讲述子路问津的经过,甚至连长沮、桀溺这两个传说中隐士的名字都没有听说过,至于对与传说相关的其他景点的知晓度则更低,因为很多人从来没有实地游览过。这就需要有关部门加强对非物质文化遗产的宣传力度,同时也需要地方政府和旅游企业制定相应的政策予以激励。二是青少年群体的讲唱兴趣有待培育。调查中,我们发现当地中小学生对地缘传说总体上呈现一种隔膜状态。这虽然跟他们从小生长在科技和文化发达的新时代、缺乏传统文化的传承氛围有关,但是同文化教育在非物质文化遗产方面内容的缺失也密不可分,如果市区各校在校本课程中适当增加与地方传说相关的非物质文化内容,组织一些与之有关的社会实践活动,相信这种地缘传承中的年龄断层现象一定会得到改善。

（二）业缘传承

业缘传承是指由于社会分工的不同，那些长期从事某一职业活动的群体内部就会产生情感认同和文化认同，久而久之也就会将自己行业的创业祖师、看家技艺及重要行业事件等，以讲故事的形式予以传奇化、神圣化，并形成一系列与之相关的民情风俗，一代又一代地传承下来。例如瓦匠、木匠、石匠行业关于鲁班的传说，铁匠、补锅匠、窑匠、金银行业关于太上老君的传说，泥塑、面塑行业关于女娲的传说，酒、醋、酱行业关于杜康的传说，丝绸业、蚕农关于嫘祖的传说，戏法、杂技行业关于吕洞宾的传说，说唱道情行业关于张果老的传说，中医内科行业关于孙思邈的传说，中医外科行业关于华佗的传说，经商售卖行业关于范蠡的传说，算卦行业关于鬼谷子的传说，画匠行业关于吴道子的传说，剃头行业关于罗祖的传说，陶瓷行业关于宁封子的传说……

业缘传承是地方传说传承的重要形式之一。在传统社会里，由于人们职业上的分工相对固化，"士之子常为士""农之子常为农""工之子常为工""商之子常为商"（《管子·小匡》），因而，业缘和血缘、地缘等因素常常交织、叠加在一起，形成复杂的认同结构。现代社会，业缘群体是最主要的社会群体之一。虽然现代社会分工的形式较之传统农耕社会发生了巨大变化，再加上人们文化水平的普遍提高和科学意识的显著增强，那种重视师徒关系传帮带的行业传承模式逐渐淡化，使不同工种内部的传说文化不再具有从前那么大的魅力，甚至根本就没有传说产生的土壤了，但是在那些不太依赖科学技术和现代文明的传统行业里（如部分农、林、牧、工、商以及今之所谓非遗行业），人们在紧张的劳作之余，"摆摆龙门阵"、讲讲行业传说也会增强职业的趣味，故而依然保存着民间传说在行业内部传承的衣钵。

1. 热干面传说

热干面传说是围绕武汉市具有鲜明地方特色的早点"热干面"而产生的民间故事。传说20世纪初期，在汉口长堤街关帝庙一带有个名叫李包的人开了家经营餐饮的小门面，专靠卖凉粉和汤面为生（也有说他是个走街串巷的面食商贩）。有一天，天气特别炎热，食客没有平时多，当天有不少发酵后经过处理的汤面面条没有卖完，他担心隔夜后面条会发馊变质，就将剩余的面条煮熟沥干，晾在案板上，预备着第二天再用。可是晚上做事的时候，一不小心就碰倒了案板上的油壶，将很多麻油洒泼在面条上了。李包见状，无可奈何，只好将面条用麻油拌匀重新晾放。第二天早上，李包发现面条不仅没有变质，而且还有了一种特殊的麻油香味，于是就将拌了麻油的熟面条放在沸水里稍烫，捞起沥干入碗，然后加上卖凉粉用的调料，弄得热气腾腾，香气四溢，作为一种新的早点准备售卖。谁知早点开张后一些老顾客来到店里，争相购买这种香喷喷的早点，吃得津津有味，一些路过的客人也被麻油香味所吸引，纷纷进店来买这种面食过早。有人就好奇地问他卖的是什么面，他不好意思说出过程，因为本也就没有什么名号，于是随口说了一句“热干面”，于是热干面的名号也就这样被大家叫开了。从此以后，他在店里就专卖这种大家喜欢的面食，生意虽然不大，但十分红火，不仅附近的居民经常光顾，而且还吸引了不少其他街道的食客来竞相品尝，一时间良好的口碑就在汉口传扬开来了，还有不少人慕名来向他咨询求教、拜师学艺。又过了好多年，另一位名叫蔡明纬的农民从黄陂县蔡家榨乡来到汉口谋生，先是在满春街一带挑担卖面（新中国成立前的汉口满春路好似北京天桥，打场卖艺五花八门，蔡明纬便固定在一家楚剧院门口摆摊，也因此结识了关啸彬等楚剧名角，据说蔡明纬的热干面店开张，还多亏了演员们的宣传），后来积攒了一些资金后，就在中山大道满春路口开设了一家名为“蔡林记”的热干面面馆，专门售卖热干面。传说他卖的热干面分量足、配料全，食客众多，遇到人特别多的时候，忙得手忙脚乱，应接不暇。于是，他开始摸索一种快餐式的下面方法，经过反复尝试，终于找到了一种简便易行的方法：前一天把面条煮七成熟，平摊于案板上，再淋上少许香油晾干后做成半成品；第二天清早出摊时，只需要将煮好的面条放在烧得滚烫的水中烫几下，捞起来盛在碗中再加以佐料就可以食用。由于程序简单，食客从点餐到用餐节约了不少时间，极大地方便了赶工过早的人们，很受欢迎。加上他的店面较大，又位于市中心繁华地带，更重要的是他在李包的热干面的基础上进行了一系列改良加工，不仅让出水的热干面更加爽滑筋道、黄而油润、香而鲜美，而且在配料上采用黄芝麻酱、辣椒酱、酸豆角、卤水、香菜、葱花、蒜泥等食材，任由顾客根据个人口味、偏好随意添加，这就使武汉热干面真正成为一道风味独特的地方名产，风头自然就盖过了李包。有好店面就有好名声，好名声就会吸引更多的从业者参与，于是收徒授艺，传承商业文化自然也就成为应有之义了。

武汉热干面这个广为人知的传说，不仅随着蔡明纬的“蔡林记”这个汉口热干面老字号被载入了武汉现代民生史册，而且也随着蔡明纬的儿子蔡汉文等非遗传承人以及更多热干面馆经营人的行业坚守与文化传承，在热干面特色小吃的旗帜下得到弘扬。根据课题研究的需要，笔者曾经联合计算机专业的人士，运用爬虫数据技术对武汉市区门店招牌含有“热干面”字样的主营热干面的面馆空间分布情况进行了系统分析。研究发现，在百度地图官方开放的数据平台上大约有1016个店面，城区一环内有热干面馆154家，二环内热干面馆474家，三环内热干面馆972家，且呈现出以武昌区、江汉区、江岸区和硚口区为中心，中心聚集、外围分散的格局。而在中心城区，又主要集中在武广商业圈、江汉路商业圈、汉正街商业圈、钟家村商业圈、王家湾商业圈等中心地带。这些热干面馆的品牌已经不再仅限于蔡林记了，像鹏记热干面(79家)、曾麻子热干面(70家)和楚街一品热干面(63家)等已经开成了连锁型热干面馆，呈现出规模经营的态势，散户型热干面馆也遍地开花①。

在这1016家热干面馆中，笔者因各种机遇利用吃早餐时间随机采访了其中15家面馆，在与热干面馆中的食客和老板聊天过程中，发现热干面馆经营者一般都知晓热干面来历的传说(12家)，有些经营者在客人不多的情况下，还能津津有味地讲述关于李包和蔡明纬的传说(6家)，食客中知晓传说内容的也有不少人(主要是武汉本地的中老年群体)。问及热干面馆的经营者或营业员有关传说获取途径的时候，有的说是听师傅讲述的，有的说是听街坊讲述的，也有年轻的经营者或外地来的商户说是从互联网上看到的，途径可谓多种多样，但有一点是可以肯定的，那就是他们知晓并能流利地讲述热干面传说完全是因为行业的缘故。

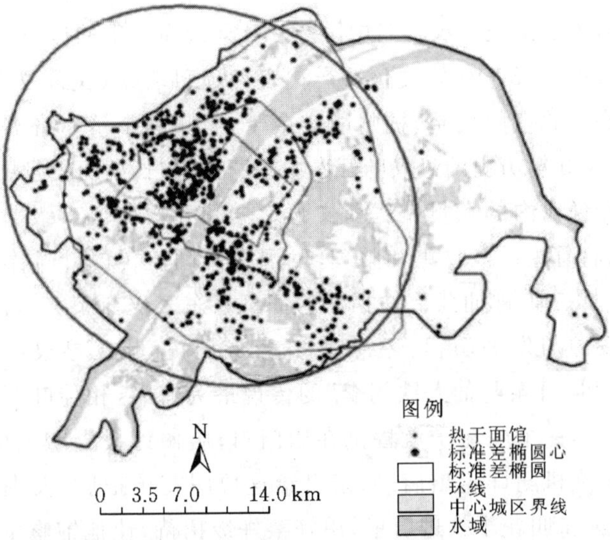

(a)

① 以上百度地图公开数据截至2020年4月23日。

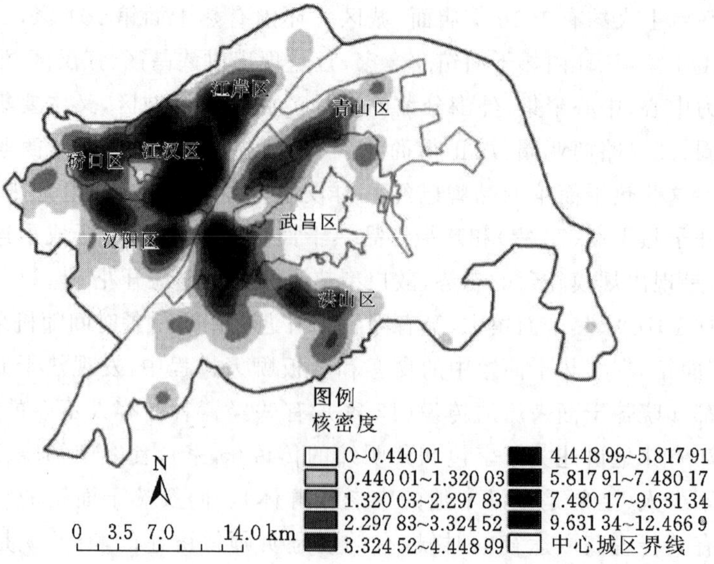

(b)

图 3-2 热干面数据图

2. 叶开泰传说

叶开泰传说是围绕武汉知名中医药堂叶开泰而产生的传说，于 2018 年入选第六批武汉市市级非物质文化遗产代表性项目名录(民间文学类)。作为中国清代以来与北京同仁堂、杭州胡庆余堂、广州陈李济堂齐名的四大药号之一，有着近 400 年历史的武汉叶开泰中医药堂，在长期历史发展过程中孕育了包括民间传说在内的大量中医药文化。据叶开泰传说市级非遗传承人李振昂介绍，他们通过系统收集和整理，发现在民间流传的叶开泰传说故事多达 99 个，如《摸三摸 神仙药》《铁拐李的仙草》《东家送雪梨》等，内容广泛，涉及叶开泰的发源与发展历程、经营理念、家族历史、叶氏寻根寻访等各个方面①。其中以“叶开泰与仙人铁拐李”的传说最为有名：相传叶开泰药号开张后不久，有一天，一个叫花子就昏倒在店门口，店伙计报告给老板叶文机后，正在坐堂的叶文机随即走出店来，亲自给这位叫花子把脉，发现他只是饿昏了，便立即命人将叫花子扶进店里，用好菜好饭招待，让他饱吃了一顿。那叫花子离去后，店伙计发现，在店门口叫花子晕倒的老地方不知怎么就多了一

① 《开街一周年 日接诊量超 300 人 叶开泰中医药文化街区成汉阳工业旅游热门景点》，《长江日报》融媒体，http://www.cjrbapp.cjn.cn/p/105202.html。

口水缸。店伙计想着，这一口水缸店里面后场作坊也用得着，于是就将这口水缸搬到后场用来泡药材了。没想到，只要是用这口水缸泡过的药材，都一律成了灵丹妙药，药效奇好。这时，人们才恍然大悟，原来那个倒在店门口的叫花子是八仙过海中的头一位神仙铁拐李。又有一次，传说铁拐李参加了王母娘娘的灵芝宴后便来到了人间，装成一位贩卖中草药的老翁到达了汉口，就在叶开泰药号门口摆起了一个小小的中草药摊子寻找有缘人来度化。由于当时叶开泰药号很有名气，号称诊病如神，所以人们对门口的小小中草药摊子不屑一顾，让化身为卖药老翁的铁拐李生意很是冷清，常常生活无着，有一餐没一顿的。这时药号中的一个小伙计偶尔发现了这个事情，很是同情这位老翁，常常用自己节省的食物接济门口的老翁，于是一来二去两人就熟络起来了。有一次，老翁问道："都说你家药号的药能医百病，起死回生，是真的还是假的呢?"小伙计坦诚地回答道："我们药号有祖传的秘方，品种齐全，货真价实，老板医术高妙，名声在外。但是，其实也有很多病治不了，比如对疮癣毒疖等疾病，本铺也没有特效药，我们的少东家左腿烂了十五年，至今还没治好呢。"仙人铁拐李觉得小伙计虽然年纪小，但跟店老板一样心地善良，为人又诚恳，就有心想给他的少东家医治毒疖。有一天，他突然对小伙计说："我在此数月，多蒙你的照应，如今我要走了，特送草药一帖，交给你的少东家，让他贴在腿部烂疖处，半个月后可感到奇痒，二十天左右就能长肉，三十天左右便可痊愈。"说罢就将草药交给了店里的小伙计。草药果然有奇效，少东家的腿疾在用了这位老翁的膏药后竟奇迹般地痊愈了，人们到各处寻访这位老翁，但他已经不知去向了。大家猜想，这肯定又是那位悬壶济世的老神仙铁拐李。从此以后，有关"叶开泰与仙人铁拐李"的传说就在武汉三镇传扬开来了，并且越传越神。

叶开泰传说，不仅随着"叶开泰"这张金字招牌被深深刻入老武汉人的文化记忆，而且随着当代叶开泰中医药文化的复兴得到了进一步弘扬。为了打造工业文化旅游景点，激发非物质文化遗产的不竭活力，2018年武汉市设置并打造了叶开泰中医药文化街区，街区恢复并重现了老药号380多年前"前店后厂"的经营模式。经过2年多运营后，街区现已颇具人气，"平均每天到国医堂问诊的患者大概有300多位，每周到叶开泰中医药文化街区参观的旅游团队有三四个，大的团队大概有四五十人，散客更多"。叶开泰传说市级非遗传承人李振昂向记者介绍说，在人才储备方面，目前叶开泰中医药堂外聘的专家及自身培养的青年医师，已经有80多人，其中有不少是省市级知名中医专家。叶开泰中医药文化街区开街后，街区在文化上不断进行挖掘。目前叶开泰中医药堂拥有省级和市级非遗项目各一个，市级非遗传承人3人，区级非遗传承人6人。另外，街区也加大了硬件上的投入，不断完善配套设施，将古法技艺和现代化的生产车间更好地展示给游客参观，同步推进基础建设和文化建设，按照“国医＋旅游”的模式，打造“以文化为核心、以工业为依托、以医养为特色”的旅游文化景区，并积极申报国家3A级旅游景区，进一步推动了街区旅游文化建设的提档升级①。文化街区的建设，在提振地方特色经济发展的同时，也通过中医交流荟萃和旅游文化宣传，加深了人们对叶开泰传说的理解，扩大了传说的影响范围。

笔者多次实地探访叶开泰中医药文化街区，在与街区医生及居民聊天过程中了解到，在此行医的中医师一般都知晓或能讲述若干叶开泰传说故事，其中有6人在没有患者诊治的情况下还饶有兴趣地就叶开泰传说的文化价值同笔者进行过探讨，表现出一定的文化认同和审美兴趣。在当地居民中，一些中老年人对叶开泰传说较为熟稔，甚至津津乐道。比如街坊中有7人能滔滔不绝地讲述“夹街大火与铁拐李保护叶开泰药号”“摸三摸 神仙药”“铁拐李的仙草”“东家送雪梨”等故事。在问诊的患者中也有不少人对叶开泰传说有一定了解。另外，在观光旅游的团队导游中，也有部分地陪导游一边带领队伍逛街旅游，一边结合中医药文化街区名号，讲述叶开泰传说故事，推荐大家购买相关的特色中成药。相比较而言，在街区行医的中医师因为职业缘故，对叶开泰传说更为熟悉些，讲述起来更令人信服。

3.汉阳高龙传说

汉阳高龙传说是围绕武汉市汉阳区元宵节期间重要的民俗活动“舞高龙”而产生的民间故事，在热爱舞高龙的汉阳市民中几乎人人知晓。舞高龙民俗2008年入选第二批国家级非物质文化遗产代表性项目名录(传统舞蹈类)。相传古时候，汉阳属于云梦泽地区，当时这里物产丰富，但人烟稀少，到了唐朝贞观年间有一批移民从都城长安迁徙到了这里。由于汉阳一带湖泊众多，经年水患不断，于是一段关于唐太宗李世民和大臣魏征梦中斩杀东海龙王的传说就和当地的舞高龙习俗一道从古城长安移植到汉阳了。说是唐朝贞观年间，中原地区遭遇了一场百年未有的大旱，长安城区百日无雨。于是皇帝李世民以真龙天子的身份向玉皇大帝祈雨，玉皇大帝命令四海龙王按照“长安城内三寸，城外四寸”的指令降雨，缓解长安城区的旱情。不料东海

---

①《开街一周年 日接诊量超300人 叶开泰中医药文化街区成汉阳工业旅游热门景点》，《长江日报》融媒体，http://www.cjrbapp.cjn.cn/p/105202.html。

龙王因不服与算命先生袁天罡的赌斗，故意让雨反着下，在空中打了两个喷嚏，喷出两滴龙涎，一滴洒在城内是四寸雨量，一滴洒在城外是三寸雨量。一时间长安城内洪水泛滥，百姓遭灾。玉帝知晓后龙颜大怒，下令立即斩杀东海龙王，并命令由道家出身的唐朝大臣魏征次日午时奉旨监斩。听闻这道旨令后，东海龙王知道自己酿下大祸，十分害怕，无奈只好再度化身为白衣秀士向知名相士袁天罡求救，袁天罡指点他立刻去向唐太宗李世民求情。李世民白日入梦，在梦中答应了东海龙王的要求。醒来后梦中情景历历在目，于是李世民急忙宣召大臣魏征进宫伴驾，以下围棋将其留下来，帮助龙王逃过午时劫难。哪承想，正当君臣二人下棋的时候，大臣魏征却忽然趴在棋桌上睡着了，并在梦中按照玉皇大帝旨意追杀龙王，追得满头大汗。李世民见魏征睡梦中满身是汗，气喘吁吁，就随手拿起扇子替魏征扇了三扇。不承想当时魏征梦中正追赶龙王不得，得李世民这三扇之助，一把就抓住了龙王的尾巴，将龙王斩杀，并将龙王的尸体斩为数段，然后向玉皇大帝缴旨。因此之故，东海龙王经常在梦中骚扰李世民，怪他言而无信，令李世民深感愧疚。为了弥补自己的过失，后来李世民就下令每年正月初一到十五举办祭祀东海龙王的活动。从此以后，每年通过扎龙、接龙、开光、舞龙和化龙几个环节来开展民俗活动，舞高龙就成为汉阳一带传统的民间舞蹈习俗，被一代又一代传承下来了。这一传说，与吴承恩《西游记》第九回“袁守诚妙算无私曲，老龙王拙计犯天条”如出一辙，有所不同的是，汉阳地区的传说因具有舞高龙这一民间习俗为传说核，更具有可信的成分。

每年正月十一至十五，在汉阳的龙阳湖畔、南湖村岸边等地，伴随着威武的汉调锣鼓声，高龙每天从天擦黑就出门拜年，一直能要到第二天凌晨两点钟。每场表演，通过舞高龙者闪、舞、腾、扫的程式，以及叩高龙、扫高龙、举高龙、抖高龙、顶高龙、托高龙、“口衔齿托”等绝活，长约4.5米的高龙舞引得成千上万人围观，常常是掌声雷动，现场被围得水泄不通。其实，汉阳舞高龙民俗，据说起源于汉代“鱼龙曼衍”的看水戏活动，形成于唐代贞观之治时期，至少有1300多年的历史。舞高龙民俗跟其他地方常见的滚龙、荷花龙、墨龙等玩龙灯形式有着显著差异：一是断龙造型。龙头、龙身、龙尾是分开的，各自独立，呈切割式结构，彼此间又用绳子或红绸带连接起来互相呼应，龙身和龙尾多达12节(代表一年12个月)，闰年时增加为13节；龙身画有太极八卦图案(据说因魏征是道士出身之故)，龙尾装饰有日月造型。二是龙头高大、威猛，造型似龙又似鲤。龙头呈Z字造型，凸出的圆润的额头更接近于鲤鱼(契合“鲤鱼化龙”传说)，并且额头上有一个“王”字(暗合传说中的长江鲟鱼)，具有一定的地域色彩和民间想象性。汉阳舞高龙的习俗，原本主要分布在鲤鱼洲和龙阳村一带，后来范围慢慢扩展，如今汉阳区永丰乡的龙阳村、汤山村、陶家岭村，汉阳区江堤乡的渔业村，洪山区的陈家湾村，蔡甸区的南湖村等老汉阳城区都保留有春节舞高龙的传统民俗活动。但是现今舞高龙最出彩的地方则是汉阳区的龙阳村、渔业村和蔡甸区的南湖村三个村庄。龙阳村舞高龙民俗，依托龙阳集团和龙阳新村社区，中国高龙龙阳传习所成立了，由汉阳区非物质文化遗产中心参与指导，以图片、文字、录像、录音等形式全面记录高龙的知识、形式和技艺，采取收徒、办学、展演等方式培养人才，传承民俗，使之薪火不断。渔业村舞高龙民俗，主要依托龙洲置业有限公司和江欣苑社区，武汉首个社区博物馆——高龙博物馆建成，同时国家级非物质文化遗产聚集区高龙博物城——国家非物质文化遗产武汉传承园也建成了，其中武汉高龙贺喜有限公司还投资制作了高龙起源的动漫作品、武汉高龙宣传画册、光碟等宣传和纪念物品，以促进非物质文化遗产的生产性保护。此外，汉阳高龙还通过参加“国安杯”全国舞龙大赛获金奖、赴台湾进行文化交流和参加上海世博会湖北活动周系列活动，以及受邀参加武汉市、汉阳区各级新春舞龙大赛、非遗展演等活动，不仅扩大了汉阳高龙的影响，而且活跃了市民的文化氛围，受到武汉市民的重视和欢迎。

笔者在多次实地探访过程中，了解到汉阳高龙习俗分布地域内的武汉市民，一般都知晓或能讲述若干高龙传说故事，在当地的幼儿园和中小学校本课堂上语文老师常常也会跟学生讲述高龙故事。例如在汉阳永丰乡龙阳村，几乎每个成年人都知道高龙的故事；蔡甸区南湖村的个别表演者，不仅能讲述关于唐太宗李世民和大臣魏征梦中斩杀东海龙王的经典传说，还会补充讲一些鲤鱼跳龙门的故事，以及当代高龙民俗活动中的花絮（如某年某人接龙不到位受了灾等），以神化高龙民俗的魅力。在国家非物质文化遗产政策的引领及地方政府财力、物力扶持下，特别是在武汉高龙贺喜有限公司这类文化产业的宣传和推广下，汉阳高龙传说与高龙习俗一起得到越来越广泛的传播。但是，相比较而言，那些高龙舞者师徒之间的传习似乎更深入、更富有生命力些。

本次业缘传承调查，我们调查的范围比较广泛，涉及木工、中医、武术、泥瓦工、理发匠、餐饮业、民间舞蹈、街头卖艺、算命卜卦等依然活跃在民间的一些传统行业，限于篇幅，这里只重点介绍了三个案例，不一定能够反映武汉地区传承活动的整体面貌，但是我们还是发现了业缘传承方面存在的一些亟待解决的问题。一是随着传统行业范围不断收窄，地方传说的业缘传承呈现逐渐萎缩的态势。虽然“互联网＋”时代为传统行业的发展提供了无限可能性，但是工业化和“互联网＋”时代的到来在整体上使得我国传统手工行业呈现日渐凋零、变异的趋势却也是不争的事实，像木工、中医、武术、土建、理发、餐饮等传统行业，在向规模化转型过程中已经发生了较大的变异，那些师徒之间传承的神圣性正在淡化；像制秤、补锅、砖雕、造算盘、弹棉花、独角戏等行业在发展过程中已经失去存在意义，正在生活中逐渐消失；因而与这类行业相关的地方传说的传承自然也就呈现出日渐萎缩的态势。二是随着业缘传承生态的巨大改变，与之相关的地方传说也在不断消失。例如2010年入选湖北省非物质文化遗产名录的新洲牌子锣鼓，由于业缘传承生态的巨大改变，与之相关的传说就面临着失传的危机。新洲的牌子锣鼓，又名菜曲锣鼓，从前一直是在民间庙会、灯会、祝寿贺喜、婚丧嫁娶等仪式中必不可少的一种民间表演艺术，在烘托悲喜氛围、表达人们思想感情方面具有独特的艺术魅力。关于新洲牌子锣鼓，就有一个与唐玄宗、杨贵妃和李白相关的"老郎会"传说在师徒之间代代传承。但是，现在因为农村年轻人都在外地求学或打工，牌子锣鼓面临着后继无人的尴尬处境，没有了年轻人的参与和学习，与之相关的"老郎会"传说的传承自然也就断档了。

第三节　传承主体与传承生态

在非物质文化遗产保护项目中，地方传说这种口耳相传的民间文学遗产常常被看作保护难度最大的一类。人们之所以会形成这种认识，是因为民间文学是口头语言文本，它的生命力始终不能够脱离日常生活世界，是本真的、有意义的、鲜活的现实社会场景构筑了其赖以生存和传承的文化生态。它不可能像民间戏剧、民间音乐那样，可以在人们不在场的情况下，依凭虚拟的信息网络空间重新建构社会关系和开展演艺活动而"脱域"生存，让人们沉浸在虚拟的艺术氛围中①；也不可能像民间剪纸、泥塑那样，以物质存在形态出现在各种旅游场所和工艺品销售市场；它时刻都不能脱离鲜活的语言生活场域（虽然它也以文字、声音和影像文本形式存在，但除了专家外一般很少有人关注）。因而，要真正保护好这类口耳相传的地方传说，就必须从保护其文化生态出发，修复其作为文化特质综合体的内部世界与外部世界的关联，使其重回生活世界，实现生活化传承。但是在全球化、信息化和城镇化飞速扩张的

① "脱域"概念，由安东尼·吉登斯在《现代性的后果》中首次提出，他说："所谓脱域，是指社会关系从彼此互动的地域性关联中，从通过对不确定的时间的无限穿越而被重构的关联中'脱离'出来。"详见安东尼·吉登斯著，田禾译：《现代性的后果》，译林出版社2000年版，第18页。

当代社会，人们已经不可能再退回到传统农耕社会的那个地方传说产生的原始“生活世界”了，这就需要在社群结构、民俗涵养、文化表演、语言生态等各个方面，建构并融入一种新的文化生态链系统，使之嵌入到人们的生活世界，成为像清新的空气、蔚蓝的天空与洁净的雨水一样，用之不觉、受之愉悦的文化基因，才能真正获得内生传承动力。

一、传承主体及其社群生态

（一）社群与社群生态

社群(community)通常是指具有某种共同价值、目标、规范的社会群体。Worsley(1987)认为当今的社群具有广泛含义：可被解释为地区性的社区；可用来表示一个有相互关系的网络；也可以指一种特殊的社会关系，包含社群精神(community spirit)或社群情感(community feeling)。根据社群产生的历史过程，可以将其划分为血缘群体、地缘群体、业缘群体、趣缘群体和志缘群体等不同类型[①]。在中国传统农耕社群生态里，“自给自足的小农经济、安土重迁的居住特征、差序格局的社会秩序、忠孝互构的文化信仰，塑造了宗族组织的封闭性与有机性”[②]。虽然这种乡土中国的理论概括，并不一定完全适合像武汉这类城市社群的生活实际，但却也基本上符合中国传统社会的“总体性特征”。城市社群生态较之乡村社群生态，在社群构成方面虽然有较大的差异，文化好尚也存在明显不同，但是就社群的构成形态、文化层次及文化形成机制方面而言，则大体上是一致的。在这一社会形态下，血缘、地缘、业缘、趣缘和志缘这些实实在在的因素构成了人与人之间基本的关系模式，也构成了传统中国的社群生态。传统社群生态是地方民间传说赖以产生的社会基础，“一个杰出的故事传承人的背后往往有一群民间故事的传承人”[③]。在这种社群生态里，由于社会生产力不够发达，商品经济的活力不足，社群流通和交往受限较大，再加上统治者施行愚民政策，导致普通民众文化程度普遍较低，不识字的民众占有很大比例，于是在各个社群中口耳相传的民间文学也就成了人们传授知识和经验、抒发思想感情、建构地方话语的主要方式之一，造成口头创作和口头传播比较发达的局面。

以旧武汉街头的“趣缘”社群而言，“在过去的汉口，人们喜欢聚集在市场、

---

① 参见“社群”词条，朱贻庭：《应用伦理学词典》，上海辞书出版社 2013 年版。

② 王向民：《中国社会组织的历史演变及其发生缘由》，《东岳论丛》2014 年第 10 期。

③ 林继富：《民间叙事传统与民间故事传承》，中国社会科学出版社 2007 年版，第 31 页。

空地、街角或是桥头以及庙前庙后等找乐子。这些地方对一般百姓，无论是居民还是外来者都没有什么限制。如果不愿意去茶馆或是戏院看表演，也可以邀上几个朋友在街头巷尾以聊天的方式打发时间。对于这些闲人，最大的休闲乐趣或许就是在一起交流街头巷尾发生的一些值得告诉人的小道新闻，并发表自己的看法。成功的‘街头谈论家’往往能够搜集许多谈资，并成功调动街民们的谈话兴趣。为了广罗各种茶余饭后的谈资，街头发生的一些争吵、冲突，甚至是突发性的事故，往往成了人们争相围观的一些对象”①。由于受经济条件的限制，底层市民不可能经常去茶馆喝茶或是去戏院看戏，他们只能靠宣讲或传播街头巷尾的一些小道消息打发闲暇时光，久而久之，那些经典一点的段子也就演变成了地方传说一类的民间文学了。当然，也会有一些专靠讲演民间文学谋生的民间艺人。“街头讲善书曾经是流行于武汉街头巷尾的公共娱乐项目。表演者通常趁着夏天人们外出纳凉的机会，在巷子里摆两条板凳，板凳上架起桌子，桌子上摆着‘大成至圣先师之神位’，两边各站着一位穿长衫的先生，口里喊道：‘叫一声，我的儿，听娘训教。’人们听到这个声音，便知道善书先生来了，于是都端坐在旁边，听得津津有味。”②除了这些特别“民间”的文学形式，也有一些职业性的民间文学形式，它们不仅有自己固定的表演场地，而且以商业演出的形式来经营，例如专门讲唱民间文学的“湖北大鼓”就是如此。据说，“清末民初时，湖北评书的艺人阵容达两百多人，活跃在汉口、汉阳、武昌以及周边一些地区”，“在此过程里，湖北评书的表演者们也是人才辈出，群星灿烂。早期有著名民间艺人童雪松、王丹普、刘维舟、夏秀峰，被称为评书‘四杆旗’；而孝感何玉山、天门蒋春山、应城徐振山被称为评书‘三大山’；到20世纪30年代，出现了以荣忠圣、陈树堂、江云卿为代表的荣、陈、江三大流派。李少霆吸取三派之长，声名远扬，沈邦寿则善于营造舞台效果，深受欢迎”③。

（二）社群生态变迁下的文化传承

随着时代的进步，地方传说赖以产生的血缘、地缘、业缘、趣缘和志缘社群生态发生了巨大的变化。城市化进程的飞速发展，使得以家族血缘为纽带的社群生态维系越来越难以为继，原先的宗族血缘组织不断解体，除了那些城乡结合地带或郊区农村依托现代家族祠堂、宗族修谱等活动还在传承若干

---

① 任晓飞：《都市生活与文化记忆——近代汉口的公共娱乐空间与大众文化（1912—1949）》，华中师范大学2012年博士学位毕业论文。

② 巡阅使：《街头巷尾：讲善书的》，《太阳灯》1933年6月17日。

③ 周华：《一座城一门艺　精益求精的评书大家何祚欢》，《武汉晨报》2013年1月15日。

祖先传说、地方掌故之外，大部分市民已经对此没有了多少兴趣。城市规模扩张，邻近县市变成了城市的郊区，原本固有的地缘文化也在城乡融合过程中逐渐变得模糊；承载地方民间文学传播的同乡会等社群组织失去了存在的根基，一些文化符号性的地方传说除了成为旅游景点的经济佐料外，它本身所固有的文化价值和文化传承性已经不那么显豁了。现代化工业体系的建立，使社会生产中机械化和智能化程度越来越高，传统的产业形态除了部分被列为"非物质文化遗产"的项目被当作老古董保护下来外，大部分传统产业都被自然淘汰了，原先那些势力庞大的同业公所、同业行帮也退出了历史舞台，与之相关的行业祖师爷崇拜、行业掌故等地方传说也就失去了生存和传承的土壤了。依托互联网建立起来的虚拟时空信息社会形态，很大程度上改变了人们的交往对话方式，使得一些传统意义上趣味相投的群体，在生活世界中已经日渐衰减，他们休闲娱乐中的段子也逐渐转移到网络社群中去了，与之相关的地方传说(如武汉贱三爷故事)自然就迁移到 BBS 贴吧、微信群、微博、QQ 群、抖音视频等新兴社群载体中去了。进入 21 世纪后，城市社群生态更是呈现出一派多元共生共存态势。一方面，部分实体城市社群继续以传统形态发展，部分新兴实体社群则徘徊在城市发展的边缘地带，暗流涌动；另一方面，网络虚拟城市社群如雨后春笋般崛起，花样翻新。这些新兴的社群形式对地方传说的传承发展无疑产生了巨大而深刻的影响。其中，城市边缘地带的新兴实体社群传承生态和网络社群的传承生态尤为值得关注。

就城市边缘地带的新兴实体社群而言，农民工群体是一个值得高度关注的城市社群。农民工群体是我国工业化、城市化、现代化进程中的特殊产物。他们虽然承担了从工程建筑到垃圾处理、从蔬菜售卖到外卖送餐等大量繁重工作，为城市建设和发展做出了巨大的贡献，但是由于社群隔离的缘故，大多数人常居住在简易工棚、民工宿舍、出租屋等简陋狭小空间，既没有城市户口所赋予的子女就学、个人医疗方面的较好待遇，又因种种不合城市规范的言行被当作"乡里人"遭人白眼，因而在城市发展过程中并未很好地融入当地的城市社会，他们的文化现状和文化需求更是普遍不为外界所深入了解。有人认为，"农民工可算是公共文化服务的'真空'群体"[①]；也有人认为，农民工虽有一定的文化生活，但"目前整个农民工群体的文化生活需求的供给十分不足"[②]。那么，

---

① 杨红花：《"真空"群体：清除公共文化服务建设的"盲点"——基于武汉市农民工文化生活的调查》，《华中农业大学学报》(社会科学版)2013 年第 2 期。

② 夏国锋、陆继锋：《关于农民工文化生活及其层化现象的典型调查》，《农村经济》2006 年第 1 期。

他们对城市地方传说的传承究竟如何呢？为此，笔者借看望几位在武汉某建筑工地打工亲戚的由头，曾经深入建筑工地、工棚与他们一起同吃同住，进行过两次实地调查。根据我对其中12位来自武汉市郊县（新洲区、黄陂区、江夏区）农民工的访谈情况来看，他们的文化生活虽然比较贫乏，但并不是真的就那么空虚。一般来说，他们忙完一天紧张的建筑活儿之后，往往会选择睡觉、聊天、看电视、打牌和上手机看抖音视频等免费方式打发剩余时光，但是，在此期间也会创造性地开展一些民间性文化交流活动，讲述和传播一些打工者生活的趣闻，或与来自不同地区的工友一起分享自己家乡的民间传说。例如，一位曾经参加过高考而落榜的蔡甸区老乡就常常跟大家讲起北宋大文学家欧阳修是汉阳女婿的传说：当欧阳修还是一位青年时，就才华横溢，可是却在科举考试时多次落第，只好寄住在随州的叔父那里求学。后来欧阳修游学到了汉阳才遇见了他的恩师——汉阳府的知军胥偃，不仅成就了他的文学美名，而且也成就了他东床快婿的美事。当欧阳修游学来到汉阳时，听说知军胥偃是一位进士出身的官员，而且为官清正，常在汉阳军学讲授，于是心生仰慕，多次前往汉阳聆听胥偃讲授的文学课，颇有相见恨晚的感触，但因为彼此不熟只能旁听。不久，他就主动写信给胥偃，表达自己希求知遇的愿望。胥偃看到他的书信后，深感这个青年人学识渊博，情真意切，文采飞扬，是个不可多得的人才，很爽快地接收欧阳修为门徒，传授写作技艺，使欧阳修在学业上日渐长进。从此，欧阳修就成为胥偃家里座上的常客，二人常在一起谈文学，谈时政，立场、观点、追求都很接近，因而越谈越投机，越谈越亲密。此时，胥偃的女儿胥莺莺刚进入青春之年，不仅容貌娟秀，身材美丽，而且脑聪手灵，平时既跟母亲学得一手刺绣的好活儿，又跟父亲学到许多文学创作才艺，尤其喜爱对联艺术。每次欧阳修来家后，胥莺莺就躲在屏风后面，偷听欧阳修与父亲交谈，欣赏他才华横溢，见到其相貌堂堂、风度翩翩，心下更加欢喜，不时借故登堂敬茶。时间一长，胥莺莺就与欧阳修混熟了，常常缠着欧阳修谈诗论文，吟诗作对，相处得十分融洽欢愉。胥偃夫妇二人都看出了女儿的心事，他们赏识欧阳修的人品和才华，有心要招欧阳修为女婿。胥偃就和夫人商量，说女儿年纪尚小，欧阳公子当务之急是考取功名，婚姻之事待来年春闱之后再提。天圣年间，欧阳修在恩师胥偃的陪同下来到京师开封府参加了科举考试，并在国子监考试中获得第一名的好成绩，同年秋天参加国学解试仍然名列第一，第二年的礼部省试又名列第一，三月崇文殿御试位列第十四名，荣选为当年的甲科进士。欧阳修少年得志，功成名就，一时名动京师。当他离京荣归故里时，首先就到汉阳去拜见恩师。胥偃在府上为他盛情设宴庆贺，席间提出将女儿胥莺莺许配于他的想法。欧阳修连连叩谢，感激不尽，答应待回到随州禀明老母和叔父后再行定夺，择日迎娶胥小姐。这位农民工在讲述故事的时候，一脸自豪，很有感染力。当然这也引起了其他农民工友的戏谑，说："你大概也想遇见胥莺莺吧，别再做春秋大梦了，码好砖才是正经！"类似的讲家乡传说的情况，在笔者有意的引导下还有多次。像来自江夏黄金村附近的老乡，就讲述了黄金村名由来的故事；来自黄陂祁家湾附近的老乡，就讲述了黄陂人舞"僵狮子"风俗的神奇传说等。他们在讲述的时候，都有一股浓浓的自豪感，很为自己家乡感到骄傲。大家在听的时候，也都能聚精会神地参与，不时还插话问一下细节，趣味横生。这是一个非常值得关注的新兴实体社群，他们对地方传说的传承和传播应该得到充分肯定。

就网络社群而言，随着 BBS、博客、QQ 群、微信群、微信公众号、钉钉、抖音、快手等新兴网络媒介的出现，一些迥异于传统社群的形式诞生了，并对城市社会生活各个方面产生了根本性重塑。到目前为止，网络社群的发展大致经历了"互联网早期对传统社群的复写与拓展——虚拟社群"和"社交媒体时期社群的大规模扩展——亚文化社群"两个主要阶段。在虚拟社群时期，互联网还处于发展起步阶段，虚拟与现实之间存在着比较大的差异，"网络中相当多人展开长期讨论而出现的一种社会聚合，他们之间具有充分的人情，并在互联网空间形成了人际关系网络"①。虚拟社群打破了传统社群产生条件中所必需的地缘要求。其社群组织形式有两种："一是依托于即时通讯技术对传统社群关系的线上复写拓展；二是依托家用计算机的普及及互联网架构技术的发展，以论坛与讨论组为基本形式的线上社群。"②在我国，天涯社区是这一时期最具代表性的虚拟社群，其版主设置和社区板块"股票论坛、天涯杂谈、电脑技术、感情天地、新闻众评、体育聚焦、旅游休闲、灌水区"等构成形式，决定了它是一个以"趣缘关系"构建的具有强针对性、弱联系的开放性和流动性的虚拟社群。"亚文化社群是互联网社交媒体平台与自媒体平台进一步发展的产物。"在亚文化社群时期，"平台不再成为限制互联网社群的壁垒，而是作为渠道给予个人更多的自我展示空间。"③社交媒体平台对碎片化时间的填充使得亚文化社群成员间的联系由弱联系走向强联系，认同感逐渐加深。以哔哩哔哩弹幕网为依托发展出的亚文化社群在这一时期较具有代表

---

① Howard Rheingold. *The Virtual Community: Homesteading on the Electronic Frontier*. New York: Addison Wesley Press, 1993, p. 6.

② 罗丹、朱琳：《新媒体视阈下互联网社群发展趋势研究》，《今传媒》2020 年第 1 期。

③ 罗丹、朱琳：《新媒体视阈下互联网社群发展趋势研究》，《今传媒》2020 年第 1 期。

性。网络社群的诞生，为地方民间传说的传承发展注入了新的活力，也为传播形式的现代化提供了更多让人乐于接受的存在形态。例如我们在“抖音”火山版 App 上搜索以“白蛇传”为关键词的话题，就显示有 4500 多万次播放，有数以万计的粉丝跟拍、模仿、打卡和传播。武汉地方传说的传播，像黄鹤楼传说、木兰传说、伯牙子期传说在抖音、百度等平台上传视频后也有高频度的播放、跟拍、模仿和点赞。此外，在百度贴吧、荆楚网——东湖社区等多个网络社区中都有类似的网络民间传说推介与分享。微信公众号“汉阳区委党史办”就借助微信平台推介了大量的汉阳地方传说，吸引了一批热衷于地方传说的同好者阅读、点赞、评论和探讨，其中一则《周文王教化作〈汉广〉》的传说是这样的：相传周文王 95 岁高龄的时候，来到了长江、汉水流域，也就是今天的汉阳地区。他非常重视道德教化，在周文王的教化感召下，在汉水两岸流传着一个美丽的故事——汉水南岸有个英俊小伙子，爱慕着汉水北岸一个美貌姑娘。那姑娘常常在河边牧马，后面还跟着一头小马驹。小伙子每天到河边的山上砍柴，为的是能多看看朝思暮想的牧马姑娘。在他眼里，姑娘头顶的发髻和垂肩燕尾秀发乌黑油亮，映衬着白皙的面庞就像出水芙蓉一样清纯，麻衣布裙掩不住她身材的优美，她为小马驹梳理鬃毛，轻柔的手指似乎捋出了她心中的爱抚和善良。“多么美的姑娘啊！可是我不能送你一束山花。因为文王说男女交往不能淫乱。”小伙子痴痴地想，喃喃地说，汉水在他面前静静地流淌。时间一天天过去，小伙子一天天遥望，对姑娘的痴情与日俱增。“心爱的姑娘啊，或许哪一天你就要出嫁。我能为你做什么呢？让我割些嫩枝青草去喂饱你的马吧！马儿吃饱了也好拉着你的嫁妆送你出嫁。因为文王说男女交往崇尚爱情。”小伙子还是痴痴地想，喃喃地说。汉水浩浩荡荡，在他面前流淌。有一天，小伙子看到牧马姑娘又来了，她换上了艳丽的服饰，可是没有带来她的马，只有小马驹依偎着她，在河边草地上游走。小伙子远远望去，他看到了河对岸：“姑娘要出嫁了，村头那拉嫁妆的就是她的马。”小伙子感到万分惆怅：“美丽善良的姑娘就要出嫁了，从此她就要告别这片小河边的绿茵草地，我再也看不到心爱的姑娘了。”小伙子奔向小河边，隔岸目送姑娘离去的背影。“让我割些蒌蒿去喂饱你的小马驹吧！小马驹那么可爱，它离不开你，你也离不开它。”小伙子仍然痴痴地想，喃喃地说。汉水更加广阔，从他面前奔向万里长江。据说这则在江汉交汇处经过周文王教化后发生的真实故事，传到了周文王耳中，他欣慰世间真有出淤泥而不染的爱情，他要用这美好的情操教化更多的人，于是创作了《汉广》一诗，被收入《诗经》：

南有乔木，不可休思；汉有游女，不可求思。
汉之广矣，不可泳思；江之永矣，不可方思。
翘翘错薪，言刈其楚；之子于归，言秣其马。
汉之广矣，不可泳思；江之永矣，不可方思。
翘翘错薪，言刈其蒌；之子于归，言秣其驹。
汉之广矣，不可泳思；江之永矣，不可方思。

在推介这则传说故事的微信公众号文章下面，有不少网友点赞和转发，赢得了不少粉丝。这对于当代民间传说的传承无疑是一件值得肯定的事情。

由此可见，当下人们交往活动中的社群生态虽然发生了巨大而深刻的变化，但地方传说的传承却并没有因此淡出人们的视野，出现文化断裂，而是以一种新的活态传承方式存在于人们的生活世界。就城市边缘地带的新兴实体社群而言，农民工群体中的地方传说呈现出一种全新的打开方式。它不仅让人记住乡愁，留住了文化之根，而且还以新的撒播方式在不同地域工友之间弥散开来，扩大了传播的范围。就网络社群而言，虚拟社群和亚文化社群中的地方传说借助网络平台的生成和流传，充分反映了“技术革命”的全新活力，表现了传统文化“当代转化”不可抗拒的历史趋势。一方面，电子化传播极大地提升了地方传说这类民间文学的传播效率，推动了地方传说的有效保护和传承，避免了其因传承人的消亡和传承生态改变而失传的尴尬境遇；另一方面，借助于抖音、快手、斗鱼、腾讯视频等新型媒介，口耳相传的民间文学实现了从“听”向“看”的视觉化转化，使地方传说由传统的现场聆听文本和书面记载形式转化为以“看”为主导，集听觉、视觉、触觉等为一体的电子现场感和沉浸感更为强烈的视觉盛宴，一定程度上消弭了民间文学解读过程中存在的“言、意、象”三者难于一致的弊端，增加了人们了解、认知和接纳民间文化的契机，吸引了包括广大青少年在内的更多网友的关注和传承。自然，这并不是说社群生态变迁给地方传说传承发展带来的全都是积极因素。尽管如此，地方传说的传承发展面临的总体趋势却依然是“危”大于“机”。且不说互联网上的民间文学社群往往鱼龙混杂，不时有暴力、色情因素充斥其间；单就城市实体社群来看，城市规模的扩容、传统社群关系的崩塌、公寓楼里的空间隔离及陌生人之间的心理设防，都远不及从前乡村故旧及城区街坊邻里之间熟人社会的关系那么热络，而且语言生态也没有从前那么接地气，所有这些都会严重制约地方传说的传承和发展。

二、传承生态链与地方传说发展

改革开放以来，中国社会结构和文化机制的变化，给包括民间文学在内的传统非物质文化发展带来了系统性的挑战，使这类文化遗产的传承出现了与民众生活不协调、不同步的状况。“中国正在从农业国转变为现代工业化和城镇化国家。然而，长期以来民间文学的产生和流传以农村社会为主要地区，以农村民众为主要对象。随着中国城镇化率的提高，居住在农村的人口越来越少，民间文学传承空间变小，接受群体越来越少。学校教育成为青少年获得知识和技能的主要途径，传统民间文学的娱乐和教育功能受到挑战，民间文学产生和流传所紧密依附的传统社会经济文化环境快速消失，这些极大地压缩了民间文学的传承空间。现代传播媒体、通讯设备、互联网的普及不断加快了民间文学生活传统的口头性向书面文字化、传播媒介电子化转换的速度。所以，以口头传承为主要方式的民间文学类非物质文化遗产面临严峻的生存挑战，民间文学传承面临越来越大的压力。”①然而，这并不是中华优秀文化传承发展所应有的健康状态。早在 2013 年 12 月 30 日，习近平在《中共中央政治局第十二次集体学习时的讲话》中就深刻指出：“提高国家文化软实力，要努力展示中华文化独特魅力。在 5000 多年文明发展进程中，中华民族创造了博大精深的灿烂文化，要使中华民族最基本的文化基因与当代文化相适应、与现代社会相协调，以人们喜闻乐见、具有广泛参与性的方式推广开来，把跨越时空、超越国度、富有永恒魅力、具有当代价值的文化精神弘扬起来，把继承传统优秀文化又弘扬时代精神、立足本国又面向世界的当代中国文化创新成果传播出去。”因而适应时代变化，既与时俱进，又返回生活世界本身，在历史变迁的宏大交响曲中寻找发展契机，重构文化传承生态链，显得尤为紧迫。因为“非物质文化遗产保护并不仅仅是保护某项非物质文化遗产自身，而是其文化生态链的保护，是文化环境、文化空间、文化心理和文化情境的保护”②。要知道，真正的非物质文化遗产的保护和传承，是一个需要各种因素综合施力、多元联动的系统工程，它必须是日常生活化的、整体性的，而非简单的抢救性或生产性保护。对于武汉地方传说的传承发展来说，当然也不例外。

---

① 林继富：《民间文学类非物质文化遗产活化传承的基本遵循》，《中南民族大学学报》（人文社会科学版）2020 年第 4 期。

② 梁光焰：《从观念到实践：非物质文化遗产的“生活世界”与生活化传承》，《民族艺术研究》2019 年第 5 期。

(一) 重建生活功用链

应该说,包括地方传说在内的一切非物质文化遗产本来就是日常生活的一部分,是人们从生活需要出发,为了解决某些实际问题而产生的,而不是古人刻意创造出来的艺术品。根据考古人类学研究,民间戏剧、音乐和舞蹈等非遗项目,古时候可能就是先民用于祭祀活动的必备仪式,后来又慢慢演变成人们生活中必不可少的娱乐活动;民间歌谣,如西北河湟地区的花儿、鄂西的五句子、陕北的信天游、藏族的"鲁"等,本是传统社会中青年男女表情达意、寻觅心上人的独特方式;四川的"川江号子"和湖北的"龙船调"等本身是在江河中拉纤人协调劳动节奏、解除路途寂寞的情感宣泄……如前所述,现代社会生活发生了深刻的变化,人们的文化生活方式已经迥异于传统农耕社会时代。在武汉这类大都市里,人们的生活节奏、情趣好尚更是发生了巨大变化。那么,地方传说这类民间文学在现实生活中究竟还有没有存在的价值呢?我们又该怎样重建其生活功用链?党的十八大以来,习近平总书记曾经多次在不同场合提出要讲好中国故事。2013 年 8 月 19 日,他在全国宣传思想工作会议上首次提出要"讲好中国故事"。2017 年,党的十九大报告更是将"讲好中国故事"视为培育文化自信、实现国家文化繁荣的重要途径,强调要"讲好中国故事,展现真实、立体、全面的中国,提高国家文化软实力"。国家的发展、民族的振兴离不开"讲好中国故事",一个地区的发展和振兴当然也离不开讲好地方故事,而具有悠久历史传统的地方传说自然是讲好地方故事最直接、最生动的材料了。试想一下,假如一个长期生活在武汉的市民对当地流传千古的伯牙子期传说、黄鹤楼传说和木兰传说都懵然不知,那他怎样向外地人介绍武汉的历史和文化呢?因而,地方传说作为文化软实力的体现,其现实价值是不容置疑的。至于重建地方传说的生活功用链,更应该成为实现民间文学活化传承的一个重要组成部分。实际上,地方传说对于地方经济文化的发展,是有着许多切实功用的。例如,一些与历史名人、地方风俗相关的地方传说,配以景观设计,可以对当地的旅游业发挥重要的作用。像黄陂的木兰传说及其旅游景点的开发,武昌的黄鹤楼传说及其旅游景点的开发,汉阳叶开泰传说与中医药售卖及文化街旅游景点的开发等,都充分说明了地方传说的生活功用链是可以重构的,是会给地方的经济社会发展带来无穷活力的。对于一个从事旅游行业的导游或酒店经理来说,讲好武汉地方传说是吸引和留住外地游客的必备本领;对于一位武汉市民来讲,讲好武汉地方传说是向外地来汉的亲朋好友介绍武汉悠久历史文化的最好精神礼物……

（二）激活生活休闲链

所谓休闲，并不是无所事事，而是在繁忙的职业劳动和工作之余，人们的一种以文化创造、文化享受为内容的相对轻松的生命状态和行为方式。休闲的本质和价值在于提升每个人的精神世界和文化世界。因而休闲生活是人们短暂走出紧张的工作世界、超越现实的一种自由方式。在休闲状态下，人们可以放松身体、调节身心，求得身心的和谐。故清代的学者张潮在《幽梦影》中说："闲则能读书，闲则能游名胜，闲则能交益友，闲则能饮酒，闲则能著书。天下之乐，孰大于是！"在人类创造的非物质文化遗产中，虽然其中包含着群体认同、文化素养、道德教化、宗教信仰等大量严肃的社会内容，但却都是以寓教于乐的休闲形式而存在的。在非物质文化遗产保护方面，我们要重视民众休闲的需要，正视遗产自身的娱乐本质和狂欢效果，充分挖掘该遗产能够世代相传的基因链，把握遗产的神圣性、严肃性同娱乐化、狂欢化共生的特点，自然地引导民众参与活动，乐在其中。由此可见，引导并激活地方传说作为民众生活休闲链里的重要一环，并非一件可有可无的事情，正如陈勤建教授所指出的那样："民众日常生活中有没有这样的审美情趣和爱好，在某种意义上左右了一些非物质文化遗产的生命力。与其说是保护某一种'非遗'的技艺，倒不如说，要首先保护好对它特有的审美情感和意愿。"①让讲说武汉地方传说成为广大市民群众日常的休闲娱乐活动之一，是一件接地气的文化建设活动。事实上，聆听和讲唱武汉地方传说已经成为武汉市民重要的休闲娱乐形式。例如，当你在紧张的一周工作之余，为了放松一下心情，周末携家人或三五朋友到附近郊区旅游的时候，各地的地方传说就会自觉不自觉地成为你的休闲娱乐活动之一。到黄陂区木兰山旅游，导游一定会在旅游大巴或旅游景点向我们介绍木兰的传奇故事；到锦里沟旅游，导游一定会向你讲述清朝雍正年间，土家族地区的大土司施南土司下属的忠峒土司第十七代土司王，从鄂西恩施州宣恩县迁至鄂东几百年的恩怨情仇故事；到武汉大禹神话园旅游，导游一定会向你讲述大禹武汉治水收服龟蛇二将以及岣嵝碑由来的故事；到江夏区龙泉山旅游，导游一定会给你讲述"楚昭王占风水赶樊哙建墓地"的传说……尽管你聆听的时候可能不一定真当回事，但这些传说故事，却能够让你暂时抛开现实的种种烦恼，穿越到远古时代去感悟那早已逝去的历

① 陈勤建：《孕育现代化和活态遗产和谐共荣的生活世界——以上海为例的城市时代非物质文化遗产保护与传播的思考》，《文化遗产》2010 年第 4 期。

史风云变幻，获得心灵的休憩。

（三）打造审美消费链

审美消费是发达商品经济社会的一种主要审美经济活动，是指消费者为了满足自身的审美欲望而购买、使用产品的一种经济行为。它以具体的形象（商品）为依托，通过消费被美化了的商品使人们获得心理上的愉悦。审美消费是人类社会发展到较高级阶段的一个主要经济活动表现，主要目的不在于商品的使用价值，而侧重于满足购买者的精神需要。审美消费活动中的商品具有两重属性：既有审美价值（它的特殊使用价值），又有功利价值（商品实用性）。民间文学类非物质文化遗产的审美消费主要集中在艺术作品的应用方面，"是指将非物质文化遗产世界（不是某种遗产形式）作为艺术创作资源，表现人类在文化生产中的悲壮与喜悦，将某项非物质文化世界中的元素、故事通过演绎抽象为文化符号，使之进入电视、小说、戏剧、诗歌等文艺作品之中"①。在武汉地方传说中，有很多故事适合以文化符号的因素"进入电视、小说、戏剧、诗歌等文艺作品之中"，成为当代重要的审美消费资源。在这一方面，海外的一些成功的案例值得借鉴。例如，美国迪斯尼公司 1998 年拍摄的动画电影 *Mulan*，就成功借用中国古代"木兰代父从军"的民间传说，使之成为审美消费领域一个成功的范例，其塑造的木兰形象也成为全球青少年热捧的中国古代公主形象；2020 年刘亦菲主演的迪斯尼真人版电影《花木兰》虽然因为新冠肺炎等缘故，市场效果并不十分理想，但是这种古为今用的审美探索却值得充分肯定。此外，由马克博士和周俊博士历时两年创作编译的德文版《黄鹤楼童话故事》2016 年在德国的出版发行，也取得了较为成功的效应。德国资深媒体人姆斯霍特博士评价说："《黄鹤楼童话故事》非常巧妙地通过对中国传统文化的诠释来破解世界认识中国的现代难题，是讲好中国故事的典范，对消除西方在中国认知的偏见和误解上起到了积极的作用。"德国波鸿小学的学生则兴奋地说："会跳舞的仙鹤，是我们最喜爱的第二个来自中国的卡通形象，以前我们只知道中国的功夫熊猫。"②我们武汉的一些文学艺术部门或文化产业公司完全可以将"贱三爷故事"等武汉本地传说搬上银幕或视频，打造成让武汉人着迷、外地人喜欢、海外能推介的审美消费艺术精品，使

① 梁光焰：《从观念到实践：非物质文化遗产的"生活世界"与生活化传承》，《民族艺术研究》2019 年第 5 期。

②《城市童话〈黄鹤楼〉亮相德国 各界反响热烈》，中国新闻网，https://www.chinanews.com/cul/2016/12-19/8098384.shtml。

武汉地方传说既能入心入脑，又能够提档升级，成为当代优秀艺术中的宝贵文化艺术精品。

（四）再塑教育认知链

包括地方传说在内的非物质文化遗产，是国民教育中不可或缺的重要组成部分，对于促进文化创新，保障文化多元发展，提高文化软实力，增强民族文化自信心，实现中华民族的伟大复兴具有不可替代的重大思想价值。那么，如何引导人们正确看待和认知地方传说类非物质文化遗产在现实社会中的功能呢？有人认为，“非物质文化遗产作为教育资源，主要目的两个：一是普及，让人人知晓什么需要保护、如何保护，‘造成强大的社会舆论’，使非物质文化遗产保护代代相继；二是提高、加强科学训练，提升理论研究水平，形成系统的、符合本国国情的非物质文化遗产研究”①。虽然这种理论概括不一定准确、全面，但对于非遗教育认知功能的充分肯定无疑是正确的。人类之所以要保护非物质文化遗产，其中一个重要的原因就是非物质文化遗产具有宝贵的现实人生价值。例如，新洲区关于孔子的问津传说，就蕴含了知耻后勇、见贤思齐的优良政风价值，尊师重教、耕读传家的优良学风价值，报恩、向善、宽容、励志的优良社风价值，以及不畏艰难、不断探索、敢于创新的积极人生价值等。但是，长期以来，人们对地方传说这类非物质文化遗产缺乏足够认识，觉得非物质文化遗产只不过是现代生活中可有可无的文化点缀而已。对此，我们必须提高文化站位，认真学习国家的有关文件精神，把握它的精神实质，再塑教育认知链。中共中央办公厅、国务院办公厅 2017 年印发的《关于实施中华优秀传统文化传承发展工程的意见（2017）》在阐述其重要意义和总体要求时就曾明确指出：“在 5000 多年文明发展中孕育的中华优秀传统文化，积淀着中华民族最深沉的精神追求，代表着中华民族独特的精神标识，是中华民族生生不息、发展壮大的丰厚滋养，是中国特色社会主义植根的文化沃土，是当代中国发展的突出优势，对延续和发展中华文明、促进人类文明进步，发挥着重要作用。”“实施中华优秀传统文化传承发展工程，是建设社会主义文化强国的重大战略任务，对于传承中华文脉、全面提升人民群众文化素养、维护国家文化安全、增强国家文化软实力、推进国家治理体系和治理能力现代化，具有重要意义。”地方传说类民间文学虽然只是中华优秀传统文化中的一个组成部分，但却是最接地气、最富有生命力的一部分，是“讲好中国故

① 贺学君：《非物质文化遗产“保护”的本质与原则》，《民间文化论坛》2005 年第 6 期。

事”最直接的形式。只要我们对这些地方传说文化进行适当的现代重塑，将故事讲述得更符合现代人的审美趣味，更具有世界视野，那么人们对它的认知程度一定会不断加深，地方传说必将融入武汉市民的文化血脉之中，代代相传。

（五）形成主体利益链

地方传说这类非物质文化遗产保护是一项全社会参与的公共文化事业，需要各方面主动扮演相应的角色、发挥各自的优势、承担特定的责任。与此同时，非物质文化遗产保护过程中又存在各主体之间不同的利益诉求，存在各方利益博弈的关系，如果处理不适当的话非物质文化遗产保护工作就会走调，甚至异化，优秀传统文化保护就会失去意义。这就需要协调好各方的利益诉求，既使各非物质文化遗产主体之间的利益达到最大化，又能有效促进地方传说这类非物质文化遗产的传承和保护。然则，地方传说这类非物质文化遗产究竟涉及哪些利益主体呢？一般说来，包括非物质文化遗产主体和非物质文化遗产保护实践主体两大类。非物质文化遗产主体涉及三个层面：非物质文化遗产代表作主体、非物质文化遗产项目主体和认同非物质文化遗产项目的共同体。非物质文化遗产保护实践主体涉及政府相关部门、相关专业领域、非遗文化产业、非遗传承主体及新闻传媒等①。在主体利益诉求方面，政府、非遗文化相关产业和非遗传承主体三者之间的博弈是在所难免的。政府从文化建设的角度出发，在非遗项目的申报、非遗传承人的认定、非遗文化教育开展和非遗文化产业的开发等方面投入了大量金钱和精力，给予有力的政策支持，当然希望产生良好的社会效应；非遗文化产业从项目设计、项目开发和项目运行方面，投入大量财力、物力和人力，进行广泛动员，当然希望产生良好的经济效益；而各非物质文化遗产传承主体在搜集整理原始资料、申报各级非遗项目和传承非遗文化等方面，投入了大量精力，甚至耗费毕生心血，当然也希望得到社会的广泛承认并获得相应的经济收益。如何平衡这三者之间的利益诉求，形成良性的主体利益链？这就既需要政府从法律层面出台相应的政策和法规，同时也需要三大主体之间达成某种默契，才能使地方传说类非物质文化遗产的传承克服目前存在的脱离传统，偏离民间，趋向官方化、个人化、精英化和市场化的倾向，走上回归民间、回归传统、回归人民群众日常生活实际的正确轨道。

① 韩成艳：《非物质文化遗产的主体与保护主体之解析》，《民俗研究》2020年第3期。

武汉地方传说这类非物质文化遗产的传承，离不开传承主体的积极参与，更离不开良好的传承生态。在当前这个构建"人类命运共同体"理念越来越深入人心的时代，"良好的传承生态"实际上就是指全体市民间共同形成保护非物质文化遗产的"命运共同体"。我们应充分认识到，武汉地方传说虽然只是城市文化发展中的一个"小传统"，但却雕刻着城市的内部空间结构，流淌着城市的历史文脉，是武汉区别于北京、上海、杭州、纽约、伦敦和柏林等其他城市的关键所在。因而，重建生活功用链、激活生活休闲链、打造审美消费链、再塑教育认知链、形成主体利益链，理应成为"讲好武汉故事"、构建武汉城市文化发展的题中应有之义。因为武汉地方传说这类非物质文化遗产，它不属于非遗传承人个人，也不属于政府的某一个部门或某一个非遗文化产业，它是武汉市民共同拥有的精神文化财富。作为城市文明根脉的武汉地方传说的保护和传承，关系到武汉市民的共同利益。

第四章　武汉地方传说的景观叙事传承

景观和传说，天生就具有紧密的叙事关联。景观可以作为传说的现实场景激发人们的故事联想，传说也可以赋予景观以文化意义和审美价值，而且不少地方传说的“传说核”本就是以地方古迹或风景名胜等景观为依托而生成的[①]。正因为如此，当代西方的一些景观设计理论家将文学领域的叙事学理论引入景观设计之中，并提出了景观叙事概念。认为既然叙事是由叙事者、媒介和接收者三要素构成，那么园林、建筑、雕塑、绘画、牌匾等自然也可以作为叙事媒介，替代语言的媒介功能，使原本工业化的景观园林设计因叙事功能的渗入而具有讲述地方历史、唤醒传说记忆和引导观赏者诠释兴味的人文蕴涵，进而为文化旅游等下游产业的发展注入活力。马修·波泰格和杰米·普灵顿在其所著的《景观叙事：讲故事的设计实践》中比较系统地阐述了设计领域的景观叙事理论，简·赛特斯怀特、保罗·伯苏和鲍特格等也在相关著述中论及景观叙事问题。然则，在这个信息传播愈益多元、民间传说的语言存在形态日渐衰微的时代，地方传说何以借助景观叙事方式，在传承非物质文化遗产方面发挥独特的作用呢？当代武汉地方传说在利用景观叙事与活态传承方面又做出了哪些有益的探索？

第一节　语言叙事与景观叙事

如前所述，传说叙事的形式多种多样，语言、图像、景观、影视、短视频、动漫、游戏等都可以构成叙事文本。但是，从传说的发生学角度来看，其最基本的叙事形态是语言文本和景观文本。口头语言文本是传说产生时的原始形态，景观文本则是由“传说核”要素决定的。语言文本和景观文本作为传说叙

① 依据柳田国男传说学的观点，在民间传说中，客观实在物始终处于核心地位，因此人们又将它称为“传说核”。传说的核心，必有纪念物。它可以是一个历史人物、历史事件，也可以是一个地方古迹或风俗习惯等。

事的两种基本方式，实际上在我们的传统中一直存在。基督教中的《圣灵和圣母传说》既存在于传教士的口头讲述和《圣经》这一语言文本之中，也存在于意大利西斯廷教堂的壁画里面；中国的"梁山伯与祝英台传说"既保存在民间讲唱的故事文本中，也广泛分布于全国各地的有关历史遗存景观之内。虽然适合人们叙事的媒介有很多，"对人类来说，似乎任何材料都适宜于叙事。叙事承载物可以是口头或书面的有声语言、是固定的或活动的画面、是手势，以及所有这些材料的有机混合"①。但是每一种叙事媒介又都有属于自己的独特言说特点、优势与局限。如果说语言文本的传说叙事，适应了传统农耕社会慢节奏生活与科技不发达的实际，主要是以时间形式流淌且容易散佚的话，那么景观文本的传说叙事则以厚重凝固的建筑、栩栩如生的雕塑等空间形式，用看得见、摸得着的形态，将那些生动有趣的故事情节一一呈现出来，具有不易失传且历久弥新的魅力。因而，景观叙事在传承地方文化、建构城市历史方面，具有语言文本所不具备的直观审美优势，也更符合视觉审美占据主导地位的现代社会里人们休闲娱乐的文化诉求。

一、语言叙事的时代局限

如前所述，地方传说首先是作为语言文本而存在的一种民间叙事。"民间传说是围绕客观实在物，运用文学表现手法和历史表达方式构建出来的，具有审美意味的散文体口头叙事文学。"②它是各个地方人们用生动形象的讲唱形式和煞有其事的历史言说而建构起来的话语交流形式，渗透于各地民众的生活之中，"像多棱镜似的体现着演述者们的各种欲望、动机、观念、情感和策略，呈现的是一派'喧哗与骚动'的景象。传说正是在这样的话语世界中实际存在，它被地方民众演述着，同时也表达着民众，建构着社会，并直接参与着民众的生活实践"③。

从目前搜集、整理出版和内部发行的传说文本来看，武汉地方传说涵盖了人物传说、史事传说和地方风物传说等全部类型，内容相当丰富，数量十分可观。以 2014 年长江出版社出版的《新洲民间故事》(全 6 册)为例，仅一个区就收录了 1000 余篇民间故事，"种类繁多，主要有山川、村镇、文物(遗址)的来

---

① 罗兰·巴特：《叙事作品结构分析导论》，张寅德编《叙事学研究》，中国社会科学出版社 1989 年版，第 2 页。

② 刘守华、陈建宪：《民间文学教程》，华中师范大学出版社 2002 年版，第 126 页。

③ 陈泳超：《作为地方话语的民间传说》，《北京大学学报》(哲学社会科学版)2013 年第 4 期。

历，名人、奇人、伟人的趣闻逸事，保家卫国、抗日杀敌的英雄故事，地方特产、祖传技艺的渊源，民间谚语（典故）、风俗习惯的由来等”①。这些民间故事除少数属于流传下来虚构的“无根之篇”外，绝大部分是依附“客观存在物”而建构起来的地方传说，是千百年来新洲人民用朴素的乡音土语，口耳相传、笔墨相承的“有根之谈”，因而在传统农耕社会深受当地百姓喜爱和信任，根系民间而不衰，流芳百世而常青。在武汉市13个城区中，像《新洲民间故事》这类搜集、整理的传说文本所在皆是，甚至有些城区的传说文本数量更多，影响也更大。这些地方传说的语言文本，作为宝贵的文化资源，早已深深融进了当地民众的话语体系之中，成为构建地区历史和地方文化的集体性认知与记忆，是传统社会中人们日常言说和对外谈资中不可或缺的重要文化组成部分。

与此同时，我们也应看到，地方传说作为语言叙事方式，无论是口头的还是书面的都存在着容易散佚的可能，尤其是在今天这样一个传统村社结构日益衰微、街坊里巷不断消失、语言生态不断变化、信息传播愈益多元的时代里，就更是如此。本来“只要农村聚落这种居住形式仍然存在，只要有可供群众交流的场合，或炕头，或地头，或场院，或戏楼，只要稍有闲暇的时间，就会有讲传说故事和听传说故事的活动。讲听传说故事是亿万民众所创造和享有的一种重要的文化传统，它如同一条滔滔的江河，永不枯竭地流淌着，与被统称为民间文学的神话、故事、歌谣、史诗、小戏、小曲、谣谚等一起，成为拥有最为广大的创作主体和受众的‘国学’”②。然而，在中国城市化进程不断推进、郊区农村原有的社会结构不断衰退的过程中，这种“国学”赖以生存的土壤正在不断被蚕食乃至消失，有些地方甚至一个个村落成建制地变成了城市里的股份有限公司体制。至于城市主城区，由于旧城区的改造，楼房楼层越修越高，那些留存在老一辈人心中的美好传说，也逐渐消失了踪影。例如，老汉口人曾经津津乐道的“花楼街传说”：江汉区花楼街位于汉口闹市区附近，紧连江汉路，临近租界区，是一条人烟稠密、名噪一时的古老街道。相传明朝末年，张献忠率军进入汉口，见街道荒凉，不见老百姓，就带领随从四处察看究竟。当他们来到江边时，看见江滩上有间茅棚，一个青年人正蹲在棚内做饭，张献忠就上前询问缘故。原来，当大兵压境时，当官的和有钱人就逃跑了，一些穷家小户听信谣言也躲起来了。这位青年人认为，张帅起兵是为了

① 参见《新洲民间故事》“总序”，长江出版社2014年版。

② 刘锡诚：《民间传说及其保护问题》，《西北民族研究》2008年第4期。

百姓安乐，不会加害穷人，况且他父亲刚去世，草草埋在江边，也不忍离去。张献忠听后说："你是个孝子，我现在插一面小旗在此，必无人侵扰。"并说："我见你棚子里有些打铁的工具，我猜你是个铁匠，你就重操旧业谋生吧！"不一会儿，几个士兵给这位青年人送来了粮食和燃料，又原地砌好炉子。老百姓知道这个消息后，都来到江边紧挨着青年的铁匠铺做起了小生意，很快这里就形成了一条小街市，因为张献忠敬重孝子之故，人们称这里为"孝子里"。后来，"孝子里"逐渐发展为商业繁荣的大街。铁匠去世后，人们在街口修起了一座过街楼，临街一面修了寿字格图案的栏杆和雕花窗户，楼内供奉上铁匠的牌位纪念他，大家叫它"花楼"，这条街也就从此被称为"花楼街"。不久，这条街的北面又平行建起了一条新街，人们把原花楼街叫前花楼街，新花楼街叫后花楼街。这本是老汉口人尽皆知的掌故，可是随着旧城区的改造，当地一些新迁入的高层居民已经很少有人了解这一传说了。类似的情形，在江汉区、江岸区、武昌区、硚口区这些中心城区都普遍存在。在调查走访中，我们很少发现熟悉诸如黄孝河的传说、姑嫂树的传说、保华街的来历、黎黄陂路的来历等地方掌故的市民，至于能用地道武汉方言讲述这些故事的街坊，更是少之又少。

虽然中国现在正大力推进乡村振兴计划，城市也大力倡导"让居民望得见山、看得见水、记得住乡愁"的新型城镇化建设理念，但是由于语言生态的改变，这种千百年来在中国历史之河流淌着的美好记忆还是留不住往日的芳华，显示出民间口头语言艺术易于散佚的局限。

二、景观叙事的空间优势

景观叙事，作为地方传说语言文本的客观存在依据和重要补充，在当代非物质文化遗产传承中担负着越来越重要的角色。由于地方传说作为"有根之谈"，总是与一定景观文本（作为"传说核"存在的"客观存在物"）相关联，"依据民间传说，建造出纪念景观，而每一个人造景观，又都是为后人提供的讲述范本。以纪念景观为中心，形成了传说圈。……如果说诸如民间传说这类非物质文化遗产主要是依赖记忆得以保存的话，那么，相应的物质形态则使这种记忆得以强化"①。所以景观叙事作为传说的言说方式是必然的，关键是看它是否能建构出生动有趣故事的叙事功能。实际上，当代一些围绕地方

① 万建中：《非物质文化遗产与"物质"的关系——以民间传说为例》，《北京师范大学学报》（社会科学版）2006 年第 6 期。

传说进行的景观生产，大都比较好地建构起这种叙事功能了。一方面，叙事上人们通过“对景观文化符号的生产，即从‘传说—景观—传说’或‘景观—传说—景观’的循环生产过程的景观变迁中，又衍生出围绕景观展开的新的地方传说”；另一方面，功能上还能通过“景观命名、改造、重建，以及新建等基本生产方式，以景观建筑为核心，由传说图像、雕塑、文字介绍、导游口述等为叙事元素，景观的视觉冲击力具有诱发传说再次回复口述的可能，从而使得景观成为传说讲述与传承的新的文化空间与叙事形态，进而形成传说语言叙事、景观叙事和仪式行为叙事三位一体的景观叙事体系”①。

就武汉地方传说而言，其景观叙事所展现的“强化记忆”空间优势，可以说所在皆是。木兰山、将军冢、将军坊、忠烈庙、祈嗣顶、木兰祠、木兰宫等景观文本之于黄陂木兰传说，古琴台、琴断口、碎琴山、平塘古渡等景观文本之于高山流水觅知音的伯牙子期传说，黄鹤楼、跨鹤亭、费祎亭、搁笔亭、吕仙洞、黄鹤归来铜雕、崔颢题诗浮雕图等景观文本之于黄鹤楼传说，梁子湖、梁子岛、娘子塑像、神龟望月、螺丝吐眼、乌龟晒甲、仙人下棋等景观文本之于梁子湖传说，楚昭王陵园、樊哙雕像、樊哙墓、远眺亭、龟碑亭、婆婆树等景观文本之于龙泉山传说，禹稷行宫、禹碑亭、朝宗亭、赑屃碑、《禹柏》诗碑、禹功矶等景观文本之于武汉大禹治水传说，景德寺、柏泉古井、柏泉天主教堂、龟山禹王庙等景观文本之于柏泉古井传说……都是语言文本在流传过程中不断地被细节化、故事化、物质化，逐渐形成景观文本并强化着人们关于这些地方传说的记忆。以高山流水觅知音的伯牙子期传说为例，武汉作为知音传说地之所以能被固化下来，除了冯梦龙小说《俞伯牙摔琴谢知音》的突出贡献外，应该说与一系列景观文本形成的空间叙事强化功能也密不可分。其一，古琴台。为了纪念伯牙子期的知音传说，武汉地区很早就建有琴台。大约1400年前，南朝梁简文帝萧纲就赋有《登琴台》一诗，诗云：“芜街残昔径，复想鸣琴游。音容万春在，高明千载留。”以古琴台为题咏叹了这一动人的知音传说。后来虽然由于朝代更迭和地理变迁，古琴台屡毁屡建，但却从未间断。据清代学者胡丹凤《大别山志》等文献记载，仅清代就重建过两次，维修多次，且规模宏大。清人熊宪成在《重修伯牙琴台赋》中对重建后的琴台作了如是描述：“其台之选材也，铜柱柏梁；其台之结构也，鸾翔凤舞；其台之壮丽，如华章之巧而精；其台之整饰，如测景之雄而古……”中华人民共和国成立后，1957年

① 余红艳：《景观生产与景观叙事——以“白蛇传”为中心》，华东师范大学2015年博士学位毕业论文。

武汉市政府重修并扩建了古琴台，使之再度成为武汉市地标式的风景名胜。其二，钟子期墓。武汉蔡甸区马鞍山南麓凤凰嘴上，有钟子期墓。据《汉阳县志》记载，明代时墓前有古亭，亭内有一块年代久远、字迹模糊的青石墓碑，依稀能看见"楚隐贤钟子期墓"七个字。1982 年政府重修了钟子期墓，碑文为"楚隐贤钟子期之墓"，并于墓前重建了知音亭，亭内刻有《汉阳县钟子期墓重修记》共 630 字，由中国当代著名历史学家张舜徽先生撰文，著名书法家、中国书法家协会副主席王遐举书写。其三，古集贤村。在蔡甸区马鞍山北麓，也就是钟子期墓的另一侧，则是传说中的钟子期故居"古集贤村"。据传清代以前古集贤村周围曾有 18 棵参天古柏，郁郁葱葱，颇能引发人们的思古幽情。离古村落不远处的铁铺街口，还立有一座正面刻"古集贤村"，背面刻"高山流水"的牌坊。其四，琴断口。位于汉阳汉水之滨米粮山下的琴断口，相传为春秋时期晋国大臣俞伯牙第一次出使楚国来汉阳时的泊舟之地。据传在入夜时分，伯牙见此处环境清幽，便泊舟于此，端坐月下抚琴吟啸，不意被钟子期听见，遂弦断音止，伯牙出舟寻觅，于是就有了奏"高山""流水"二曲，结为知音的传说。后来这里逐渐人烟凑集、形成古镇，因伯牙曾经琴断于此，就被后人附会为琴断口。现在这里已经发展为汉阳区琴断口街。琴断口附近不远处有一条小河叫琴断小河，据说这里是俞伯牙一年后再次出使楚国，寻访知音钟子期时，得知其已然仙逝，悲痛不已，感叹天下再无知音，于是摔琴谢知音的地方。距此不远，还有明代汉阳十景之一的平塘古渡，文化底蕴深厚。如今，围绕伯牙子期传说，武汉又兴建了琴台音乐厅、琴台大剧院等一系列与之相关的文化景点，并有琴台路、知音桥、钟家村、琴台村、知音东村、知音西村等与之相关的地名、路名，使得与之相关的景观文本更加丰富，其作为地方传说的叙事记忆功能得以进一步强化。

图 4-1　汉阳古琴台(摄于 2019 年 8 月)

图 4-2　武昌黄鹤楼(摄于 2019 年 8 月)

当然,并不是说语言叙事和景观叙事之间就彼此抵牾。实际上,地方传说的语言叙事和景观叙事之间往往形成相互生发、相互建构的互文性关系。地方传说因人造景观的附会和演绎而得以强化,景观也因传说故事语言艺术的加持而成为地方文化的标识与特定文化符码。一般说来,景观文本通过景点的空间投射和地域性表达,能"使传说文本叙事的基本情节、人物等基本要素凝固其中,从而可以通过现实景观再现传说的核心情节"[①],自然也就强化了"无根"的语言文本所具有的唤醒地方人文掌故、承载地方文化精神的功能。于是,依托景观文本的叙事建构,地域文化得以确认和尊崇,文化资源得以充实与激活,民间传说也在世代传承过程中因景观文本的凝固化而得以存续和昌明。试想一下,假如地方传说也像普通民间故事那样成为"无根之谈"的话,恐怕早就失去了其作为文化建构的"在场"效应了,也可能早就在历史的汰洗中湮没无闻了,自然也就失去了作为地方文化旅游资源的价值,不会出现今天全国各地关于木兰传说、伯牙子期传说等的版本之争和地域之争了。

三、景观叙事与城市精神

每个城市都有属于自己独特的传说叙事,都有特殊的历史文化中沉淀下来的城市精神。山东曲阜叙述的是"孔子故里、礼仪之邦"的故事,湖南岳阳

① 余红艳:《景观生产与景观叙事——以"白蛇传"为中心》,华东师范大学 2015 年博士学位毕业论文。

叙述的是“洞庭天下水，岳阳天下楼”的故事，河南鹿邑叙述的是老子“一片碧野飞白鹭，半空紫气下青牛”的故事，耶路撒冷叙述的是“上帝与耶稣基督”的故事，底特律叙述的是“西部牛仔和汽车城”的故事……而所有这些都无不与当地的山水园林、历史城区、古老街巷、宫观寺庙、城市工业遗产等文化景观密切相连。根据 1992 年世界遗产委员会第十六次大会提出的“文化景观”(Cultural Landscape)概念，文化景观是指“一种结合人文与自然，侧重于地域景观、历史空间、文化场所等多种范畴的遗产对象”①。但是，自然形态的城市文化景观并不一定就能体现出独特的城市精神。脱离了传说叙事这类语言故事的加持和编码，孤立的文化景观只能是一个个意义松散的“能指”符号而已。这就需要我们以一定的序列和组合方式将传说故事、文化景观和城市精神整合起来，使之既传承了非物质文化遗产，而又能凸显城市精神，并得到地方政府的充分认可。例如，我们可以通过对景观建筑物的改造、重建、新建和命名，以及景区导游词、景区广告语等多维叙事元素的编码，使景观、传说和城市精神达到高度融合；也可以将文化景观以景区网站短视频的方式推向旅游市场，让有兴趣的游客在反复“旅游凝视”的引领下，带着对传说故事美好的遐想，亲临文化景观现场实地印证，实现文化景观的“公共空间化”，以彰显城市精神；还可以通过旅游线路的设计，将不同的文化景观、景观地传说故事和城市精神予以整合，使之与城市精神趋于一致。就武汉而言，景观叙事除了在传承非物质文化遗产方面发挥“强化记忆”的空间优势外，理应还具有弘扬“敢为人先，追求卓越”的使命担当②。

事实上，武汉围绕木兰传说、武汉大禹治水传说等著名传说营构的一系列景观叙事就比较好地凸显了武汉人“敢为人先，追求卓越”的城市精神。以武汉大禹治水景观营构为例，全国关于大禹治水传说的非物质文化遗产开发比比皆是，武汉如何才能做到以大禹治水传说为依托，在景观叙事上更好地彰显地方特色，表现武汉城市精神呢？武汉在城市景观规划和设计方面，遵循了两条基本原则：一是充分尊重武汉作为长江与汉水的交汇之城、大禹治水功成之地的历史遗存，合理利用好禹稷行宫、晴川阁、禹碑亭、楚波亭、荆楚雄风碑、山高水长碑、禹功矶、赑屃碑、朝宗亭等人文景观的先在叙事功能。二是注重在新建的景观叙事伦理上体现国家意志与民族英雄同构

---

① 转引自李和平、肖竞：《我国文化景观的类型及其构成要素分析》，《中国园林》2009 年第 2 期。

② 关于武汉精神，目前学术界还存在许多不同的声音，这里采用的是官方看法。

的公共表达。在新建的大禹神话园群雕叙事方面，既侧重塑造大禹超越自我、统领天下的气魄与力量，多维展现其神奇的治水能力和降妖伏魔的法术；又在刻画其英雄品格时，巧妙嵌入其在日常性、生活化的人生情境中的独特个性与非凡魅力。不仅如此，在城市整体景观设计上还将大禹治水传说作为文化核心，布局两江三岸，形成了武汉晴川阁大禹文化博物馆、大禹神话园、龟山风景区、汉口龙王庙等多元一体的宏大叙事空间格局，以展现大禹治水成就武汉人“敢为人先，追求卓越”的城市精神。

第二节　景观叙事的符号建构

如前所述，在以口头交流作为基本存在形态和传承模式的视角下，景观作为“传说核”虽然也得到了柳田国男、钟敬文等民间文学家的高度重视与关注，但依然摆脱不了其依托语言文本的附属地位。然而，随着当代社会视觉文化的转向，人们对语言叙事的兴趣日渐衰减，在文化旅游等人类活动中，景观叙事正以超越语言文本的独特魅力，先入为主地对民间传说展开直观、形象的视觉立体“言说”，并使人们在移步换景中增强在场感受，承担了相当重要的叙事功能。但这并不是说建造某种与地方传说相关的景点就能够直接产生景观叙事效果，就像人们常说“建筑是凝固的音乐”而只有建筑艺术才具有如此功效一样，实际上要将一个个静态的景点变成“看得见的传说”，还需要艺术、文化、符号等元素的参与。在这一由语言叙事到景观叙事转换过程中，系统化的文化符号建构显得尤为重要。

一、文化符号建构

文化总是表现为各种各样的符号。何谓符号？罗兰·巴特在《符号学美学》中说：“符号是一种表示成分（能指）和一种被表示成分（所指）的混合物。表示成分（能指）方面组成了表达方面，而被表示成分（所指）方面组成了内容方面。”[①]由此可见，符号就是由“能指”和“所指”构成的能够传达一定思想意义的象征载体，是沟通精神世界和物质世界之间的桥梁。举凡人类创造的一切器具用品、行为方式、思想观念，皆可成为文化之符号或文本，因而文化创造在某种意义上讲就是符号的创造。自从文明社会产生以来，

① 罗兰·巴特著，董学文、王葵译：《符号学美学》，辽宁人民出版社 1987 年版，第 35 页。

人类实际上就生活在一个由客观现实和符号文本叠加起来的复合世界里，其中符号文化对人类社会产生的巨大影响，甚至超过了客观世界本身，这可以从《周易》对中国文化的深刻影响中略窥一斑。法国当代思想家让·鲍德里亚甚至断言：当代生活就是一个符号化的过程，不仅客体被符号化，而且就连主体也被符号化。任何物品想要被人把握比如被人消费，就必须首先成为符号，只有符号化的东西，比如成为广告所描绘的对象，得到媒介的传播，才能被消费者更强烈地注意到它的存在，才可能进入我们的现实生活。

作为"传说核"的景观文本虽说是传说赖以形成的基础，但要使其产生一定的叙事功能，则必须经历一个符号化的过程，因为任何物质的东西，"要跻身文化行列，条件应是获得文化意蕴、文化价值和文化品格"①。故此，只有将围绕地方传说建设起来的若干景观的"能指"形式与"所指"蕴涵高度融合，"不仅要按照艺术规律创造出文化产品的'物质实体'和特定性能，更重要的是按照符号规律将文化产品中特定的社会文化意义丰富、提炼、强化与凸显，使其真正地符号化"②，具有了"信息的感性袒露和外在表征"③，并赋予了明晰的情节意味和象征色彩后，地方传说的景观叙事才能够由局部到整体地得以情境化、细节化、故事化的展开。与此同时，由于地方传说在文化生态上常常呈现出多元共生状态(以某一个重要传说为中心形成传说群)，故传说的景观文本在符号建构上往往也会形成一定的符号圈形态——由主要传说景观构成符号圈"中心"，由与之相关的传说景观构成符号圈"边缘"，由共处一地的其他传说景观构成符号圈"外围"。"符号圈中的每一个符号系统都是独立的，但同时它们都处于整体化了的符号圈里。这些符号系统不仅在共时截面上与其他符号系统相互关联、相互作用，而且在纵向上与处于各种历史纵深的符号系统发生联系。此外，这些符号系统自身还带有属于它自己的所有记忆。意义产生于参与交流的各要素与符号空间的共同作用中。整个符号圈以这样的方式实现着信息的传递、保存、加工和创新。"④尤里·洛特曼的符号圈理论对于我们把握地方传说景观文本的符号建构形态，应该是比较切合的。因为那些围绕地方传说的景观形态从来就较少以单一形式存在，而是大多呈现为景观群落的样态。

---

① 白春仁：《文化的符号学透视》，《解放军外国语学院学报》2004 年第 6 期。

② 陈雅：《地方文化符号系统的建构与创新》，《青海社会科学》2008 年第 3 期。

③ 邵培仁：《传播学》，高等教育出版社 2000 年版，第 124 页。

④ 转引自康澄：《文化符号学的空间阐释——尤里·洛特曼的符号圈理论研究》，《外国文学评论》2006 年第 2 期。

二、文化符号与景观叙事

言及于此，我们有必要对景观符号的类型做些适当交代。一般来说，传说地的景观建设主要由主体建筑（如殿—堂—宫—观）、景观雕塑（如纪念性雕塑—典故性雕塑—仿形性雕塑—创意性雕塑—景观饰品）和建筑小品（如门楼门房—牌坊牌楼—道路亭台—连廊小桥—影壁）等构成。虽然这些景观在符号类型上有的侧重于类象符号，有的侧重于标志符号，有的侧重于象征符号，但是在内容指向上却无一例外地都与地方传说形成一种紧密的融合关系，都是为了吸引观光客更好地感知、理解和领会传说故事及地方文化精神服务的。以黄鹤楼传说景观设计为例，其景观叙事就是通过一系列景点的符号及符号圈建构来实现的。

围绕黄鹤楼传说，首先是在武昌蛇山景区规划了黄鹤楼公园，从整体布局上确定了景观叙事的大致范围。然后，以古建筑黄鹤楼为中心，丰富了楼内各楼层与传说有关的布局、装饰、陈设，并恢复和建设了黄鹤酒楼、费祎亭、跨鹤亭、留云亭、搁笔亭、鹅碑亭、西爽亭、揽虹亭、乐天亭、乘崖亭、吕仙洞、白云阁、黄鹤古肆、岳飞雕像、岳飞功德坊等相关景点。黄鹤楼是黄鹤楼传说中辛氏酒店故事的发生地，是景观叙事的核心符号；费祎亭、吕仙洞、跨鹤亭、留云亭是黄鹤楼传说主人公及情节依托点的凝固化，是较为边缘的符号；搁笔亭、鹅碑亭、西爽亭、揽虹亭、乐天亭、乘崖亭、白云阁、岳飞雕像、岳飞功德坊等则是与黄鹤楼传说关联度不大乃至没有任何关联的景点，但却对主要景点起着烘云托月的作用，是符号圈的“外围”。通过这些景点的符号和符号圈建构，人们在旅游观光过程中，一边欣赏身边的景点景色，一边倾听导游的故事讲解，自然而然就获得并深化了对传说故事的形象直观把握，形成以黄鹤楼传说为主体的“符号圈中心”意识，然后再顺带观摩和了解李白与黄鹤楼故事、岳飞抗金和黄鹤楼的关联、三国争锋与黄鹤楼兴衰、毛泽东诗词与黄鹤楼传说等“符号圈外围”内容，进而增强游览黄鹤楼景点的审美趣味。其他像木兰故里、知音故里、武汉大禹传说园、问津书院、龙泉山传说地、黄陂十景传说地等处的景观叙事符号的建构莫不如此。景观叙事符号建构，使一个个孤立的景点形成紧密的叙事关联，并以无声的形象语言述说着传说故事。

第三节　景观叙事的融合拓展

景观叙事的符号建构，为“以视觉观赏的‘看’的形式，唤醒传说记忆，讲述传说故事”①，提供了足以表达故事内容的文本信息，架起了连接景观与传说故事的记忆桥梁，并通过建筑物这一形象直观要素，满足了视觉文化时代人们希望融口头、文字、图像、雕塑、建筑等要素为一体的多维叙事诉求，也为传说的体系化传承模式开辟了切实可行的文化通道。但是，这并不意味着有了符号意义的景观文本就一定能够很好地展开传说叙事，景观叙事尚需要一系列的融合拓展才能够达到较为理想的传承效果。

首先，景观文本需要与一定的话语形式紧密结合。景观叙事虽然适应了视觉文化时代人们审美感知和文化消费的实际，但仅凭这些静态建筑和泥雕木像尚不足以引导观光者进入鲜活的传说世界，并感受地方气息浓厚的传说文化，景观文本仍需与一定的文字说明、导游解说、仪轨形式等话语形态紧密结合，才能够达到比较理想的叙事效果。景观文本中的文字说明，主要包括陈列在景点门厅商业区的传说故事书籍、刻写在标志性建筑物上的传说文字、刻写在有关雕塑上的传说表达以及景区电子屏幕上投影的传说故事和广播推送的电子朗诵文本等，恰当的文字说明对于游客把握景观叙事可以起到很好的引导作用；导游解说词是景观叙事中激活传说故事的另一重要因素，一场生动形象又接地气的导游解说，往往能拉近观光客与景点之间的距离，使传说故事和地方文化因景点的存在而立刻生动起来；仪轨形式主要是指围绕有历史意蕴和传说内涵的景点，人们自觉或不自觉形成的带有文化意味的各种仪式活动，例如武汉归元寺罗汉殿的“数罗汉”，黄陂木兰山祈嗣顶的“祈嗣求子”，新洲问津书院的“高考许愿”等。人们通过一定的仪轨形式，表达情绪，抒发情感，寄托愿望，追溯掌故，这种仪式感非常有助于景观叙事功能的生成。

其次，景观文本需要与一定的情境呈现紧密融合。现代社会的观光旅游活动，人们并不满足于停留在欣赏美丽的自然风光、感受风景名胜和拍照留念等传统事项上，景观叙事加上一定的情境呈现，如主题公园、民俗事项、艺术展演等，对于传承地方传说故事可以起到很好的辅助作用，能让人们在怡

① 余红艳：《景观生产与景观叙事——以“白蛇传”为中心》，华东师范大学2015年博士学位毕业论文。

情悦性中自然而然地进入到传说故事的氛围,进而在游历若干景点时候,整体地把握传说的文化内涵。主题公园是现代旅游业在旅游资源的开发过程中孕育产生的,按照地方固有的自然资源和人文资源确立主题,采用现代化的科学技术和多层次空间活动的设置方式,是集传统文化、娱乐内容、休闲要素和服务接待设施于一体的现代旅游目的地。地方传说,尤其是那些被列入各级非物质文化遗产目录的民间传说往往被作为主题公园的醒目招牌,如武汉大禹神话园、武汉黄鹤楼公园、江苏灌南的二郎神文化遗迹公园、福建湄洲岛的妈祖主题公园、浙江宁波的梁祝文化园、湖北孝感的董永公园等。主题公园在景观叙事中是一种非常切合传说内容的传承要素,能够全方位地彰显传说的人物形象、故事情节和独特美感。民俗事项是民俗活动的表现形式,大体包括物质民俗、社会民俗、精神民俗和语言民俗四大类(钟敬文),举凡各地的婚丧喜庆、饮食习惯、传统工艺、特色艺术、节庆庙会等都可以看作民俗事项。传说地的一些民俗事项,往往是在传说基础上形成的,如黄陂木兰故里每年农历八月初一开始持续半月之久的木兰庙会和朝山活动、新洲问津书院举行的祭孔大典、汉阳归元禅寺每年正月举办的归元庙会等。与传说有关的特定民俗事项,往往能将人们带入一定的生活情境,产生"入戏"般的现场感受,进而激发起人们对景观游历的憧憬和对传说故事的回味。艺术展演是较大规模景区在现代旅游活动中设定的必选项目之一,既包括传统的武术、杂技、说唱等,也涵盖水景秀、影视片和××印象等现代元素,当艺术展演与景观文本融为一体后,地方传说的因素就会很容易被激活。例如,当人们游览黄陂木兰景区时,一边欣赏风光旖旎的自然景色,一边又享受着汉剧《花木兰》的婉转花腔;一边观赏木兰山文武学校的武术表演,一边又感受着木兰山古建筑悠久的历史人文气息,自然而然地就会将这些艺术元素与木兰传说联系起来,进而形成景观叙事与语言传说双向互动的"召唤结构"。

再次,景观文本需要结合地方文化适度再生产。传说文本因作为景观的"传说核"而获得流传的依据,景观文本也因传说的附丽而具有了生动鲜活的审美魅力。但是,景观叙事又不能仅仅局限于数量有限的"传说核",那样将不足以激活传说文化的丰富内涵,也不利于促进观光旅游文化的深度开发。景观文本必须同一定的地方历史建构和文化特色整合起来,进行系统重塑("重新编码"),才能够创造出比较理想的叙事氛围。一般说来,经过历代文化汰洗而遗存至今的传说景观地,除了生动的传说故事外,往往具有丰富深厚的历史蕴含,同时也必定离不开地方特色文化的熏染形塑。如果能在传说故事、地方历史与特色文化之间寻找到恰切的契合点予以整合，并围绕“传说核”景点重建若干新的附属景点，构成一定的景观群体系，则非常有利于景观叙事的生动呈现。否则，有限的景点让人兴味索然，不能满足人们日益增长的审美需要。以武汉开发较为成功的黄陂木兰故里景观群为例，我们就可以清晰地感受到结合地方文化适度进行景观再生产在传承非遗文化方面的巨大潜力。作为传说中巾帼英雄木兰将军的故乡，黄陂区内至今遗存着与木兰相关的遗迹和遗址达20多处，广泛分布在黄陂北部以木兰山为中心的900多平方公里范围内。有的与木兰降生有关（祈嗣顶），有的与木兰的成长生活相联（大城潭村），有的是木兰长眠之所（木兰墓），有的是历代为纪念木兰而兴建的庙宇牌坊（木兰祠、木兰牌坊），有的是后世朝廷为褒奖木兰的英雄业绩以其名字设置的行政区划治所（古木兰县旧址），有的是当地人根据不同版本的木兰故事演绎而成的独特自然景观（眼泪凼、舍身崖、棋盘石）……由于景点较为分散，不利于打造特色鲜明的旅游观光线路，也不利于通过景观叙事传承木兰故事，所以自20世纪80年代以来，武汉市和黄陂区有关部门经过规划，围绕“木兰传说”这一国家级非物质文化遗产，结合地方历史与文化特色，打造了一大批与之相关的新景点，形成了既各具特色又与传说叙事紧密相连的景观群，对于传承木兰文化起到了非常好的景观叙事作用。改造后的景观形成了木兰山风景区、木兰草原风景区和木兰湖风景区三大系列①，其中木兰山风景区是承载景观叙事的主要功能区，内含古寨区（以祈嗣顶为中心打造了一天门、二天门、三天门、南天门、木兰坊、金顶坊、玉皇坊、玉皇宫、三元宫、灵霄街、狮鼻洞等主要景点）、石景区（以棋盘石、眼泪凼等“传说核”为依托，打造了铠甲面、人面石、凤冠石、金蟾石、棋盘石、穿箭石、大佛石、白云洞、太子洞等景点）、花苑区（以下马石等“传说核”为依托，打造了古好汉坡、水晶宫、九碑石、打儿窝、三眼井等景点）、山庄区（有滴水崖、龙头石、蟠龙竹与卧虎石、双龙亭、剑壁石等景点及近20处避暑山庄）。此外，为传承和发扬木兰文化，还创办了木兰山文武学校、花木兰展览馆和木兰文化博物馆（国家级非遗传承人叶蔚璋个人创办）等特色景点，在地方传说的景观叙事中起到了非常重要的补充作用。

综上所述，在语言叙事的空间不断萎缩、民间文学生存语境不断变迁的

---

① 武汉市黄陂区将区境内6个乡镇，947平方公里面积，规划为“木兰生态旅游区”，并形成了木兰山、木兰湖、木兰草原、云雾山、古门山、清凉寨、锦里沟和农耕年华等新的“木兰八景”，因其他景区跟木兰传说关联不大，就不在此赘述。

当下社会，景观叙事在传承武汉地方传说方面具有不可替代的独特功能。一方面，景观文本和语言文本之间往往形成相互生发、相互建构的互文性关系，并以“有根之谈”的在场言说方式，直接将受众带入传说情境之中，重新激活了传说的审美空间；另一方面，通过一定的符号建构和融合拓展，景观叙事又能让一个个孤立的景点形成紧密的叙事关联，并以无声的形象语言述说着传说故事，在带动地方旅游文化产业发展的同时，也促使传说类非物质文化遗产达到较为理想的活态传承效果。值得警惕的是，我们在重视景观叙事的同时，应严格把控适度的原则，绝不能够不加选择地听任市场“召唤”而被带入“伪传说”景观叙事泛滥的沟壑。

第五章　武汉地方传说的产业化传承

作为非物质文化遗产传承保护的基本方式，抢救性保护、生产性保护和整体性保护三种方式各有侧重。其中，“非物质文化遗产生产性保护是指在具有生产性质的实践过程中，以保持非物质文化遗产的真实性、整体性和传承性为核心，以有效传承非物质文化遗产技艺为前提，借助生产、流通、销售等手段，将非物质文化遗产及其资源转化为文化产品的保护方式。目前，这一保护方式主要是在传统技艺、传统美术和传统医药药物炮制类非物质文化遗产领域实施”①。地方传说作为民间文学类非物质文化遗产，并没有被国家层面列入生产性保护的主要领域。然则，这是否意味着它就不需要开展生产性保护，或者难于进行生产性保护呢？答案显然是否定的。事实上，全国各地在地方传说的生产性保护和传承方面做了许多大文章，像“白蛇传”“梁山伯与祝英台”传说地浙江杭州、“八仙传说”传说地山东蓬莱、“昭君传说”的传说地湖北宜昌兴山、“刘三姐传说”的传说地广西桂林等地，通过景观建设、文化旅游、文化创意、艺术开发等方式，不仅带动了地方经济的发展，而且重新激活了民间文学的审美魅力，使地方传说借由旅行社导游的故事演绎、特色产品的设计包装、文化创意的品位提升和艺术作品的形象重塑等形式而流传更广，对于这类民间文学起到了非常良好的活态传承作用。自然，地方传说的产业化传承并不是一件轻而易举的事情，这里涉及怎样开发和保护非物质文化遗产等一系列复杂问题。这就要求从事这类非物质文化遗产经营的开发者，在追求经济效益的产业化过程的同时，切实遵循抢救和保护非物质文化遗产的本真性、整体性、可解读性和可持续性等基本原则②。

与此同时，我们认为在遵循生产性保护基本原则的前提下，地方传说的产业化，同其他非物质文化遗产的生产性保护一样，更应从经济层面充分考

---

① 见《文化部关于加强非物质文化遗产生产性保护的指导意见》，中华人民共和国文化和旅游部，https://www.mct.gov.cn/whzx/bnsj/fwzwhycs/201202/t20120214_765156.htm。

② 王文章：《非物质文化遗产概论》，文化艺术出版社 2006 年版，第 322-337 页。

量其市场属性，必须首先实现文化产业的规模化。因为只有做大做强了文化产业，然后才谈得上传承问题。故而，武汉地方传说的产业化传承绝不应借由文化传承的光圈，脱离城市市民的日常生活实际，成为毫无市场前景的空中楼阁。然则，它究竟该怎样由传统文化资源向现代文化消费市场转化，进而反哺自身，实现产业化传承呢？一般认为，包括民间文学在内的非物质文化遗产产业化传承保护模式多种多样，如博物馆保护模式、生态圈保护模式、数字化保护模式、保护性旅游开发主体合作模式、档案式保护模式等，但从目前世界上产业化传承做得比较成功的案例来看，则主要有文旅融合型产业化传承、文化创意型产业化传承和艺术开发型产业化传承三大基本模式。武汉在地方传说生产性保护方面也开展了大量建设性的探索，扶持了不少与之相关的企业，在讲好武汉地方传统故事方面取得了一系列社会性和经济性效益。自然，地方传说的生产性保护还是一篇刚刚铺展开来的文章大样，它在产业化传承方面仍有许多值得深度开发和提升层次的广阔空间。

第一节　文旅融合型产业化传承

“文化是旅游的灵魂，旅游是文化的重要载体。”文旅融合是实现旅游业高质量发展的重要途径，也是传承民间传说类非物质文化遗产最具有吸引力的方式之一[①]。正如有的学者所指出的那样，“文化和旅游融合有利于推动优秀传统文化资源的活化利用和传承创新。旅游是文化资源重要的传播载体，是文化场景化、活态化、生动化的传承途径。依托优秀文化资源发展文化和旅游业，不仅能增强在地文化旅游的特色性和吸引力，提升产业竞争力，还能保护和传承优秀文化旅游资源，达到‘以文化城’‘以文化人’的效果”[②]。当然，在文旅融合发展的过程中，我们绝不应简单地将文化和旅游随意嫁接起来，而是要系统梳理并利用好这些非物质文化遗产资源，注重对地方传说资源的原真性、完整性和活态性保护。只有以保护为前提，以市场为导向，以融合为路径，合理利用优秀文化资源，才能够推动文化和旅游的可持续、高质量发展。

古人云：“山不在高，有仙则名。水不在深，有龙则灵。”一处富有吸引力的自然景观，如果融入地方传说故事、文人墨客的歌咏传诵、宗教的福地庙宇等文化因素，往往就会成为人们前往旅游观光的热点地区，拉动地方经济的

① 需要说明的是，这里的“文旅融合”是在狭义范围内使用，专指传说类非物质文化遗产同旅游产业的融合，而不是指文化产业与旅游产业等更为广泛意义上的融合。

② 范周：《文旅融合的理论与实践》，《学术前沿》2019 年第 11 期。

发展，扩大地方的文化影响力。从地方传说的传承角度来看，当某些有价值的传说故事同当地的自然景观、人文景观深度融合起来，它必然能增强景区的市场效应，也会给旅游观光客带来前所未有的精神享受，让人们在记住这些美丽动人故事的同时，沉浸在地域文化的历史氛围之中，感受到由情景交融而生发出的无穷审美魅力。因而，文化和旅游的深度融合，不仅能促进当地经济社会的良性发展，而且也是讲好地方故事、彰显地方文化魅力、重新焕发地方传说生命力的重要途径。

一、文旅融合传承的现实基础

在后工业化时代，旅游产业正成为全球经济中增长速度最快、规模最大的行业之一，被看作世界经济复苏的重要力量。据统计，2018-2019 年间，在经济合作和发展组织国家（OECD）中，旅游业平均贡献了 GDP 的 4.4%，就业的 6.9%和服务相关出口的 21.5%①。与此同时，文化在旅游产业中扮演的角色也越来越重要，“旅游业和文化之间的协同作用被视为大多数国家的关键机遇”②。

改革开放 40 多年以来，我国的经济总量已经跃居为世界第二位，业已在全国范围内完成了消除绝对贫困的艰巨任务，人民的物质生活水平有了显著提高。中国特色社会主义进入新时代，我国社会主要矛盾已经转化为人民日益增长的美好生活需要和不平衡不充分的发展之间的矛盾。我国经济社会发展正处于转型升级的关键阶段，文化与旅游等第三产业正逐渐发展成为国民经济的重要支柱产业，客观上要求文化与旅游深度融合、协调发展。就旅游产业的发展而言，我国的旅游业正呈现出蓬勃成长的良好态势。据统计，国内游客由 1994 年的 5.24 亿人次增长至 2018 年的 55.4 亿人次，入境游客增长至 14120 万人次。国内旅游总花费由 1994 年的 1024 亿元增长至 2018 年的 51278 亿元，国内旅游总花费占国内生产总值比例由 2.1%上升至 5.7%。我国已经成为世界最大的国内旅游市场、世界第一大国际旅游消费国、世界第四大旅游目的地国家③。为适应文旅融合的发展趋势，国家层面颁布了一系列有利于文旅融合的政策文件。

---

① OECD. OECD Tourism trends and polices 2020. OECD publishing, Paris, 2020, p.18.

② World Tourism Organization. *Tourism and Culture Synergies*. UNWTO, Madrid, 2018, p.93.

③ 转引自刘治彦：《文旅融合发展：理论、实践与未来方向》，《学术前沿》2019 年第 16 期。

表 5-1　国家颁布的文旅融合发展政策文件

时间	发文机构	文件名	主要内容
1993 年 11 月	原国家旅游局	《关于积极发展国内旅游业的意见》	首次在国家层面的政府文件中提到旅游业的发展对满足人民群众文化需求、带动文化事业发展的重要意义
2009 年 8 月	原文化部和原国家旅游局	《关于促进文化与旅游结合发展的指导意见》	提出“文化是旅游的灵魂，旅游是文化的重要载体”
2009 年 12 月	国务院	《关于加快发展旅游业的意见》	提到利用文化资源开发旅游产品，发展旅游业。大力推进旅游与文化等相关产业和行业融合，培育新的旅游增长点
2011 年 10 月	中国共产党第十七届中央委员会	《中共中央关于深化文化体制改革推动社会主义文化大发展大繁荣若干重大问题的决定》	提出“积极发展文化旅游，促进非物质文化遗产保护传承与旅游相结合”等
2016 年 5 月	原文化部等部门	《关于推动文化文物单位文化创意产品开发的若干意见》	提出“支持文化资源与创意设计、旅游等相关产业跨界融合，提升文化旅游产品和服务的设计水平”
2016 年 12 月	国务院	《“十三五”旅游业发展规划》	首次由国务院印发的五年旅游业发展规划，有大量关于文化旅游发展和旅游文化建设的内容
2018 年 3 月	国务院办公厅	《国务院办公厅关于促进全域旅游发展的指导意见》	强调旅游与文化的融合发展，将丰富文化内涵作为提升旅游产品品质的重要内容
2018 年 12 月	文化和旅游部	《国家级文化生态保护区管理办法》	提出文旅融合发展在推动文化生态保护、非遗资源保护方面的重要作用和措施

不仅如此，国家还从行政管理层面重新予以顶层设计。2018 年 3 月，全国人大审议并通过了国务院机构改革方案，将此前的国家旅游局和文化部重组，合并组建了中华人民共和国文化和旅游部，来统筹管理旅游和文化事业的各个相应部门，实现了文化和旅游在行政管理层面的深度融合。更为重要的是，为了解决大众旅游时代到来后我国旅游有效供给不足的发展瓶颈，国家及时出台了《国务院办公厅关于促进全域旅游发展的指导意见》这一纲领性文件，规划了发展全域旅游的宏伟蓝图，提出"加快旅游供给侧结构性改革，着力推动旅游业从门票经济向产业经济转变，从粗放低效方式向精细高效方式转变，从封闭的旅游自循环向开放的'旅游＋'转变，从企业单打独享向社会共建共享转变，从景区内部管理向全面依法治理转变，从部门行为向政府统筹推进转变，从单一景点景区建设向综合目的地服务转变"的指导思想，必将为新时代的文旅融合与创新带来更为广阔的发展前景。可以说，实现文旅融合的各种外部条件均已具备，现在需要做的就是整合包括地方传说在内的更广泛的文化资源，加大融合力度，培育文化旅游新业态。

武汉市作为中部地区有 3500 多年历史的国家历史文化名城、楚文化的重要发祥地，人文景点广泛散布于域内各区县，几乎到处都是有故事的地方；又因位处江汉平原东缘向大别山南麓低山丘陵过渡地带，境内平原、山脉、丘陵、湿地、江河与湖泊纵横交错，可供观赏的自然风光遍布全域；这些都使武汉享有得天独厚的旅游文化资源。而今，在国家全域旅游和乡村振兴政策的利好形势下，发展更多、更好的文旅融合型产业可谓正当其时！而武汉可作为优秀文化资源，能"增强在地文化旅游的特色性和吸引力，提升产业竞争力"，"达到'以文化城''以文化人'效果"的地方传说，可谓所在皆是。就列入国家级、省级和市级各类非物质文化遗产名录的"民间文学类"传说而言，截至目前武汉入选市级以上的地方传说就有 18 项之多，列入区级以上的就更多。至于那些未列入各级非物质文化遗产名录的武汉各区县的地方传说，就更是多不胜数了。以 2014 年长江出版社出版的全 6 册《新洲民间故事》为例，其中就收集了 1000 多篇民间传说故事，何况还有更多地方传说依然散落在民间。只要我们认真搜集、整理，相信在一些新开发的旅游目的地景区附近还会发现不少有价值的民间传说，可以被整合进文旅融合型产业之中。

在武汉市文旅融合产业发展过程中，市政府在"十三五"建设期间出台了《武汉市旅游业发展"十三五"规划》，同时编制了专项规划《武汉市乡村休闲游"十三五"发展规划》，进行了系统的文旅融合发展布局，取得了一系列可圈可点的成绩。就"十三五"规划实施情况而言，武汉市秉持"贯彻'创新、协调、绿色、开放、共享'发展理念，在新常态背景下，以实施'一带一路'、长江黄金旅游带、长江中游城市群等战略为抓手,以建设国家旅游中心城市和中部现代服务中心为支点,以打造世界知名滨水旅游名城为引领,以产业融合为驱动,以开放合作为路径,促进武汉都市旅游发展,将武汉市打造成长江黄金旅游带的脊梁”①理念,抓住国家大力扶持旅游业的宏观政策环境和经济新常态下内需消费增长为旅游转型带来的政策和市场发展机遇,实施全域旅游和融合创新战略,按照构建“1141”空间布局的设想(“一心”,武汉市都市旅游的核心——江汉朝宗—两江四岸文化旅游区;“一轴”,沿江旅游发展轴,在空间上贯穿汉南五湖—四新国博—两江四岸—天兴洲—黄陂府河—青山新江滩;“四区”,楚韵东湖旅游集聚区、传奇木兰旅游集聚区、创意光谷旅游聚集区、泛金银湖旅游集聚区等四大核心区域;“一带”,由环绕中心城区成圈带状分布的多旅游节点所构成的环城休闲度假旅游带)。通过这些举措,即使在收官期间,面临着新冠肺炎等严重不利因素的影响,武汉也依然取得了全市旅游经济持续稳定快速增长、文旅融合产业规模不断扩大的经济和社会效应。其中,地方传说等非物质文化遗产无疑做出了相当突出的贡献。据《长江日报》2020 年 6 月 14 日报道:“过亿网友购买过非遗商品,一年卖了 680 亿元!近日,阿里巴巴集团公布《非物质文化遗产消费趋势报告》。在最受消费者欢迎的非遗民间文学中,三国传说、木兰传说位列前五,而它们都是湖北人熟悉的国家级非遗项目。……最受消费者欢迎的非遗民间文学中,三国传说位列第二、木兰传说位列第四。木兰传说同时成为最受喜欢的非遗跨界元素,安踏、羽西等品牌都曾出品过花木兰相关商品。”②这还不包括它们作为重要历史文化和审美因素,在吸引游客观光旅游过程中所发挥的间接经济效应。对于即将到来的“十四五”时期,国家文化和旅游部将重点实施一个工程(实施中华文明探源、中华文化资源普查等工程,继承革命文化,弘扬社会主义先进文化)、建设七大体系(建设新时代艺术创作体系、建设文化遗产保护传承利用体系、建设现代公共文化服务体系、建设现代文化产业体系、建设现代旅游业体系、建设现代文化和旅游市场体系、建设对外文化交流和旅游推广体系),开创文化和旅游工作新局面③。武汉市正在组织编制和实施的《武汉市

---

① 《武汉市旅游业发展“十三五”规划》,武汉市人民政府,http://www.wuhan.gov.cn/zwgk/xxgk/ghjh/zzqgh/202003/t20200316_970640.shtml。

② 万旭明:《过亿用户网购非遗商品,三国传说、木兰传说受热捧》,《长江日报》2020 年 6 月 14 日。

③ 《一图解读|“十四五”时期文化和旅游重点任务》,央广网,http://ent.cnr.cn/zx/20210312/t20210312_525434547.shtml。

文化和旅游发展"十四五"规划》,必将抓住武汉市疫后重振、浴火重生的契机,推动文化和旅游产业高质量发展,加快建成文化强市和国际滨水旅游名城,打造国际文化旅游目的地,为加快打造"五个中心"、建设现代化大武汉谱写新的蓝图。所有这些规划的实施,特别是文旅融合企业的发展,可以说都离不开对地方传说这类非物质文化遗产的融合利用。

"经济发展阶段性规律表明,在工业化后期和后工业化社会,身心健康与精神文化成为人民对美好生活需要的主要诉求,因而对文化和旅游业的发展提出更高要求。文化产业和旅游业需要实现更高质量的发展,提供更好的文化产品和旅游产品,进一步丰富人们的精神文化生活,推动我国经济发展。文化和旅游相互依托、深度融合、共同发展则是实现这一目标的基本路径。没有文化内涵的旅游只能是浅层次的观光游览,达不到精神熏陶的目的。而没有旅游业来传播的地域文化也难于形成广泛的影响力,失去了文化应有的作用。只有两者深度融合、有机结合,才可能形成互动促进、持续发展的局面,推动两者高质量发展。"①无论是从我国经济社会的发展阶段来看,还是从武汉市文化和旅游业的发展需要来说,将武汉地方传说这一宝贵的传统文化资源与旅游产业深度融合,进而实现非物质文化遗产的生产性保护和传承,可谓正当其时。

二、文旅融合传承的多种路径

以文旅融合方式,实现"木兰传说"等民间文学类非物质文化遗产的生产性保护,不仅是实现地方旅游业高质量发展的重要途径,而且也是留住乡愁、讲好中国故事、传承中华优秀文化遗产的必然选择。然则,武汉地方传说类民间文学遗产究竟应该怎样同旅游产业深度融合,才能达到提高旅游产业品质,进而传承非物质文化遗产的目的呢?毕竟民间文学是非物质文化遗产中一个需要在场进行口耳相传的特殊文化门类,它不像传统美术、传统医药等技艺类非遗项目,可以通过将产品商品化方式直接实现"生产性保护";也不可能像传统体育、传统曲艺等技艺类非遗项目,可以通过举办教育培训方式实现"生产性保护";它需要在现实生态环境中有效听众的积极参与,才能使旅游产业和非遗保护之间真正良性互动,并最终实现文旅融合传承。就此而言,将武汉地方传说置于"遗产旅游"视域下进行深度融合,或许最为适宜。何谓"遗产旅游"?世界旅游组织(UNWTO)对"遗产旅游"的界定是"深度接

① 刘治彦:《文旅融合发展:理论、实践与未来方向》,《学术前沿》2019年第16期。

触其他国家或地区自然景观、人类遗产、艺术、哲学以及习俗等方面的旅游”①。这里的“遗产”涉及的内容十分宽泛，既包括了不可移动的物质遗产（例如古建筑、河流、自然景观等）、可移动物质遗产（例如博物馆中的展品、档案馆中的文件等），同时也包含了非物质文化遗产（比如价值观、习俗、礼仪、生活方式、节庆和文化艺术活动等）②，其范围自然也涵盖了地方传说这类民间文学类非物质文化遗产。因而，在“遗产旅游”中，通过旅游产业的驱动，实现民间文学“积极的传承”，自然是题中应有之义。需要说明的是，我这里的“旅游产业的驱动”，不是将地方传说进行简单的商业化、庸俗化处理，让它蜕变为旅游公司导游口中的佐料或噱头，使之成为破坏、毁灭传统非遗文化的另类杀手，而是指在遵循抢救和保护非物质文化遗产的“本真性、整体性、可解读性和可持续性”基本原则的前提下进行的高品质产业化融合。

将地方传说这种民间文学类非物质文化遗产，在“遗产旅游”中进行深度融合、“积极的传承”，存在着不同的路径。杨利慧在《遗产旅游与民间文学类非物质文化遗产保护的“一二三模式”——从中德美三国的个案谈起》一文中介绍了围绕民间故事传说实施文旅融合的不同路径。

围绕《格林童话》故事的保护和开发，德国选择的是“一场直接展现该遗产的主题演出 ＋ 若干主题性的旅游吸引物”的融合模式，达到了相当好的传承效果。“在德国，以格林兄弟的生活和搜集童话的足迹为线索，有一条长达 600 公里的‘童话大道’（the German Fairy Tale Route，or Märchenstrasse）。这是一条以《格林童话》为文化资本而建构起来的、有主题的汽车旅行线路（themed auto route），建成于 1975 年，迄今已有近 40 年的历史。它以格林兄弟出生的城市哈瑙（Hanau）为起点，以临近北海的古城不来梅（Bremen）为终点，贯穿起格林兄弟生活和工作的地方以及《格林童话》中许多著名故事发生的场景，吸引着世界各地的童话迷们前来亲身领略德国童话的魅力。到目前为止，共有近 60 个市镇成为该童话大道旅游线路的成员。加盟童话大道的各个城镇对于童话和传说的展示方式有很多相同之处，正如‘童话大道’官方网站的广告所宣传的那样：‘童话、传奇和传说全都活灵活现：露天剧场、木偶剧节庆、剧院演出，还有特殊的童话周！在许多地方，游客会受到真正的童话人物的欢迎；有的地方将提供打包优惠（package deals），以方便男女老幼前来

① 转引自戴伦·J. 蒂莫西、斯蒂芬·W. 博伊德著，程尽能译：《遗产旅游》，旅游教育出版社 2007 年版，第 1 页。

② 转引自戴伦·J. 蒂莫西、斯蒂芬·W. 博伊德著，程尽能译：《遗产旅游》，旅游教育出版社 2007 年版，第 3 页。

体验童话。对那些想要大快朵颐的游客,童话大道也会在迷人的氛围中提供童话菜品、谷仓节庆、皇室宴会以及备受欢迎的中世纪盛宴!'其中最具普遍性的方式是街头雕塑、展览馆和户外主题演出。不过在具体实践中,各个童话村各有侧重。"①其中,相传是童话《小红帽》故事发生地的阿尔斯费尔德(Alsfeld),偏重于营造"主题性的旅游吸引物"。村庄里建设有小红帽喷泉,喷泉中央竖立着小红帽的雕塑。村里面还建有一座乡土博物馆,里面共有20多个展览厅,每个展厅都布置得妙趣横生。其中四楼的展厅里陈列着与小红帽相关的各种资料,包括小红帽故事流行时期整座城镇的风貌图,还有和真人一样大小的人偶。提着糕饼篮的小红帽,脚蹬帅气长靴、手提猎枪的猎人,等待小红帽的外婆,倒在猎人枪下的大灰狼……脸上的五官、身上的传统服饰、无一不制作得精致美观,令参观者流连忘返。它以故事雕塑和博物馆共生的形式吸引着世界各地的旅游观光客,让人们置身于生动而直观的故事情境之中,情不自禁地接纳并传承这一民间文学遗产。而因为《格林童话》中《花衣魔笛手》的故事闻名世界的另一座小城哈梅林(Hamelin),则偏重于"一场直接展现该遗产的主题演出"。相传很久以前,哈梅林城里老鼠肆虐,市民不厌其烦,这时一位身穿花衣的陌生人来到城中,说他可以解决鼠患,但要求市民们付给他一笔可观的钱。市民们答应了。于是,陌生人吹起了笛子,瞬间老鼠都像中了魔似的跑到街上,跟着花衣人走,直至最后走到河里全部淹死了。鼠患解除了,可是哈梅林的市民却迟迟不肯付钱。花衣魔笛手很生气,他趁着城里大人们上教堂做礼拜的时机,再次吹响了魔笛,把城里所有的孩子引诱到城外,一起失踪了。根据这个童话故事,哈梅林市除了精心打造一系列跟老鼠和捕鼠人相关联的形象外(青石路上刻着老鼠的印记;甜食店里布满老鼠形状的糖果、饼干、巧克力;餐馆前是头戴白色高帽的老鼠雕像邀请客人进去用餐;市政厅广场的正中是捕鼠人的喷泉雕像),更为突出的是,这里还紧扣故事情节,每年动员本市业余演员和学校学生一同演出600多场《花衣魔笛手》戏剧,以吸引世界各地的游客。据说每年会吸引100多万名游客专程前往哈梅林观看戏剧、听故事和游览风光。

在美国,围绕地方传说故事的保护和开发,华盛顿州选择的是"非物质文化遗产＋CD之旅"的融合模式。其具体做法就是,由一些民俗学者和民间艺术项目负责人联合起来,围绕当地丰富的民间文学遗产,规划出若干条旅游线路,然后请那些非物质文化遗产传承人沿着这些线路点对点地讲唱与之相

① 杨利慧:《遗产旅游与民间文学类非物质文化遗产保护的"一二三模式"——从中德美三国的个案谈起》,《民间文化论坛》2014年第1期。

关的传说故事,并制作专门提供给自驾游旅客观光时享用的CD光盘出售。这样,当旅行者驾车沿着某条线路行驶的时候,通过播放相应的CD,经过相关的城镇时,便能听到对当地历史、自然风景、地质、地理、工业和农业生产状况的描述,尤其是还能够听到与之相关的人物传说、史事传说、地方风物传说、风俗传说、动植物传说等民间故事,增加旅游的乐趣,增长地方文化知识。在“非物质文化遗产+CD之旅”的融合模式里,“训练有素的公共民俗学家与社区的合作是成功开展非遗保护的关键要素之一。不懂行的指导往往导致事倍功半的效果,甚至对非遗及其所在社区造成严重不良后果。在华盛顿州的个案中,公共民俗学家的专业性指导受到了社区的热烈欢迎,他们付出的努力和采取的决策直接决定了该项目的品质。比如,规划一个150英里路线的旅游指南,公共民俗学家往往需要事先花费数月的时间进行田野调查。尽管最后的CD可能只有90分钟到120分钟的长度,但民俗学者要对70到80位当地艺术家和传统文化的传承人进行访谈、录音、拍照或者录像。此外,公共民俗学家的决策在以下若干方面都起着至关重要的作用:1.辨识并发现地方民俗传统的正宗实践者,将他们的工作反映到旅游指南中;2.展示真正的地方传统;3.谨慎地对待文化挪用(appropriation),保护传统的承载者在其遗产被更广大的公众所分享时,不会遭到伤害;4.尽力展现社区文化的多样性,有时甚至包括展示社区中的复杂性和文化冲突;5.在获取经济利益和保护文化遗产之间保持平衡;6.保护地方艺术家的隐私;7.探索如何使用新技术(例如数码在线制图、智能电话和掌上工具如IPAD)以更好地传播遗产旅游信息”①。虽然这种融合模式带来的直接经济效应并不一定十分可观,但是它对活跃地方经济社会发展,扩大地方文化的影响力,传承非物质文化遗产的作用却不容小觑。

在中国,围绕“女娲神话”的保护和开发,河北邯郸市涉县选取的是“一篇导游词底本+若干主题性的旅游吸引物”的融合模式。涉县位于河北省西南部、晋冀豫三省交界处,素有“秦晋之要冲、燕赵之名邑”的美称。县境总面积1509平方公里,辖17个乡镇、1个街道办、308个行政村,总人口43万。涉县历史文化厚重,境内已发现仰韶文化、龙山文化、商周文化、汉文化遗址30多处,其中最负盛名的是女娲文化和红色文化。涉县女娲文化源远流长,是神话传说中华夏人文始祖女娲抟土造人、炼石补天的地方。娲皇宫是全国肇建时间最早、建筑规模最大、影响地域最广的奉祀女娲的古建筑群,至今已有

---

① 杨利慧:《遗产旅游与民间文学类非物质文化遗产保护的“一二三模式”——从中德美三国的个案谈起》,《民间文化论坛》2014年第1期。

1460多年的历史，被誉为华夏祖庙，是中国五大祭祖圣地之一。娲皇古迹之精髓——北齐摩崖刻经，规模宏大，精美绝伦，号称天下第一壁经群。女娲祭典被列为首批“国家级非物质文化遗产”。娲皇宫景区为冀南首家国家5A级旅游景区①。每年农历三月初一到十八的娲皇宫庙会期间，来自附近方圆数百里以及山西、河南、河北等地的香客纷纷前来进香。2006年，中国民间文艺家协会授予涉县“中国女娲文化之乡”的称号。在涉县，女娲传说是这样：相传盘古开天辟地后，天上有了太阳、月亮和星星，地上有了山川草木和鸟兽鱼虫，可是唯独没有人类，天神女娲就按照自己的模样抟黄土创造了人类。由于大地非常广袤，抟黄土造人又累又慢，女娲就将一根藤条伸到泥潭中，然后举起沾满泥浆的藤条向大地挥洒，这泥点溅落到地上就变成了一个个人。正当女娲为自己的发明高兴时，一场灾难却突然降临。原本一片祥和的宇宙，瞬时间变了模样，天塌了，地裂了，山林燃起了大火，大地一片汪洋。女娲看到自己创造的人类遭受如此大的灾难，难过极了，她决定挺身而出拯救人类。可是怎样才能补好残破的苍天呢？女娲想了又想，突然想起涉县凤凰山一带是最好的炼石补天之地，于是她迅速来到这里，开始炼五色石修补苍天。果然，天上的窟窿很快就补好了。可是女娲怕天会再崩塌下来，就斩下一只大龟的四只脚，以凤凰山为中心竖立在大地的四方，把天空牢牢地支撑了起来。从此“苍天补，四极正，淫水涸，冀州平”。后人为了纪念女娲，就在女娲炼石补天的地方建起了娲皇宫。涉县的女娲神话传说古迹位于中皇山上（又叫女娲山、凤凰山），主要景点为始建于北齐的娲皇宫，宫内有娲皇阁、梳妆楼、迎爽楼、钟鼓楼、六角亭、木牌坊、水池房及山门等12座建筑；此外，还有女娲博物馆、摩崖刻经、补天谷、石刻博物馆及女娲祭典等。涉县在女娲神话的保护和开发过程中，除了依赖这些主题性的旅游吸引物外，特别重视导游及“一篇导游词底本”在非遗传承中的重要作用。涉县对导游的素质要求较高，规定必须具备大专以上学历，身高1.6米以上，普通话标准、音质优美，气质好，明确导游在景区除了担任讲解工作外，还负担有挖掘、研究、整理景区的历史和文化的任务。导游们在正式上岗解说之前，都会拿到一份“导游词底本”。底本的作用十分重要：它为导游们提供需要掌握的相关基本知识，为其解说提供范例，是导游工作的基础和依据。

2012年版本导游词如下：

说起女娲抟土造人的故事自然要先了解一下女娲的身世。古书中

① 参见涉县人民政府信息网“走进涉县”，http://www.shexian.gov.cn/zjsx/。

记载，女娲和伏羲是人首蛇身的兄妹俩，他们的母亲是上古神话中的一位女神叫华胥氏，当兄妹俩出生后不久世界上便发生了举世罕见的大洪水，所有生灵被荼毒殆尽，只剩女娲、伏羲兄妹两人幸免于难，于是他们便兄妹成婚，生儿育女繁衍后代。两人结婚后过着甜蜜幸福的生活，但时间不长女娲开始发起愁来，她说："靠我一个人十月怀胎、一朝分娩，什么时候才能孕育那芸芸的众生来管理这个世界呢？"女娲猛然间看到河里自己的影子，灵机一动，开始了她抟土造人的伟大工程：她用黄泥捏成小泥人，摆满整个清漳河畔，轻轻地一吹，小泥人都变成了活蹦乱跳的真人。时间长了，女娲捏累了，就用柳枝蘸着泥点往地上甩，甩出来的泥点也都变成了真人。女娲本不经意地这么一捏一甩，却被后人加上了阶级分化的内容：精心捏制的人是富贵之人，而泥点甩出来的则是贫贱之人。看得出来，各位应该都是捏出来的。

…………

这里是最高的一层叫补天阁，相传女娲就是在这里炼石补天的……传说黄帝部落的后代颛顼与炎帝部落的后代共工，为维护各自的利益大动干戈。结果共工战败，愤怒之下一头撞向了不周山，将不周山这根撑天大柱撞成了两截，天空出现了一个大窟窿，导致"四极废，九州裂；天不兼覆，地不周载"，人世间一片生灵涂炭的惨象。就在这种背景下，女娲从容应战，取来五色神石(颜色是青、赤、白、黑、黄)，耗尽所有精力，历时七七四十九天才补好了天上的窟窿。

导游词底本的撰写颇见功力：①不仅要结合景点特征讲解得细节丰满、叙事生动，而且必须让女娲造人和补天神话的基本情节类型得到完整呈现，稳定传承。②注重口头传统与书面传统有机融合，"书写文本"要为导游的"表演文本"留下一定创造空间。为此，这一篇"导游词底本"一直由娲皇宫管理处负责人王艳茹亲自撰写，数易其稿。河北邯郸市涉县的一篇"导游词底本＋若干主题性的旅游吸引物"的融合模式可以说为地方民间传说的传承提供了值得我们借鉴的路径。

除了这里介绍的文旅融合传承的几条路径外，其实国内外还有很多成功路径值得借鉴。像浙江杭州和江苏镇江围绕的"白蛇传传说"而进行的"民间传说＋爱情文化"的特色开发；浙江杭州、宁波、上虞，江苏宜兴，河南汝南等地围绕"梁山伯与祝英台传说"而展开的"民间传说＋地域文化"的多向度开发；江苏徐州围绕"彭祖传说"而进行的"民间传说＋养生文化"主题开发；广西桂林围绕"刘三姐传说"而进行的山水实景《印象·刘三姐》"民间传说＋品牌文化”风情开发等等，不胜枚举。

三、木兰传说：文旅融合传承的典型案例

党的十八大以来，习近平总书记就传承和弘扬中华优秀传统文化做出一系列重要论述。他强调，历史文化遗产不仅生动述说着过去，也深刻影响着当下和未来；不仅属于我们，也属于子孙后代……让收藏在博物馆里的文物、陈列在广阔大地上的遗产、书写在古籍里的文字都活起来。“活起来”三个字，不仅为包括地方传说在内的文化遗产保护工作指明了方向，而且“活起来”还告诉我们，仅对地方传说这类非物质文化遗产进行抢救性保护是远远不够的，非物质文化遗产应在被观赏、被分享中得到保护、诠释，才能延续其文化生命。换言之，地方传说这类非物质文化遗产只有通过适当途径发挥作用，通过特定方式被大众所关注与分享，才能具有旺盛的生命力。因此，保护非物质文化遗产并不排斥对其进行合理利用，并且只有合理利用才是最好的保护。发展文旅融合型产业，就是让非物质文化遗产“活起来”的重要途径。发展文化遗产旅游，让人人都能方便地接触到包括地方传说在内的一切优秀文化遗产，有利于宣传文化遗产保护的重要性和必要性，使人们深入理解文化发展的重要意义，自然也就实现了文化遗产的有效传承。

地方传说这类非物质文化遗产，本身具备了向旅游产业开发的许多潜在条件：①跟民间故事、民间歌谣、民间谚语这类纯粹的语言文本不同，传说总是跟所在地的山川河流、楼台庙宇、寺庙庵观、宅门户院、风俗习惯等纪念物紧密相连，它们是地方传说得以存在的核心要素，这些客观实在物是非常宝贵的文化景观，是旅游产业景点开发的重要基础。②地方传说所具有的传奇性情节和可信的纪念物交融在一起，“是架通历史与文学的桥梁”（柳田国男），不仅能够深刻表达所在地民众的思想情感，还能够激发观光客的思古幽情。如果在景点介绍或导游解说过程中进行适当演绎，自然就成了当地相当具有吸引力的审美要素，成为旅游企业发展的“稀土”资源。③地方传说所蕴含的丰厚传统文化底蕴（如历史人物的成长故事、重大事件的历史烟云、地方风物的时代情结、民俗风情的独特魅力），加上与之相关的考古发掘、文物展示，能够极大增强旅游目的地的文化感召力，成为发展旅游文化产业的不竭动力。正因如此，在文旅融合型产业传承方面，武汉一些风景区或主题公园围绕民间传说也进行了许多有价值的探索，像武昌黄鹤楼公园景区、黄陂木兰文化生态旅游景区、武汉东湖风景名胜区等堪称很好的范例。限于篇幅，笔者这里仅就黄陂木兰文化生态旅游区，围绕“木兰传说”进行的文旅融合传承予以介绍和分析。

木兰传说是我国家喻户晓的民间故事，同时又是各具特色的地方传说。安徽亳州、河南虞城、陕西延安、河北完县（今顺平县）和湖北黄陂等地都流传着关于木兰的各种传说。其中，武汉市黄陂区的木兰传说与河南省虞城县的木兰传说于2008年同时被列入第二批国家级非物质文化遗产代表性项目名录（序号537，项目编号Ⅰ-50），陕西延安市宝塔区的木兰传说于2011年被列入第三批国家非物质文化遗产扩展项目名录（序号537，项目编号Ⅰ-50）。早在申遗项目批准之前，各地政府和企业就围绕木兰故事的生产性保护做文章，希望通过文旅融合发展，拉动地方旅游经济发展，扩大地方文化的影响。

相比较而言，武汉市黄陂区的木兰传说具备进行文旅融合开发更好的区位优势。故事流传地木兰山风景区位于大别山南麓，山高林秀，森林覆盖率高达95%以上，自然风景优美，既是国家5A级旅游风景区，同时又是国家地质公园，山上亿万年前形成的高压超高压蓝片岩变质带，石态各异。姹紫嫣红的奇花异草，萦绕如带的清溪碧流，苍茫浩渺的云涛雾海，翠染千峰的造化之工，再加上嶙峋异状的地质奇观，这些对于生活节奏紧张，渴望回归自然、放松身心的武汉市民来说，具有无尽的吸引力。在行政归属上，作为武汉北郊的城市后花园，依凭华中地区特大城市效应和1500多万的城市人口规模，旅游资源相当丰富；并且由于木兰山景区自古就是华中宗教圣地，隋唐以来佛道两教共处一山，香火十分旺盛，每年朝山进香的鄂、豫、皖、湘、赣、港、澳、台等游客就达百万之众。再加上景区内南天门、二天门、三清殿、娘娘殿、玉皇阁等古典建筑群错落分布，历史人文资源得天独厚。可以说，作为旅游风景区，黄陂木兰故事的流传地，这里不用打木兰传说的招牌，天然景色就是一个吸引市民旅游度假的目的地。然而，武汉市和黄陂区政府并没有被表面的旅游经济繁荣现象所蒙蔽，放弃木兰传说作为城市记忆的深厚底蕴的综合效应，而是着眼长远，从文旅融合的高度对此进行了深入发掘，为在全球化和信息化时代激活传统文化基因，复苏人们的精神家园认同感，进而为传承非物质文化遗产做了大量深入细致的工作。

首先，当地政府和旅游企业广泛动员各方力量，对黄陂的木兰传说资源进行了系统化摸底与整合。跟一些木兰传说地"传说核"因素相对单一的情形不同，黄陂地区至今仍保存有包括遗址遗存、文献资料和口头叙事等比较完整的传说文化生态。就遗址遗存而言，黄陂木兰传说地集中分布在大城潭村、将军墓和木兰山三个地方，主要景点包括木兰山、木兰川、木兰寺、木兰殿、将军庙、将军坟、仙合店、好汉坡、棋盘石、剑劈石、飞来石、眼泪凼、铁屎墩、一里河等，几乎每一个地名和古迹的背后都蕴涵有若干动人的木兰传说故事。其中像铁屎墩（木兰从军前打造铠甲剩下许多废铁渣堆砌一旁，久之形成石墩)、一里河(木兰回乡后被诬陷失贞而剖腹自证清白血水倒流一里)等更是黄陂木兰传说中具有独特悲剧意蕴的客观存在物。就文献资料而言,除了流传广泛的南北朝民歌《木兰辞》这一共享文献外,属于木兰山景区独有且保存较完整的主要文献,还有唐代杜牧的《题木兰庙》、明代万历年间张涛的《题建木兰山将军庙奏疏》、清代同治年间的《黄陂县志·木兰志》(专为木兰立传)、道教传本《木兰从军》、道教经文《忠烈将军救世真经》与《清微木兰将军醮科》、善书《木兰从军》和手抄本《木兰宝传》等。此外,还有清代道光年间的四卷三十二回本小说《忠孝勇烈奇女传》,其中明确指出木兰将军为湖广黄州府西陵县双龙镇朱姓人家之女。就活态传承而言,黄陂木兰传说主要集中在以木兰山为中心的长岭、塔尔和姚集一带,这些地方至今依然流传着丰富而完整的木兰故事。在当地传说中,木兰将军本姓朱,大约生活在隋末唐初时期。作为一位女扮男装、代父从军的巾帼英雄,她的故事主要包括神奇出生、拜师学艺、从军出征、辞官返乡、悲壮之死和死后显圣等内容,构成一个完整的情节链。大致内容为:隋唐时期木兰将军的出生地大城潭,是个三面环水、有着高大城墙的古镇,商贸发达,叫作双龙镇。当时,她的父亲朱寿甫(朱天禄)与母亲杨桂贞夫妇年过半百尚没有子嗣,难免生出膝下荒凉之感,于是就在木兰山观音寺醉月和尚的指点下,登上山巅的祈嗣顶去祷告,祈求神灵赐给他们一男半女。他们的诚心终于感动了神灵,有一天,朱寿甫(朱天禄)祈祷完毕,十分疲劳,就倚靠在一棵木兰树旁睡着入梦了,梦中他听见北方玄武大帝对他说大唐将兴,玉帝要选真仙下凡,为唐朝建立奇功,念在他夫妇二人诚心祈祷,就将这真仙降落在他家,让他好生养护,梦醒后他牢记在心。过了没多久,他妻子真的就怀孕并顺利诞下了一名健康的女婴。为了感谢神灵保佑,孩子出生第二天朱寿甫(朱天禄)就去山顶烧香还愿,刚巧发现当时做梦处的木兰树开花了,于是就给女儿取名为木兰。木兰从小就聪明伶俐,且爱好武艺。曾经跟随大悟山的丧吾和尚和木兰山的铁冠道人学文习武,研习兵法。后来,她在木兰山上,与下凡试探她的玄武大帝在棋盘石下棋比赛,在好汉坡上开辟山路,在风洞与狐狸精斗法,过了一段幸福的青少年生活。但是,由于北方边境受到敌军的袭扰,木兰父亲作为当地的千夫长,必须应征入伍,可是自己年老,又没有年龄合适的儿子代替自己从军,只好经常叹息。聪明孝顺的木兰,看在眼里,急在心里,在父亲接到征兵令后,决定女扮男装替父从军。在战场上,熟悉文韬武略的木兰英勇善战,屡建奇功,隐瞒自己的女儿身份长达12年之久,一直没有露出破绽,并结识和俘获了爱慕她的敌方女将花阿珍。后来她终于打败了跟她在木兰山结仇的狐狸精独手大仙,从普通士兵擢升为将军。保卫边疆战争结束后凯旋还朝,她婉拒了朝廷要封她为尚书的官职，荣归故乡侍奉双亲，并向花阿珍阐明真相，两人结拜为姐妹。回乡以后，木兰为乡亲们做了很多好事，深受大家爱戴。可惜后来她被奸臣污蔑谋反（也有说是被乡里人诬陷为失贞），为了证明自己的清白，她在（滠水）河边剖腹洗心，因蒙冤之故而使血水倒流一里之远，尸体被埋葬在木兰山北山脚下的将军坟里。人们为了纪念她，在将军坟旁边修建了将军庙。据说将军庙门前曾有一对石狮子，两棵白果树，庙内有一匹白马。后来，皇帝知道自己听信谗言，错怪了木兰后，下令在木兰山上修建了木兰将军殿，并亲赐"忠孝勇节"牌坊来纪念她。在木兰死后，她的英魂不散，多次显灵守护地方百姓，成为乡亲爱戴祭祀的一方神灵。相传抗日战争期间，日本人准备破坏将军庙，从台阶下挖出一对簸箕大的癞蛤蟆，睁着又红又亮的眼睛守护将军庙，迷信的日本人担心触犯神灵，只好停止了挖掘，将军庙才得以保存下来。当地活态传承的木兰故事，既带有神奇的浪漫色彩，又极具悲剧意味，且富于强烈的黄陂地域特色。所有这些地方文化因素，都为木兰传说的文旅融合提供了十分难得的素材，为木兰传说的旅游开发蓄积了深厚的文化市场潜力。

然而，仅凭这些原始的素材，要做大做强文旅融合产业，并传承好这份非物质文化遗产显然是不够的。为此，围绕黄陂木兰传说的旅游开发，政府部门、相关专业学者、地方文化精英和景区开发商联手进行了一系列资源整合工作。其一，以申报各级非物质文化遗产项目为抓手，以景区导游词的完善为切入点，综合吸收各种文献资料和口头活态传承文本以及当代学者的研究成果和小说创作情节，对木兰传说内容进行适度调整，形成一个以杜有源《"木兰传奇"故事完全版》为底本，由黄锂执笔统稿的完整传说文本，并以此作为黄陂区《木兰传说》申报国家级非物质文化遗产保护项目名录的申报文书。故事情节主要包括：①木兰出世——西汉时期，江夏郡西陵县北的双龙镇有户朱姓人家，朱天禄、赵桂珍夫妇年过半百无子，到青狮岭的祈嗣顶求子，后来生下木兰，其祖父朱若虚按民间对女孩的俗称"花姑"和时下木兰花盛开之意，为孙女起名"花木兰"。②少年木兰——木兰自六七岁起习文学字，跟随祖父学习兵法和武功，跟随母亲种地采桑、织布绣花。③替父从军——十六岁那年，匈奴进犯，朱天禄年迈体弱，木兰决定替父从军，在军营大展武艺，立下杀敌报国的志愿。④塞外征战——塞外征战十二年，木兰与青年将领伍登携手作战，立下功勋，升为将军。战争中，木兰活捉敌方女将花阿珍，后者爱慕木兰，归顺汉军。战争中木兰负伤，伍登和阿珍发现了木兰的女儿身，于是，木兰与阿珍结为姐妹，与伍登私定终身。⑤立功凯旋——战争结束，得胜还朝，木兰回乡探望父母，恢复女儿身。⑥皇上封赏——战后皇帝对将士大加封赏，敕封木兰为武昭侯，兼兵部侍郎。木兰奏明自己是女儿身，皇帝贪恋木兰美貌，欲纳入后宫，木兰再三以死抗拒，皇帝无法，只好恩准木兰回乡侍奉父母。⑦辞官回乡——木兰在乡间孝敬父母，勤于桑田，爱护百姓，深受地方官员和百姓的崇敬与爱戴。⑧生死恋情——原本计划与伍登成婚，可伍登被诬谋反，身遭不幸，木兰伤心至极，经常去木兰山上遥望西北，思念爱人，天长日久，留下了眼泪凼。⑨终老故里——在九十寿诞这天，木兰平静离世，葬于青狮岭北坡，皇帝先谥为“贞德公主”，后再赐“忠孝勇烈”将军谥号。当地人为了纪念她，修建了将军坊、祈嗣顶、木兰祠、木兰庙、木兰宫等建筑，“青狮岭”也改名“木兰山”①。经过整理润色后，木兰传说不仅时间线提前(由隋唐前移至西汉)，增强了传说的历史纵深感，而且主题、人物、故事都有所改易(淡化了原来的宗教性和悲剧性因素，将木兰名字由当地流传的“朱木兰”转换成民间普遍能接受的“花木兰”等)。改编后的《木兰传说》，故事情节更加曲折动人，木兰形象也更加光彩照人。其二，发动地方文化精英、科研院所和高等院校专家，深入开展“木兰传说”的搜集、整理、改编、改写和研究工作。先后推出了传说集《木兰山的传说》《神奇的木兰山》《木兰湖和将军们的传说》，出版了小说《花木兰传奇》《花木兰》，以及研究专著《木兰文化新论》《木兰山志》《木兰文化史》《黄陂木兰传说与风物》等。其三，借助其他媒介载体和艺术形式，大力宣传黄陂作为“木兰故里”这一文化品牌，传播木兰故事。如创作大型音舞诗画剧《木兰山组歌》到国家大剧院上演，组织多幕楚剧《少年花木兰》赴台湾演出，借势美国迪斯尼公司翻拍动画片《花木兰》真人版的消息，邀请剧组前来参观调研(2018)，积极参与到有关木兰的网络舆论活动中，邀请 2015 年“恶搞花木兰”事件主角贾玲前来感受木兰故里文化等。这些主动作为，客观上为黄陂木兰传说的文旅融合打下了非常重要的文化基础。

其次，及时抓住木兰传说申报国家级非物质文化遗产成功的契机，进行文旅融合型产业延伸开发。如上所述，黄陂木兰传说的遗址遗存主要集中在大城潭村、将军庙和木兰山，但这三处是否都适宜于旅游开发呢？答案显然是否定的。那么，如何借助木兰传说申遗成功的契机做大做强旅游产业，就成为一个制约文旅融合发展的瓶颈问题了。对此，黄陂区并没有拘囿于单纯发展民间文学旅游或民俗文化旅游的思维定式，而是结合了当地丰富的自然景观资源全面发展木兰生态文化旅游。因此，在选址和布局上既考虑到木兰传说资源相对集中的地区因素，又注重自然景观资源空间分布的特点，同时充分照顾当代人渴望回归自然的审美心理，对于其他拥有优质自然景观资源

① 蒋红瑶:《木兰文化新论》，湖北人民出版社 2007 年版，第 145-235 页。

却又缺乏传说因素的地区予以非物质文化遗产赋能，进行拓展开发。一方面，根据大城潭村自然景观和遗址遗存均较为缺乏、将军墓地区虽有遗址遗存但又缺乏自然景观的现实不利因素，采取暂时搁置的方式，重点打造遗址遗存、自然景观和活态传承都比较丰富的木兰山，将其打造为主要旅游风景区，并在风景区内合适的位置，有效植入木兰传说因素（如在一处旅游过道上嵌入《木兰辞》原文石刻，还有两处是木兰殿内的《木兰辞》原文字帖和原文配图连环画），以使游客在饱览自然美景的同时，升腾起一缕缕思古幽情，并在观览《木兰辞》原文和连环画及聆听导游的故事解说过程中，潜移默化地传承非物质文化遗产。另一方面，通过植入新的木兰故事方式，对于那些拥有优质自然景观资源却又缺乏传说因素的地区予以非物质文化遗产赋能，延伸开发了木兰天池（故事定位为木兰外婆家）、木兰草原（故事定位为木兰回乡后训练骑兵习武的地方）、木兰云雾山（故事定位为木兰欣赏杜鹃花之地）等新的旅游景区。经过这一轮又一轮的文旅融合开发，黄陂木兰传说景区成为以木兰山主风景区为中心，前有木兰天池、木兰草原、木兰云雾山迎客，后有大城潭村和将军庙呼应的前后照应、相辅相成的体系化国家5A级旅游风景区。

当然，从非物质文化遗产的传承角度来看，这种借助民间文学进行的资源整合和旅游开发模式，虽然取得了相当不错的经济效益，也产生了广泛的社会影响，但是它却并非十全十美，甚至从某种意义上说还产生了若干负面效应。这主要表现在如下几个方面：其一，以政府为主导，地方精英和学界联合的非遗申报书型传说整理模式，一旦定型后就构成话语霸权，削弱地方传说固有的民间话语表达力，背离了民间传说的叙事本位，容易产生话语歧见，并导致部分本地活态传承人的不满。“黄锂坚持‘汉代说’，但是在田野调查过程中，一位参与非遗申报和保护工作的访谈对象认为黄陂自古就是‘隋唐说’，从没有‘汉代说’。……木兰在黄陂当地被奉为道教神灵，木兰山有‘忠孝勇节’牌坊，传说中特别强调其女扮男装、坚守贞洁，流传有木兰和嫂子埋红布验贞洁的传说，因此，当地民众难以接受新文本中木兰与伍登的爱情故事，木兰山有位道长甚至用了‘毁佛谤道’这样严厉的措辞。”[①]其二，这种资源整合和旅游开发模式，剥离了民间传说和地方历史文化的内在关联，忽视了传说生存发展的文化生态，有违保护非物质文化遗产所应遵循的“本真性、整体性、可解读性和可持续性”的基本原则。例如，黄陂木兰山一带自古以来就

① 张静：《从文本学角度看非遗申报书的问题与价值——以黄陂木兰传说为例》，《长江大学学报》（社会科学版）2020年第5期。

有着浓厚的宗教气息，尤其是跟道教有着千丝万缕的联系。相传木兰山是北方真武大帝修行的小道场，山上有很多道教宫观建筑，据说明清最盛时期建有“七宫八观三十六殿”，其中木兰殿和娘娘庙香火更是旺盛，每年农历八月举行的“开山门”和“亮子会”常常会吸引数万乃至数十万信众来此祈福。由于木兰和祖师爷真武大帝的故事，信教的香客们自然承载了对木兰传说的传承和传播责任，而非遗申报书型传说整理模式摈弃了这层内容，无形之中也就失去了一大批潜在的传承主体。其三，这种资源整合和旅游开发模式，一方面通过非物质文化遗产赋能衍生出一些新的景区传说，显示出民间文学强大的内生动力，另一方面却又因忽视了民间文学异义所独有的地方性人文价值，削弱了故事本身所具有的性别色彩和悲剧力量。整理后的黄陂木兰传说申遗文本，由于舍弃了民间广泛流传的“滠水河边剖腹洗心，自证清白”情节，而选用流传并不广泛的“高寿而死”的说法，使女扮男装这一角色原本具有的性别伦理困境及同封建时代主流意识形态的冲突消弭殆尽，难以激发人们的悲愤和同情，自然也就不利于在女性市民中广泛传播和传承。尽管如此，从经济效应和社会效应来看，木兰传说的文旅融合仍然不失为一个成功的传承范例。

四、文旅融合传承的问题与举措

作为非物质文化遗产的武汉地方传说，如何以自身独特的故事魅力参与到“生产性保护”活动中，做大做强文旅融合产业，进而实现自身的活态传承，这是一篇需要各级政府、旅游企业、民俗专家和地方精英共同发力才能做好的大文章。国家层面早就颁布了《中华人民共和国非物质文化遗产法》，国务院及相关部委近年也出台了《关于促进全域旅游发展的指导意见》《关于进一步激发文化和旅游潜力的意见》《关于促进“互联网＋社会服务”发展的意见》，各级地方政府也出台或制定了与之相关的一系列政策和法规等，这些都为武汉地方传说的文旅融合传承提供了重要保障，现在是到了需要武汉相关的旅游企业与文化精英真正携起手来，拿出切实可行的举措，将之付诸实践的时候了。就此而言，尽管武汉在这方面已经开展了一系列有价值的探索，取得了许多值得称道的成绩，也积累了不少宝贵经验，但是存在的问题依然不容忽视。

首先，在旅游目的地传说的搜集、整理和利用方面需要进一步规范化。近年来，随着文化遗产旅游热的兴起，将地方传说类非物质文化遗产转化为旅游资源已经成为许多地方实施全域旅游战略、创新旅游经济增长点的重要抓手。与此同时，由于在这类非物质文化遗产资源利用方面存在多重力量的博弈,也出现了不利于民间文学健康传承的一些新问题。就武汉地方传说而言,这类问题也不少。其一,传说文本整理过程中存在话语权的激烈争夺,有破坏民间文学整体性之嫌。这在申报各级非物质文化遗产的文本整理活动中表现得尤为明显。例如黄鹤楼传说,黄鹤楼传说本是以武汉市武昌蛇山黄鹤楼为故事发生地及与其有关的传说,包括《费袆驾鹤升仙》《吕洞宾酒楼画鹤》《吕洞宾跨鹤飞升》《杉木屑鱼和刨皮鱼》《仙桃亭传说》《石照洞传说》《白龙池传说》《崔颢题诗,李白搁笔》《王维鹤楼赠诗画》《辛弃疾南楼赋别离》《岳武穆登楼抒情怀》《张献忠题诗黄鹤楼》《刘玄德醉走黄鹤楼》《诸葛亮计赚鹤楼宴》《黄鹤楼上看翻船》《黄鹤楼上飞金叶》等几十个故事,内容涵盖仙楼传说、军楼传说、名流轶事和近代平民传说几大系列,几乎黄鹤楼上每一处景点都有故事传说。但作为国家级非物质文化遗产申报书的文本,最终采用的却是《辛氏酒店与黄鹤楼》这一具有道德意蕴的仙楼传说为代表作:相传黄鹤楼原名叫辛氏楼。从前有一姓辛的夫妇在武昌蛇山黄鹄矶山头靠卖酒谋生。有一天,这里来了一位身材魁伟,但衣着褴褛,看起来很贫穷的道人,神色从容地问店主:“可以给我一杯酒喝吗?”辛店主虽然年轻,但向来喜欢跟修仙学道的人交朋友,并不因对方衣着褴褛而有所怠慢,急忙盛了一大杯酒奉上。如此经过半年时间,这位道人始终没付酒钱。辛店主并不因为这位道人付不起酒钱,而显露厌倦的神色,依然每天请这位道人喝酒。有一天道人告诉辛店主说:“我欠了你很多酒钱没有办法还你。”于是从自己的药篮子里拿出橘子皮画了一只黄色的鹤在墙上。画完了后,道人指着墙壁上的黄鹤跟辛店主说:“我就用这个作为酒钱报答你。今后只要有客人来喝酒,你就用手打着节拍唱歌,墙上的黄鹤也会跟随着节拍蹁跹起舞,帮助你做生意。”说罢,就渺然而去。辛店主并没把他的话当真。后来有几个客人来店里喝酒,看见墙壁上画的黄鹤,就问起缘故,辛店主就据实说了缘由。客人们于是按照道人所讲的,用手打着节拍唱起歌来,墙上的黄鹤真的跟着节拍蹁跹起舞,舞姿曼妙婉转。因为是用橘皮所画的,毛色带黄,众人无不惊异。当它随着歌唱的节拍舞蹈时,墙壁上什么都没有,舞蹈完毕后,依然回到墙壁上成为画鹤。从此以后,辛氏店主靠这个吸引顾客经营酒店。经过了十年左右的经营,辛店主也因而累积了很多财富。有一天,那位道人又飘然来到酒店,问道:“我以前饮你的酒没付账,现在报答还不算薄吧?”辛店主马上跪倒拜谢说:“靠着先生的这幅黄鹤图,我的收入同以前相比,好了上百倍还不止!我从来不曾忘记您的恩惠!愿意用全家所有的财富来供养您。”客人笑着回答说,“我哪里是为了这个而来呢!”于是,便从药篮中取出笛子吹了几首曲子,没多久,只见一朵朵白云自空而下,黄鹤随着白云飞到客人面前,客人便跨上鹤背,乘白云飞上天去了。辛先生为了感谢及纪念这位客人，便在此盖了一栋楼，取名“黄鹤楼”。这个故事版本，无疑是很有代表性的。但是，如果导游在带旅游团时只讲述这个故事，或当地对外进行黄鹤楼宣传时只侧重这个传说版本，则显然有悖民间文学整理的初衷，既淡化了黄鹤楼传说丰富的历史文化内涵，又破坏了民间文学活态传承的整体性。此外，如前文所提到的黄陂木兰传说及其他旅游目的地传说文本等也大都如此。其二，有割裂民间传说与地方历史文化联系，忽视异文价值之嫌。民间传说大都是在地方历史文化中生长起来的，故事的内容与当地的历史文化有着千丝万缕的联系，承载着当地特有的家族历史记忆、宗教文化历史记忆、风俗历史记忆和地域文化认同。前述黄陂《木兰传说》的国家级申报文本的搜集、整理和利用，就明显割裂了传说与千百年来木兰山作为佛道二教的宗教道场，传说与地方志及“祈嗣顶”“报恩宫”“棋盘太极”“一里河”“铁屎墩”“眼泪凼”等人文景点和自然景点之间的内在关联，并且将黄陂木兰由“朱木兰”改造成“花木兰”的做法也使民间文学作为地方异文所具有的特殊历史文化价值和悲剧内涵消弭殆尽。类似的情况在黄鹤楼传说、伯牙子期传说、孔子问津传说、大禹治水传说、东湖传说、锦里沟传说、梁子湖传说、龙泉山传说、熊廷弼传说、黄陂八景传说等的搜集、整理活动中，也都不同程度存在。应该说，这种现象反映了非物质文化遗产利用中一种普遍存在的复杂心态或者说困境。一方面，为做大做强文旅融合企业，亟须整合包括民间传说在内的有效资源，挖掘其中的道德内涵，提振地方经济，不得不做一些违背非物质文化遗产整理规律的昧心之事；另一方面，这种违心之举，虽然带来了较为明显的经济和社会效应，却又不可避免地破坏了地方传说的本真性和完整性，并且也没有在地方文化的建树方面带来多少实质性的提升。这就需要我们在旅游目的地传说的搜集、整理和利用方面出台相关政策，使之进一步规范化。

其次，在旅游目的地景观建设和故事嵌入的相关性方面需要精心设计。利用景观建设的嵌入方式，讲好地方传说故事是各地旅游风景区普遍通行的做法。以大禹治水传说在武汉旅游开发中的应用为例，武汉在这方面就下了很大功夫，也留下些许遗憾。武汉大禹治水传说故事由来已久，是大禹在湖北境内治理长江水患的英雄赞歌，也是中国境内大禹治水神话传说的一个重要组成部分。武汉不仅留存有禹柏、禹王碑、禹稷行宫、禹功矶石刻、汉白玉赑屃雕像等历史遗迹，而且还世代流传着“龟蛇锁大江”“灵龟镇怪化龟山”“大禹治水收赑屃”“总督寻宝镇水怪”“禹青飞帽堵洪水”“大禹贮粮米粮山”“大别禹柏通柏泉”“忽必烈正名禹功矶”等众多地域特色鲜明的动人故事。其中关于龟、蛇二神将帮助大禹治水的故事是这样的：相传大禹为了拯救天下百姓，在天帝的命令下，继承父亲鲧的遗志，治理九州洪水。大禹一心扑在治水工作上，多次路过自己的家门口都没有时间回家探望一下。领导百姓长年在外开山导水，誓要把堵塞的大江大河开通！由于大禹治水造福于民，每到一处都吸引了大批群众参与，队伍越来越壮大，以致洪亮的号角声震天动地，惊动了天帝，天帝看见这种情形后被大禹治水的诚心所感动，于是就派遣天庭的龟蛇两位神将下凡去帮助大禹。这时，大禹正和民工们挑河泥、挖沟渠。忽然，看见爬上来了一只大乌龟和一条大蛇，一些人就嚷嚷开了："快来看啊！好大的乌龟，好大的蛇啊！"大禹上前询问龟蛇来做什么。龟、蛇两个齐声说："我们是奉天帝之命来帮你驯服洪魔的！"大禹闻言，笑着说道："那太好了，太感谢你们了！现在二位就来抖抖你们的神威吧！"于是，大蛇神就在前面开路，只见他连弯带扭，勇往直前，终于拖出了一条宽阔的大江。大龟神跟在大禹身后，驮着神土，让大禹随时撒下土来，筑成了长长的江堤。就这样，大禹和百姓得到了龟、蛇两位神将的帮助，终于治好了一条又一条泛滥于各地的洪水！龟、蛇两位神将随大禹治水，出了很大力气，立了很大功劳，美名也逐渐传开了，各地纷纷建造庙宇祭祀它们。后来它们疏江导汉到了湖北境内，在汉水和长江交汇处疏通好汉水入江通道后，龟、蛇两位神将终因劳累过度，不能动弹了，大龟只好趴在汉阳江边休息，大蛇则躺在武昌江边休息。它们僵卧在长江两岸，你看着我，我望着你，累得再也爬不起来了，就相继死在了江边，天长日久它们的尸体就变成了两座山。后来，当地老百姓想起龟、蛇两位神将跟随大禹治水的功劳，就把这两座山分别叫作龟山和蛇山，以此来纪念它们。一直到现在，它们还在隔江相望，保护着两岸的百姓哩！然则，这么动人的传说怎样融入景观建设之中，让它在讲好武汉故事、振兴旅游经济方面充分发挥作用呢？为了充分利用好这个非物质文化遗产资源，武汉市以大禹传说为生发点，一方面积极组织申报各级非物质文化遗产代表性项目名录(2015 年武汉大禹治水传说入选市级非物质文化遗产第五批项目目录，2016 年入选省级非物质文化遗产第五批项目目录，2021 年入选第五批国家级非物质文化遗产代表性项目扩展名录)，扩大传说的社会影响力；另一方面着手规划与之相关的景观园地建设，相继设计建设了武汉大禹文化博物馆和汉阳大禹神话园主题园区。武汉大禹文化博物馆(武汉市晴川阁管理处)位于汉阳龟山东麓的禹功矶上，北临汉水，东濒长江，与黄鹤楼隔江相望，是一座集文物古建与园林风景于一体的名胜古迹。博物馆由禹稷行宫、晴川阁、铁门关三大主体建筑和古牌楼、楚波亭、朝宗亭、禹碑亭、敦本堂碑、山高水长碑、荆楚雄风碑、临江驳岸、曲径回廊、诗词碑廊等附属建筑组成武汉唯一一座临江而立的古建筑及仿古建筑群。行走在博物馆内，眼前的一步一景，几乎都与大禹治水传说有关。禹稷行宫相传为南宋绍兴年间创建，本名大禹庙，现被国务院公布为第七批全国重点文物保护单位；晴川阁是明代嘉靖年间为勒记大禹治水的功德而兴建的；禹功矶相传为大禹治水成功之处；禹碑亭、赑屃碑、朝宗亭等也各有与大禹相治水相关的典故。武汉大禹文化博物馆为全国首家专题研究大禹文化的博物馆，馆内设有《九州禹踪》《水与城——武汉治水史迹展》《晴川史画》等基本陈列，是武汉市独特的城市文化名片。大禹神话园位于汉阳晴川阁与武汉长江大桥之间的长江江滩之上，是以大禹神话雕塑为主题的景观园区，整个园区与晴川阁遥相呼应，共同构成了大禹治水的文化长廊。神话园长约400米，宽约60—80米，包括上、中、下三大雕塑区及中国洪水文化展示馆四个部分。上区从长江大桥汉阳桥头北侧至大禹祭祀台（现江堤箱式防水墙）南侧，由玉面人像、双龙门、“踏应龙画河海”青铜雕像和大禹的父亲鲧治水透雕等组成；中区以大禹祭祀台及相连的圆形九鼎广场为中心，由“剖鲧禹生”、“搏杀相柳”、禹阅九鼎铜雕和“三过家门不入”圆雕，以及大禹北方治水神话传说系列高浮雕等组成，这些雕塑堪称珍品，其中“大禹北方治水”为目前国内最大的高浮雕；下区从大禹祭祀台北侧至晴川阁景区外墙江滩边，以大禹南方治水神话等散点链式石雕、印章蓝田石刻，以及6米高的镇江柱等组成；中国洪水文化展示馆长约80米，面临汉阳洗马长街，馆内镶嵌着青石板地面，内有800平方米展厅。整个园区设计上以大禹治水的神话传说作为贯穿场所的精神主题，尽力营造出一种带有故事情节的景观氛围，让游客仿佛置身于4000多年前的治水神话场景之中，蓦然升腾起穿越古今的浪漫情怀。可以说，大禹神话园以雕塑叙事的方式比较成功地嵌入了大禹治水的神话传说，是神话传说资源转化方面的代表性个案，具有重要的文化资源传承价值和艺术载体的文化表达价值①。然而，武汉大禹文化博物馆和大禹神话园的设计和建设是否真的能够激活起人们对这一非物质文化遗产的强烈认同感，进而在满足人们旅游观光和审美观照的需要同时达到活态传承的目的呢？就目前情况来看，它离武汉加强文化遗产保护利用、打造世界滨水旅游名城的远景目标仍有一定差距。主要表现为：①文化内涵挖掘不足，地域特色未尽彰显。武汉两江四岸的独特自然景观和人文景点，百湖之城的水文特色，再加上古往今来的洪水抗争历史，为大禹神话传说提供了得天独厚的叙事时空。怎样让这些有利的地域特色跟大禹治水神话传说紧密关联起来，为新时代武汉文旅融合产业发展服务，实现非物

① 孙正国：《激活认同：神话资源现代转化的关键路径》，《长江大学学报》（社会科学版）2019年第1期。

质文化遗产的有效生产性传承呢？挖掘神话传说本身的丰富文化内涵就显得十分必要。就此而言，神话本身所蕴含的不怕牺牲、勇往直前的英雄主义，疏江导汉、因势利导的治水智慧，人水和谐、协调共生的生态情怀，万众一心、慷慨赴义的民族意志等都是非常值得弘扬的，且与近年来提倡的“敢为人先，追求卓越”的武汉精神高度契合。但是，从开发的实际情形来看，这些文化内涵并没有在景观建设和故事嵌入方面得到充分体现。②景观设计格局受限，资源整合力度欠佳。就目前来看，围绕武汉大禹治水神话传说的旅游开发，仅仅局限在汉阳晴川阁一带保存有历史文化遗迹的地方，缺乏景观设计的宏观视野，使得整个旅游线路单一而局促，难以吸引游客游览的积极性，更不用说实现二次乃至多次旅游的回头率了。其实，如果在非物质文化遗产资源的挖掘和利用上眼光看得更远一些，将附近的龟山片区、月湖片区及汉口的龙王庙片区联系起来，从全域旅游的角度重新统一规划、设计线路，则景观面貌将大为扩展，故事嵌入的时空更为辽阔，也更容易产生非物质文化旅游的品牌效应。③开发层次较为单一，故事嵌入缺乏新意。就目前所展现的开发情况来看，围绕大禹治水传说所做的文章大多数依然停留在历史遗迹的景点游历、博物馆内的物品陈列参观和雕塑艺术欣赏等传统的旅游资源利用方面，缺乏紧跟时代变化、适应当代青少年审美特征的一些鲜活内容。因而，在故事嵌入方面缺乏新意，自然也就限制了非物质文化遗产活态传承的效果。

再次，在文旅融合传承形式方面亟须适应时代发展趋势。21世纪是一个数字文化深刻浸淫的时代，同时也是一个影像审美恣意繁荣的时代。视频推介、数字旅游、影像呈现等新兴的文旅融合业态，在旅游目的地的形象打造和维护方面正在产生越来越大的影响。这就决定了地方传说类非物质文化遗产的传承，不可能再像前现代社会那样主要依靠师徒授受的传统方式进行。因此，文旅融合传承不仅需要在传说文本的搜集整理、故事时空的景观设计和故事情节的嵌入打造方面下足功夫，而且在传承形式方面也亟须顺应时代发展趋势。这里，我以数字旅游为例，谈谈武汉地方传说在文旅融合传承形式方面存在的一些短板。所谓数字旅游，主要是指建立在现实旅游景观基础上，以3S（RS、GIS、GPS）技术、三维可视化技术、虚拟现实技术、数据挖掘和数据融合技术、通信技术（如5G）、云计算技术、SOA（服务导向框架）等技术作为支撑，构建一个虚拟的三维立体旅游环境，形象逼真地呈现各旅游目的地的自然风光、风土人情和传说故事，让人足不出户，就能在虚拟环境中感同身受地体验到如同实地旅游般的审美愉悦。数字旅游通常由景区导览系统、景区展陈系统和景区营销系统三大部分组成[1]。景区导览系统又包括旅游区规划演示、旅游区信息导览和景区虚拟漫游三个子系统。旅游区规划演示通过立体的环幕显示系统，配合震撼的影像沙盘、先进的中控系统，让景区的规划、景点布局一览无余，三维立体实景与特效相结合，给观看者以强烈的真实感与整体感；通过旅游区信息导览系统，游客可以查看景区地图、景点介绍、注意事项、景区物品供给点分布以及评论区留言等，方便游客实地旅游之前制订合适的游览线路；景区虚拟漫游系统，让观众在逼真的虚拟场景中游历景区，不同角色、不同路线的选择能给游客展示最全面的景观样态，带领游客在虚拟景区中经历一场别开生面的"冒险"之旅，它不仅刺激游客实地旅游的兴趣，甚至还能带来实地旅游不可能产生的全新视野。景区展陈系统可以分为主题陈列馆、主题体验厅、宗教体验馆等多种类别，多媒体的现代展示形式，配合景区文化、民俗风情，让呆板的主题展示充满乐趣，加上融入最前沿的视觉设计理念，以体验为主要特色，配备最先进的影视播放系统、安全教育体验系统、高沉浸感与互动性的展陈方式等，更能给观众以全新的综合感官体验。景区营销系统包括景区网站、景区专属主题影片定制拍摄和景区网上体验等。景区专属主题影片定制拍摄，通过融合景区历史、名人事迹、民俗文化的三维立体影像，不但能打造震撼的观影效果，吸引观众眼球，增添景区休闲娱乐性，更能树立景区独具特色的文化品牌形象；景区网上体验通过数字虚拟仿真技术全面展示景点风貌并通过网络终端呈现，让人坐在电脑之前就能身临其境地游览各地胜景，实现线上旅行，并为线下旅行提供指导，成为景区宣传的新手段。根据中国旅游研究院课题组发布的《2019中国数字文旅发展报告》介绍，"目前介入数字文旅平台的主要有中国电信、腾讯、抖音、旅享视界、文化云、文旅中国、马蜂窝、微博，谷歌中国等"[2]，媒体阵容相当可观。目前国内外的数字旅游正在如火如荼地开展，尤其是在全球新冠肺炎疫情的影响下更是成为一时新宠。武汉作为中国中部特大型城市，文旅资源和科技实力得天独厚，让数字技术赋能文旅融合具有较大的优势。那么，我们在这方面做了哪些努力呢？从当前来看，我们在文旅融合传承地方传说的形式探索方面，虽有一定的探索，例如黄鹤楼景区的网站（http://www.cnhhl.com）上就设置了"景点预览""在线视频""景区VR导览"等板块，还开有"黄鹤楼"

① 有关数字旅游分类内容详见 http://www.szzs360.com/shop/phone/pro_detail.asp? id=1506&userid=413。

② 《2019中国数字文旅发展报告》，http://www.cnzlzc.com/news/84.html。

微信公众号；新洲问津书院的网站(http://www.xzwjsy.com)上设置了“祭孔大典”“问津讲堂”“问津声像”等板块，但内容相对单薄，也没有多少涉及地方传说方面的内容，距离“讲好武汉故事”尚存在一定差距，应该说在适应时代发展趋势、探索文旅融合传承形式方面仍有很大的提升空间。

武汉地方传说的文旅融合传承究竟该怎样做？或者说应该拿出哪些举措才能补齐当下存在的一些短板呢？这自然有许多不同的看法。在笔者看来，除了前面提及的规范旅游目的地传说资源的搜集整理、精心设计旅游目的地景观建设和故事嵌入，以及创新文旅融合传承形式等之外，紧扣全域旅游、深度旅游理念，培育具有深度融合吸引力的适宜路径，应该成为重要的选项。所谓全域旅游，是指在旅游资源富集地区，以旅游业为优势产业，通过对区域内所有要素的有机组合，“为前来旅游的游客提供全过程、全时空的体验产品，从而全面地满足游客全方位体验要求”的一种新兴旅游模式。“全域旅游强调居民与游客的融合，目标是让旅游目的地真正成为居民的家园、游客的‘家园’，而不是成为游客的‘主题公园’，居民更不是‘主题公园’中的演员。在全域旅游战略中，居民是‘家园’的主人，游客也是这个‘家园’中本来的一分子。”①所谓深度旅游，则是后现代思潮影响下体验经济的产物，“是基于地域文化特色的立体式参与体验旅游行为方式”②。在深度旅游中，游客在身心愉悦、自我放松的同时，也能够通过参与和体验旅游项目，得到一些当地的历史文化、民俗风情、传说故事方面的知识，感受不同地域的文化底蕴。尽管全域旅游、深度旅游两个概念的侧重点略有不同，但是强调全时空性、参与性和体验性则是二者共通的地方，是新形势下打造地域旅游精品的重要思想。在全域旅游和深度旅游理念的指引下，武汉市委和市政府很早就做了全面的部署，吹响了将武汉打造中国旅游休闲示范城市和国际滨水旅游名城的冲锋号，其中有些内容跟地方传说的文旅融合传承有着千丝万缕的联系。例如，在2017年12月10日召开的武汉全域旅游大发展工作会议上，市委、市政府提出：在黄陂区，“以‘木兰’之名，百亿精品‘扎堆’讲述传奇”；在汉阳区，以伯牙子期传说为生发点，强化汉阳知音文化艺术区旅游功能，建设世界级历史人文集聚展示区，整合现有旅游资源，串联区内旅游景区，重点打造四大主题文化精品旅游线路；在新洲区，将激活孔子问津传说，大手笔打造问津文化小

① 厉新建、张凌云、崔莉：《全域旅游：建设世界一流旅游目的地的理念创新——以北京为例》，《人文地理》2013年第3期。

② 熊剑峰、明庆忠、王峰：《深度旅游：内涵·缘起·启示》，《旅游研究》2014年第4期。

镇，将儒家文化、民俗文化与生态文化有机融合，打造一个多元结构、独具情怀雅趣、学游一体的文化教育社区和儒雅闲适的生活休闲空间①。应该说，武汉市这些举措对于地方传说的文旅融合传承是相当有意义的，从近几年运行的实际情况来看，也确实产生了若干不错的效果，但是我们也必须看到它仍存在一些不足，需要找准问题，对症施治。就此而言，笔者这里提出如下建议：

其一，亟须加强传说类非遗旅游目的地景观建设的顶层设计和精细化打造。旅游目的地景观建设中的文旅融合，是一篇功在当代、利在千秋的大文章，做好顶层设计并精细化打造与之配套的每一景点非常重要，否则就会陷入因吸引力不足、难以留住游客驻足观赏的窘境。以黄鹤楼的文旅融合为例，可以根据传说内容的不同从宏观上将其设计为：①名楼名人的寻踪之旅。作为江南三大名楼之一，黄鹤楼自古以来就留下了不少历史名人的足迹，也流传着有关他们的传说故事。这里有三国时期吴主孙权治城郭、起谯楼的传说，有蜀国名臣费祎跨鹤登仙的传说，有仙人吕洞宾橘皮画鹤酬店家的传说，有唐代大诗人李白开启寻仙之旅、送别孟浩然、搁笔黄鹤楼的传说，有北宋大诗人苏东坡黄鹤楼题诗送友人的传说，有南宋抗金名将岳飞屯兵鄂州、凭栏赋诗的传说，有明代农民起义领袖陈友谅埋骨黄鹄南麓的传说，有清代湖广总督张之洞建奥略楼的传说，有一代伟人毛泽东数度登楼赋诗的传说……如何将这些或真实或虚构的名人传说通过新旧景观重塑、金牌导游讲解、书画典籍陈列、数字影像呈现等方式精心打造，导引游客的寻踪之旅，仍需下足功夫。②名楼诗词的研习之旅。黄鹤楼传说中包含许多诗词的内容，其中最著名的莫过于崔颢的《黄鹤楼》，李白的《黄鹤楼送孟浩然之广陵》《与史郎中钦听黄鹤楼上吹笛》和毛泽东的《菩萨蛮·黄鹤楼》等传世名篇及与之相关的民间传说故事，依托黄鹤楼诗词资源，创发多种与之相关的诗词研习形式，如定期举办黄鹤楼诗词创作大赛、开展黄鹤楼诗词朗诵比赛及举办当代诗词创作研讨会等，吸引全国乃至全球广大诗词爱好者，积极报名，踊跃参与，提升黄鹤楼作为千古名楼的文化影响力，自然也能起到很好的诗词传说普及效果②。③名楼聚宴交友之旅。黄鹤楼自古以来就是历朝名士“游必于是，宴必于是”的聚宴交友、设宴议事、对酌传情的重要场所，李白与孟浩然宴别于此，留下了“故人西辞黄鹤楼，烟花三月下扬州。孤帆远影碧空尽，唯见长江天际流”

① 《武汉全域旅游大发展一声号令，一大波重点项目加速冲刺》，长江网，http://news.cjn.cn/tfsj/whsqylydfzgzhy/ttxw_15410/201712/t3119303.htm。

② 需要说明的是，黄鹤楼公园已经开展了这方面的探索，但仍有很大提升空间。

的千古佳话，白居易、宋之问、顾况等宴聚于此，也都留下了不少与之相关的诗词歌赋和传说故事。以此文脉为基础，适当吸收鄂菜系列中有关风物故事，打造黄鹤楼高雅宴会品牌，吸引广大游客和消费者来此举办同学聚会、师生聚会、战友聚会、亲友聚会活动，并于聚会场所播放预先录播好的《辛氏酒店与黄鹤楼》等传说故事，不仅能创造较好的经济效应，而且能增强宴娱享受的乐趣，对于传承黄鹤楼传说可能会起到预想不到的效果。④鹤苑文化养生之旅。中国自古就有龟龄鹤寿的说法，鹤为吉祥鸟。仙人驾鹤的传说和崔颢的“昔人已乘黄鹤去，此地空余黄鹤楼”诗句，寄托了人们对于长寿的向往，赋予黄鹤楼以神秘的色彩。黄鹤楼景区内现有“黄鹤归来”铜雕和“九九归鹤图”浮雕，已经契合了这一历史文脉，但仅凭这些仍然不够，“如果在主入口门区之东地势低洼处，构筑池塘、溪水、沼泽、滩地等人工湿地系统，驯养一批较能适应武汉生态环境的鹤科和鹭科物种，营造人与鹤和谐共处的‘鹤苑’，让鹤在黄鹤楼景区永久落户。利用仙鹤所蕴含的‘长寿、幸福、吉祥’的文化寓意，设置展示仙鹤美姿的‘鹤立鸡群’‘仙鹤出水’，象征长寿的‘鹤寿千岁’‘松鹤百年’‘仙人乘鹤’以及‘升鹤台’等景点。鹤苑景题和标识牌均用鹤书体书写，配以古琴演奏，太极拳习练，围棋、象棋对弈，养鸟观鸟等休闲娱乐活动”。那么，一个全新的文化养生之旅路径也就自然形成①。

其二，亟须强化传说类非遗旅游项目的参与性和体验性内涵。由于民间文学类非物质文化遗产主要是通过语言符号来传承的，语言媒介不像传统医药、传统美术、传统舞蹈、传统体育、游艺与杂技、传统戏剧、曲艺、民俗等项目，要么能以物质技术的形态呈现，要么则通过技艺的现场表演吸引受众参与，只要项目开发得好，就能够让传承人和受众真真切切地感受到传统文化无穷的魅力。因而，民间文学类非物质文化遗产的语言媒介一直是制约其传承发展的瓶颈。其实，从文旅融合角度来看，这个瓶颈并不是不可逾越的障碍。要破解这个难题，只要强化项目开发的参与性和体验性内涵，人们自然就能够通过亲力亲为的方式，既获得身心愉悦又能够牢牢记住并传承这个传说故事。以江夏区的梁子湖传说为例：

相传很久以前，梁子湖原是一片陆地，名叫高唐县。有一位名叫孟玉红的女子，丈夫进京赶考，留下她和六岁的儿子润湖及病重的婆婆，在家艰难度日。婆婆久病想喝肉汤，可家中哪有钱买肉？玉红无奈，只得将自己大腿上的肉割下一块煨汤给婆婆喝，婆婆喝下几天之后含笑而逝。玉红的孝行感动

---

① 此处部分观点参考了张薇、张晓燕：《黄鹤楼景区旅游吸引力提升研究》，《武汉大学学报》（哲学社会科学版）2011 年第 1 期。由于时隔较久，有些地方已有所改进。

了上苍，玉皇大帝派赤脚大仙下凡，化作游方道人上门乞讨，再试其德。玉红心地善良，将仅有的一点米施舍给道人。道人临走时告诉她："县衙门口那对石狮子口流鲜血，高唐县便要沉了。念你割股侍亲，孝行动天，现赐莲鞋一双，届时可救你母子。"此后，玉红命儿子每天前去衙门口看那石狮子。衙门外一卖肉的屠夫觉得奇怪，便问其故，润湖便如实告之。屠夫因笑其痴，遂于次日凌晨将猪血抹于狮子口，以此捉弄小孩。第二天润湖见石狮子果真口流鲜血，赶紧跑回家中告诉母亲。玉红沿街劝说乡亲们逃往高处避难。霎时，狂风大作、电闪雷鸣。玉红背上儿子，换上莲鞋，顿时腾空而起。再看脚下，山崩海啸，整个高唐县已变成一片汪洋，百姓皆浮于水中。看到这番惨景，玉红赶忙将一只莲鞋抛下。却不料莲鞋入水，变成一个小岛，乡亲们得救了。人们为了纪念玉红母子的救命之恩，遂将此岛叫作"娘子岛"，将此湖称为"娘子湖"，后来便依照它的谐音，慢慢叫作"梁子岛""梁子湖"。梁子岛上的居民几乎都能讲述这个故事，甚至还神乎其神地说，如逢晴天丽日的话，船行到湖心，还可以影影绰绰看到湖中水下那座高唐县城古建筑的轮廓，尤其是沉入湖底的青砖瓦房的屋垛子；若是看到湖水中一道道黑色的影子，那可能就是沉入湖底的高唐县的青石板街道①。

梁子湖风景区建设该如何强化项目开发的参与性和体验性内涵，更好地传承这一优美的地方传说呢？从梁子湖风景区目前的举措来看，其主要是通过休闲旅游的方式，通过举办梁子湖螃蟹节来推销渔业产品。自 2005 年开始，武汉市每年金秋十月重阳前后，江夏区会举办梁子湖螃蟹节。届时，现场举行竞拍螃蟹和专家评蟹、螃蟹养殖与销售订单签字仪式。不仅有精品螃蟹的展销、拍卖活动，美食家、书画家、文艺家还将现场"品蟹""画蟹""唱蟹"，游客则可一边欣赏湖景，一边品尝肥蟹鲜鱼。这项活动无疑具有较强的参与性和体验性，也能带来较好的经济效益。但是，从非物质文化遗产传承的角度来看，这些体验大多与梁子湖传说无关。在我看来，如果结合梁子湖传说，增加"看石狮子涂猪血""吃螃蟹讲故事有奖"等项目，并以边讲故事边参与体验的方式进行，那么这些活动达到的民间文化传承效果将会更加显著。

其三，亟须政府部门、旅游企业和有关专家多方论证，从武汉地方传说系列呈现角度出发，规划若干条精品旅游线路。规划旅游线路是合理开发旅游产品的重要途径之一，是依托于景区（点）等吸引物分布的线形旅游产品。从

① 梁子湖传说是指包括梁子湖的由来、武昌鱼的由来、梁子湖爱情故事和梁子湖等内容的系列民间传说，或者说是关于梁子湖的民间传说群。关于梁子湖的主传说版本有2个，笔者这里只选用其中一个当地较为流行的版本。

空间尺度上可以分为跨景区、跨旅游区的长程线路和旅游景区内部游览短程线路两种；从时间尺度上可以分为一日游、二日游、三日游、五日游等不同时段线路类型；从主题内涵上可以分为生态文化旅游线路、历史文化旅游线路、红色文化旅游线路等不同主题线路类型……旅游线路的规划，一般是根据旅游资源特点，按照一定的主题对旅游沿线各要素进行组织编排而成①。围绕地方传说规划旅游线路，一些传说资源富聚的旅游景区早就以“旅游＋传说”的形式展开了，例如黄陂木兰山景区就围绕木兰传说，按照时长不同开发了若干条适宜游客兴趣的旅游线路。但是，从非遗传承角度来看，这些紧扣传说的旅游线路规划设计在凸显主题、涵韵文脉和精品打造方面还是存在若干不足的。其实，我们可以将视野放得更广阔些，以嵌入民间传说的方式按照时长模式合理规划旅游线路。例如湖北某旅行社设计的武汉三日游旅游线路如下：

第一天推荐路线——户部巷＋黄鹤楼＋首义文化区＋晴川阁＋龟山＋古琴台＋吉庆街＋江汉路步行街＋汉口江滩，游玩时间约 9 小时，购物逛街约 1.5 小时，用餐约 2 小时，交通约 1 小时，此线路为武汉城市经典旅游线路。

第二天推荐路线——东湖＋湖北省博物馆＋武汉欢乐谷，游玩时间约 12 小时，用餐约半小时，骑行时间约 2 小时，此线路为武汉东湖经典骑行游线路。

第三天推荐线路——木兰山＋木兰天池＋木兰草原，游玩时间约 10 小时，交通用时 4.5 小时，此线路为黄陂木兰文化生态景区一日游线路。

从这个“武汉三日游”线路的设计来看，第一日线路就包含了黄鹤楼、晴川阁、龟山、古琴台四个地方传说类非物质文化遗产资源富集地区。在这些景区旅游时，我们不仅要引导游客聚焦景区亮点，而且还应引导他们饶有兴趣地倾听民间传说故事——参观传说景点并讲述与之相关的地方传说。例如，游览黄鹤楼景区时，除了必登黄鹤楼外，导游可以有意识地带领游客参观费祎亭、跨鹤亭、吕仙洞等传说景点，讲述《辛氏酒店与黄鹤楼》等传说故事；游览晴川阁景区时，除了必游晴川阁外，导游可以有意识地带领游客沿着禹柏轩、岣嵝碑、禹碑亭、禹稷行宫、禹功矶、大禹神话园来一次传说寻踪之旅；游览古琴台景区时，除了瞻仰古琴台外，导游可以有意识地带领游客沿着知音亭、雕像馆、伯牙抚琴雕塑、印心石屋、琴台碑廊、琴台碑、知音树、高山流水、伯牙子期石雕等景点，一边参观一边讲述着伯牙子期传说……第二日线路就包含了东湖这一地方传说富集景区。武汉东湖虽然没有杭州西湖那样包含白蛇传、梁山伯与祝英台等众多知名传说，但这里的地方传说却也相当

① 陈安泽：《旅游地学大辞典》，科学出版社 2013 年版。

丰富，其中既有以仙人为主的风物传说（如关于东湖由来的“龙太子落玉故事”“南海观世音菩萨的落镜故事”“玉女失手滑落佛祖袈裟故事”，关于落雁岛由来的“佛祖慈悲造落雁岛的故事”，关于吹笛山来历的“仙人长笛当歌吹笛山的故事”），也有以名人逸事为主的人物传说（如关于屈原的“行吟阁赋诗的故事”，关于养由基“单挑斗越椒的请和桥故事”，关于太平天国九位女英雄的“九女墩故事”，关于刘备赤壁之战后的“郊天台祭天故事”，关于“李白和放鹰台的传说”，关于唐代回纥特使缅佑高“千里送鹅毛，礼轻情意重”的故事），还有“游龙戏凤李家湾”“郡主与郡马的一梦缘”这样的爱情传说……如果把这些传说故事在旅游的前一晚用音频方式讲给游客听，那么游客在第二天骑行游玩时就会兴趣大增，无疑也会增强民间传说传承的效果……第三日线路就更是几乎囊括了全部黄陂木兰传说的故事景点，只要将景区内各景点与地方传说要素精心组织编排，其对传承和传播木兰传说无疑将产生良好的审美效应。

第二节　文化创意型产业传承

文化创意型产业是 20 世纪 90 年代由英美发达国家提出并大力发展的新兴业态。根据 1998 年英国政府出台的《英国创意产业路径文件》中“源自个人创意、技巧和才华，通过知识产权的开发和运用，具有创造财富和就业潜力的行业”的定义及据此而划分的业态类型，英国政府将广告、建筑、艺术和文物交易、手工艺品、工业设计、时装设计、电影和录像、互动性娱乐软件、音乐、表演艺术、出版、电脑软件及电脑游戏、广播电视 13 个行业确定为创意产业。此后，各国政府和专家学者对此进行了深度研究，提出了不同的定义并重新进行了业态划分。在我国，文化创意产业通常是指“以创意为核心，以文化为灵魂，以科技为支撑，以知识产权的开发和运用为主体的知识密集型、智慧主导型战略产业”①。文化创意产业作为知识密集型、智慧主导型的新兴业态，具有高知识性、高附加值、强融合性，已经成为发达国家和地区发展势头最为强劲的产业，被认为是 21 世纪全球最有前途的产业之一。

由于文化创意产业与作为非物质文化遗产的地方传说传承，在文化最终目的、文化输出方式和文化发展载体等方面具有广泛的契合度，方便人们“在

---

① 转引自《关于加快推动文化创意产业西进的实施意见（节选）》，《杭州科技》2013 年第 2 期。

提炼非遗元素的基础上，通过与各种创意要素相结合，创造出新的文化和产品"①，并以当代人容易接受的审美形态呈现出来，因而无论是影视、演艺、电子游戏、网络文化、艺术品交易、出版、创意设计等产业板块，还是卡通潮剧、互联网短视频等新媒体艺术，都可以让地方传说类非物质文化遗产焕发出夺目光彩，获得全新的生命力，并获得较之单纯口耳相传艺术更佳的传承效果。像由桂林广维文华旅游文化产业有限公司投资建设，张艺谋、王潮歌、樊跃出任总导演，国家一级编剧梅帅元任总策划、制作人，历时五年半努力制作完成的全国第一部全新概念"山水实景演出"之《印象·刘三姐》，就是通过将桂林民间传说与现代表演艺术和声光电技术相结合而推出的文化创意产品。该做法不仅以实景演出的大手笔创造了营业收入累计超20亿元的经济价值，而且在传承地方传说方面也产生了前所未有的巨大效应②。正因为如此，国家比较早就出台了相关政策，推进非遗传承和文化创意产业的融合发展，例如2015年12月发布的《国务院关于新形势下加快知识产权强国建设的若干意见》就明确提出"加强对非物质文化遗产、民间文艺、传统知识的开发利用，推进文化创意、设计服务与相关产业融合发展"③。受益于各种利好政策和产业经济调整驱动，目前"非遗＋"文化创意产业在我国发展势头迅猛，对各地经济发展贡献度正呈现逐年增长态势。

相较于北京、上海、深圳、广州、杭州等城市而言，武汉市文化创意产业起步较晚，但由于地方政府扶持力度大，为文化创意产业营造了良好的经济、社会和市场环境，武汉在这一方面具备一定程度的后发优势，因而在诸如网络文学、动漫游戏、网络音乐、网络视频、网络直播、电子竞技、数字文化装备、数字出版、数字艺术展示等新业态的培育方面产生了较为可观的经济和文化效应。但与此同时，我们也应看到武汉市文化创意产业依然存在产业链生态不够完整、文化供给体系不甚完备、产品同质化现象较严重以及与实体经济深度融合不够等问题，这些无疑限制了文化创意产业的良性发展，自然也给作为非物质文化遗产的地方传说的产业化传承带来一些不可预测的影响。然则，武汉地方传说究竟该如何借由文化创意产业"创造出新的文化和产品"，

---

① 王晓丽：《文化创意产业与非物质文化遗产传承融合研究》，《边疆经济与文化》2020年第4期。

② 2017年《印象·刘三姐》所属公司因经营方面出现问题而破产重组，但这并不是产品自身问题。

③《国务院关于新形势下加快知识产权强国建设的若干意见》（国发〔2015〕71号），详见政府信息公开专栏，www.gov.cn/zhengce/content/2015-12/22/content_10468.htm。

整合进现代文化体系之中，取得同传统的口耳相传活态传承方式优长互补的效果呢？

一、母题重构与地方文化创新

武汉地方传说是在几千年城市文明进程中积淀下来的非物质文化遗产，凝结着武汉人民的深厚历史、聪明才智和丰富情感，昭示着世世代代武汉人的文化身份，联结着武汉的过去和未来，是武汉城市文明的根脉。但是，由于地方传说这类非物质文化遗产主要产生和传承于农耕文明时代，在现代社会快速转型的时代背景下，其大部分文化功能丧失，如果不加以创新转化已经很难为当代社会所接纳，更谈不上继承和发展了。面对这一文化发展趋势，我们究竟该如何正确看待和处理作为非物质文化遗产的地方传说，才能使其适应现代生活需要，重新走进大众生活乃至发扬光大呢？这就需要我们找到恰当的切入点，对其进行适应现代社会的功能整合和创新转化，以激发其中蕴涵的文化活力。就此而言，“非物质文化遗产的转化形式是母题重构，旧的文化体系消亡后，其中许多基因仍有活力，通过现代形式的基因重组，在保持精神内核和象征符号不变的前提下，它们能够以现代形式复活”①。

所谓母题，本是从国外民俗学和民间文学学术研究中引进的重要概念。例如，汤普森的《民间文学母题索引》和《世界民间故事分类学》就采用了“母题”作为民间文学分类的依据，认为“母题是一个故事中最小的，能够持续在传统中的成分”②。由于这一说法比较笼统和宽泛，“母题”概念引入我国后，学者们对之进行了适当阐释和重新定义，陈建宪在《论比较神话学的“母题”概念》一文中将其界定为：“母题是构成神话作品的基本元素。这些元素在传统中独立存在，不断复制。它们的数量是有限的，但通过不同排列组合，可以转换出无数作品，并能组合入其他文学体裁和文化形态之中，母题表现了人类共同体（氏族、民族、国家乃至全人类）的集体意识，并常常成为一个社会群体的文化标识。”③其他学者也都在不同学科、不同领域广泛使用“母题”这一概念。其实，从文化角度来讲，“母题”通常指民族文化传统中最小的结构元素，它相当于生物学意义上的遗传基因，广泛存在于神话、故事、绘画、音乐、

① 陈建宪：《文化创新与母题重构——论非物质文化遗产在现代社会的功能整合》，《民间文化论坛》2006 年第 4 期。

② 汤普森著，郑海等译：《世界民间故事分类学》，上海文艺出版社 1991 年版，第 499 页。

③ 陈建宪：《论比较神话学的“母题”概念》，《华中师范大学学报》（人文社会科学版）2000 年第 1 期。

建筑、庙会、节庆等各类文化事项之中，代代相传，是人类文化薪火相传的一种最基本形式。母题作为传统文化的基因，具有强大的再生功能，哪怕原有的文化体系在诸如春秋战国、魏晋南北朝和五四新文化运动这样激烈的社会变革时期被大大消解，它也会作为集体记忆在新文化体系重构过程中以某种变异符号重获新生。正如学者陈建宪指出的那样，“当一种文化体系发生变迁时，一方面会产生许多新的文化因子，以适应时代的要求；另一方面，传统的文化母题作为一种结构元素，会以新的方式整合入新的文化体系中。因此，文化体系能够在变化和稳定之间保持一定的张力，使其既不断更新，又不致发生断裂”①。但是，传统文化的母题不会自动生成为新的文化要素，它必须“以新的方式整合入新的文化体系中”才能以某种形态实现新的功能，才能使传统非物质文化得以活态传承。易言之，地方传说这类非物质文化遗产若要成为现代社会中增进社会和谐、丰富精神生活和振奋民族精神的文化基因，必须予以母题重构，通过文化基因重组来实现自身的延续与发展。

母题重构作为非物质文化的一种延续策略，它只是手段而不是目的，文化创新才是最终目的。地方传说类非物质文化遗产要真正成为新时代文化的根脉存续下去，还必须具备一种引领城市文明传承发展的文化自觉，才能融入现代文化体系之中并发挥其文化创新功能。当然，这也并不是现在才有的新鲜理论。早在五四新文化运动时期，胡适、刘半农、周作人、俞平伯等人就在北京大学倡导对民间歌谣、民间故事等非物质文化遗产进行搜集、整理、研究和利用，后来毛泽东在《新民主主义论》和《在延安文艺座谈会上的讲话》等文章中，更是将之上升到新文化建设的政治高度予以确立，指出：“中国的长期封建社会中，创造了灿烂的古代文化。清理古代文化的发展过程，剔除其封建性的糟粕，吸收其民主性的精华，是发展民族新文化提高民族自信心的必要条件。”②不过，需要指出的是，这些论述还基本停留在文化自身的革新层面，还没有延伸到文化产业领域。

近年来，随着国内外文化创意产业的兴起，利用地方传说进行母题重构，开发文创产品、重塑文化产业的现象也逐渐多了起来，并涌现出不少成功的范例。例如，台湾省南投县鹿谷乡溪头妖怪村，就利用传说母题重构的方式，创意激活并重组了当地传说文化资源，成功营造对妖怪传说文化这一当地特

---

① 陈建宪：《文化创新与母题重构——论非物质文化遗产在现代社会的功能整合》，《民间文化论坛》2006年第4期。

② 毛泽东：《新民主主义论》，《中国文化》(创刊号)1940年第1期。

色文化资源的转化和运营,实现了“传说文化资源挖掘——文化符号化——文化产业化——文化商圈化——社区化”的乡村社区营造模式①。据说台湾省南投县鹿谷乡溪头妖怪村,本是毗邻溪头森林公园的一个经营了40多年的酒店——明山森林会馆。这个会馆坐落于海拔1150米的高山上的鹿谷乡凤凰山麓,山上生长着各种参天古木及珍稀动植物。这个风景优美的天然绿色大氧吧,曾经是人气颇旺的度假胜地,不仅每年吸引成千上万的外地游客来此观光旅游,而且还能招徕很多年轻人来此欢度蜜月(明山森林会馆之前就命名为“蜜月馆”),并且还是著名的研学基地——台湾大学农学院的实验林场,经济收益十分可观。但是,1999年9月21日发生的里氏7.6级南投大地震却带来了巨大的破坏,明山会馆的经营状态每况愈下,游客不断减少,且来者大多数是消费力很低的退休老人。经营会馆的总经理面临巨大的压力,为了重振昔日盛况,经过反复思考和论证后,决定利用“传说文化创意+乡村社区营造”模式,激活当地的传说文化资源,重新打造产业经营方式,将最富有活力的青年消费群体再度吸引过来。为什么他会产生这样的想法呢?因为这里确实存在着作为非物质文化遗产的地方传说资源——总经理爷爷所经历的遭遇妖怪的传说故事。“传说在台湾日据时期,林家爷爷(现妖怪村总经理的爷爷)年轻时在山上工作时捡到了一只黑熊和一只云豹(分别取名为枯麻和八豆)并饲养了它们。一天林家爷爷工作时遇到了妖怪,枯麻和八豆挺身而出,八豆舍命救了他,而枯麻也不幸失踪了,关于这片森林与林爷爷传说就这样流传了下来。如何在这个乍一听平淡无奇的传说文化上挖出资源,林总经理用非常规的思维将故事的重点放在了‘妖怪’之上。”②妖怪故事虽然荒诞不经,但“妖怪”意象确实能突破人们的惯常思维,成为吸引人注意力的聚焦点,构成文化创意的最佳切入口。如何让传说中恐怖的妖怪形象成为现代企业的炫酷创意?恐怖的妖怪对于以吃、喝、玩、乐、住为经营范围的明山森林会馆显然是不合适的,于是设计者对之进行了“KUSO萌搞怪”的个性定位,即赋予其无厘头、搞怪、好笑、萌化等台湾现代青年乐于接受的娱乐文化精神,以迎合年轻人这一目标市场的偏好。基于这一认识,妖怪村设计理念中首先对传说文化进行符号化处理:①传说形象活化(根据KUSO定位要求,让枯麻和八豆被设计并跃然村中);②传说形象生动化(让枯麻和八豆成

① 蒋依娴、王秉安:《传说文化创意与乡村社区营造模式探析:以台湾妖怪村为例》,《福州大学学报》(哲学社会科学版)2015年第2期。

② 蒋依娴、王秉安:《传说文化创意与乡村社区营造模式探析:以台湾妖怪村为例》,《福州大学学报》(哲学社会科学版)2015年第2期。

为各种场景和故事的主角，生动地活跃于迎宾处、屋檐上、宾馆内和特色商品中）；③传说形象多样化（除主要形象枯麻和八豆外，还设计了长鼻子天狗、七眼门挡妖、清酒鬼等体现KUSO精神的山妖鬼怪）。然后，将这些体现KUSO精神的文化创意运用到备受欢迎的当地特色小吃、礼品和旅馆的经营活动之中。在完成这一系列设计后，进一步使妖怪村传说文化商圈化并渗透进妖怪村文化创意社区营造的各个方面。

通过母题重构、传说文化资源挖掘、产业文化创意整合与开发，台湾省南投县鹿谷乡溪头妖怪村成功实现了濒临破产企业的华丽转身，同时也较好地传承了地方传说文化，达到了经济与文化双赢的目的。我国内地利用地方传说进行文化创意开发的范例也不少。例如，湖北枣阳的汉城，就创造性地将当地历史人物汉光武帝刘秀的传说故事，以戏剧形式巧妙地嵌入旅游观光演出秀之中，达到了较好的传承效果；武汉东湖楚天台里的编钟演出，其主要内容也是楚国具有民间特色的传说故事，并通过这种形式接续了地方传说的悠久文脉。但总的来看，武汉地方传说的创意产业化开发和产业化传承，目前尚处于探索阶段，还有许多值得进一步开掘和提升的地方。

二、数字化构建地方传说

随着新时代中国社会的变革和现代数字化技术的迅猛发展，运用文化创意、母题重构来革新传统产业，促使地方传说获得艺术新生的方式，并不能全部承担起这类非物质文化遗产的生产性保护和传承的艰巨任务。这不仅由于此种生产性传承方式投资巨大、耗时耗力，而且在具体实施过程中还常常会偏离文化传承的初衷，成为“文化搭台，经济唱戏”的跛脚戏。与此同时，这种传承方式也跟不上世界进入数字化时代文化产业发展的前进步伐。“当前，以网络为依托，以文化资源为关键资产，以网络化、数字化、智能化为发展方向，带动经济社会文化整体发展的新兴数字文化产业正在形成。”[①]2021年5月13日浙江首个国家级视听产业基地在杭州挂牌，2021年5月17日南京建邺高新区携手中国移动咪咕互娱合力打造云游戏产业基地顺利开园，2021年5月19日重庆集中签约8个数字文化产业项目金额达28亿元，2021年5月16日腾讯游戏年度发布正式在线上召开[②]……如果以地方传说为文化资源的创意产业，不能满足数字化时代广大人民日益增长的智能化、网络化、

① 黄永林：《推动数字化产业高质量发展》，《中国社会科学报》2021年2月9日。

② 见微信公众号“新元经济智库”发布的《数字文化产业周报》（2021年5月17日—21日）。

定制化和体验式的现代生活方式和审美需求，则势必会影响其在讲好中国故事方面的独特魅力，削弱"以高质量文化供给增强人们的文化获得感、幸福感"①，这样的创意文化产业是不可能走得更远的。2020 年 11 月文化和旅游部发布的《关于推动数字文化产业高质量发展的意见》已经将"促进文化产业与数字经济、实体经济深度融合"，"扩大优质数字文化产品供给，促进消费升级，积极融入以国内大循环为主体、国内国际双循环相互促进的新发展格局"条文作为产业发展导向写进了政府文件，这为数字化构建地方传说擘画了高质量发展的文化产业蓝图，必将通过数字科技赋能，增加数字文化产品供给，顺应群众期盼和市场需求，实现文化传承模式和业态创新，拓展以地方传说为关键资源的文化产业发展新空间。

数字化构建地方传说，其业态可广泛涉及动漫产业、游戏产业、网络文学产业、数字出版产业、网络视听产业以及电竞产业诸多领域，形式上包含非遗＋IP 运作、非遗＋数字化出版、非遗＋电子游戏、非遗＋数字动漫、非遗＋数字影视、非遗＋数字体验工坊等。但是，从本质上来讲，它却必须坚持走以内容为王的特色发展道路，在引入新一代信息通信（如 5G）、人工智能、虚拟现实、数字传媒、区块链等技术基础上，使数字文化与地方传说双向结合，实现优秀传说文化资源的创造性转化和创新性发展，因为"数字文化产业本质上是一种内容产业"，只有"坚持内容为王，使数字文化与传统文化共生"，才能"充分利用现代科学技术将丰富多彩的中华优秀文化资源和地方特色文化资源转化为现代经济资源，提高数字产业的文化内涵、创意水平和附加价值"②。在数字化构建地方传说，实施创意型产业传承方面，国内已经积累了许多宝贵经验。例如，坚持"服务动漫产业、普及动漫文化"为使命，以"平台＋内容"双轮驱动为战略的文旅部直属企业中国动漫集团，就高度重视数字化技术优势和传说文化资源的创造性转化，在建设运营了"国家游戏综合服务平台"、沉浸式交互动漫文化和旅游部动漫实验室和"国家动漫创意研发中心"项目的基础上，借 2019 年纪念唐宋八大家之一的曾巩先生诞辰 1000 周年之际，联合江西省南丰县，根据当地流传甚广的曾巩传说故事，推出了系列动画片《南丰先生》，其"第一季"通过曾巩的七个故事讲述其性格、品行和成就，弘扬和传承曾巩优良文风、家风、政风和学风，同时展现了历史文化名城南丰的风土人情与新时代风貌。数字动漫播出后，产生了较好的社会效应和艺术效果。再如腾讯影业对北京故宫文物及其传说故事的开发，"通过'数字化＋云化＋AI

① 《习近平谈治国理政》第三卷，外文出版社 2020 年版。

② 黄永林：《推动数字化产业高质量发展》，《中国社会科学报》2021 年 2 月 9 日。

化'建设'数字故宫'；腾讯影业制作出品《故宫如梦》；探索'5G＋4K 超高清＋互动多结局＋场景沉浸'的创新形式，如《天天爱消除》故宫主题特别版游戏；腾讯动漫与故宫合作开发《韩熙载夜宴图》《十二美人图》《海错图》等一系列经典 IP，启发动画参赛选手对'故宫故事'进行二次元的改编和创作；与腾讯地图合作'玩转故宫'小程序，定制个性化路线"①。腾讯影业和故宫博物院合作完成的数字作品上网上线后，赢得了超高的人气，也达到了较好的非遗传承效果。

武汉在数字化构建地方传说方面，虽然起步较晚，但是随着传神语联网网络科技股份有限公司、湖北盛天网络技术股份有限公司、武汉梦竞科技有限公司、两点十分动漫公司以及武汉掌游科技有限公司等数字文化产业的兴起，以及"2018 国际斗鱼直播节"等数字文化活动的开展，将作为非遗文化资源的地方传说融入数字印刷、数字出版、动漫产业、游戏产业以及网络视听等产业中，业已呈现出一片光明的前景。例如长江少年儿童出版社（集团）有限公司，就通过数字化出版赋能，成功地将《西游记》编成了一系列的连环画和多种多样的数字产品，一本书拆分为几十本书籍，配以彩绘注音和有声伴读方式，销售给国内外家长和少年儿童，经济上取得了巨大成功（还与"喜马拉雅"有声制作平台合作享受 App 分成）。据介绍，这种以数字赋能创意出版的方式，已经为该公司开发出了好几条千万元生产线（一种产品的生产和销售创造千万元产值），甚至还有亿元生产线。试想，如果以这种数字出版方式，打造武汉地方传说故事精品，难道没有广阔的市场前景吗？难道不会有利于这类非物质文化遗产的现代传承吗？余日季在其博士学位论文《基于 AR 技术的非物质文化遗产数字化开发研究》中，以黄鹤楼传说作为数字化开发的实际案例，对其开发模式和应用策略进行了分析。他认为"以黄鹤楼传说及相关衍生文化艺术作品背后的文化内容进行数字动画、数字影像、三维模型等数字形态的文化内容设计和制作，利用 AR 技术集成手段，通过 ARCDIS 的应用开发与实现，最终形成 AR 文化创意产品、文化艺术作品的 AR 诠释与展示和黄鹤楼文化景观中的 ICH 的 AR 文化数字化体验服务"；然后，将内容推送到游客的智能终端中，"游客通过智能手机或媒体平板在游览观光过程中自主实现虚实融合的文化体验和文化感知"②。虽然这些设想变成现实的不多，大多仍处在摸索过程之中，但这种数字化探索的经济和文化前景无疑

① 黄永林、余欢：《5G 技术助推文化产业创新发展》，《理论月刊》2020 年第 4 期。

② 余日季：《基于 AR 技术的非物质文化遗产数字化开发研究》，武汉大学 2014 年博士学位毕业论文。

是令人期待的。武汉地方传说文化资源异常丰富，可开展数字化创意经营的路径也是多种多样，例如媒体多次报道的武汉古稀老人胡昇就利用斗鱼直播平台，以直播形式讲述了黄鹤楼传说、伯牙子期传说等具有鲜明地方特色的中国故事，取得了良好的艺术效果。因此，在数字化构建地方传说方面，依托数字文化企业，传承非物质文化遗产，具有很大的发展空间。

三、非遗＋IP 运作

IP 作为互联网时代的热词，在当今的各大媒体中经常被人们提及，然而大家对其内涵在理解上却颇为含混。实际上，中国当代语境下的 IP 经历了一个从原始语义到文化语义的蜕变过程，“IP 即‘Intellectual Property’，意为知识产权，原指权利人对其创作的智力劳动成果所享有的财产权利。伴随着新媒体的崛起，我国目前已进入‘混态融合’时代，文化产品之间的连接融合更为明显，小说、动漫、影视剧、游戏，乃至一切娱乐形式不再孤立发展，而是彼此相互渗透、相互融合、相互协同，构建出了一个泛娱乐产业生态圈。IP 经济已成为中国文娱产业发展的新形态”①。由于 IP 这个知识产权的概念对我们今天特定的文化现象而言，过于宽泛且无法准确定义，2018 年 9 月 21 日《2018 中国文化 IP 产业发展报告》对之进行了重新定义和界定：IP“特指一种文化产品之间的连接融合，是有着高辨识度、自带流量、强变现穿透能力、长变现周期的文化符号，我们将这样的文化符号称为‘文化 IP’。从消费者角度看，文化 IP 代表着某一类标签、文化现象，可以引起兴趣，用户愿意追捧，可能转化为消费行为；从运营商角度看，文化 IP 代表着某一个品牌、无形资产，可以通过商业化运营、产业化融合，转化为消费品，实现价值变现。在中国当代语境下，文化 IP 已不再局限于文学、动漫、影视作品，诸如清明上河图、曾侯乙编钟等国宝重器，敦煌飞天壁画、秦兵马俑等景区文物古迹，Linc Friends 表情包，马拉松、世界杯等顶级赛事均可成为文化 IP。文化 IP 的核心属性是内容和流量（粉丝）。文化 IP 以其优质的原创内容聚合初代粉丝，通过衍生为影视剧、游戏等方式指数级扩大粉丝群体，同时反哺原始文化 IP。两者形成相互支撑、相互融合的生态链条，文化 IP 价值最终得以转换、变现、放大和生态化”。“整个文化 IP 产业链可划分为内容层、变现层、延伸层、支撑层。上游为内容层，以网络文学、漫画、表情包为主，其特征是以个人创作为主，内容丰富，创作壁垒低；中游是变现层，主要包括电影、电视剧、网络剧、游戏以及动

① 《深度：2018 中国文化 IP 产业发展报告》，搜狐网，http://www.sohu.com/a/260503489_160257。

画等领域，该层是目前市场上最主要的变现渠道；下游是延伸层，包含衍生品、主题公园、艺术/体验馆等，为新兴市场，商业模式处于百花齐放的状态；贯穿全产业链，可为各细分领域提供服务的是支撑层，主要包括版权价值挖掘、确权/维权服务、设计制作服务、授权交易服务、供应链管理服务等，是产业精细化运作的代表性新生事物。”[①]应该说这一重新定义和界定，比较切合当今产业发展实际，也比较好地描绘了处于产业成长期的文化 IP 市场发展前景。

一般说来，高价值的文化 IP 往往有三个显著特征：1.具有高辨识度。其 LOGO、形象、语言或故事，往往能被受众一眼识别，例如孙悟空从近现代京剧中的“猴戏”，到 1964 年的彩色动画长片《大闹天空》，再到 1986 年真人版电视剧《西游记》，再到后来的《大话西游》《大圣归来》《西游降魔》等电影，已成为中国现代文化 IP 史上永不倒塌的丰碑。2.好玩有趣，个性鲜明。“好玩有趣体现在：一是幽默感，可让人们嘴角上扬，捧腹而笑；二是新奇度，可满足人们的好奇心、求知欲；三是游戏趣味，可使人解乏消遣。”[②]例如，近年来热度持续上升的以故宫藏品为原型开发的《上新了》电视节目及其妙趣横生的衍生产品。3.有态度、有观点、有价值观。例如，由南北朝民歌《木兰辞》及流传久远的木兰传说而生发出来的木兰 IP，虽被演绎为电影、电视剧、游戏、歌舞、豫剧等多种形式，但是其勇敢无畏、忠孝节义、代父从军、抗击敌人的家国情怀，却是构成“木兰 IP”的文化核心。

对标高价值文化 IP 的三个显著特征，武汉地方传说作为非物质文化遗产的一个重要部类，其中很多形象都具备高价值文化 IP 的显著特征，具有良好的开发前景，既能够通过电影、电视剧、游戏、网剧、动画等形式快速变现，也能够借助 VR 娱乐体验、现实场景体验和衍生品开发等形式延伸开发。例如，围绕禹的传说(武汉大禹治水传说)(2021 年 6 月入选国家第五批非物质文化遗产代表性项目名录扩展项目名录)就可以做一篇文化 IP 大文章。2019 年 4 月 30 日，由中共中央宣部、中华人民共和国国家广播电视总局牵头，浙江广电集团承制的十二集动画片《大禹治水》亮相杭州白马湖国际动漫节“中国动漫走出去”推介会。该片已于 2019 年 4 月 29 日起，每天上午八点档在浙江卫视播出，5 月起，《大禹治水》还在央视一套、央视四套、央视七套、央视少儿频道、

---

① 《深度：2018 中国文化 IP 产业发展报告》，搜狐网，http://www.sohu.com/a/260503489_160257。

② 《〈2018 中国文化 IP 产业发展报告〉在京发布》，人民网，http://m.people.cn/%2Fn4%2F2018%2F 0929%2Fc646-11682902.html。

央视4K超高清频道播出，央视网、爱奇艺等视频平台也同步上线。一款名为《大禹治水（*Flood Fighting Hero*）》的休闲AVG游戏也准备上架Steam平台，据说这是一款关于男孩成长的AVG游戏，主要讲述少年大禹在突遭巨变后，如何成熟起来并成长为英雄的故事。禹的传说（武汉大禹治水传说）作为我国中部长江流域治水的独特而典型的神话故事，有“龟蛇锁大江”“灵龟镇怪化龟山”“大禹治水收赑屃”等很多地方特色的情节，如果我们的地方文化创意产业将其挖掘出来进行文化IP创意运作，一定会别具一格，成为广受青少年欢迎的创意产品，我们绝不应错失良机，更不应失去广大90后、00后青少年这一新生代传承人群体，因为“随着以90后、00后为代表的青年新生代群体的崛起，通过类型化、标签化对处于支配地位的主流文化进行挑战，从而形成的亚文化圈层正在不同的领域萌芽、成长、开花，也正逐渐影响、改变着主流文化的形态与观念。业界预测未来十年内，亚文化相关的文化概念产品及其受众将呈现爆发式增长，文化IP将以其高辨识度，好玩有趣、个性鲜明，有态度、有观点、有价值观的特征不断脱胎于亚文化圈层，在主流文化舞台上大放异彩”①。自然，“非遗＋IP运作”的模式是多种多样的，我们可以从上游的内容层、中游的变现层和下游的延伸层等各个层面展开深度挖掘，针对每个城区地方传说的不同特点，分别进行非遗＋主题公园、非遗＋数字平台、非遗＋沉浸体验、非遗＋文化旅游、非遗＋游戏、非遗＋动漫、非遗＋影视、非遗＋体验工坊等文化IP产业探索。

到目前为止，武汉市地方传说类高价值文化IP的产业链发育尚不够成熟，离传承此类非物质文化遗产应有的社会效应和艺术效应仍有一定的差距。以“天下江山第一楼”的黄鹤楼传说为例（2011年入选第三批国家级非物质文化遗产代表性项目名录“民间文学类”），根据黄鹤楼公园党委书记、管理处主任董冲发表于《文化月刊》2019年第7期上的《楼以文传 文以人传——黄鹤楼文化IP的探索之旅》介绍，黄鹤楼公园管理处对黄鹤楼文化IP进行了多方面的探索。黄鹤楼公园管理处主要做了如下几个方面的工作：其一，对有关黄鹤楼的文本进行了重新编校、考订和研究。例如重印了国家珍贵古籍明刻《黄鹤楼集》，对《黄鹤楼志》进行20年来的首次修订，启动了新“黄鹤楼文丛”的编撰计划，先后出版了《汉英双语黄鹤楼碑廊诗注》《黄鹤楼史话》《黄鹤楼诗词三百首》等三辑共14种书籍，编撰了《黄鹤楼及蛇山历史文化遗存考察报告》等。其二，自2003年起共举办了九届黄鹤楼诗词大赛（每两年一届），深

---

①《深度：2018中国文化IP产业发展报告》，搜狐网，http://www.sohu.com/a/260503489_160257。

化了黄鹤楼作为“诗词名楼”的品牌影响。其三，每年开展3D诗词课堂、情诗比赛、少年礼、夜宿黄鹤楼等活动，引导青少年学生读书、读城、读画、读诗，让学生身临其境、亲身接触、用心感知黄鹤楼文化。其四，通过连续举办五届中秋节“歌诗汇”文艺汇演，面向全社会中小学生免费开办诗词课堂，开展“黄鹤楼文化进高校”宣讲活动，创立诗词讲解志愿服务团队，数次举办“全球华人咏黄鹤”情诗大赛，积极推动“黄鹤大讲堂”的开班宣讲，不断挖掘黄鹤楼“诗文化”内涵。其五，与凤凰网、新浪微博、今日头条、抖音、《长江日报》传媒集团等众多媒体加强合作，建立官方微信、微博、抖音公众号等，积累的粉丝量稳居全国5A级景区第一方阵；还创办黄鹤楼文化国际交流工作站，利用国际社交软件讲述黄鹤楼故事。其六，2019年1月，推出了《黄鹤楼》系列动画宣传视频，分别讲述了“黄鹤楼与辛氏酒店”“送孟浩然之广陵”“黄鹤、幺妹镇龟蛇”三个故事，视频将黄鹤楼的传说、历史故事与动画相结合，以适应互联网新媒体时代的审美诉求。其七，2019年4月，黄鹤楼表情包大赛落幕，吸引了全国众多热爱黄鹤楼的团体和个人参与，作品中的龟、蛇、鹤等动物元素以及李白、崔颢、岳飞等人物形象令人感叹创意无限，这些借用动漫、卡通的方式，吸引了众多年轻人参与。其八，促成武汉黄鹤楼公园与英国斯旺西市布拉格文剧院签订友好合作协议，结为友好旅游景点；携手法国领事馆举办全国法语歌曲总决赛、结缘巴拿马“鹤”楼牵手总统、与韩国国家旅游局联合承办韩国冬奥会旅游节、与印度驻华大使馆合办“国际瑜伽节”、与法国埃松省萨玛朗德古堡公园连续多年开展文化交流等①。黄鹤楼公园进行的一系列文化IP探索，在武汉地方传说类非物质文化遗产“非遗＋IP”运作模式方面应该说是走在前列的，即使放在全国同类非物质文化遗产项目中进行比较的话，也能进入第一方阵。然而，当我们对照文化IP产业链的内容层、变现层、延伸层、支撑层结构层次来看，很快就会发现，黄鹤楼公园进行的一系列文化IP探索，虽然也全部涵盖了这四个层次，却在“电影、电视剧、游戏、网剧”这些经济和文化附加值高、社会影响大的IP类型方面存在明显的缺失。如果跟浙江杭州西湖的“白蛇传传说”等文化IP产业链开发较好的非物质文化遗产项目比较的话，其差距是很明显的。当然，笔者并不是说黄鹤楼传说就一定要有“电影、电视剧、游戏、网剧”这些产业（有些传说类非物质文化遗产项目并不适合，经济上也不一定能满足条件），而是说至少应该有这方面的思考和探索。

① 董冲：《楼以文传 文以人传——黄鹤楼文化IP的探索之旅》，《文化月刊》2019年第7期。

第三节　产业化传承的宏观视野

根据《中华人民共和国国民经济和社会发展第十四个五年规划和2035年远景目标纲要》，未来一段时期内我国非物质文化遗产的产业化传承必将迎来一个大发展、大繁荣的崭新局面。在该纲要第三十四章第三节"传承弘扬中华优秀传统文化"部分，特别提到要"深入实施中华优秀传统文化传承发展工程，强化重要文化和自然遗产、非物质文化遗产系统性保护，推动中华优秀传统文化创造性转化、创新性发展"。在这里，虽然没有直接提及"产业化传承"，但是"传承发展工程""非物质文化遗产系统性保护""创造性转化、创新性发展"的提法，实际上就已经将其涵盖在内；在第三十六章第一节"扩大优质文化产品供给"和第二节"推动文化和旅游融合发展"中更是指明了产业化传承的具体路径："实施文化产业数字化战略，加快发展新型文化企业、文化业态、文化消费模式，壮大数字创意、网络视听、数字出版、数字娱乐、线上演播等产业。""坚持以文塑旅、以旅彰文，打造独具魅力的中华文化旅游体验。"[①]与此同时，武汉市出台的《中共武汉市委关于制定全市国民经济和社会发展第十四个五年规划和二〇三五年远景目标的建议》中，也紧紧围绕建设国家中心城市、长江经济带核心城市和国际化大都市的总体定位，锚定打造五个中心、建设现代化大武汉的目标任务，提出了"大力发展文化产业"、"加强文化遗产保护利用"和"打造历史文化传承发展样板区"的宏观设想[②]。无论是国家层面的文化发展宏伟蓝图，还是武汉市的文化建设规划，都为包括地方传说在内的非物质文化遗产的产业化传承提供了难得的历史机遇。现在的问题是，如何将非物质文化遗产转化为足以支撑现代化大武汉城市发展的文化资源和文化资本，将民族性、地方性的非物质文化遗产转化为具有普遍性的文化资源，这就不仅需要我们具有明晰的发展思路，而且还需要我们具有更为广阔的宏观视野。

---

① 引文均见《中华人民共和国国民经济和社会发展第十四个五年规划和2035年远景目标纲要》，中华人民共和国中央人民政府网，http://www.gov.cn/xinwen/2021-03/13/content_5592681.htm。

② 引文见《中共武汉市委关于制定全市国民经济和社会发展第十四个五年规划和二〇三五年远景目标的建议》，武汉市人民政府网，http://www.wuhan.gov.cn/sy/whyw/202012/t20201220_1561984.shtml。

一、国外传说类非遗产业化传承生态概述

在我们这个全球化和信息化迅猛发展的时代，优秀民族传统文化作为国家的软实力，在形成民族凝聚力、增强国际吸引力和塑造国家形象方面，发挥着越来越重要的作用，非物质文化遗产的传承保护受到世界各国的普遍重视。2003年联合国教科文组织第32届大会通过的《保护非物质文化遗产公约》，更是为在世界范围内开展"非物质文化遗产的生产、保护、延续和再创造方面"奠定了坚实基础，约定了"可持续发展的保证"，也为"原住民、各群体"保护非物质文化遗产提供了相互借鉴的可能①。因而，我们研究武汉地方传说的产业化传承，如果缺乏对国外同类非物质文化遗产传承情况的了解，显然会限制我们的思维和视野。然而，由于目前国内对这方面资料的翻译介绍并不多见，互联网上可以查询到的外文资料也十分有限，要对此做全面描述几乎不可能，故在此从非遗产业化传承生态角度予以概述，以达到开启思路之目的。

（一）法律和制度建设

从法律和制度层面，对非物质文化遗产的传承保护进行刚性规定，是第二次世界大战后很多国家保护民族文化的普遍做法。二战结束以后，面对历史上遗留下来的物质文化遗产和非物质文化遗产遭到空前毁坏的现实，人们在致力于重建公共住宅和大规模城市开发过程中，又感到十分迷惘、怀旧和感伤。该如何面对被毁坏的历史文化遗产？是按照房地产开发商的要求推倒破旧古董重建现代化大都市，还是尊重文物保护者意见以修缮维护文明古迹，留住城市的历史记忆？这是一个人们不得不时刻面对的两难现实问题。

在欧洲，法国和意大利等历史悠久的国家，为了保护战后残存的历史文化遗产，它们在推进国家现代化过程中，出台了一系列保护措施、管理办法和评价标准。法国是世界上最早制定历史文化遗产保护法的国家。1793年《共和二年法令》问世，规定法国领土内的任何一类艺术品都应受到保护，使得大量文化遗产在动荡年代免遭浩劫。1830年法国颁布的《历史性建筑法案》是世界上第一部关于保护文物的法律。1887年法国颁布了《纪念物保护法》，负责法国传统建筑的保护和认定。1906年法国颁布了《历史文物建筑及具有艺术价值的自然景区保护法》。1913年法国颁布了世界上第一部保护文化遗产

① 引文见联合国教科文组织《保护非物质文化遗产公约》，全国人民代表大会网，http://www.npc.gov.cn/wxzl/wxzl/2006-05/17/content_350157.htm。

的现代法律《保护历史古迹法》，对历史文化遗产进行登记造册，重要的历史文化遗产被列入保护名录。1930年法国制定了《景观保护法》，这部法律除了规定对自然纪念物进行保护外，还将艺术上、历史上、学术上、传说中为人熟知的自然景观和人文景观纳入保护范围。1967年和1975年法国又对这部法律分别进行过修订。1962年和1973年法国两次颁布了《历史街区保护法》和《城市规划法》，有力地促进了法国历史文化遗产的整体性保护。除了这些法律条文外，法国自战后国家重建时期开始，就在巴黎等大城市实施了对文物古迹、古建筑群和古遗迹等文化遗产的保护措施。在文化遗产保护逐渐形成社会发展的共识后，又于20世纪60年代，通过了强有力的全国性政策，推进文化遗产保护的抢救性工程。1964年，法国进行了全国性的文化遗产（包括非物质文化遗产）的大普查工作。这次普查的范围非常广泛，“大到教堂，小到汤匙”，巨细无遗地登记造册，仅国家层面登记入册的遗产就达4万多件。1967年，巴黎大众艺术和传统博物馆正式落成后，又开始了其保存传统文化和民间传说等非物质文化遗产工作。从那时起，法国保护非物质文化遗产工作，进一步从国家行为向街区、村镇政策延伸，制定了一揽子免税、津贴和奖励的办法，鼓励保护和合理使用包括地方传说在内的非物质文化遗产，并开始形成自己独特的、体系性的一整套评价标准和管理办法。与此同时，法国还首倡“文化遗产日”，规定每年九月的第三个周末，所有博物馆向公众敞开大门，像卢浮宫、凯旋门等著名博物馆和历史遗迹都免门票。“文化遗产日”那天，人们扶老携幼、举家出动，朝圣般参观珍贵历史文化遗产，聆听与之相关的传说故事。这些措施，对法国战后的文化重建和历史文脉延续起到了非常重要的作用①。意大利是一个历史文化悠久的国家，境内保留着自古希腊以来各个历史阶段的文化遗产。作为法西斯战败国，战后意大利为了保护境内的这些“城市历史记忆”，也在城市现代化博弈过程中，出台了一系列独特的保护制度和措施，提出了“反发展”的整体性保护新概念。例如，20世纪60年代末，博洛尼亚市政当局在世界上第一次提出“把人和房子一起保护”的口号，规定在城市历史文化中心区90%的居民必须保留下来，低收入者的租金不超过其收入的12%-18%，这些对保护包括地方传说在内的非物质文化遗产产生了积极的效应。在西西里岛，为了振兴当地傀儡戏传统，当地政府一方面积极申报世界非物质文化遗产，一方面又将文化旅游产业发展与之相结合，在西西里岛上增添了许多木偶剧场。木偶艺人请手工精湛的工匠设计、雕刻、着色木偶形象，以此对游客和热心的观众表演流传在意大利的浪漫

① 王文章：《非物质文化遗产概论》，文化艺术出版社2006年版，第250-265页。

传奇。西西里岛上的木偶艺人们一直为自己拥有这样的传统艺术表演能力而感到自豪,并以家族的方式代代相传,这些都得到了地方政府在政策方面的大力扶持。在法律和制度建设方面,从1997年开始,意大利政府在每年5月份的最后一周举行"文化与遗产周"活动,规定国家博物馆、艺术画廊、考古博物馆、文物古迹、著名别墅以及一些著名的建筑等所有国家文化与自然遗产等都必须免费对外开放,在此期间还以丰富多彩的形式举办数百项与文化、历史有关的活动。威尼斯城是世界上第一个使用知识产权法保护民间文化的地区,1889年这里制定了《文学艺术版权法》,形成了较为完备的传统文化遗产保护制度。此外,威尼斯对非物质文化遗产也制定了严格的保护制度,特别强调包括地方传说在内的民间文学作品的著作权享受无限期;规定如果以营利为目的而使用民间文化的,不仅要征得文化行政部门的许可,还要缴纳一定的使用费,把收来的使用费以基金形式进行管理①。

在亚洲,日本和韩国在非物质文化遗产保护方面出台了一系列法律、制度和政策,为非物质文化遗产保护和传承工作保驾护航。日本是最早开始立法保护非物质文化遗产的国家之一。早在明治三十年(1897年)就制定了《古社寺保护法》,至今有100多年的历史。二战以后,日本作为亚洲战场的战争发动国和战败国,在美国占领军的统治下,国内通货膨胀、赋税加重。为了舒缓经济压力,一些文化遗产的持有者和文物贩子合谋将一些珍贵文物贩卖到海外,导致日本本土文物流失;1949年1月法隆寺和1950年京都鹿苑寺的两场大火,几件国宝级文物及飞鸟时代的壁画瞬间化为灰烬,深深刺痛了日本社会文化精英的神经;再加上殖民者带来的西方文化对日本传统文化的巨大冲击,日本固有的民族文化处于危机之中。这些情况引起了日本朝野人士对传统文化保护的重视,也在社会上产生了很大反响。正是在这样的历史背景下,1950年5月,日本政府颁布了《文化财保护法》,首次以法律形式规定了无形文化遗产的范畴,规定了被认定的重要无形文化财享受的权利和负有的责任与义务,从此日本开始重视对无形文化财的保护。1955年日本首次公布经认定的"重要无形文化财",并确定了"个项认定""综合认定"和"持有团体认定"三种认定方式,以及由文部科学大臣最终批准并颁发认定书的程序。同时日本还出台了被认定的"人间国宝"每年可以从政府那里得到200万日元补助金的政策,用于培养和传承技艺。日本的"人间国宝"认定制度,对于非物质文化遗产的传承和保护,产生了越来越大的影响,并得到了联合国教科文组织的大力推广。目前,这个体制已在日本之外的韩国(1964年)、泰国(1985年)、

① 王文章:《非物质文化遗产概论》,文化艺术出版社2006年版,第254-266页。

菲律宾(1994年)和法国(1994年)得到了推广。从1980年代开始,日本还实施了由国家组织的“民俗资料紧急调查”“民俗文化分布调查”和“民谣调查”等工作。1996年,日本国会通过了经新一轮修改的《文化财保护法》,引进了欧美等国保护文化遗产和非物质文化遗产的登录制度,认定物质和非物质文化遗产的资格,确定它们的历史文化价值,用一定的法律法规条例予以约束,以增强大众的传承保护意识,现在日本政府正在积极推进“文化财登录制度”①。韩国作为东亚文化的另一个重要国家,在1910—1945年期间,一直处于日本军国主义者的统治之下。在长达35年的殖民统治和文化同化政策影响下,韩国的许多传统文化和民间信仰都被禁止。二战后,美国又长期驻军韩国,西方文化无孔不入地渗透到韩国社会的方方面面,严重冲击了韩国的传统文化,再加上20世纪60年代战后经济高速增长,大规模的城市开发和农村迅速城市化对传统文化根基造成了巨大的冲击。各种文化因素的综合影响,使韩国传统文化遭受巨大破坏,从战后经济高速增长中站立起来的韩国精英们,感受到前所未有的民族文化复兴的紧迫性。受日本的影响,韩国于1962年也出台了《文化财保护法》,使包括非物质文化在内的传统文化备受呵护。于是,一大批韩国文化学者积极投身到包括非物质文化遗产在内的传统文化的保护和实践活动中,并迅速在知识分子和大学生中传播开来,最终形成为全民参与的一场声势浩大的传统文化保护和传承活动。他们举办传统民族文化学习班,并将之扩展到韩国境内各地;建设民俗文化博物馆,向世界各地来的游客展示和演出韩国人独有的文化;一年四季举办各种各样的节庆活动,传播韩国“文化财”……所有这些,使包括地方传说在内的非遗产业化传承,获得了强有力的法律和制度支持②。

继法国、意大利、日本、韩国等国家之后,泰国、菲律宾、蒙古、不丹、柬埔寨、美国、坦桑尼亚、埃及等,也在保护非物质文化遗产世界性高潮的背景下,颁布了一系列与之相关的法律和制度。在泰国,国家设立保护非物质文化遗产基金会,对于选定的受保护的非物质文化遗产传承人每月发给薪水,终身享受医疗保健,死后由国家负责殡葬。越南2001年的国民大会批准了《文化遗产法》,首次明确提出保护非物质文化遗产。菲律宾在1998年建立了菲律宾文化数据库,还在联合国教科文组织的帮助下开展非物质文化遗产保护工作。蒙古国1999—2002年在联合国教科文组织的帮助下,建成了“蒙古口头遗产视听文献工程”,对600多位非物质文化遗产传承人进行录音录像。柬埔

① 王文章:《非物质文化遗产概论》,文化艺术出版社2006年版,第256页。

② 王文章:《非物质文化遗产概论》,文化艺术出版社2006年版,第258页。

寨在联合国教科文组织的帮助下，2002 年进行了非物质文化遗产的普查工作。美国在 1976 年制定了《美国民俗保护法案》，规定在美国国会图书馆建立“民俗保护中心”，并以口述史的形式拯救那些濒临消失的民俗文化遗产。坦桑尼亚在 1996 年颁布了《版权及邻接权法》，加强对包括民间文学在内的非物质文化遗产的保护工作①。所有这些法律法规和制度条例的制定，都为我们推进武汉地方传说类非遗产业化传承工作，提供了很好的借鉴。

（二）机构设置和资金投入

从传承生态来看，政府保护非物质文化遗产的机构设置和资金投入，对于地方传说这类非物质文化遗产的产业化传承也是一个十分重要的变量。这里就法国、英国、日本和美国等非物质文化遗产保护工作走在前列的几个国家的情况作简要介绍。

法国文化部下设文化遗产局，地方上也有相应的机构，负责调查文化遗产的现状和监督文化遗产的维护情况。文化部决定重大文化遗产的保护工作，具体工作由文化部所属的文化遗产委员会、历史纪念物基金会、考古调查委员会等组织来完成。但实际上由它们直接管理和保护的重点文化遗产不足 5%，近一半的文化遗产由市级部门管理，半数为私人管理（埃菲尔铁塔这样的标志性建筑都由私人管理）。在资金投入方面，法国主要采取国家财政拨款的方式，辅之以行政和立法手段。1993 年，法国的文化预算为 128.96 亿法郎，占国家经费预算的 0.93%；1994 年的文化预算为 134.55 亿法郎，比上年增长了 4.3%，占国家经费预算的 0.95%；1996 年法国的文化预算增加到 155.42 亿法郎，占国家预算的 1%。从此以后，法国的文化预算基本保持在国家经费预算的 1%以上。21 世纪以来，法国财政一直处于赤字状态，失业率居高不下，经济形势严峻，社会问题丛生，但对包括地方传说保护在内的文化预算投资却一直在逐年增加，始终稳定在 1%以上。法国政府的主要做法是：①设立文化信贷，政府给予贷款和拨款资助，还运用文化信贷方式，鼓励银行和财政机构投资文化产业；②充分调动地方文化机构及文化组织的积极性，给它们以经济资助；③对属于重要的非物质文化遗产却难以生存的文化团体，成立相应的专门基金会来进行抢救并予以扶持。此外，法国也非常重视企业和个人对包括地方传说在内的非物质文化遗产予以赞助。法国政府成立了一个文化遗产基金会，与法国民间 6000 家保护地方历史文化遗产的协会保持密切联系，筹集资金，争取社会的广泛支持，保护法兰西民族历史上留下的物质和

---

① 王文章：《非物质文化遗产概论》，文化艺术出版社 2006 年版，第 266 页。

非物质文化遗产。这个基金会的初始资金为5000万法郎，其中三分之二来自企业赞助，三分之一来自个人的捐助。各大公司和企业也专门设立文化资助委员会根据企业自身的特点和发展规划，负责审定资助项目，确定资助对象。例如，法国著名企业埃尔夫石油公司、法国航空公司、法国电务公司、法国煤气公司、巴黎国民银行、托塔石油公司、雷诺汽车公司集团等都有自己特定的文化遗产资助对象①。

英国政府成立了半官方的英国艺术委员会来负责对包括非物质文化遗产在内的文化遗产保护工作。在资金投入方面，英国每年的文化经费达10亿英镑，占国家财政总预算的0.5%。从1995年起，英国开始发行国家彩票，每年从中筹集超过10亿英镑的巨额资金用于保护和发展文化事业，其中规定专门用于保护文化遗产的经费每年达2亿英镑。从20世纪80年代开始，英国政府倡导中央和地方政府、政府和企业共同负担保护和发展文化艺术事业的经费，试图改变过去过分依赖中央财政的做法。为此，1984年英国政府制定了《关于刺激企业资助艺术的计划》，规定企业或私人无偿地为保护和发展英国文化艺术活动出资属于"捐赠"；企业为了经营目的而借助文化艺术活动提高知名度，做广告宣传等属于"资助"②。政府鼓励企业把"资助"作为其经营策略的一部分。为保护企业投入文化的积极性，政府决定采取"陪同投入制"。规定：如果一家企业决定资助文化艺术的保护和发展工作，政府陪同企业资助同一项活动。当企业第一次资助时，政府陪同投入的比例是1∶1；对于企业的第二次资助，政府则对企业多出上次资助的部分实行1∶2的比例投入。这一计划的出台，对于保护非物质文化遗产等活动产生了积极的效应，一方面调动了企业投入保护和发展文化艺术事业的积极性，另一方面也使文化艺术保护和发展项目的成功率大大提高，相应地降低了投资的风险。

日本保护非物质文化遗产的机构是随着《文化财保护法》的几次大的修订而逐渐完善起来的。1950年，日本在文部省内组建了"文化财保护委员会"，是当时保护有形文化财和无形文化财的最高权力机构。1954年，日本明确规定地方必须组建"地方公共团体及教育委员会"，负责县、市、町、村的有形文化财、无形文化财和重要民俗文化财的保护工作。1968年，日本废除了"文化财保护委员会"，改在国家文化厅内设置"文化财保护审议会"，原"文化财保护委员会"承担的国宝指定与解除工作直接由文部大臣来担任，其他事务性工作改由文化厅长官决定。新成立的审议会负责为文部大臣和文化厅

① 王文章：《非物质文化遗产概论》，文化艺术出版社2006年版，第270页。

② 王文章：《非物质文化遗产概论》，文化艺术出版社2006年版，第272页。

长官提供咨询，会内设有“无形文化课”。地方政府同样也设置“文化财保护委员会”，与当地的民间团体一起保护当地的文化财。在资金投入方面，日本文化财保护法规定，包括国宝等重要文化财的管理维护费用的下限，是国家总预算的0.01%，并大致确定了使用的范围。以2002年为例，这一年日本文化厅的预算是985亿日元，用于历史遗迹的修缮及利用的项目预算为262.9663亿日元，促进国宝级文化财和重要文化财的保护预算为110.3882亿日元，传统工艺技能的继承预算为94.7429亿日元。此外，日本还设有振兴文化艺术基金会，由政府和民间共同出资。以2002年为例，本年度筹集到的资金约14亿日元，这些资金主要用于保护和发展包括非物质文化遗产在内的日本文化艺术①。

美国没有国家层面的政府机构直接负责非物质文化遗产保护和传承活动，其对非物质文化遗产的保护，主要通过法律法规和政策来鼓励各州、各企业、各团体及全社会共同开展此类工作。美国三分之二的非营利文化机构是通过国家对企业和个人向文化机构捐赠减免税的法律而获得资助的。1917年，美国联邦税法就明文规定对非营利文化团体和机构，免征所得税，并减免资助者的税额。1965年，美国国会通过了自大萧条以后第一部支持文化艺术事业的法规《国家艺术及人文事业基金法》，并依法创立了历史上第一个致力于艺术与人文事业的机构——国家艺术基金会与国家人文基金会，还设立了联邦艺术与人文事业委员会，保证了美国每年拿出相应比例的资金投入文化艺术的保护和发展。美国联邦政府对文化艺术的年投入约11亿美元，而州、地方政府和企业的赞助高达50亿美元以上。这是由于政府在政策上采取了“杠杆方式”，以“资金匹配”来要求和鼓励各州、各地方拨出相应的地方财政来与联邦政府的资金配套。国家艺术基金会与国家人文基金会规定对任何具体项目的资助总额都不超过所需经费的50%，其余款项需由地方、企业及全社会予以资助。赞助数额可以高达几十万、上百万美元，也可以仅赞助几十美元的小数额。这种“资金匹配”的方式跟英国的政府高投入匹配刚好相反，但效果却一致。一是调动了各州、各地方以至全社会资助保护和发展文化艺术事业的积极性；同时通过多方考察，既确认了该项目的社会意义与文化艺术意义，同时又提高了项目的可实施度，避免了无效投入②。

从以上各国政府保护非物质文化遗产的机构设置和资金投入情况来看，不管是以政府拨款为主的方式，还是以法律结合鼓励社会赞助为主的方式，

---

① 王文章：《非物质文化遗产概论》，文化艺术出版社2006年版，第275页。

② 王文章：《非物质文化遗产概论》，文化艺术出版社2006年版第273页。

都日益趋向一个共同的目标：努力寻求企业、市场和全体国民的对包括地方传说在内的非物质文化遗产的经费赞助，以达到保护和发展文化艺术事业总投入逐年实际增长的效果，这似乎已经成为世界各国政府的共识。

（三）业态与体系运作

让地方传说成为文化旅游、文化创意等产业发展重要的资源要素，通过地方传说等非物质文化遗产来带动创意产业、休闲旅游等第三产业部门发展，已经成为发达国家产业化传承的普遍策略。关于国外传说类非物质文化遗产产业化传承的情况，其实在前文中已经部分提及。在具体操作层面，世界各国几乎毫无例外地围绕“有着高辨识度、自带流量、强变现穿透能力、长变现周期的”的传说“文化IP”做文章。其业态与体系运作不外乎紧扣“上游内容层——中游变现层——下游延伸层”文化生态链进行产业化开发和传承。如果说得更直白点的话，就是“传说＋旅游”“传说＋IP创意”“传说＋数字化”三种主要传承方式。

英国可以说是“传说＋IP创意”文化产业类型做得比较成功的国家。托尔金的《霍比特人》《魔戒》（又译为《指环王》）和罗琳的《哈利·波特》系列文学畅销书的运作，以及其“中游变现层”和“下游延伸层”的成功再开发可以看作这方面的代表。约翰·罗纳德·瑞尔·托尔金（John Ronald Reuel Tolkien，1892-1973），英国作家、诗人、语言学家及大学教授，他以创作经典严肃奇幻作品而闻名于世。“自《霍比特人》1937年面世，已过去了80年光景，‘托尔金神话’已届‘耄耋之年’，《霍比特人》《指环王》《精灵宝钻》的总销量已超过2亿册。”[①]他的作品被翻译成各种语言在世界各国出版，《霍比特人》出版后的第二年，远在大洋彼岸美国波士顿的霍夫顿·米夫林出版公司就出版了该书。1947年的瑞典版、1957年的德国版、1960年的荷兰版和波兰版、1962年的葡萄牙版、1964年的西班牙版、1965年的日本版、1969年的丹麦版和法国版、1973年的捷克版和芬兰版以及后续的意大利、冰岛、希腊、比利时、阿根廷、俄罗斯、匈牙利、中国等语种的版本……《指环王》英国版出版后，1954年、1955年美国霍夫顿·米夫林出版公司推出了美国版，此后不久，出版者又将其推荐给数十个国家的出版商，翻译为世界上各个主要语言文本。试问，当今世界上畅销书领域有几人能够与之比肩？他不仅运用魔法、巫术的思维特点建构起一个“架空世界”，使得奇幻小说从一个亚文类登堂入室成为评论界逐渐重视的重要文学门类，而且更是以无可争辩的文化产业形式传

① 姜华：《文化资本、“传播圈”与“托尔金神话”的诞生》，《现代出版》2018年第6期。

承了英国文学中日耳曼民族的古老奇幻传说和爱尔兰凯尔特神话故事。正如有的学者所指出的那样,《霍比特人》是脱胎于日耳曼古老的英雄传说《贝奥武夫》,《指环王》则源于爱尔兰的《凯尔特神话故事》,它们都是托尔金对这些文化IP进行深度加工创造的结晶。但是这种"传说+IP创意"的传承又并不是简单照搬既有的古老地方传说,而是通过巧妙创意使这些"好故事"契合了现代社会人们渴望超越自身局限、穿越古今的审美文化诉求。对于托尔金而言,他非常得体地将北欧神话、英国方言史诗以及其间渗透的宗教文化同人们渴望克服现代社会的刻板审美状态相结合,因而他的作品"充分满足了读者想象、冒险的愿望,引导读者进入与一个机械化、标准化的平淡无奇的现实世界迥异的魔幻时空,引领读者发现这个科学、刻板世界之外的有别于条分缕析的科学认知模式的另类的真实,给疲惫的缺乏坚定信仰的现代人指出对永恒的善的希望,为无秩序的混乱的后现代社会重构一个美的精神守望"①。托尔金的文学畅销书后来又经过电影、电子游戏等业态的延伸开发,更是将地方传说的产业化传承推向了一个新的高度。乔安妮·凯瑟琳·罗琳(J.K. Rowling,1965—)的《哈利·波特》系列小说及其电影系列开发,跟托尔金基本上走的是同一条路线。她的作品从文化IP原型来讲,源自《凯尔特神话故事》,只不过小说的发行量更大,"截至2008年,《哈利·波特》系列7本小说被翻译成67种文字在全球发行4亿册",影像艺术改编的延伸效应也更为明显。

跟英国相比,法国可以说是"传说+旅游"文化产业类型做得较为成功的国家。根据国际旅游组织的报告,法国长期占据全球第一旅游目的地国的位置,法国相关部门在吸引国际游客方面常常领先于其他国家。以2016年、2017年为例,实际到访的国际游客数量年均数量都在8000万人次以上,稳居世界第一。"法国能成功吸引最多的国际游客不仅因为法国旅游目的地拥有丰富的文化旅游资源、高知名度的标志性建筑以及完善的服务设施等旅游吸引物,还因其成功的国际旅游目的地故事营销策略,运用故事塑造了积极良好的旅游目的地形象,提高景点知名度和吸引力,对众多的国际游客来说法国绽放出其独特的魅力。"②易言之,由于法国相关部门非常巧妙地运用了流传久远的传说故事,将之同法国境内的卢浮宫、巴黎圣母院、凯旋门、埃菲尔铁塔、奥尔本山城堡等具有浓厚历史文化气息的景点和当地风情特异的民俗文化等非物质文化遗产结合起来,塑造了积极良好的旅游目的地形象,所以

① 罗珊:《英国现代奇幻小说之父:托尔金》,《剑南文学(经典阅读)》2012年第5期。

② 胡华导:《法国国际旅游目的地在中国的故事营销策略研究》,广东外语外贸大学2019年硕士学位毕业论文。

才产生了如此惊人的社会效应、经济效益和文化效果。正如李光斗在《故事营销》一书中所指出的那样，美丽的故事和传说促进旅游品牌的传播，让人身未到心已至①。只要故事讲得好，就能在旅游目的地和游客之间创造一个深刻而持久的经验分享。同时让游客轻松记住并主动传播，从而强化对旅游目的地的美好联想。而法国的地方传说故事，可以说所在皆是。在法国，不仅罗马统治下的高卢时期、后来的墨洛温王朝、卡佩王朝、波旁王朝等每个时期都有浪漫的传奇故事，赋予了各地景点浓厚的历史文化色彩，使游客容易"望景生情"；而且众多的法国著名建筑也承载着大量的传说故事素材，如象征着忠贞爱情的埃菲尔铁塔，隐藏着神秘故事的巴黎圣母院，见证拿破仑帝国荣光的凯旋门以及见证法国千年历史的卢浮宫等，莫不如此。按照时下的说法，它们都是自带流量的文化 IP。再加上法国近现代以来涌现出的雨果、巴尔扎克、莫里哀、莫奈等众多文艺巨匠自身具有的传奇人生经历，以及他们作品中精彩的故事（如雨果的《巴黎圣母院》）。这些"新生的"艺术传奇故事，一方面让世界各国的游客，通过作品阅读、作家传记及艺术鉴赏等活动，无意识地增强了其对法国旅游目的地的浓厚兴趣；另一方面对一些法国文艺巨匠的"忠实粉丝"来说，重游自己的偶像艺术之路成为其内心最憧憬的旅程，并乐此不疲地前往他们的生活故居或创作旧址进行参观旅游。正是借由"传说＋旅游"这一文化产业形态，法国的地方传说不仅在当地获得了显著的传承效果，而且还产生了世界性的辐射效应。限于篇幅，笔者在这里仅介绍了英国和法国两个国家的产业化传承案例，其实像韩国的《春香传》电影运作和日本的现代灵异、恐怖都市传说的动漫开发等都是值得我们借鉴的。

二、文化符号圈、地方传说群及生产性传承

（一）文化符号圈

"文化符号圈"理论，是苏联著名文艺理论家、符号学家尤里·洛特曼 1984 年借鉴自然科学中的"生物圈"理论而提出的文化空间概念。他认为符号圈作为类型文化载体，是各种符号和文本存在和活动的空间，符号圈的结构由中心、中间区、边缘和界限组成。就其运作方式和意义生产而言，"符号圈中的每一个符号系统都是独立的，但同时它们都处于整体化了的符号圈里。这些符号系统不仅在共时截面上与其他符号系统相互关联、相互作用，而且在纵向上与处于各种历史纵深的符号系统发生联系。此外，这些符号系

① 李光斗：《故事营销》，机械工业出版社 2019 年版，第 10 页。

统自身还带有属于它自己的所有记忆。意义产生于参与交流的各要素与符号空间的共同作用中。整个符号圈以这样的方式实现着信息的传递、保存、加工和创新”①。文化符号圈概念可以用来指称各种类型的文化符号空间，如地方文化符号圈、城市文化符号圈、校园文化符号圈等。文化符号圈理论的提出，对于地方文化的认知和传播、传承和创新都具有十分重要的启发意义。

首先，文化符号圈理论关于文化内在结构的划分，对于我们认识地方文化各层级关系，完整把握地方文化是至关重要的。一般说来，符号圈中心是地方文化的深层所指，它来源于地方文化在长期历史发展过程中形成的深层理念和价值观念，是对地方历史文化精神的高度概括，深刻反映了一个地方人民共同的精神追求和共同的文化面貌。如“荆楚文化”之筚路蓝缕的创业精神、抚夷属夏的开放胸怀、一鸣惊人的创新意识、深固难徙的爱国情怀、止戈为武的和合理想；“湖湘文化”之淳朴重义的乡土伦理、勇敢尚武的英雄主义、经世致用的务实精神、自强不息的进取意识；“赣鄱文化”之耕读传家的处世准则、炙求品学的德业操守、文章节义的士林好尚、涵纳万有的包容气度；“齐鲁文化”之自强不息的刚健精神、厚德仁民的人道情怀、崇尚气节的君子意识、民贵君轻的民本思想……这些“符号圈中心”一经确立，总是要将其价值观传播、渗透到整个符号圈文化范围，构成地方文化的深厚文化底蕴。符号圈中间区域“由地方文化的代表性符号组成，构成地方文化符号圈的主体部分，也是相对稳定的部分，它们遵循和体现符号圈中心的精神实质、语法规则，是符号圈中心的间接性能指”②。这些核心符号都是地方文化在历史发展过程中的精华沉淀。包括当地的自然生态环境、地域民族风情、区域宗教神话、物质文化遗产、非物质文化遗产等。例如太湖之滨的浙江湖州地方文化建设，就围绕“文化古韵，清丽湖州”这一“符号圈中心”，提炼出南浔古镇、百草园、古银杏长廊、太湖三宝、周生计、丁莲芳、善琏湖笔、双林绫绢、中国鱼都、中国竹海、赵孟頫等③一系列经典人文符号。其中，涉及湖州地方传说的也不少，如黄龙洞系列传说、莫干山传说、苏湾学士山传说、南浔古桥传说、飞英塔传说、湖笔传说、干将莫邪传说、防风氏传说等。这些核心文化符号，构成了地方文化最精彩的内涵。这种中间区域文化符号，几乎在每个有一定历史底蕴的城市都大量存在，且各有生动丰富的能指和所指，正是因为它们的

---

① 康澄：《文化符号学的空间阐释——尤里·洛特曼的符号圈理论研究》，《外国文学评论》2006年第2期。

② 陈雅：《地方文化符号系统的建构与创新》，《青海社会科学》2008年第3期。

③ 参见周尚意、孔翔：《文化与地方发展》，科学出版社2000年版。

存在才形成了地域文化特色。但是我们又应该看到，中间区域的文化符号往往相对零散，如果不能像浙江湖州一样围绕“符号圈中心”进行地方特色文化设计和提炼，则可能会游离于文化圈之外，不利于优秀文化的传承传播和创新发展。符号圈边缘是地方文化中出现的个体性、临时性符号，也是地方文化中间区域的储备性候选符号。例如武汉市汉口黄浦路上滑坡 74 号由黎元洪亲自题写牌匾的古德寺，该寺占地面积近 3 万平方米，建筑面积近 8000 平方米。该寺混合了欧亚宗教建筑的特色，融大乘、小乘和藏密三大佛教流派于一身，在汉传佛寺中实属罕见，堪称“佛教圣地一大奇景”“汉传佛寺第一奇观”，具有很高的建筑、文化和历史价值。虽然它确实很有文化特色，但是在武汉的历史文化整体中又显得较为另类，它显然属于“地方文化中间区域的储备性候选符号”。文化符号圈界限则对地方外文化起区别过滤作用，它把不同地方文化分割为内部空间和外部空间，使得此地文化与彼地文化区别开来，形成不同风格特色的地方文化。

其次，文化符号圈理论，为地域文化的传承和创新提供了重要的理论参考。一般来说，地方文化形成以后往往表现出较为稳定的历史连续性，不会轻易发生大的改变。这对于保持地域文化传统，形成地方文化特色是十分重要的。但是，长此以往又可能带来文化形态僵化的弊端。文化符号圈理论告诉我们，地方文化符号作为地方文化的外在形式却可以有较大自由度，因为符号系统作为地方文化控制主体具有自为性建构能力，能够以协调的方式运作并拥有自己的创新机制，从而使得该系统成为一个地域风格鲜明而又与时俱进、生命力旺盛的鲜活机体。“与单一符号可以单纯考虑从符号所指内容和符号能指形式两方面进行创新不同，地方文化符号作为一个系统，存在着更为复杂的自我创新、位移创新和互动创新三种不同的创新机制。”①自我创新机制主要发生在地方文化符号圈的“中心”和中间区域，是对“中心”符号的时代性、多样性阐发。时代性阐发表现为，随着时代的发展，人们可以从地方原有的价值观念中发掘出符合时代精神的崭新内容，而作为其生动能指的中间区域，也会随着时代的要求不同而不断变化、不断创新；多样性阐发主要指符号能指形式上的创新性开发。位移创新发生在地方文化符号圈的边缘，是指当某符号够能经受符号圈“中心”价值观的严苛检验，便可以转化吸收成符号圈中间层的组成部分，这一“转化吸收”就是位移，通过位移的文化符号是对地方文化符号主体的一种新鲜血液的补充。互动创新发生于符号圈界限，是地方文化符号与地方外文化空间符号的接触地带，体现了文化冲突和文化

① 陈雅：《地方文化符号系统的建构与创新》，《青海社会科学》2008 年第 3 期。

整合的创新趋势，经过智性整合、互动创新，能够将区域外文化吸收为地方文化符号系统中的新符号，激活地域文化魅力。例如，武汉大禹治水传说，从“符号圈中心”来看，本来其传统深层理念和价值观主要表现为“公而忘私、忧国忧民的奉献精神，艰苦奋斗、坚韧不拔的创业精神，尊重自然、因势利导的科学精神，民族融合、九州一家的团结精神”，但是随着时代的发展，今天我们完全可以从生态文明的角度和荆楚地方文化角度来阐释其蕴含的丰富时代价值。武汉大禹治水的“中间区域”的符号原本只有汉阳龟山附近的禹稷行宫、晴川阁、禹碑、楚波亭、禹功矶、赑屃碑等为数不多几处，且零零散散不成体系，但是随着武汉城市现代化建设发展及旅游开发的需要，这里如今已经建成了汉阳大禹神话园主题园区（位于晴川阁与长江大桥之间，以大禹治水及其相关神话故事为主线，以雕塑的形式将大禹治水传说表现出来）和江汉朝宗城市景区（景区规划面积达 98 平方公里，范围包含武昌、汉口、汉阳、汉江四个主要江滩并以科技馆、江汉关博物馆、晴川阁及龟山城市阳台等重要景点为支撑，是目前我国最大的城市景区），而且关于武汉大禹治水的传说也从原来几个有限的故事，得到了合理的扩充和延伸，其实这里也包含了位移创新和互动创新因素在内。通过创新整合，地域文化不会被传统所拘囿，在新的时代里能够不断获得传承和创新的动力。

（二）地方传说群

传说群是针对某个地域相对复杂的集群类传说而提出的。在我国，“传说群”概念最早是由祁连休和肖莉在《中国传说故事大辞典》中提出并加以界定的。“传说群，指围绕同一人物、同一事件、同一习俗，或同一范围的风物所形成的传说群体，由若干作品组成。它们产生于一地或相关之数地，常就上述对象的不同侧面加以具体叙述，可以相互补充，亦有彼此矛盾、出入较大者。”①可见，传说群所指涉的范围较广，它既可以是围绕同一个母题故事而演变为许多小故事组织的传说集合体，也可以是彼此情节关联度不大但却都是围绕同一传说核而形成的不同故事。当然，并不是所有的传说地都存在传说群，也不是所有的传说母题都能演变为传说群，这是需要具备一定条件的。

首先，这个传说群所依凭的传说核（历史人物、历史事件、地方古迹、风俗习惯等）应该非常有名，在当地达到家喻户晓的程度。只有达到了这种程度，人们才会把那些本来并不归属于这个传说核名下的其他故事情节附会到它的名下，使之成为一个个相对独立的子传说。例如，武汉黄陂区的木兰传说，

① 祁连休、肖莉：《中国传说故事大辞典》，中国文联出版社 1992 年版，第 2 页。

其主传说本为木兰出世——少年木兰——替父从军——塞外征战——立功凯旋——皇上封赏——辞官回乡——悲剧情爱——终老故里，构成完整的故事系列①。但是，由于木兰这个从南北朝民歌《木兰辞》中就开始传扬的巾帼英雄的故事太过有名了，于是那些本来与之关系不大的人物和景观也就依附到这一传说的名下，并成为其重要的子传说了。因木兰山是著名的道教和佛教道场所在地，于是“玄帝送子”和“丧吾和尚传授武艺”的传说和景观依附上来了；真武大帝和木兰下棋斗气的《棋盘石》故事也依附上来了：据传木兰将军解甲归田后，常到石上同道人对弈。祖师爷得知后，心想，人人都说木兰用兵如神，屡战屡胜，我倒要看看她的棋艺。这天，他找到木兰将军比试。二人在棋盘石上摆开了阵势，祖师爷先跳“马”，再调“炮”；木兰将军棋高一着，先飞“象”，再出“车”。好一个调虎离山、声东击西之计，直逼祖师爷之“帅”。祖师爷眼看要输，慌了手脚，站起来猛蹬一脚。顿时，山石轰鸣，棋盘石上裂开了一条两尺宽的大口子，往下倾倒。木兰将军失声大喊：“哎呀，不好！”这时，祖师爷才从棋局中醒悟过来，忙乱之中，随手操了两把鼻涕甩进裂缝，黏住了崩溃的山石。祖师爷当年蹬石留下的那只脚印，石缝里的那两把黏液，至今尚依稀可见。木兰斩杀恶龙的《龙尾石》故事依附上来了：传说木兰将军与祖师爷对弈的当天傍晚，有一蛟龙云游到此，肆意行凶作恶，正在晚练的木兰将军见势不妙，抽出利剑，“沙”地一声斩断了龙尾。可是龙头“呼”地一下窜到东泉庵，木兰将军怒不可遏，抓起一块巨石猛掷过去压住了龙身。我们在东泉庵附近见到的龙头石，正口吐泉水，喘着粗气哩……故事就这样源源不断地衍生出来。

其次，则是出于艺术创作和生产性传承的需要。这里的艺术创作，指的是地方传说在作为评书演唱内容或改编为戏曲演唱过程中，为了吸引观众的审美注意力，一些评书艺人和戏曲表演者会在某个关节处生发出一大段情节来，使得这一段特别出彩，并逐渐独立出来，成为一个个单独的小故事。例如，江浙一带流传的梁山伯与祝英台传说中的《祝英台打赌》故事就是从原传说“祝英台女扮男装出门求学”这一情节生发出来的。说是祝英台女扮男装出门求学之前，出于妒忌和封建意识，她的嫂子坚决反对她成行，并宣称她会不遵守妇道，会做出男女之间的丑事。于是，祝英台便跟她嫂子打起赌来：在地下埋三尺红绢，约定三年后见分晓。倘若心术正，保持贞洁，这红绢依旧会簇新如故；倘若心术不正，越了男女界限，这红绢就会变成黑炭。祝英台走后，她嫂子天天用脏水去泼那埋葬红绢之处，结果那里不但没有腐烂，反倒开

① 这里采用了木兰传说申报国家级非物质文化遗产名录文本的提法。

出一朵鲜花来。三年过后，祝英台学成回家后，当着嫂子和全家人的面挖出红绢一看，结果依旧簇新如故，自证了清白。这类子传说经由评书艺人和戏曲艺人的传播，逐渐深入民间，并在民众中添枝加叶，成为一个新的民间传说。生产性传承是为了旅游开发等目的，一些传说所在地会围绕传说母体生发出若干个与之相关的子传说，以吸引更多游客。例如黄陂木兰山景区为了旅游开发的需要，就依附木兰传说生发出了一系列故事。其中，木兰天池景区被描绘成木兰外婆家所在地，也是木兰成长的地方，于是有了众多与木兰成长有关的景点及传说：外婆园与外婆桥，记载了木兰年幼的趣事；聪明池，相传是木兰小时候打水喝的古井；降龙石与龙池堰，留下的是木兰降伏小白龙的传说；山下的三道门，则是木兰劈山开石，阻断洪流，拯救百姓的遗迹。木兰草原景区被描绘成木兰骑马射箭、演武练兵的地方，她凯旋时，将这片草原赠给了景仰她的战士，让他们追随她一同来到这里，安居乐业，繁衍生息。木兰云雾山景区则被描绘成木兰将军的归隐之地，她在这里度过了宁静的余生，伴随她的，是华中最大面积的杜鹃花群……

最后，也最为重要的是传说群的文本生成必须能够与传说地景观及文献典籍相互印证。传说群作为独特的地域文化产物，对地域时空内的自然景观、人文景观和文献典籍有着较强的依附性，其文本生成必须能够与之相互印证，否则就失去了存在的依据。例如，武汉黄鹤楼传说群所包含的军楼传说、仙楼传说、文楼传说和平民传说四大系列①，其文本的生成都跟黄鹤楼公园内的自然景观、人文景观和文献典籍是紧密相连的。就“军楼”系列而言，围绕黄鹤楼景点就有《刘玄德醉走黄鹤楼》《诸葛亮计赚“鹤楼宴”》《孔明灯的传说》等众多传说，主要是关于三国时期的故事。那么，三国传说又是如何跟黄鹤楼关联上的呢？这是因为黄鹤楼原本就是群雄纷争的三国时期吴国为了战争需要而建造在黄鹄矶上的瞭望楼。据唐代李吉甫《元和郡县图志》记载：“吴黄武二年，城江夏以安屯戍地也。城西临大江，西南角因矶为楼，名黄鹤楼。”②可以说，没有黄鹄矶，没有黄鹤楼，没有《元和郡县图志》及历代的戏曲、评书演唱，这些关于三国的传说故事就无所依傍。就“仙楼”系列而言，有关于《荀環接待驾鹤仙人》传说，有关于仙人子安《橘皮画鹤》传说，有关于三国费祎的《仙人驾鹤》传说，有关于老翁遇仙的《石照洞传说》等，而尤以吕洞宾和黄鹤楼的传说最多：有《吕洞宾黄鹤楼修仙白日升天》的传说，有《吕洞宾

① 此处关于“黄鹤楼传说”的分类，采用了李鹏燕《黄鹤楼传说群的生成及其景观叙事研究》（华中师范大学 2015 年硕士学位毕业论文）的说法。

② 参见李吉甫：《元和郡县图志》。

黄鹤楼赐金于老卒》的传说，有《鲁班帮助吕洞宾建黄鹤楼》的传说，有《吕洞宾黄鹤楼前卖仙枣》的传说，有《辛氏卖酒遇吕仙》的传说，有《吕洞宾仙枣亭题诗》的传说，有吕洞宾点化修《白龙池的传说》等。这些传说，大都离不开黄鹤楼的自然景观、人文景观和历代文献。假如没有黄鹤楼，没有黄鹤楼酒店，没有黄鹤楼公园内的吕仙祠、吕仙亭、仙枣亭、吕祖阁以及唐代阎伯理的《黄鹤楼记》、宋代的《太平寰宇记》、宋元时期的《报恩录》、明代的《列仙全传》等记载，黄鹤楼仙人驾鹤等传说也就无人相信，无从传播开来。就"文楼"系列而言，有《崔颢题诗、李白搁笔》的传说，有《王维鹤楼赠诗画》的传说，有《王羲之一笔写"鹅"字碑》的传说，有《岳武穆登楼抒情怀》的传说，有《辛齐疾南楼赋别离》的传说，有《张献忠题诗黄鹤楼》的传说，有《孔尚任倡建搁笔亭》的传说等。如果没有崔颢、李白、王维、岳飞、辛弃疾等流传至今的诗词，没有搁笔亭、鹅碑亭、岳武穆遗像亭等景观，这些传说都属子虚乌有。

（三）生产性传承

从某种意义上来讲，传说群就是围绕客观存在物——传说核而形成的一定范围的文化符号圈。其内在结构自然应包含文化的"中心、中间区、边缘和界限"等组成部分，需要我们在生产性传承中厘清其核心价值、代表性符号、个体性和临时性符号，并形成过滤机制，将那些跟文化符号圈无关的传说故事剔除出去，尤其是要防止打着传承和创新的旗号，胡乱编造一些荒谬的传说故事。与此同时，我们在生产性传承时又必须树立"文化符号圈"的整体意识，以一个城市、一个地域为基础，以传说群所在地为中心，进行宏观设计和整体开发利用。就武汉地方传说的生产性传承而言，我们既要紧扣"敢为人先，追求卓越"这一武汉"文化符号圈中心"将各个传说群有机地关联起来，形成整体传承效应；同时又要根据各个具体传说群实际，因地制宜地进行宏观设计和开发利用，以达到真正的文化传承和创新之目的。

1. 合理规划全市地方传说的叙事空间

城市叙事空间是一种讲故事的空间。在中国古代，山水园林就是早期的城市故事叙事空间言说形式，它常以神话传说为内涵，展现城市魅力。例如，秦始皇在表现对海外神仙世界的热烈向往时，就将蓬莱神话叙事引入园林建设之中，"始皇都长安，引渭水为池，筑为蓬瀛……"①这里的"蓬瀛"模拟的就是神仙居所，述说的是神话故事。在西方，城市神庙、教堂和教堂中的壁画构

① 曹林娣：《中国园林文化》，中国建筑工业出版社 2005 年版，第 37 页。

建的叙事空间中，讲述的是古希腊和古希伯来神话传说故事。例如，希腊的帕特农神庙四面墙上都有四组雕塑，每一组雕塑都用一种叙事的方式向观众和信众述说着希腊众神的故事：东面垄间壁描绘的是众神与巨人之战；南面垄间壁描绘的是希腊人与半人半马怪物的战斗；西面垄间壁描绘的是希腊人与亚马逊勇士的战斗；北面垄间壁描绘的是特洛伊城陷落的故事等。这些壁画描述的故事与神庙的内在精神相一致，它想要向人们传达的是关于神的世界观和信念。至于佛罗伦萨大教堂、圣母百花大教堂、梵蒂冈圣彼得大教堂等，这些教堂和教堂中壁画所描述的《圣经》故事，更是一代又一代地述说和传承着《圣经》里的神话传说。几乎每一个历史悠久的城市在其漫长的发展过程中都留下了各种各样的传说故事。对于广大城市市民来说，不管这些故事是优雅的、美好的，还是沉重的、引人深思的，它们都是城市文化不可或缺的重要组成部分，是生于斯长于斯的城市居民寄托乡愁、栖息灵魂之所，也是来来往往的各地旅客对城市空间产生浓厚兴趣、留下深刻印象的根源。

现代城市的景观建设，更是离不开对地方传说叙事空间的设计和规划。在马修·波泰格和杰米·普灵顿合著的《景观叙事：讲故事的设计实践》一书中，他们分析了一系列空间叙事的设计方法：用命名、序列、揭示、隐藏、聚集和开启等，来塑造景观中的叙事空间。如运用各种策略将城市众多传说故事从地方历史到神话原型重新进行“编码”。在人行道上刻上文字，保存与传说故事相关的景观，规划故事情节的现代景观呈现，记录城市曾经的故事，揭示已经遗忘的历史，以新的方式重述传统等。在马修·波泰格和杰米·普灵顿看来，已有的文学叙事或文化叙事，如神话、史诗、传说等都可作为城市构建文化景观的叙事空间。因为每一座历史久远的城市都有属于自己的故事，有自己的叙事主题，这是在城市形成的过程中累积下来的一种独特的文化积淀。神话、传说、民间传奇、历史典故……它们总是与历史城区、古老街巷、寺庙宫观、自然景观、民俗风情等整合在一起，默默地述说着城市曾经发生的荣华和没落，见证着城市的历史与现实。差不多所有的孩子都是聆听这些故事长大的，这些传说故事构成了城市精神认同的重要基础。但是，这些地方传说又并不总是合乎“文化符号圈中心”理念，有时甚至是彼此抵牾的，这就需要我们从非物质文化遗产传承角度，“全市一盘棋”地进行叙事空间的整体规划设计。例如，南京市在2004年出台城市非物质文化遗产保护名录，详细列举了对南京影响深远的各重大历史典故，并进行系统开发保护。这些地方传说故事有说明南京城市由来的《吴王夫差冶城铸兵》《楚威王石头山置金陵邑》《诸葛亮登金陵留赞语“虎踞龙蟠”》；也有反映南京卓越科教、文艺、思想成就的《魏源龙蟠里辑海国图志》《范缜舌战众僧首创无神论》《国子监修〈永乐大典〉》《顾惜之瓦官寺绘维摩诘》以及《李白歌咏凤凰台》；还有记述重大历史事件的，如《朱元璋、陈友谅大战狮子山》《顺治丁科场大舞弊》《万国使节通大明》《曾国荃屠城灭天国》等。这些典故涉及较广，从战争事件到文教事件、名人事件等，在空间上分别覆盖了南京市的白下区、秦淮区、玄武区和下关区。在时间上横跨几个朝代，主要为春秋战国、三国、唐、宋、元、明、清、民国等。可以说，这些故事浓缩并反映了南京这座古城的演变轨迹，南京市已经发掘出了这些宝贵叙事资源所蕴含的巨大的文化遗产价值。这些研究，为后续的保护、传承和开发提供了重要的依据①。武汉市作为有 3500 多年历史的文化名城，散布在各城区的地方传说数以万计，其中被列入各级非物质文化遗产保护名录的也多达数百个。如何在城市现代化建设过程中，合理地规划设计，将这些传说故事融入城市文化景观的血脉之中，使之横向上呈现主题空间系列（如城市风俗传说系列、城市典故传说系列、城市名人传说系列、城市地名传说系列、城市红色传说系列），纵向上展现历史文脉走向（从盘龙城传说至现代都市传说所在地），无疑是一项值得城市规划设计者、政府非物质文化遗产保护部门、文化旅游企业和有关专家学者深入研究并付诸实施的现实课题。

2. 盘活每个传说群的生产性叙事要素

根据历史地理学派的故事分类学观点，每个民间传说故事都是独立的艺术生命体，总是在一定历史时间内发展演变，在一定的空间范围内传播扩散，构成完整的生活史。传说群作为相对复杂的集群类故事，它同样也是一个鲜活的故事艺术生命群体。因而，进行非物质文化遗产的生产性传承，就必须盘活其中的生产性叙事要素，构建出全文本叙事空间。

首先，要构建真实可感的传说文本叙事空间。作为口头文学形式，地方传说本身是语言叙事文本。在生产性传承过程中，这种并不具备多少现实物理内涵的东西，就需要转换为真实可感的叙事空间，才能使普通的观赏者或来访的观光客，从“看得见、摸得着”的各种现实景观中去直观感受和体验传说故事的脉动。以武汉东湖风景区的地方传说群为例，这里的传说主要包括神仙传说系列、名人逸事传说系列和平民传说系列三大组成部分，传说的内容十分丰富，多达数十个②。那么，如何将这些历史上流传的传说故事文本，转化为生产性叙事要素呢？利用好“传说核”本身所固有的客观存在物是一

① 刘乃芳：《城市叙事空间理论及其方法研究》，中南大学 2012 年博士学位毕业论文。
② 陈丽芳、刘桂英：《武汉东湖故事》，长江文艺出版社 2015 年版。

个方面，如维护和建设好东湖、伏虎山、郊天台、卓刀泉、楚城、听涛、吹笛山、落雁岛、珞珈山、行吟阁、九女墩、放鹰台等一些业已存在的自然与人文景点。但更为重要的是，我们还必须进行一定的景观叙事设计，构建系列性的传说叙事空间。1979 年东湖风景区当局兼顾传统与现代，根据当地民间传说将东湖风景区从整体上规划为听涛、落雁、白马、磨山、吹笛、珞洪 6 个景区，形成了 6 区 24 景的基本景点格局。1995 年 9 月，新出台的《武汉东湖风景名胜区总体规划》将磨山刘备郊天台列为古代遗址。2003 年，根据流传于此地的刘备民间传说，东湖风景区管理局在磨山东一峰青龙咀上重建了刘备庆祝赤壁之战的郊天台。随着娱乐设施、服务设施、管理措施的日趋完善，东湖风景区逐渐形成为一个以传说故事为景观内涵，集游、学、娱、乐为一体的靓丽城市风景名片。合乎传说故事群的格局、有条理的规划，加上艺术性的景观建设，让广大市民和外地游客来到东湖后，既能够尽兴游玩，提升东湖风景区的知名度，同时又在直观感受和亲身体验过程中很好地传承了东湖地方传说。

其次，要构建影像叙事时空。跟传统审美场域相比，今天的审美活动是一个由互联网和视觉文化共同构建和主导的崭新场域。电影、电视、动漫、游戏和网络短视频等影像媒介在传承非物质文化遗产方面发挥着越来越大的作用。因而，影像媒介作为生产性叙事要素，是必须被予以高度重视的。世界上较早将影像叙事作为生产性要素引入非物质文化遗产传承的事件，可能要从美国人对日本民间“忍者”传说中汲取灵感的文化 IP 开发算起。忍者本是日本“战国时代”兴起的一种受过特殊机构施以特殊“忍术训练”而产生出来的特战杀手、特战间谍。像日本武士的武士道一样，忍者也遵循一套自己引以为荣的专门规范。据日本伊贺市伊贺流忍者博物馆的名誉馆长川上仁介绍，现在这种能“在敌人的睫毛上存活，在时间的流转中死去”的忍者早已不复存在了，忍者只是一个传说而已①。但是，美国的文化生产者却很好地利用了这一传说要素潜在的非物质文化商业价值，创作出了备受欢迎的以《忍者神龟》命名的漫画(1984 年)、电视剧(1987 年)、电子游戏(1989 年)和电影(1990 年—2014 年共拍摄了四部)系列作品，通过构建影像叙事空间，日本忍者的传说不仅得以活态传承，而且其在世界范围的影响扩大了。重视地方传说的影像叙事空间构建，在我国也并不稀见。中国民间四大传说，几乎都被改编为同名电影进行传播，其中白蛇传传说还先后改编为《白蛇传》《青蛇》《白蛇传说》等不同的电影，这些对于地方传说的生产性传承无疑起到了很好

① 王紫京：《日本忍者从此成传说》，《青年参考》2012 年 8 月 29 日。

的作用。武汉的地方传说，像木兰传说、黄鹤楼传说等也先后被国内外改编为动漫或真人版电影予以传播，扩大了传说的社会影响力。尽管如此，我们在这方面的重视程度仍远远不够，仍然跟不上审美时尚变化的匆匆步履。一方面，我们在地方传说影像叙事的系列化开发形式上显得单一，主要集中于电影、动漫和电视等传统艺术类型，对于短视频、电子游戏等备受青少年欢迎的新影像艺术形式缺乏应有的探索，达不到理想的传承效果；另一方面，缺乏非物质文化“走出去”的国际视野，使得大部分影像叙事止步于国门之内，难于发挥其巨大的文化影响力，反而被国外抢先开发了，成了它们的文化符号点缀（如美国动漫电影 *Mulan*），这是值得我们深刻反思的。就武汉而言，我们完全有理由将伯牙子期传说、桃花夫人传说、贱三爷故事等地域色彩浓厚、情节丰富有趣、文化底蕴深刻的文化 IP，进行影像系列开发和国际化文化传播。

最后，要构建图像叙事空间。开发和利用图像叙事资源，促进地方传说语言文本的具体化、形象化、生活化。借助各式各样现代化的图像表达形式，利用不同文化的张力来构建地方传说的情景化叙事，是盘活这类非物质文化遗产必不可少的重要组成部分，是非物质文化遗产传播的重要渠道，也是当代视觉审美文化流行时代能够“入心入脑”的重要艺术形式。需要指出的是，图像叙事并不是什么新鲜货色，早在中国古代，很多传说故事就是通过民间讲唱并借助绢画、岩画、壁画、唐卡彩绘等多种艺术手法而流传至今的。例如，伏羲女娲人首蛇身交尾图、女娲抟黄土造人图、后羿射日图、夸父追日图、敦煌壁画的舞女飞天图及绘图本《山海经》中的各种插图等。这类图像叙事，都对于民间传说的传播和传承起到了非常重要的作用。现在的所谓图像叙事，实际上是对古代图像文化传统的继承和现代转化而已。只不过现在的图像叙事形式更加多样化了，它可以是连环画式，可以是摄影照片式，可以是书页插图式，可以是完整漫画式，可以是发行邮票式，还可以是文字书中二维码扫描的数字呈现式……例如，蒙古人民共和国曾于 1981 年发行了一套以“传说故事”为主题的系列邮票，就以漫画式的笔法描绘出一幅幅妙趣横生的奇幻世界，在带给人们审美愉悦的同时又将游牧民族的教化精神及文化内涵寓于动物寓言、智慧故事以及图像色彩中，对于传承蒙古民族的地方传说起到了很好的效果①。就武汉地方传说的图像化传承而言，黄鹤楼景区就做得比较成功。不仅其中的各景点都有传说故事图像言说方式，而且黄鹤楼这一“传说核”本身就以全方位图像叙事的方式向人们述说发生在此处的传说故

① 阿斯儒：《邮票图像叙事中的蒙古族传说故事》，《内蒙古民族大学学报》（社会科学版）2020 年第 4 期。

事。黄鹤楼共五层,每一层都围绕一个主题展开图像叙事,几乎涵盖了黄鹤楼传说群的各个系列。一楼的主题是“仙人驾鹤”:前厅正面厅壁上镶嵌的是由中央美术学院周令钊创作的一幅高 9 米、宽 6 米的《白云黄鹤图》的大型壁画。画面分为天上和人间两部分,天上是手持竹笛横吹、驾鹤腾飞的仙人,人间是载歌载舞、欢聚黄鹤楼前的众民,显然是对“仙人驾鹤传说”意象化的再现。在一楼东面的来宾接待室墙壁上,镶嵌有一幅长 10 米、宽 1.5 米名为《辛氏酒家》的壁画,是对有关黄鹤楼起源之“辛氏酒楼传说”的重现。二楼主题为“历史传说”:大厅正墙石刻《黄鹤楼记》的两侧,分别镶嵌《周瑜设宴》和《孙权筑城》两幅仿汉代瓷嵌壁画,是对三国传说故事的生动呈现。三楼主题为“名人逸事”:大厅正面有一幅题名为《人文荟萃·风流千古》的大型陶瓷壁画,作者择取了唐宋时期登临古楼赋诗的王维、崔颢、李白、贾岛、岳飞、陆游等十三位骚客名人,画面不仅描绘了这些文化名人的潇洒风姿,而且还在每个人的画像旁边作了题款。四楼为接待厅,厅内虽也悬挂了 50 余幅著名书画作品,但跟黄鹤楼传说群几乎没有多少关联。五楼是顶楼。大厅四周是画家楼家本创作的大型壁画《江天浩瀚》,包括 10 组壁画,总面积达 90 平方米左右,内容涵盖了大禹武汉治水、太白登临醉酒赋诗及岳飞抗金等传说故事,内容超出了黄鹤楼传说群本身,但却较好地展现了黄鹤楼景区乃至整个江城的水文自然与人文风貌。当然,黄鹤楼传说的图像叙事还不止这些。在 1987 年出版了由曾宪均编文、方隆昌绘画的连环画《黄鹤传奇》(湖北少年儿童出版社);2015 年在德国出版了卡通形象的德文版《黄鹤楼传说故事》;2016 年启动了卷轴版的手绘黄鹤楼童话故事出版事宜。图像叙事空间的建构,让黄鹤楼传说以空间叙事时间化方式流淌在广大青少年读者心灵之河中,起到了较好的传承作用。

3. 创新传说群作为符号圈的传承功能

每个传说群都是一个相对独立的“文化符号圈”,传说地的每一个传说故事、每一处传说景观,都以自己特有的言说方式,参与到生产性叙事之中,共同承担着非物质文化遗产传承的任务。就武汉地方各传说群而言,黄鹤楼传说群以空间叙事、影像叙事、图像叙事等多种形式,承载着非物质文化遗产传承的历史使命;武汉大禹神话传说群,以大禹武汉治水传说为素材,打造武汉大禹神话园,用神话雕塑的转化形式来激活地方记忆,彰显大禹治水智慧,塑造武汉城市精神的英雄符号;木兰山传说群,以多样化旅游主题公园建设、电影影像叙事和“亮子会”民俗文化节形式,全方位再现巾帼英雄木兰的传说故事……作为地方文化符号圈的传承形式,传说群的传承形态当然远不止以上这些，这就需要我们从时代审美现实出发，结合各传说群的实际予以创造性转化。我们可以基于现代数字技术和设备，深度融合传说群故事内容和数字服务创新，尤其是结合 5G、“互联网＋”、大数据、云计算等，开展数字创意传承；还可以通过视频网站、数字化平台、移动电子书、手机电视、互动影视等新的媒介形式，使地方传说群实现当代新业态传承；甚至可以结合由动漫、游戏衍生而来的二次元文化，对传说群故事进行青年亚文化式改造，使之更加符合当代青年人的审美趣味。

这里，我们以传说群的奇幻电影改编为例，看看它是如何创新传说群作为符号圈的传承功能的。地方传说群，本是农耕社会语境下产生的故事系列。它跟现代信息数字化、经济全球化的社会现实是严重脱节的。那么，怎样使之融入现代审美系统，使之既赓续传统地方文化精神，又适合现代人的审美诉求呢？由英国作家托尔金的小说《霍比特人》和罗琳的小说《哈利·波特》改编而生成的现代奇幻电影，就给我们创新传说群作为符号圈的传承功能提供了很好的参照。“奇幻电影往往利用数字技术以夸张、变形、寓言或传奇等方式，成为表现超真实世界的拟态载体，折射生命的本质并传递创作者对世界的理解。”①作为奇幻电影重要的叙事资源，“相当一部分奇幻电影选择了以民间传说、神魔故事作为文学叙事母题，以多元化的视角去反观人性，借助不同世界的生灵重构超越自然的多维时空”②。近年来颇受青年人喜爱的《白蛇传说》《妖猫传》《捉妖记》等中国当代奇幻电影就借助“妖”的叙事原型，将人、神、妖等不同世界的生灵放置在共生共存的时空中，以不可调和的矛盾推动戏剧冲突，试图唤起现代人的心灵回归并实现精神层面的救赎。例如，2011 年中国巨力影视出品的魔幻爱情动作电影《白蛇传说》，就是改编自中国古代四大民间传说《白蛇传》，是对杭州西湖“白蛇传”传说群的现代影像改造。尽管人们将之与赵雅芝演绎的电视剧《新白娘子传奇》相比较，有许多负面评价，但就其对民间故事的传承形式探索而言，却应该值得高度肯定。通过奇幻电影改编，《白蛇传说》在传统经典故事文本基础上重新传达人类共同的心理情感，引发了人们对现代文明危机进行反思。与此同时，这类奇幻电影将科技思维与中国哲学思想进行一定程度的融合，借助数字化手法与超自然影像来传递古老的东方智慧，“重新建构起新的宇宙观、天下观、价值观与和谐思维、一体思维等理念，较好地实现民族性、现代性与世界性之间的融合”③。

---

① 李娟：《奇幻电影中的文学叙事资源》，《中国社会科学报》2019 年 11 月 11 日。

② 李娟：《奇幻电影中的文学叙事资源》，《中国社会科学报》2019 年 11 月 11 日。

③ 李娟：《奇幻电影中的文学叙事资源》，《中国社会科学报》2019 年 11 月 11 日。

近年来，在“生产性保护”政策引领下，我国非物质文化遗产保护和传承的产业跨界融合形式十分丰富，并且深受文化市场青睐，得到具有传承活力的年轻人喜爱。“当前我国的非物质文化遗产已经打破受众心目中的刻板印象，它能与年轻人喜爱的互联网平台、综艺节目创新结合，打造新的生命周期。通过与品牌共创，非物质文化遗产逐步实现市场化与社交化，并融入现代生活。”①由文化产业投资公司永新华韵联合大数据平台发布的 2018 年中国互联网用户《非遗认知与需求研究报告》显示，非遗文化传播主要得益于线上的公众号、纪录片、影视作品等。超过 40%的人对跨界融合形式感兴趣，其中，24-30 岁的年轻群体更热衷于通过综艺节目和影视剧的方式了解非遗文化。除了较为传统的“非遗＋综艺”“非遗＋纪录片”等形式，更有非遗与动漫、游戏、短视频、电商等擦出各式各样的火花。其中，抖音已经成为目前国内最大的非遗传播平台之一。据统计，在截至第四批 1372 个国家级非遗项目中，抖音就涉及 1214 项，占比高达 88.48%。在抖音短视频平台上，国家级非遗项目相关视频数量超过 2400 万，播放量超过 1065 亿次，获得点赞量超过 31 亿次。这种多元跨界也让不同的群体通过各式各样的方式和各类平台接触到非遗文化，并由此产生兴趣②。

除了各类博取受众流量的传播平台外，如今不少知名经济品牌也将目光瞄准非遗文化。各类非遗文化 IP 正成为品牌形成差异化内容优势的跨界选择之一。例如，美妆品牌花西子就做过这方面的有益尝试。2020 年 10 月，花西子品牌采取与非遗文化 IP 深度合作形式，推出了以“苗族印象”即苗银艺术为基调的高定彩妆，将錾刻工艺与东方微雕技术结合，在产品上复刻苗族制银工艺。此外，花西子还将苗族文化中古老神秘的图腾“蝴蝶妈妈”与花草元素刻入产品之中，赢得了市场的青睐。又如，民生信用卡引入非遗织锦刺绣作为品牌的主打内容。民生信用卡于 2020 年 10 月推出类纪录片的慢节奏广告片《一根线》，以卡面作为刺绣文化的载体，并联合发布了以四种刺绣为主的四张刺绣人物海报，通过办理民生非物质文化遗产主题信用卡，刷卡后捐赠积分的方式，号召更多人参与到非遗的守护与传承中来。最终，民生信用卡“因守艺而传承”的主题活动，不仅在国内社交平台引发巨大关注，获得了众多 KOL 和无数网友的支持，吸引了大量国内受众积极参与，还在 Youtube、Facebook 等海外社交媒体上引发不少外国网友的关注，使中国的非遗之美突破地域的限制，赢得了外国网友的赞叹。选择品牌与非遗的跨界融

① 张蕖：《品牌如何擦亮非遗这盏灯？》，《国际品牌观察》2021 年第 7 期。
② 张蕖：《品牌如何擦亮非遗这盏灯？》，《国际品牌观察》2021 年第 7 期。

合，既可以避免产品宣传上趋于同质化，同时又让非遗文化丰富了品牌的内涵，帮助品牌树立起积极正向的形象。而这背后，与年轻人对传统文化的热爱又息息相关。过去在一些非遗工作者的刻板印象中，大家认为年轻人一听到京剧、戏曲、评书和讲故事之类传统文化就头痛不已，“没人看”“听不懂”“浪费时间”“不如打打游戏”似乎已经成了当代青年人评判这些传统文化的代名词，认为喜爱这些“文化古董”的大都是老年人，表演这些节目的似乎更是上了年纪的人。然而，事实并非如此。根据快手平台第一次发布的非遗长图数据报告，2018 年，有 252 万名用户在用快手记录非遗内容，其中年龄在 30 岁以下的用户占到了 63.8%，他们共发布了 1164 万条非遗视频内容，累计播放量达 250 亿次，相当于全国平均每人观看 18 次，收获 5 亿次点赞。不仅如此，快手上的非遗涵盖了多种门类，在 1372 项国家级非遗项目中，快手涉及的非遗项目达 989 项，占比高达 72%。可以说，90 后扛起了非遗的大旗①。同时，在品牌追求年轻化转型的当下，这部分 90 后人群与品牌的目标消费群体有较大的重叠，品牌选择与非遗相融合正是向消费者进行“文化示好”。就此而言，武汉地方传说群作为文化符号圈的传承功能，在创新的道路上完全可以做出更多选择。

① 《快手非遗报告：每 3 秒一条非遗视频，超 6 成发布者为 90 后》，中国新闻网，http://www.chinanews.com/business/2019/03-27/8791832.shtml。

附录：武汉入选国家级非遗代表性项目名录的地方传说传承调查

木兰传说

1. 项目简介

木兰传说是在中华大地上发生和演绎的一个千年传诵的女扮男装、替父从军的巾帼英雄故事。许多学者推测故事大概发生在1000多年前北魏抗击柔然期间，而详细叙述木兰故事的叙事诗《木兰辞》则可能在南北朝稍晚时期，但后世学者经过考证，又发现了《木兰辞》可能创作于唐代的许多证据，还有的认为这个传说应该上推到2000多年前的汉代①，至今各派说法不一。关于木兰故事的发生地，也有许多不同的版本。主要有湖北黄陂说、河南虞城说、安徽亳州说、陕西延安说、河北完县(今顺平县)说、甘肃武威说六种说法。黄陂木兰传说因为有木兰山、将军冢、忠烈庙等完整的故事传说核心要素存在，历来被看作木兰文化的重要发源地。清代康熙年间的《黄陂县志》记载："木兰，本县朱氏女，生于唐初，……假男子代父从军，……至今其冢犹在木兰山下。"焦竑在其《焦氏笔乘》中也说道："木兰，朱氏女子，代父从征。今黄州黄陂县北七十里，即隋木兰县。有木兰山、将军冢、忠烈庙，足以补《乐府题解》之缺。"木兰传说在武汉黄陂区世代相传，深入人心。

黄陂木兰传说具有系列完整、故事内容丰富、版本纷杂、讲述人众多、遗址尚存的特点。这里的山山水水和庙宇殿堂无不打上木兰传说的印记，每一处胜景奇观都有一段优美动人的木兰故事。不仅如此，黄陂至今还保存有体现对木兰敬仰之情的众多民间传统习俗，其中影响较大的主要有农历八月的

---

① 黄锂在《木兰传说的历史渊源及人文价值》(上、下)中，根据河北完县(今顺平县)保存的元代至顺三年(公元1332年)木兰祠碑刻《汉孝烈将军记》及《完县志》引《燕山丛录》两则文献记述，认为故事应该发生在汉代文帝年间，是汉代抗击北方匈奴入侵留下的传说。详见《学习月刊》2013年第22期和《学习月刊》2014年第2期。

图 1　黄陂城区木兰征战沙场石雕(摄于 2014 年 5 月 4 日,2017 年该雕像损坏待重塑)

亮子会和春节期间的元宵灯会,这两种祭拜木兰的民俗活动均始于唐贞观年间,迄今有 1350 多年的历史,可以说木兰传说在黄陂已经深深融入当地民俗文化当中。为了传承好木兰传说这一非物质文化遗产,湖北省、武汉市和黄陂区政府开展了卓有成效的保护与开发工作。在黄陂区,现今列入保护并开发的木兰文化遗产有木兰故居大城潭村、木兰县故址、木兰山、木兰乡、木兰仙河等 20 多处。并且为了把木兰传说这份宝贵遗产转化为区域性的人文资源优势,黄陂在传统的木兰景点之外,又开发出了木兰湖、木兰天池、木兰草原、木兰清凉寨、木兰云雾山等新景点,将古木兰县下辖的黄陂北部 947 平方公里面积规划成"木兰生态旅游区",形成一处独具魅力的"木兰传说文化场"。

木兰传说中蕴含的"孝义""忠烈""勇武""坚贞""爱国"等精神,远远超越了中国古代女性三从四德的道德规训,体现了中华民族独特的家国情怀、伦理情感和审美价值。木兰文化对中国人人格精神的形成和文学艺术发展产生了巨大而深远的影响,尤其是其爱国尚武精神更是激励着一代又一代中华儿女保家卫国的战斗豪情。

2. 项目发展史

黄陂木兰传说历史悠久,经过历代文人的吟咏记叙,官方文化的弘扬,特别是民间的传播,逐渐形成独具特色的历史人物与地方风物相结合的民间传说。历代文人的吟咏、记叙中,比较著名的有:唐代大诗人杜牧任黄州刺史期间(会昌三年,公元 843 年)游历木兰山,写下了《题木兰庙》:"弯弓征战作男儿,梦里曾经与画眉。几度思归还把酒,拂云堆上祝明妃。"宋淳祐年间工部尚书刘克庄游历时曾作诗一首:"出塞男儿面,归来女儿身。尚能降北虏,断

图 2　木兰山将军坊(摄于 2018 年 10 月 3 日)

不慕东邻。”宋郭茂倩编《乐府诗集·木兰辞》:“唧唧复唧唧,木兰当户织。不闻机杼声,惟闻女叹息……”明徐承颐游木兰山后吟诗云:“未有木兰先有山,山名偏借木兰补。木兰与山名俱存,山并木兰争万古。”明代著名戏剧家徐渭创作杂剧《四声猿·雌木兰》,全剧共两幕,第一幕写出征,第二幕写征战和还家成亲。明代无名氏撰写的《木兰古传》,对木兰的故事进行了生动的描述,情节动人,感人至深。明代辽东巡抚张涛撰有《木兰将军歌》:“木兰山上青草发,将军冢里埋香骨。杀气应随艳魄消,贞心不向征魂没。忆昔当年闻鼓鼙,曾抛机杼逐旌旗……”该诗长达 49 句,赞美了木兰将军的事迹和木兰山的巍峨壮丽。清代乾隆皇帝当年南巡途中,途经木兰山时曾即兴作《木兰词》一首,诗云:“克敌垂成不受勋,凛然巾帼是将军。一般过客留吟句,绝胜钱塘苏小坟。”以木兰传说的宗教文本而言,木兰山道教徒就珍藏了四个有关木兰传说的文本,分别为《木兰忠烈将军救世真经》《清微木兰将军醮科》《木兰宝传》和道教传本《木兰传》。这些传说文本提到木兰死后被封为神仙,她的神仙封号是“救世天尊”,“奉旨驱邪辅正,专心护国佑民,凡遇人有劫难,暗中解救维殷”,“掌管善恶权衡”。由此可见,黄陂木兰传说带有浓厚的宗教色彩,已经深深地融入当地的民间信仰传统之中。至于民间传说,日积月累,不断传承和变异,就更加丰富了。但总的来说,黄陂木兰传说基本内容是趋于一致的,情节大体相同。

千百年来,木兰传说就在黄陂大地上广泛流传,并经过地方方志、家族族谱、官员奏疏、民间善书、建筑雕塑、绘画剪纸、旅游观光、景观开发、民俗传承、地名符码、戏曲演唱、小说创作、影视传播、视频炫示等方式的不断演绎和固化，越来越具有鲜明的地域文化符号特征，成为黄陂地区的一张靓丽的文化名片。在黄陂木兰传说中，木兰生于大城潭，学艺木兰山，葬于将军坟，围绕木兰生平，演绎出大量的地方传说，同时与木兰山、将军庙、将军坟、双龙戏珠、朱家台子等自然景观和文化遗迹相结合，形成了大量的风物传说。景观、遗迹为传说构造了空间，传说为景观、遗迹增添了文化内涵，成为当地珍贵的文化资源。

2008年湖北黄陂与河南虞城的“木兰传说”一起被列入第二批国家级非物质文化遗产代表性项目名录(序号537，项目编号I-50)。从此以后，该项目的传承与保护进入一个崭新的历史新阶段。近年来，黄陂区充分挖掘木兰文化资源，把这份珍贵的历史文化遗产转化为区域性资源优势，全方位打造木兰文化品牌。制定了发掘木兰文化资源的培根固基战略，打造木兰文化的政府主导战略，宣传木兰文化的“走出去”战略和木兰文化品牌的保护战略的四大战略，并借此增加木兰文化对外宣传的知名度、美誉度、认知度和吸引力，借木兰传说之名，行一方发展之实。不仅相继开发出以“木兰山”“木兰草原”“木兰湖”“木兰天池”“木兰山国家地质公园”等为代表的947平方公里5A级木兰文化生态旅游区；同时还将文化态势向实效文化领域渗透，成功打造了木兰茶、木兰酒、木兰庙会、木兰登山节、木兰文化旅游节、木兰金秋文艺会演等文化品牌，为弘扬木兰文化、推动木兰文化传承和发展做出了有益的尝试和积极的贡献。同时，根据长期的木兰文化研究成果，还创作了大型音舞诗画《木兰山组歌》、楚剧《少年花木兰》、电影《烽火木兰山》等文艺精品。尤其是近年来，随着以木兰传说为基础的美国卡通片 *Mulan* 在世界范围内的上映，木兰文化正在走出黄陂，走出武汉，走向世界。

3. 基本内容

早在两千多年前，木兰代父从军的传说就在黄陂大地上广泛流传，经历了原生期、次生期、定型期、衍进期、弘扬期、流变期几个主要传播阶段，并逐渐由民间口头故事、文人木兰传说、官方木兰文化三方互动形成丰富多彩的文本形态。

在黄陂，木兰一般被人们尊称为木兰将军。木兰故事的发生地是今天黄陂城区北部70华里的姚集镇(古代的双龙镇)。这里是滠水左岸一处地势险要、面积宽阔的山村，北距木兰山十里之遥。据史书记载，在隋代和南齐，朝廷为褒扬木兰事迹，曾经两度在木兰故里设置木兰县。现在依然留存的土城

图3　木兰胜景门楼(摄于2019年5月6日)

垣、城壕等遗迹还依稀可辨,木兰山周围还有木兰庙、木兰牌坊、木兰墓、木兰树等,成为人们凭吊民族女英雄、感受木兰遗风的精神物象。

黄陂木兰传说由木兰出世、少年木兰、替父从军、塞外征战、立功凯旋、皇上封赏、辞官回乡、生死恋情、终老故里九个情节构成。基本内容为:汉朝时,江夏郡西陵县北有一个叫双龙镇的地方,镇上住着姓朱的一个千户人家,当家的朱天禄、赵桂珍夫妇,年过半百,膝下尚无子女,于是到镇南十华里青狮岭的祈嗣顶山神庙求子,一年后喜得一女,取名"花木兰"。木兰长到六七岁时,每天离开学堂缠着隐居镇上的前朝武将——祖父朱若虚说古道今、习武练功。朱若虚精通文韬武略,经常向她讲述《孙子兵法》及自创的梨花枪等秘诀。与此同时,木兰又拜当地的丧吾和尚和铁冠道人这两位武艺精奇的世外高人为师,学得了一身武艺。这一年,北方匈奴侵犯汉朝边境,为抗击匈奴,汉文帝让兵部招兵买马保卫边疆,点兵于西陵县双龙镇千户朱天禄。当时朱天禄年迈有病,儿子又太小,但是又不能违抗朝廷命令。于是,年仅16岁的木兰就女扮男装,代替父亲踏上了迢迢万里征程。木兰征战塞外12年,克服女性生理上的诸多不便,英勇善战,在青年将领伍登的帮助下,破界牌关、克五狼镇、夺金沙峪、擒单于义女花阿珍、捉敌帅吉阿和、烧红罗城粮草营、斩敌将蒙箕、克金牛关、玉门关等,立下十二大功劳,晋升为将军。一次偶然机会,伍登知道了木兰身世,两人倾心相慕,互订终生。打败匈奴后,木兰凯旋回到长安,受到皇上的封赏,但木兰思家心切,上表给皇上获准回到家乡看望父母。有一天,皇上因思念木兰的功劳,敕封她为武昭侯兼兵部侍郎,降诏木兰进京就职。当皇上了解了木兰女儿之身后,惦念她威武俊美的面貌,有意纳入后宫,但木兰以"臣无媲君之礼"再三以死相抗,最后皇帝只好恩准了她辞官归故里的请求。木兰不受封禄，辞归故里几年后，父母双双病倒，木兰在病榻前亲奉汤药，精心照料，尽孝床前。这年三月，木兰收到恋人伍登从雁门关来的信，问及婚姻操办之事，木兰答应待来年春暖花开时举办婚礼。可惜未能等到来年这个时候，镇北侯伍登就被朝中奸臣以谋逆私通匈奴单于的罪名屈杀。木兰闻此噩耗，每天面朝西北洒泪眺望，脚踏之处，泪滴成凼，至今留下了“眼泪凼”的遗迹。后来木兰活到九十岁，在寿诞之日喝过乡亲们敬的寿酒，吃过大家送的寿糕和寿面后，是夜躺在堂屋太师椅上安详而逝。木兰去世后，被皇上谥封为“贞德公主”。唐朝时，皇上再谥封为“忠孝勇烈将军”。人们为了纪念木兰将军，在青狮岭上下为木兰修建了将军坊、祈嗣坝、木兰祠、木兰庙、木兰宫等，久而久之，这座承载着木兰英灵和精神的大山便被人们称作“木兰山”①。

除了这一申报国家级非物质文化遗产的官方认可文本外，民间还有许多关于木兰的不同版本传说继续流传，这就使木兰传说获得了更多的活态存在样式。

图 4 《木兰从军》连环画

4. 重要价值

木兰传说是中华民族优秀的文化遗产，是汉民族民间最经典的传说之一，具有极高的人文价值。

其一，木兰传说所具有的以“家国情怀”为核心，以“忠孝勇节”为基本内容的“道德型”民族文化传统，作为中华民族一项宝贵的精神文化遗产，对塑

① 此为学者黄锂整理后，武汉黄陂区申报国家级非物质文化遗产时的官方文本说法，与当地民间实际流传的版本有较大出入。

造民族精神性格具有不可取代的独特价值。

其二,木兰传说中蕴含的巾帼不让须眉的英雄气概,对我国漫长封建社会形成的男尊女卑习俗,无疑具有荡涤封建精神枷锁的示范意义,激励着无数女英烈为国献身的豪情壮志。

其三,木兰传说人物生动形象,情节跌宕起伏,故事浪漫传奇,具有极其宝贵的审美价值。

其四,木兰传说所具有的鲜明地域文化特色,将为诸如旅游、餐饮、动漫、影视、游戏等文化产业的发展,注入难以估量的宝贵精神资源。

其五,木兰传说因其历久弥新的民族文化传统基因,在全球化和数字化时代具有极为难得的艺术重构和跨文化传播价值。

图5　大型楚剧《少年花木兰》演出剧照

5. 传承人简介

木兰传说在黄陂的传承历史悠久,在漫长岁月中逐渐形成了史料传承、文艺传承、口头传承、会节传承、社会传承、旅游传承与艺人传承等八大特征。就个体传承人而言,主要有如下几位:

叶蔚璋,男,退休民警。2012 年被湖北省文化厅认定为"木兰传说"非物质文化遗产省级项目代表性传承人(鄂文化文〔2012〕225 号文),2018 年入选第五批国家级非物质文化遗产代表性项目代表性传承人(中华人民共和国文化和旅游部 文旅非遗发〔2018〕8 号文)。叶蔚璋经常走村串户搜集木兰传说,向各地来的游客和学生讲述木兰传说,他讲述木兰传说时声情并茂,流畅自然。叶蔚璋讲述的木兰传说与木兰山景观结合,与木兰山地区风俗结合,增加了木兰传说的地方感和历史性。他不仅讲述木兰传说,广泛搜集整理木兰传说，而且还潜心搜集与木兰传说有关的古迹、绘画、雕塑、唱本、剧本、工艺品等，藏品共计3000余件，形成了以木兰传说为核心的历史文化谱系，极大丰富、充实和扩展了木兰传说的内涵，2017年叶蔚璋将这些藏品集中起来在木兰花乡景区建起了木兰文化博物馆。叶蔚璋利用木兰藏品举办各种展览，并联系有关作品，对前来游览的观众生动讲述木兰故事，产生了广泛的社会影响，有效地传承了木兰传说。他还建立与木兰传说有关的网站、博客和微信公众号，以多媒体的现代形式传承木兰传说，充分展示了木兰传说及木兰文化的丰富性和多样性，起到了传承、保护和发展木兰传说的积极作用。

图6 国家级非遗传承人叶蔚璋参加凤凰网湖北频道的相关节目

杜有源，男，黄陂长岭文化馆退休人员。2014年被武汉市文化局认定为“木兰传说”非物质文化遗产市级项目代表性传承人（武文政发〔2014〕35号文）。他长年扎根乡镇文化工作，搜集、整理了大量与“木兰传说”有关的故事资料。1999年和2008年，杜有源主编出版了《木兰生态旅游区》《木兰文化》两本书；2002年为木兰天池景区创作了中篇小说《木兰天池传奇》；2003年为木兰文化城创作了木兰将军38回浮雕、壁画故事脚本。他所撰写的《木兰故事完全版》，为“木兰传说”成功入选国家级非遗名录提供了丰富的申报素材和文本。

其他受到大家公认的有影响的民间传承人还有，木兰山娘娘殿付明义道长、木兰山风景管理处黎世炎、黄陂区委党校常务副校长黄锂、黄陂人武部明德运、木兰山武术学校甘治国等人。

6. 存在的问题及对策

近三十多年来，武汉市为黄陂木兰传说的保护与传承做了大量工作，取得了诸如传说的搜集整理和出版、历史文化遗迹的修缮和重建、木兰山宗教和文化的恢复、相关文艺作品的创作、木兰文化品牌的利用和开发等一系列

图7　杜有源在学校讲说《木兰传说》故事

（图片源自《文人乡贤杜有源：木兰文化的守望者》，荆楚网，http://www.cnhubei.com/cmdetail/183701）

重要成果。但是，木兰传说在保护和开发中存在的问题也是显而易见的。

就存在的问题而言，主要有：其一，传说文本呈现出脱离民间，逐渐官方化、精英化、个人化、市场化的倾向。一方面，真正来自民间的故事文本（例如被诬陷失贞与剖腹洗心等悲剧性内容）和"传说核"（例如大城潭、将军坟、二龙戏珠等景点）被有意忽视和改变。官方的申报文本被无限放大，成为民间文学的正宗，而真正流传于民间的活态文本被无情压制；另一方面，却无中生有地凭空创造与木兰传说关系不大，甚至毫无关系的新"木兰八景"以吸引观光客。其二，木兰传说的传承人后继乏人，在年龄构成中呈现出较为严重的青黄不接状态。随着已知的各级传承人逐渐老去，以及木兰传说所在地方言弱化、村民减少、民俗表演化等文化生态的巨大改变，木兰传说的传承后继乏人成为制约这一非物质文化遗产发展的瓶颈问题。其三，尚未建立起木兰传说的数字化保护体系。随着数字化技术的不断进步，采用数字采集、数字储存、数字处理、数字展示、数字传播等技术，将非物质文化遗产转换、再现、复原成可共享、可再生的数字形态，无疑是十分必要的。

根据以上存在的问题，提出如下对策：

第一，政府有关部门应根据"百花齐放，百家争鸣"的方针，出台兼容并包的文化政策，允许不同传说版本的活态样式继续存在并给予同等的政策扶持，使得传统的民间口头故事、文人木兰传说、官方木兰文化三方互动的良好艺术生态得以继续保持。建议由黄陂区政府成立专项调查小组，对民间口头木兰传说进行全面、系统的整理和收集，对民间现存的活态文本和各种类型的书面文本给予全面保护。

第二，建立并完善政府和企业联动的木兰传说传承保护机制。进一步对木兰文化遗址进行修缮和保护；在旅游开发过程中，建立严格的审查机制，严禁胡乱冠名和杜撰；除了允许举办木兰庙会、木兰亮子会、木兰会等传统宗教民俗活动外，严格审查各类民俗文化表演活动，严防伪民俗、伪传说的泛滥。

第三，尽快启动木兰传说的数字化保护工程，搭建非物质文化遗产多媒体交互体系平台，让更多热衷于黄陂木兰传说传承的个体、企业和机构参与到保护和开发活动中来，使数字化技术和文化产业发展之间形成良性互动关系，传承木兰精神，促进武汉木兰文化的更大发展。

黄鹤楼传说

1. 项目简介

有“三楚胜地”“天下江山第一楼”美誉的黄鹤楼，是中国古代四大名楼之一。黄鹤楼历史十分悠久，一般认为始建于三国时期孙吴治下的黄武二年(公元 223 年)，当时是一座用于军事瞭望和指挥用的岗楼。其后，随着西晋的统一，黄鹤楼作为军事岗楼的价值不再受到重视，再加上建筑上的美观改造，就逐渐演变为人们登临游憩、吟诗送别的胜地。自黄鹤楼建成以来，民间流传着大量与之相关的精彩传说故事，给黄鹤楼蒙上了一层神奇的色彩。再加上历代骚人墨客荟萃于此，登楼讴歌、借景抒怀，“文因景成，景借文传”。多彩的民间传说和前人留下的诗、文、楹联匾额、摩崖碑刻等文化积淀，使黄鹤楼成为荆楚大地上一颗璀璨的明珠，成为武汉市重要的文化窗口。

黄鹤楼是黄鹤楼文化的载体，而黄鹤楼传说是黄鹤楼文化的精髓。黄鹤楼传说，是以武汉市武昌蛇山黄鹤楼为故事发生地的各种民间传说。黄鹤楼传说内容十分丰富，有建楼传说、景点传说、名人传说、楼名起源传说等，可以说它实际上已经形成为一个传说群。建楼传说一般附会在吕洞宾和鲁班身上，突出建楼之难，造楼之奇，如《吕洞宾跨鹤飞升》《杉木屑鱼和刨皮鱼》；景点传说主要与黄鹤楼群的景观风物有关，将传说与风物结合，以丰富其人文内涵，如《搁笔亭传说》《仙桃亭传说》《石照洞传说》《白龙池传说》；名人传说主要以历代名人登楼赋诗和题字作画为主，借助名人效应，提升文化品位，如《崔颢题诗，李白搁笔》《王维鹤楼赠诗画》《辛弃疾南楼赋别离》《岳武穆登楼抒情怀》《张献忠题诗黄鹤楼》，当然也还有《刘玄德醉走黄鹤楼》《诸葛亮计赚鹤楼宴》等个别与诗赋无关的名人传说；楼名起源传说主要有“因山说”和“因仙说”两类，前者因山名黄鹄附会成篇，如李吉甫《元和郡县图志》，后者与仙人子安乘鹤、费祎驾鹤休憩、吕洞宾游戏红尘关联，最早见于《南齐书州郡志下》《述异记》等典籍，借仙人着羽衣虹裳，驾鹤飞天，抒写浪漫情怀，如《黄鹤、幺妹镇龟蛇》《黄鹤仙子伏毒龙》《吕洞宾酒楼画鹤》《黄阿嫂修楼报恩传说》和《辛氏酒店与黄鹤楼》等。迄今为止，流传最广、影响最大的是关于楼名起源的仙人驾鹤类传说，其中最具有代表性的是《辛氏酒店与黄鹤楼》①。

一千多年来，黄鹤楼传说以其仙人飞天的浪漫精神、情义相感的现实情怀、跌宕起伏的故事情节、丰富多彩的景观叙事，以及荆楚文化的独特意蕴，一代又一代地在江城百姓之间众口腾播，激发人们对白云黄鹤的浪漫怀想，并与黄鹤楼群的景观叙事一起浸润着每一位登临人士的心灵，成为武汉城市人文精神的源头之一。

图 1　黄鹤楼（摄于 2018 年 10 月 6 日）

2. 项目发展史

黄鹤楼传说最早见于南北朝时期梁·任昉《述异记》中“荀瓌黄鹤楼上遇仙对饮，仙人跨鹤腾空”的记述，至今已经有一千五六百年的历史②。后萧子显的《南齐书·卷十五·州郡志》，亦有“世传仙人子安乘黄鹤去”的记载。到了唐代阎伯理的《黄鹤楼记》里引用《图经》记载，则将驾鹤之仙由子安转化为

① 2011 年武昌区以此作为申报国家级非物质文化遗产代表性项目的文本，获得成功。

② 一说《述异记》作者为祖冲之，不确。《述异记》是古代小说集，共有两本：一本由祖冲之撰，10 卷，已失传；现保存下来的为南朝梁任昉所撰。

三国时期蜀国重臣费祎，“《图经》云：‘费祎登仙，尝驾黄鹤返憩于此，遂以名楼。’事列神仙之传，迹存述异之志”。至北宋时，出现了一个老兵在黄鹤楼仙人洞遇见仙人赐金的传说，苏东坡写长诗《李公择求黄鹤楼》记其事。至于(金)王朋寿的《增广类林杂说》卷十二之《辛氏酒店》，故事情节经过世俗化和艺术化的改造后，故事人物由文人荀瓌转变为开酒店的辛氏子，仙人则由子安、费祎变得无名无姓，情节上增加了“仙人化为乞丐游戏红尘”“店主辛氏无偿款待半年”“临别以橘皮画鹤酬谢，辛氏因而致富”“辛氏建楼纪念”等，情节变得更加跌宕多姿，也更富有人间烟火气息。唐宋以后由于道教仙人吕洞宾的巨大影响，人们使把这个故事中的仙人逐渐附会到他的身上。元代，吕洞宾与黄鹤楼的故事已流传甚广，山西芮城永乐宫元代壁画，即有吕洞宾在黄鹤楼卖墨的故事。明代，吕洞宾在黄鹤楼的故事越传越丰富，如说他在此卖桃，及一小吏食枣仙去之类；明代吴元泰《东游记》第二十六回《洞宾酒楼画鹤》，故事情节则与《辛氏酒店》基本相同，但是主角变为仙人吕洞宾；清初褚人获《坚瓠集》卷八之四也同样将仙人坐实为吕洞宾；此后，大约是根据时人贪得无厌的市侩气息越来越浓有感而发，人们又在故事中增加了“井水变酒水”和“酒水又变为井水”的内容，将幸氏酒店更名为“辛氏酒店”，“幸氏”更正为“辛氏”；至此，最能代表黄鹤楼传说的楼名起源故事《辛氏酒店与黄鹤楼》已形成，很少变化了。

除了这一代表性传说外，像建楼传说、景点传说、名人传说、趣闻逸事等日积月累，也不断丰富。20 世纪 80 年代武汉群众艺术馆编写的内部资料《武汉市民间故事传说集》中，比较系统地收录了黄鹤楼传说 11 篇，冯天瑜主编的《黄鹤楼志》第九章“逸闻传说”收录了黄鹤楼传说 27 篇，王生铁主编的《荆楚百处名胜》、万艳华主编的《荆楚名楼揽胜》、马昌松编的《黄鹤楼纵横谈》以及旅游书籍《旅游胜地的民俗与传说(江之南)》中都收录了黄鹤楼传说，《中国民间故事集成》湖北卷里也收录了关于黄鹤楼来历的传说，文尚光、施蛰存等学者也收集了一些不常见的黄鹤楼传说，将上述有关黄鹤楼的传说整理后计有 40 多篇，而且随着时代的发展，黄鹤楼还在不断续写着新的传说，例如毛泽东与黄鹤楼等。黄鹤楼传说不仅以民间叙事的方式口耳相传，而且还以杂剧、评书、小曲、话剧、电影、动漫等多种载体形式存在，更增加了该传说的文化辐射力。

千百年来，黄鹤楼传说在市民百姓和迁客骚人中不断传扬，使黄鹤楼这一古代书法家米芾笔下的“天下江山第一楼”更加声名远播，甚至走出了国门。20 世纪 50 年代初期，苏联艺术家将“橘皮画鹤”的传说改编成动画片《黄鹤楼的故事》，上映后得到一致好评。2011 年黄鹤楼传说入选第三批国家级非物质文化遗产代表性项目名录(序号 1049,项目编号 I-105),黄鹤楼传说更是受到各级政府部门、企事业单位和非遗文化组织的高度重视。如今,当人们行走在武昌蛇山"黄鹤楼传说文化遗产小道"上,极目楚天,一种文化自豪感就会油然而生。武汉市正在以这一非遗文化为核心,进行发掘、保护和利用,努力通过"非遗+旅游""非遗+IP"等形式,开展黄鹤楼诗词大赛、"黄鹤楼中秋节歌诗汇"节目海选、黄鹤楼表情包等活动,将黄鹤楼传说的生产性传承做大做强,不断扩大影响,增强其作为国家级非物质文化遗产代表性项目的无穷魅力。

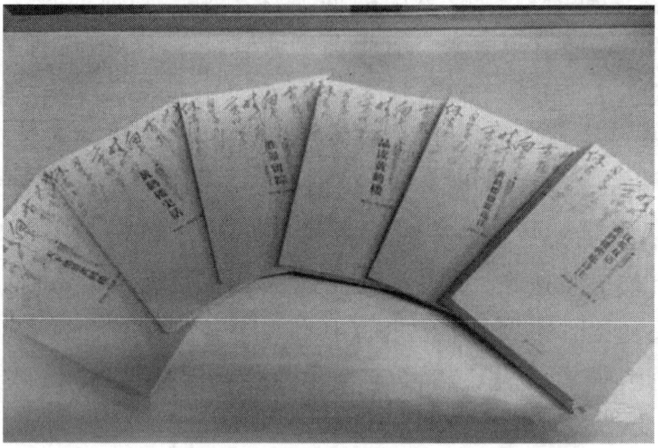

图 2　黄鹤楼文丛(摄于 2020 年 9 月 6 日)

3. 基本内容

作为地方风物传说,黄鹤楼传说由围绕黄鹤楼这一传说核而生成的众多传说组成,包括《辛氏修楼谢恩》《吕洞宾骑鹤飞天》《鲁班神工建楼》《武状元建楼拜仙》《胜象宝塔孔明灯》《李白登楼夸崔颢》《黄鹤楼上看翻船》等多达数十篇流传至今的民间传说。

最具有代表性的传说是关于楼名来历的《辛氏酒店与黄鹤楼》,该传说源自王朋寿的《增广类林杂说》卷十二之《幸氏酒店》,流传完整的版本则见于明代《报恩录》记载:黄鹤楼原名辛氏楼。辛氏在山头卖酒,有一位道士常常来喝酒,辛氏并不向他索要酒钱。道士后来要离开此地,临别时用橘皮在辛氏酒家的墙壁上画了一只鹤,并对主人说:"有客来了,你就拍手,鹤会飞舞侑酒的。"此后辛氏酒家生意兴隆,逐渐富裕起来。过了 10 年,那位道士又来了,拿出他所佩戴的铁笛吹了数声,一会儿,白云自空中飞来,黄鹤也从墙上飞下来舞蹈一番,然后道士乘鹤而去,辛氏为感恩便在道士跨鹤升天的地方建造了辛氏楼,因橘皮画的鹤呈黄色,后人又把辛氏楼改称为黄鹤楼。到了后来,人们又在此基础上增加了道人将井水变酒水相谢，辛氏夫妇因此大富，以及辛氏婆婆一句“井水当酒卖，还嫌猪无糟”的牢骚，终致仙人跨鹤离去、井水还原的内容，并将仙人直接附会为八仙之一的吕洞宾，影响不断扩大。最终形成一个故事情节跌宕起伏、人物形象仙凡多姿、传说意蕴伦理分明的完整故事。

本来这一传说只是黄鹤楼众多传说中的一种，但是由于崔颢《黄鹤楼》诗中有“昔人已乘黄鹤去，此地空余黄鹤楼。黄鹤一去不复返，白云千载空悠悠”的名句，以及中国普罗大众对八仙吕洞宾的信仰，故事本身于平淡中见惊奇的传奇性色彩，再加上蕴含其中浅显易懂的道德训诫，使得这一传说更具有典型性，远远超出其他传说的影响。黄鹤楼传说为黄鹤楼增添了神秘的浪漫主义色彩，为历代诗人吟咏黄鹤楼提供了灵感之源。

4. 重要价值

作为国家级非物质文化遗产代表性项目，“黄鹤楼传说”历史悠久，与屡毁屡建的黄鹤楼相生相伴，且不断丰富扩展，不仅具有极高的历史文化价值，也具有特色鲜明的文学价值和浓郁的地域文化色彩，堪称武汉民间文化艺术的瑰宝。具体说来，有如下几个方面的价值：

一是审美价值。黄鹤楼传说作为黄鹤楼文化的精髓，赋予了黄鹤楼缥缈动人的美感，它把黄鹤楼巧夺天工的建筑之美与道教神仙的神异事迹相融合，将自然美、工艺美升华为艺术美，给予人们极大的美感享受，激发了从崔颢、李白、苏东坡、岳飞到毛泽东等历代诗人、伟人的创作灵感，催生了多如珠玑的诗词文赋，极大地推动了中国浪漫主义文学、道教文学的发展。它还影响到绘画（包括年画）、建筑、戏曲、曲艺、音乐等姊妹艺术，甚至渗透到语言领域。

二是伦理价值。黄鹤楼传说表达了人世间乐善好施、勤劳致富、少私寡欲的道德观念，弘扬了其中关于“善”的伦理。这些精神品质传达了古代人民的道德观念，对现代人的道德情怀也具有启发和熏陶作用。

三是人文价值。黄鹤楼传说中蕴含的天人合一哲学理念，神仙、人物、生灵和谐相处的生态画面，加上历代名人留下的诗文和故事，使之具有浓厚的文化气息和人文价值，乃至“白云”“黄鹤”成为武汉的代名词。人们在登楼之际，品诗文、听故事，自然会升腾起抚今追昔、思接千载的怀古之情。这对提升武汉市民的文化素养、增强他们对于地方文化的认同感和自豪感，具有重要意义。

四是产业价值。本来在古代，黄鹤楼传说就因渗透到其他具有实用价值的姊妹艺术领域而具有一定的产业元素，像“元代杂剧版”“清代年画版”“清末相声版”等就是如此。今天，它作为武汉极具潜力的“文化 IP”之一，完全可以为新兴的数字媒体技术、动漫艺术和游戏产业等提供丰富的素材，为创意文化产业注入不竭的活力。

五是交流价值。50 多年前黄鹤楼传说便走出国门，苏联艺术家将橘皮画鹤的传说改编成动画片《黄鹤楼的故事》，风靡苏联。改革开放以来，武汉市相继与日本、美国、法国、英国、罗马尼亚、苏丹、匈牙利、荷兰、韩国等相应的城市结为友好城市，黄鹤楼传说都以最亮丽的名片方式，展现了中国传统文化的无穷魅力。此外，每年数万人次的境外游客，通过登临黄鹤楼、聆听黄鹤楼传说故事，亲身体验有关黄鹤楼传说的景观叙事，加深了对武汉文化和中国文化的认识与理解。

5. 传承人简介

黄鹤楼传说至今没有确定非物质文化遗产代表性项目的传承人。所谓代表性传承人，是指承担非物质文化遗产代表性项目传承保护责任，具有公认的代表性、权威性与影响力的人物。从目前来看，这方面的合适人选尚未出现。有人建议把有关传说的传播者，如黄鹤楼“金牌”导游、武汉曲艺界讲述黄鹤楼传说故事的名流等作为代表性传承人，但并未得到非物质文化遗产主管部门的认可，这是黄鹤楼传说现代传承过程中亟须补齐的短板。

6. 存在的问题及对策

从 20 世纪 80 年代黄鹤楼重修工程启动并逐次完成各景观点修复工作以来，作为黄鹤楼文化的精髓的黄鹤楼传说就一直受到各级政府的高度重视。2011 年由武昌区申报并成功入选“国家级非物质文化遗产代表性项目目录”，如今黄鹤楼传说项目在传承、保护和开发方面已经取得了相当可观的成绩。但毋庸讳言，作为入选第三批国家非物质文化遗产保护名录的黄鹤楼传说，在传承保护方面还是存在一些亟待解决的问题。

首先，市民对于黄鹤楼入选第三批国家非物质文化遗产保护名录缺乏认识，保护意识不强。调查采访时，当我们谈到黄鹤楼起名的由来、黄鹤楼建楼的传说、吕洞宾与黄鹤楼、费祎与黄鹤楼、岳飞与黄鹤楼、辛氏酒店与黄鹤楼等故事时，除了少数中老年人能讲出其中几个完整故事以外，大多数人只是知道一点皮毛，至于说到黄鹤楼入选国家级非遗项目，则很多人对非遗概念不甚了了。这固然与黄鹤楼景点门票收费较高，普通市民不愿负担，因而不热心此类故事有关，但同时也与我们对民间文学类非遗项目宣传力度不够，重项目申报而轻立项建设，重经济效益轻文化传承，也有一定关系。

其次，黄鹤楼传说项目非遗传承人后继乏人的问题亟待解决。在调查采访中，我们发现至今为止黄鹤楼项目尚没有市级以上代表性传承人。缺乏代表性传承人成为制约其发展的关键问题，因为民间文学传承人是“讲好中国故事”的关键因素，在民族文化传承中发挥着举足轻重的作用。黄鹤楼传说项目不仅缺乏生活在民间从事实际民间文学讲说活动的传承人，甚至连热心民间文学事业的学术性传承人也罕见。在这一方面，黄鹤楼传说所在地政府需要加大扶持力度，着意栽培非遗文化传承人。

最后，黄鹤楼传说项目在保护与开发过程中呈现出一定程度偏离民间旨趣，逐渐精英化、官方化和市场化的价值倾向。民间传说本来是人民群众依托一定的客观存在物，用方言集体创作，口耳相传，表达民众真实情感的原生态的、鲜活的民间艺术，它可能有些粗俗，有些荒诞不经，但却洋溢着一股率真、朴实的情怀，让人回味无穷。在黄鹤楼传说项目的传承过程中，那种来自民间的、用武汉地道方言讲说黄鹤楼故事的地方和人群越来越难以见到。取而代之的则是各种学术场合中用普通话进行学术表达的故事梗概和有一定水平的导游式讲述，以及各种出版物中的故事。

针对以上问题，建议采取如下对策：

第一，加强网络新媒体平台建设，大力宣传黄鹤楼传说。在调查采访中，我们发现很多人，尤其是年轻人大多是通过网络了解黄鹤楼传说的，网络占有很重要的位置，但是在黄鹤楼景区网站及文化部门官方网站、微博、微信公众号上，虽有相应的神话传说、名人逸事和历史文化介绍，内容却相对贫乏，故事丰富性不够，因此亟须增强这方面的内容，以满足广大网民对这方面非物质文化遗产的审美需求，获得对于黄鹤楼美好的第一印象。

第二，充分利用公共空间，加大黄鹤楼传说的宣传力度。公共空间宣传是大众每天都要接触的地方，建议在学校、地铁站、公交站、广场、公园等场所加大对黄鹤楼传说的宣传，将黄鹤楼传说以图文并茂的方式进行展示。

第三，适当降低景点门票价格，让更多普通市民通过游览观光，在景观叙事中真切感受黄鹤楼传说的魅力。目前黄鹤楼景区的游览票价较高：成人票是 80 元，而学生票也要 40 元，这在景点门票中算收费较高的。建议有关部门与景区管理公司协商，适当降低票价或错峰在若干时间节点对市民免费开放游览。黄鹤楼景区有着许多记载着黄鹤楼传说的景观，引导市民进行实地参观游览，是宣传黄鹤楼传说的一种最好的重述故事、增强民间文化感知和记忆的方式。

第四，将民间文学的抢救性保护工作与生产性保护工作结合起来，引导进行适度产业化开发。在“互联网＋”时代，数字媒体艺术几乎占据了大部分青年人的业余时间甚至日常生活，他们的思想行为受到这些东西的影响十分明显。建议黄鹤楼传说项目开发中，除旅游、餐饮产业外，加大诸如微信公众号、动漫、IP剧、手游、网络游戏、二次元人物等数字化媒体产业的创意开发力度。

伯牙子期传说

1. 项目简介

伯牙子期传说源于两千多年前的古汉阳地区（今天的汉阳区和蔡甸区）。据嘉庆年间的《湖北通史》记述，平塘渡在江口西十里，相传就是俞伯牙摔琴之处（平塘渡在汉阳区辖区内）。汉阳古琴台是知音传说的主要物质载体和纪念地。另据《中国历史地名大辞典》《湖北省志·文物名胜》《汉阳县志》记述，琴台又名伯牙台，位于汉阳龟山西麓，传说“伯牙鼓琴，钟期知音”的地方就在于此，后人筑台纪念，故名。

伯牙子期传说在汉阳一带民间有口皆碑，世代相传，并不断扩大传承范围，现已成为具有世界性影响的著名地方传说，并已深深渗透到地域文化的土壤之中，成为武汉的人文精神之源，获得了生生不息的艺术生命力。为了保护好伯牙子期的传说，湖北省、武汉市和汉阳区政府开展了卓有成效的保护工作。传说所在地汉阳区政府更是高度重视，制订了一系列切实可行的保护措施，划拨经费，统筹规划，进一步加强知音文化的保护、传承和利用。以伯牙子期传说为基础的“知音文化”现已成为汉阳、武汉乃至湖北省的一张靓丽名片。

伯牙子期传说中蕴含的“理解”“真挚”“友谊”“诚信”的精神境界是人类追求的永恒主题，表达了人与人、人与社会、人与自然和谐相处及协调发展的价值追求，体现了中华民族独特的审美情感和伦理价值。“知音文化”对中国文学、艺术和美学思想产生了深远影响，它对于我们研究先秦文化特别是楚文化具有重要价值。传说作为历史文化遗产具有鲜明的现代人文价值取向，集中体现了人类社会人际关系中最真挚、朴实、美好的属性，它是构建社会主义和谐社会、促进世界和平发展极为宝贵的精神财富。

2. 项目发展史

早在两千多年前的秦汉时期，关于伯牙子期的知音传说就在中华大地上广为流传，并由口传进入文士笔下。传说最早记录在先秦的《吕氏春秋·本味篇》和《列子·汤问》两部典籍中。据《吕氏春秋·本味篇》记载：“伯牙鼓

图1　伯牙子期相会石雕(摄于2018年8月16日)

琴,钟子期听之,方鼓琴而志在泰山,钟子期曰:'善哉乎鼓琴!巍巍乎若泰山。'少时而志在流水,钟子期曰:'善哉乎鼓琴,洋洋乎若流水。'钟子期死,伯牙摔琴绝弦,终身不复鼓琴,以为世无足复为鼓琴者。"《列子·汤问》中的记述,除了语言上略有出入,故事情节基本与此相似:"伯牙善鼓琴,钟子期善听。伯牙鼓琴,志在高山,钟子期曰:'善哉,峨峨兮若泰山!'志在流水,钟子期曰:'善哉,洋洋兮若江河!'伯牙所念,钟子期必得之。子期死,伯牙谓世再无知音,乃破琴绝弦,终身不复鼓琴。"自此以后,伯牙子期传说在人们的口耳相传中不断丰富和发展。到了明代万历年间,出现了民间话本《贵贱交情》[①]。冯梦龙据此创作了话本小说《警世通言·俞伯牙摔琴谢知音》。经明代冯梦龙话本小说的生动描述之后,"高山流水相感遇""故人离世断琴谢知音"这两个基本情节及"知音难得"的主旨构成故事的血肉,使其形态趋于稳定,从而

① 2012年,刘守华教授发现了《明万历刊小说传奇合刊》中的《贵贱交情》一文,可能是冯梦龙《俞伯牙摔琴谢知音》的底本。后经华中师范大学非遗保护中心研究生王源查实,《明万历刊小说传奇合刊》是说书人的话本集子,成书于明万历年间(1610年前后),由此推断彼时伯牙子期传说在汉阳地区已广为流传。王源经过实地调查证实,如今的蔡甸区马鞍村、集贤村、钟家台以及汉阳琴断口、黄金口等地区,还有很多普通民众能够讲述知音传说。这一发现为伯牙子期传说申遗提供了有力史料。冯梦龙《警世通言》中的《俞伯牙摔琴谢知音》初刊于明代天启四年(1624年),应是根据《贵贱交情》改编而写成的。也有人认为,《贵贱交情》应为《贫贱交情》,其最早发现者应是路工的《读书见闻录》,该书1985年由上海古籍出版社出版,第150页记载了这一故事,其实二者并不矛盾。

获得世代传承不息的艺术生命力，并将地方传说的影响不断扩大，推向全国。伯牙子期传说在民间传承过程中不断变异，并渗透进其他艺术形式之中，至今仍留存着民间评书艺人说书的底本，以及许多与之相关的戏曲（如京剧《伯牙摔琴》、汉剧《听琴扳琴》）等。

伯牙子期传说主要流传在老汉阳一带，也就是今天的汉阳城区和蔡甸区。汉阳区为武汉三镇之一，“摔碎瑶琴凤尾寒，子期不在与谁弹？春风满面皆朋友，欲觅知音难上难”，这个核心故事发生地汉阳，人们为了将这一传说故事铭刻在城市记忆里，特意命名了众多与之相关的地名：钟家村、琴断口、琴断小河、碎琴山、琴台路、知音路、知音桥、平塘古渡等。当然，更为重要的是还保存和建设了若干“传说核”纪念物。汉阳古琴台（伯牙台）是伯牙子期传说的物质载体和纪念地，据有关文献记载，早在1400多年前的南北朝时期就有了，现在的古琴台始建于清代乾隆年间，是武汉市著名的文化景点和游览胜地，也是湖北省重点文物保护单位。蔡甸区位于武汉西郊，马鞍山在蔡甸区城关东南7公里处，当地人称为凤凰山，相传钟子期曾隐居于此。这里保存有钟子期墓，墓地位于马鞍山下的凤头渡，当地有歌谣流传至今：“家住凤凰尾，葬于凤凰头，挨着凤凰眼，穿过凤凰颈”，描绘的就是钟子期在马鞍山生活以及安葬之地的地形地貌。

伯牙子期传说流传了两千多年，现已沉淀为一个特色鲜明的重要地域文化符号，甚至成为中华民族精神的标志性文化符号。当代伯牙子期的传说在汉阳和蔡甸一带传承的形式多种多样：既有蔡甸区马鞍村、集贤村、钟家台以及汉阳琴断口、黄金口等地区的普通民众口耳相传的活态传承，也有通过“非遗＋旅游”形式的景观建设传承，还有开展讲故事、编写剧本、组织论坛等其他一些现代化的传承形式。

汉阳区的传承保护措施主要有：成立知音传说保护工作室和知音文化研究会，定期开展“知音论坛”活动；为“高山流水觅知音传说”建立完整的档案；通过大众传媒和互联网的宣传，加深大众对知音传说的了解和认识；在全区范围内对“伯牙子期传说”进行普查，内容编入《伯牙与子期·知音传说》一书。该区还将继续开发利用及保护好古琴台及《高山流水》古曲，保护好相关戏曲、曲艺、歌舞的脚本及其表演形式；举办汉阳知音文化旅游节，建成了琴台广场、琴台艺术中心、琴台大剧院等旅游设施，修缮了琴台公园，打造一条知音文化主题游精品线路；把琴台碑廊中珍贵的书法珍品拍照或制成拓片；在汉阳一中建立知音文化传承基地，兴建知音传说组雕等。

蔡甸区的传承保护措施有：对钟子期墓和知音亭周边环境进行整修，把马鞍山一带作为知音文化核心区进行打造，建设武汉钟子期文化纪念园。

2012年组织“武汉·蔡甸重阳知音会”并出版《当代知音——蔡甸区知音文化理论研究成果集萃》一书。此后，还编辑出版了《知音九章》《知音故事集》等文化专著，创作编写了《知音故里行》《请到知音故里来》等音乐作品。2013年在马鞍山下的新农中心小学建立蔡甸区知音文化传承教育基地。两年一届的“知音文化艺术节”已成为蔡甸区活动规模最大、内容最丰富的群众文化活动，每年清明节举办祭祀楚隐贤钟子期活动，2012年制作电视专题片《高山流水知音故里》，2014年与市文化局联合出品《高山流水》大型原创歌剧。蔡甸区还计划举办“知音文化展”，创作大型音舞诗画舞台剧《知音赋》，出版《高山流水唱竹枝》蔡甸竹枝词集，并将以“伯牙子期传说”发生地为核心，总体规划建设后官湖绿道、区文化艺术中心等项目；将小南湖更名为“知音湖”，将一条大道命名为“知音大道”，依托知音文化，建设知音九真风景区，规划建设知音湖旅游度假区等。

2014年该传说入选第四批国家级非物质文化遗产代表性项目名录（序号1232，项目编号I-138）。从此以后，该项目的传承与保护进入一个崭新的历史新阶段。

3. 基本内容

伯牙子期的传说是我国为数不多的以古代音乐人物为主体的传说故事。传说的发生地古汉阳为武汉三镇之一，位于长江和汉水交汇处，春秋时期属楚国之境，汉阳之名始于隋炀帝大业二年，古汉阳包括了现今的武汉市汉阳区、蔡甸区和经济技术开发区（汉南区）。汉阳地理位置独特，拥有不可多得的自然与人文景观。传说中的高山流水遇知音故事就发生在这山水相依的自然环境之中。

传说的情节梗概为：春秋时期，晋国大夫伯牙奉王命出使楚国，完成使命后乘船返回。当船行至龟山脚下时，猝遇大雨阻滞只好将船暂泊在江口的古月湖。在雨息风止的间隙，面对眼前的青山绿水，熟谙音律的伯牙一时琴兴大发，鼓起了瑶琴，优美的琴声回荡于山水之间。这时，恰被砍柴避雨在附近的楚国隐士钟子期听见，不禁失声赞叹。伯牙鼓琴，一直未遇知音，与钟子期见面后，为了印证子期对琴艺的感悟，于是再次抚琴演奏。当他用琴声抒发高山情怀时，子期就说：“善哉！峨峨兮若泰山！”当他表现流水韵味时，钟子期就说：“善哉！洋洋兮若江河！”伯牙演奏时意念所至，钟子期都能感悟，并用生动形象的语言表达出来，这使伯牙颇有相见恨晚之感。于是二人一见如故，结为知音，相约来年再来此地相会。到了第二年伯牙如期而至，而子期却因病逝世未能赴约。伯牙悲痛欲绝，他割断琴弦，摔碎瑶琴，从此不复鼓琴，以此来悼念这位逝去的知音。

在汉阳地区,民间关于伯牙子期传说的内容很多,一般都围绕着琴断口、碎琴山、平塘古渡、琴台(伯牙台)等景点或史书中早有记载的旧地名展开,侧重点略有不同。但传说的主要情节都离不开听琴识知音、抚琴遇知音、论琴结知音、摔琴悼知音几个方面的内容。而今,自先秦时期以来就世代相传的伯牙子期因琴结缘、“高山流水觅知音”这段优美动人又凄清无比的故事,伴随着汉阳的山、汉阳的水,在建设大武汉的历史大合唱中继续传承下去。

图 2 汉阳古琴台遗址(摄于 2019 年 6 月 12 日)

4. 重要价值

第一,伯牙子期传说作为一项宝贵的精神文化遗产,蕴含着中华民族特有的精神价值、思维方式和想象力,其独创的“知音”理念表达了中华民族对人类交流的渴求和对至高境界的追求,也表达了人类普遍的心灵诉求。这一表达方式体现了中华文化的特征,又具有人类的共同特征,展现了中华民族杰出的文化创造力。

第二,伯牙子期传说承载着民族融合与走向统一的思想信息而被载入先秦典籍,具有中华文化元典的价值,其“高山流水觅知音”意象业已成为中华民族最基础的文化符号之一,因而具有促进中华民族文化认同、增进民族团结的深远意蕴,是文化交流的重要纽带。

第三,伯牙子期传说发生在古代楚国境内,扎根于深厚的楚文化传统之中,具有鲜明的地方特色,两千年来成为这一地域的人们精神生活中灵感的源泉,表现了中华民族多元文化的生命活力。

第四，伯牙子期传说蕴含的人与人、人与自然和谐相处的意蕴，以及重友情、讲诚信、守承诺的道德标准和对高尚人格情操的推崇，为构建和谐社会与“人类命运共同体”的新理念提供精神资源。它不仅仅属于武汉，也不仅仅属于中国，早已经走出国门，走向世界。1967 年，国际天文学会宣布，水星上有 15 个环形山，陆续以各国文学家、艺术家命名，伯牙子期传说的主人公大音乐家伯牙位居榜首。

第五，伯牙子期传说对中国传统音乐产生了深刻影响。中国古典十大名曲之一的《高山流水》就来源于这一传说，该曲蕴涵天地之浩远、山水之灵韵，充分体现了我国古代“大人合一”“物我两忘”文化精神，达到了中国古典乐曲主题表现的最高境界。其中管水平先生演奏的《流水》，曾由联合国教科文组织将其与其他国家的 27 首著名乐曲一起，录入美国太空探测器“旅行者一号”的金唱片，并于 1977 年 8 月 22 日发射到太空，向茫茫宇宙寻找“知音”。

5. 传承人简介

目前，该传说尚没有市级以上代表性传承人。民间有一定影响的传承人，主要分布在钟家村、古琴台和琴断口两大区域，其传承谱系如下：

表 1　伯牙子期传说传承人谱系

区 域	代别	姓　名	性别	出生年月	居住地址
钟家村古琴台	一	马肇华	女	1918 年 2 月	汉阳区钟家村
	二	罗良铭	男	1938 年 10 月	汉阳区钟家村
	三	吴楚启	男	1940 年 11 月	汉阳区五里新村
	四	王家胜	男	1955 年 12 月	武昌区复兴路 15 号
	五	夏　露	女	1971 年 12 月	武昌区南湖花园
	二	柏　松	男	1933 年 8 月	琴断口水保局
	三	梁鸣惊	男	1942 年 12 月	琴断口汉沙社区
	四	柏　华	男	1963 年 7 月	二桥知音东村社区
	五	柏竹轶	男	1994 年 3 月	二桥知音东村社区

目前有区级代表性传承人 3 人；有 13 个街道文化站长为非物质文化遗产普查员，收集了不少关于这方面的资料，并编辑了《琴台集锦》《古琴台》《伯牙子期知音传说》等著作。主要传承人：①柏松，男，生于 1933 年 8 月，武汉采石厂退休工人，退休后主要为社区的老人和假期中小学生讲述传说故

事。②吴楚启，男，生于1940年11月，古琴台工作人员。③王家胜，男，生于1955年12月，古琴台工作人员。多年在汉阳古琴台工作，每年为数以万计的古琴台旅游者讲解伯牙子期传说故事，并主持编辑了《琴台雅集》和《古琴台》一书。

2012年11月8日，柏松老人在琴断口街墨北社区讲述伯牙子期的故事

图13　传承人讲述伯牙子期传说

6. 存在的问题及对策

在各级政府的关怀和支持下，伯牙子期传说项目在传承、保护和开发方面已经取得了相当可观的成绩。但是，伯牙子期传说项目的发展也存在不少问题：如对知音文化的内容和文化表现形式掌握得还不够全面、准确；知音文化尚未建立完善的档案系统；知音传说纪念性建筑及景点建设尚存欠缺；有关知音传说的文化产品开发还处于起始阶段，没有形成传播知音文化的整体格局，缺乏必要的文化融合机制；有关伯牙子期传说传承基地建设尚未落实等。更为关键的是，在实地调查过程中，我们发现汉阳区和蔡甸区市民，虽然他们一般都知晓伯牙子期传说的大致内容，但能够生动、完整地讲述该传说的已为数不多，活态传承链面临断档的危险。

针对目前这种现状，我们觉得应采取如下对策：

第一，由武汉市文化和旅游局牵头成立伯牙子期传说保护领导小组，对知音文化的内容和表现形式进行全面系统、准确的收集、整理、保护和传承。

第二，建立完善的档案系统，对知音文化研究专家学者、民间人士给予支持，对知音文化研究成果予以收集，并建立数据库；动员政府和社会力量建立专项保护基金，对贡献较大、成果丰硕者予以奖励。

第三，加大古琴台等伯牙子期知音传说纪念性建筑的保护与开发，恢复其原有规模、建制和风格，同时注重保护。完善古琴台与月湖新八景的知音壁、知音桥、知音碑林、抚琴小筑等景点的建设。

第四，在汉阳区有关知音传说地名的路段设置标牌，介绍这个地名的由来与含义。将古琴曲《高山流水》及湖北道情《古琴台》以及汉剧传统剧目《听琴碎琴》等相关地方文艺表演制成音像制品，并在地铁站和武汉其他窗口循环播放。

第五，加大在中小学校和社区设立伯牙子期传说传承基地并开展传承活动的力度，举办各类相关主题的文化活动，进一步扩大其在广大青少年中的影响。

第六，在琴台音乐厅、琴台大剧院等演出场所，通过政策法规的形式将“伯牙子期传说”合理地融入其中，比如规定琴台音乐厅每一场演出之前必须加演古琴曲《流水》作为序曲，在琴台音乐厅和琴台大剧院建筑上饰以伯牙子期故事浮雕等。

三国传说·卓刀泉传说

1. 项目简介

卓刀泉传说是三国故事众多关公传说中的一个，属于地方风物传说里较为单一的民间故事。相传三国时期，蜀国大将关羽带兵驻扎在武昌伏虎山一带，当时正值大旱，数万大军饮水成为问题。关公见此，便持青龙偃月刀斫地找水，顿时“水涌成泉”，因“斫”“卓”同音，后来人们便将此泉取名为“卓刀泉”。“青龙降虎关云长，甘醇还数卓刀泉。”自古以来，三国英雄关羽伏虎为山、卓刀为泉的传说便在武昌洪山一带民间世代相传。

卓刀泉传说的物质载体是位于洪山区卓刀泉街伏虎山西南麓的卓刀泉寺。卓刀泉寺，又名御泉寺，是宋代朝廷为纪念关羽神迹依泉而建的寺庙，俗称关庙。寺内的卓刀泉，深约三丈，泉水淡碧，冬暖夏凉，味如甘澧，传说饮用此地泉水可以治疗很多疾病。因宋朝时关公文化在民间广为流传，寺内香火鼎盛，游人如织，一时间“御泉寺”名扬四海。明朝时，更是盛极一时，相传明朝洪武五年（1372 年）朱元璋之子楚昭王朱桢游览至此，仰慕关公之名，命人打井水畅饮，泉水入口甘甜无比，极为赞赏，于是便在此筑井台建井亭，并亲笔手书“卓刀泉”三字。从此以后，寺庙的香火更为旺盛。1956 年，毛泽东主席在武汉开会期间，到卓刀泉游览喝茶的故事更是为卓刀泉传说增添了不少色彩。

现在的卓刀泉寺大致为 1916 年重修，进山门后为四合院式的院落，中央为泉。左侧为桃园阁,供有刘备、关羽、张飞塑像。左、右两厢为禅堂和客堂,再进去为正殿,原供关羽塑像。“文化大革命”中,庙内塑像、陈列被毁,1988年恢复为庙,并重新雕塑神像,添置陈设。寺内尚存石碑十余块,记载着该寺的兴建历史,并保留有历代文人墨客的诗词、文赋、楹联等。卓刀泉寺现为洪山区著名的文物古迹和风景名胜,是市级文物保护单位。

卓刀泉的传说,历经1800余年之久而不衰,它所蕴含的人神交叠、博大精深的关公文化,影响着历代人对忠、义、仁、信传统道德的信奉,阐释着人们追求诚信正义、亲善和美的道德信条,规范着人们为人处世的道德底线,是人们孜孜追求、取之不尽的道德源泉。

图1　卓刀泉古井(摄于2019年6月12日)

2. 项目发展史

卓刀泉传说,伴随着三国英雄关羽不断被神化而在武汉地区流传开来。据寺内石碑和清代文人作的《卓刀泉记》等文献记载,至迟在宋代由于关羽在民间被神化为“关公”后,卓刀泉传说就在武汉地区广为流传。卓刀泉传说的文献记载最早见于明景泰六年(1455年)《寰宇通志》:“在府城东十里,汉昭烈郊坛上。世传关羽曾卓刀于此,有庙在泉上。”又据清同治《江夏县志》载:“卓刀泉,在县东十五里关庙殿前,色白香清,饮之不渴,在汉昭烈郊坛下。世传汉寿亭侯行军于此,卓刀得泉。明楚昭王蒐饮之味甘洌,为甃石覆以亭。”

太平天国运动时期,寺庙建筑大部分毁于战火。据寺内石碑记载,清咸丰八年(1858年)曾经重建。光绪二年(1876年)在寺庙周围栽种了1000多株松柏,松柏之中间植桃李,以象征刘、关、张“桃园三结义”之意。现在的卓刀泉寺大致以 1916 年重修的寺庙为主体,逐次恢复并扩建。1993 年,以卓刀泉寺为中心,武汉市将其建设成占地面积达 9 公顷的洪山城区第一座市内公园——卓刀泉公园,并对外开放。2010 年,武汉洪山区政府重新修缮了卓刀泉寺,占地面积在原有基础上又有增加。历代记载卓刀泉传说的碑文得到妥善保护,卓刀泉井经过整修也恢复了故有面貌。而今,走进卓刀泉公园,卓刀泉寺、盆景园、大观园、烟波楼、三国名人微缩景观、彩控喷泉、游乐宫镶嵌在一起。一座名泉、古寺和公园相映成趣,人文景观与自然景观和谐结合的特色名园让人流连忘返。

除了作为传说核心存在物的景观建设外,围绕卓刀泉传说展开的其他方面活动也取得不少成果。例如,近年来洪山区有关部门就组织专家学者和民间艺人积极记录和挖掘了卓刀泉传说以及一些其他流传于民间的口头传说,像"卓刀泉和伏虎山传说""御泉九龙岩传说""泉寺丹桂传奇""王泉九龙岩""郡主显灵"等,已分别收集整理并出版在《湖北民间故事传说集》(1983)、《卓刀泉》(2006)和《洪山掌故》(2011)中。2012 年,该区以卓刀泉古寺为平台,主办了"关公文化交流"活动,以增强海峡两岸的认同感。2015 年 12 月,在千年古寺卓刀泉寺又举行了"两岸关公文化研讨会",吸引来自海峡两岸更多的专家学者参加会议,弘扬了卓刀泉寺武圣人关公的"忠""义"文化,扩大了卓刀泉传说的影响。

2007 年,卓刀泉传说被列为武汉市级非物质文化遗产代表性项目名录,2013 年被列为湖北省级非物质文化遗产代表性项目名录,2014 年,"三国传说·卓刀泉传说"同湖北省其他三国传说一起入选第四批国家级非物质文化遗产代表性项目名录(序号 1231 项目Ⅰ-137)。从此以后,卓刀泉传说更是受到各级政府部门、企事业单位和非遗文化组织的高度重视。2014 年,卓刀泉寺被评为洪山区十大名片之一。

3. 基本内容

相传东汉末年(建安十三年,208 年),正值赤壁大战前夕,蜀国大将关羽奉军师诸葛亮之命率领数万大军驻扎在武汉市洪山区伏虎山西南麓一带。当时正值盛夏时节,气候炎热,酷暑难耐,怎奈附近没有洁净的水源,士兵们饮水困难。关羽派人四处找水,一无所获。这时候,一位银发飘飘拄着拐杖的老翁告诉关羽:"这里原本是水木林茂之地,后来这里出现了个老虎精,把湖湾水源全给糟蹋掉了。老百姓为求水用,还得送上童男童女供这老虎精受用。"关羽闻之,凤眉横竖,怒不可遏,恰在这个时候,狂风大作,一只老虎随风而至。关羽提起青龙偃月刀,刀在瞬间便化为一条青龙,呼啸着迎虎而上,龙虎相搏，一时间飞沙走石，天昏地暗。青龙越斗越勇，经过一番搏斗，最后猛虎一阵惨叫，趴在地上再也不能动弹，化成了一座石头山，而青龙降服了猛虎后还原成了青龙偃月刀，回到关羽手中。关羽以刀斫地，仰天大笑，就在他的大刀斫地之处，陡然冒出了一股涓涓清泉，后有诗云："青龙降虎关云长，甘醇还数卓刀泉。"将士们用关羽斫刀之处涌出的泉水痛饮解渴，士气为之大振。大军临行前，关羽用刀蘸上泉水浇在石头上，山上立即绿树丛生，青翠一片。后人有感于关羽降虎精、斫甘泉之恩，便把此泉取名为"卓刀泉"（因"斫""卓"同音），并在泉畔建起了卓刀泉庙，把猛虎化成的小山称作伏虎山。这便是伏虎为山、斫刀为泉的传说故事的由来。

卓刀泉传说作为关公文化的组成部分，是关羽在武汉地区活动的景观见证物。其青龙偃月降虎精、卓地为泉福后人的英雄壮举，对塑造关羽武圣人忠义勇武的形象，无疑是相当精彩的一笔，而且由于在全国 4 万多座关帝庙中拥有卓刀为泉美誉的仅此一处，卓刀泉寺更是独步天下，令人景仰，也使武汉这座翠竹幽篁簇拥下的古老寺庙，充满了神圣的气息。

图 2　卓刀泉故事碑文（摄于 2019 年 6 月 12 日）

4. 重要价值

三国传说·卓刀泉传说是三国传说在武汉地区的代表和精华，是武汉地域特征鲜明的文化符号，具有极高的艺术性、文学性和审美性。这一传说历史悠久、文化底蕴深厚、景观独一无二，彰显了武汉独特的三国文化魅力和历

史名城形象。具体说来:

独特的关公文化价值。作为武汉目前唯一的一处纪念武圣关羽的场所,卓刀泉传说蕴含着深厚的关公文化内涵。作为一个真实历史人物,关羽在正史《三国志》中不过九百多字的记载,得到的评价也并不算高。但千载以后关羽却力压群雄,晋升为整个中华民族护国佑民的神祇——武圣人,得到海内外华人的一致供奉,不但使刘备、曹操、孙权这些三国时代的风云人物黯然失色,就连万世师表的文圣人孔子也不得不退避三舍。据统计,武圣关公庙在海内外的数量及规模均超过了孔子文庙。2017 年 8 月 12 日,印度尼西亚因为发生拆毁关公塑像事件,还引起总统府的高度重视,发出法律制裁的警告。关羽能跨越时代,跨越历史,与他的“对国以忠、待人以仁、处事以智、交友以义、作战以勇”人生信念密不可分,闪耀着中国传统文化的伦理美德光辉,至今仍有着积极的社会意义。“仰之如日月,敬之如神圣。”作为中华民族共同的信仰,关公文化及关公信仰在海内外中华儿女心目中占据了重要地位,成为维系海内外中华儿女民族感情和血脉亲情的纽带。当今许多海外华人得知全世界只有武汉有一处关公卓刀而成的灵泉,都专程而来,只为喝上一口圣洁的泉水。有的甚至还灌上一瓶泉水带回家去,这不得不说是关公文化的魅力,自然也与卓刀泉传说生动的审美效应密切相关。

地标性观光旅游价值。古卓刀泉寺内有“三宝”:华中地区最大的关公青铜神像,明朝开国皇帝朱元璋第六子楚昭王朱桢题字“卓刀泉”,在一般寺庙中难得一见的珍品——男身观音像(我国寺庙供奉的观音塑像一般为女性菩萨,而此庙供奉的则是一尊仿唐风格的男性观音像)。再加上卓刀泉传说发源地,西接桂子山,东倚伏虎山,北临武汉东湖风景区,是武昌城东古驿道隘口,为古代兵家必争之地。当年关羽屯兵于此,留下卓刀为泉的壮美动人传说,后代也不乏此类故事,据传清代咸丰初年,太平天国起义军就与清军在此激战,使得御泉寺建筑大部分毁于战火。不唯如此,“灵山秀水墓占多”。民国大总统黎元洪、中共“一大”代表李汉俊、抗日战争时期牺牲在前线的第一位军长郝梦龄等一批历史名人的墓葬大都在附近,他们给卓刀泉传说地烙上了深深的历史文化印痕,使古老风物传说蕴含的观光游览价值倍增,只要开发适宜,卓刀泉传说所具有的极高旅游价值,一定会吸引更多海内外游客,也必将成为武汉地区的一张靓丽的地标名片。

5. 传承人简介

卓刀泉传说至今没有市级以上代表性的传承人。所谓代表性传承人,是指承担非物质文化遗产名录项目传承保护责任,具有公认的代表性、权威性

图 3　卓刀泉公园内关圣殿(摄于 2019 年 6 月 12 日)

与影响力的传承人。从目前来看,这方面的合适人选尚未出现。有人建议把有关传说的传播者,如熟稔卓刀泉传说并经常向游客讲述这方面故事的"金牌"导游作为传承人,有人建议将卓刀泉寺的住持作为传说代表性传承人,有人建议将《卓刀泉》的作者喻建设作为传承人,但并未得到学术界和非遗主管部门的认可。

6. 存在的问题及对策

从 20 世纪 90 年代初武汉市启动卓刀泉公园建设以来,有关卓刀泉传说的文化就受到高度重视,尤其是以传说核为重心,以寺庙重修为依托,在将文化建设与市政建设相结合方面取得了一系列成果。2007 年,卓刀泉传说被列为武汉市级非物质文化遗产代表性项目名录后,随后又申报了省级、国家级非物质文化遗产,特别是 2014 年成功申报国家级非物质文化遗产成功后,卓刀泉传说的整理、传承、保护和开发工作进入一个新的历史阶段,取得了非常可观的成绩。但是,作为入选第四批国家级非物质文化遗产代表性项目名录的卓刀泉传说,在保护、传承和开发方面也还是存在一些亟待解决的问题。

首先,传说发生地卓刀泉寺离中心城区较远,再加上附近风光旖旎的东湖风景区和校园美丽的高校较多,在旅游开发方面存在先天不足,在文化传播活动中处于不利地位。其次,现代人们对关羽文化缺乏基本了解,因而对于卓刀泉传说的深厚的历史文化意蕴缺乏足够认识。卓刀泉传说自然不能用严格的历史科学来证实,它反映的是人们对武圣人关羽的敬仰,对乡土风物的热爱,也正是这个原因,使得"卓刀泉的传说"能千古流传,但是传说地在关羽文化的宣传方面却显得用力不够。最后，卓刀泉传说的传承开发在规划上缺乏整体意识，应将其固有的文学性、历史性、文化性、艺术性、生态性和创新性整合为一体。针对以上问题，建议采取如下对策：

第一，增强“三国传说·卓刀泉传说”入选第四批国家级非物质文化遗产代表性项目名录的宣传力度，吸引更多市民游览，为卓刀泉传说注入更多的传承动力。虽然经过修缮后的卓刀泉寺往来游客与信徒日渐增多，每年约有上万人次参观游览，“但与归元寺、宝通禅寺的香火相比，有着深厚文化底蕴的古卓刀泉寺显得十分尴尬”（法云法师说）。无人问津或问津者寡自然不利于非物质文化遗产的传播了。

第二，定期在卓刀泉寺或卓刀泉公园内举办关公文化纪念活动或其他文化艺术活动，弘扬关公文化“对国以忠、待人以仁、处事以智、交友以义、作战以勇”的武圣精神，激活古老传说的基因向现代转化。

第三，将民间文学的抢救性保护工作与生产性保护工作结合起来，引导进行适度产业化开发。由于地理位置偏僻，自然山水风光有限，卓刀泉传说不可能像黄鹤楼传说、木兰传说和伯牙子期传说那样进行生产性的深度开发，但这并不意味着就不能开发。我们应利用数字媒体艺术等有效手段，进行诸如动漫、网络游戏、二次元人物方面的文化创意开发；与此同时，还应综合体现朝拜、休闲、旅游观光和文化交流多种功能。

第四，在完善传说核心存在物卓刀泉寺相关佛教建筑设施，融合佛教文化、世俗文化、关公文化的基础上，进一步突出关公文化特色，深化关公文化内涵，使其成为武汉市最具特色的关公文化中心和关公纪念圣地。

禹的传说（武汉大禹治水传说）

1. 项目简介

起源于上古时期的大禹治水传说，是中华大地上广为流传、影响深远的一个古老传说故事。相传在尧舜禹时期，神州大地上江河泛滥，人民流离失所，鲧和大禹父子二人先后受命负责治水。大禹的父亲鲧采取“堵”的办法，治水失败后被杀；大禹吸取他父亲的教训，采取“疏”的方式，治水取得了巨大成功，赢得了人民的广泛信任和崇敬，并被推举为帝。大禹治水的范围广大，涵盖了冀、兖、青、徐、扬、荆、豫、梁、雍古代九州，湖北省武汉市就属于古荆州范围。

武汉大禹治水传说是中国古代“大禹治水传说”的一个重要组成部分，是反映大禹在我国中部长江流域治水的独特而典型的神话故事，流传了数千年。武汉地处长江中下游，境内江河纵横、湖港交织，水域面积占全市市区面积的四分之一，是全世界水资源最丰富的特大城市之一，被称为“百湖之市”。但丰富的水资源也伴随着严重的水患灾害，武汉治水的历史始终贯穿于城市发展进程。汉阳区位于武汉市的长江与汉水交汇处，东濒长江、北倚汉水、西接蔡甸、南临汉南。这里地势低洼，历史上一直是水患频发的险要之地，相传大禹就是在这里“疏江导汉”，成功制服了泛滥多年的长江和汉水水患。因此，汉阳是武汉大禹治水传说最为集中、最为丰富的区域，并以汉阳区龟山（古称大别山）为中心，向东麓的长江边以及长江对岸的武昌蛇山一带辐射。其遗迹主要分布在原汉阳县，即现在的汉阳区、汉南区境内，在武昌区、江夏区等地也广为流传。

武汉大禹治水传说是大禹在古荆州境内治理长江水患的英雄赞歌。不仅留下了禹碑亭、朝宗亭、禹功矶等历史遗迹，而且流传下了《龟蛇锁大江》《灵龟镇怪化龟山》《大禹治水收赑屃》《大禹贮粮米粮山》《禹青飞帽堵洪水》《大别禹柏通柏泉》《忽必烈正名禹功矶》《总督寻宝镇水怪》等众多神奇的治水故事。

近年来，武汉大禹治水传说先后成功申报为市级、省级和国家级非物质文化遗产代表性项目，为这一古老传说的当代传承创造了非常有利的条件。武汉大禹文化博物馆（武汉市晴川阁管理处）是武汉大禹治水传说非物质文化遗产项目的保护单位。

2. 项目发展史

记载武汉大禹治水传说的历史文献，最早见于《尚书·禹贡》的“江汉朝宗于海”说法，它直接点明了治水地点就是武汉；《墨子》里详细地记载了大禹打败三苗的内容，这应该与大禹南方治水相关。不打败三苗，他不可能进入这一带地方，也不可能在江汉相交的地方把河道清淤，以及把汉水导入长江。大禹应该是一面治水，一面跟当地阻碍治水的那些部落或者是部落联盟，发生过一系列的战争，打败了地方割据势力，他才可能放手治理江河。宋代苏东坡在《禹柏》一诗中，描述了大禹当年治水到龟山，种植过柏树的传说；元代林元《大别山禹庙碑记》中描述了“禹功矶”的来历。明代官修地理总志《寰宇通志》记载，原禹王庙“在大别山麓，宋绍熙间，司农少卿张体仁以此地江汉朝宗之会，乃建庙以祀大禹，而以益稷配焉”。清人胡凤丹在《大别山志》中也说：南宋绍兴年间（年代略有不同），司农少卿张体仁督修大别山“禹王庙”。明代天启年间，改禹王庙为“禹稷行宫”，在原祭祀大禹的基础上又加祀后稷、八元、八恺等18位传说中的先贤。天启五年（1625年），湖广布政使右参议张元芳为禹稷行宫写了碑记，“禹稷行宫”之名自此沿袭至今。明代嘉靖年间修建了晴川阁，雕刻了岣嵝碑；在清代摹刻了两块禹碑。清代同治三年（1864年），禹稷行宫再次重修，改为具有浓郁地方风格和精湛民间工艺的砖木结构建筑，由大殿、前殿、左右廊庑、天井等构成，占地面积380平方米。后经历百余载风雨和年久失修，至20世纪80年代初，“宫”内文物遗失殆尽，屋面渗漏，木蛀梁朽，墙体倾斜，岌岌可危。1983年至1984年，武汉市文物管理部门按照“保持现状、恢复原状”原则，对禹稷行宫进行了大修。精心修葺后的禹稷行宫朱漆彩绘、雕梁画栋、古色古香。大殿中央立有玻璃钢材质的大禹塑像，背衬《禹迹图》，上悬“德配天地”巨匾，还陈列着纪念大禹治水的各种资料。21世纪以来，武汉市、区各级政府十分重视非物质文化遗产的保护工作。为了使大禹治水在武汉的传说能够得到有效的保护和传承，使大禹治水文化得到弘扬和利用，市、区政府投入资金建设了“大禹神话园”，在武汉市晴川阁管理处建立了“武汉大禹文化博物馆”。2005年，武汉市汉阳区政府组织主办了首届中国武汉大禹文化旅游节，全国的大禹纪念地均派员参加了这次活动，众多媒体对活动进行了多次报道，在社会上引起强烈反响。武汉市晴川阁管理处与汉阳区教育局共同举办了多届大禹纪念周社教活动，成为汉阳区的社教品牌活动。

在武汉市境内，关于大禹治水在武汉的传说遗址、遗迹多有留存。隔江对峙的有治水之神化作的龟蛇二山，汉阳有晴川阁、禹稷行宫、禹碑亭、朝宗亭、禹功矶、岣员碑、米粮山等，汉南有纱帽山，东西湖有传说中直通龟山的柏泉古井等，这些遗址、遗迹，为传说的流传起到了重要佐证和支撑作用，促进了武汉大禹治水传说在当地的传承，成为武汉这座历史文化名城的重要组成部分。

2015年，武汉大禹治水传说入选市级非物质文化遗产第五批项目名录（武政〔2015〕42号文件），2016年入选湖北省省级非物质文化遗产第五批项目名录（鄂政发〔2016〕38号文件），2021年成功入选第五批国家级非物质文化遗产代表性项目名录扩展项目名录（国发〔2021〕8号文件，序号1035，项目编号I-91，申报单位为湖北省武汉市汉阳区）。武汉大禹治水传说即将进入保护与开发的历史新阶段。

3. 基本内容

武汉大禹治水传说涉及多个故事，内容大致可分为两类：一类是大禹及其部下在治水过程中发生的故事，如《龟蛇锁大江》《灵龟镇怪化龟山》《大禹治水收赑屃》《大禹储粮米粮山》《禹种殿前柏》《禹青飞帽堵洪水》等；一类是由核心故事逐渐衍生出的后人与大禹治水相关的传说，如《忽必烈正名禹功矶》《总督寻宝镇水怪》等。由于武汉大禹治水传说不像黄陂木兰传说、黄鹤楼传说和伯牙子期传说那样，是围绕一个主要传说生发开来的，笔者这里介绍两则简短的传说。①“灵龟镇怪化龟山”：远古之时，武汉地区一片汪洋。滔滔水域古称云梦泽。传说楚国疆域有七大泽，云梦泽为其一，方圆达九百里。武汉就处在云梦泽水域。云梦泽与不设防的长江、汉水对生活在两江沿岸的古汉阳百姓构成莫大的威胁。屡屡泛滥的洪水，使得民不聊生，苦不堪言。大禹为治水来到江、汉交汇之地，面对难以制伏的水患，对随从大员发话问道：“谁有良策治服洪水？”其中一位山神回答道：“洪水泛滥因有水怪在此兴风作浪，只有天神才能降服水怪。制伏了水怪，洪水自会平息。”于是大禹上达天庭，命天神捉拿水怪。天神布下战场，风雨雷电大作，直击水怪。水怪水陆两栖，潜波隐形，摇角刺利剑，掀浪卷沙石。一时间，风狂雨暴，电闪雷鸣，浊浪排空，天昏地暗。眼见神怪相斗，难分高下，大禹速遣治水大军中的灵龟大将助阵。灵龟水陆皆能作战，逼得水怪无处遁逃。水怪见用掀浪卷沙、潜波隐形的本领对付灵龟完全失效，只好到陆地上与灵龟短兵相接。只见水怪展开肉翼，伸出利爪，犄角摇晃，獠牙大张，直向紧追不舍的灵龟扑来。灵龟施展腾挪神功，缩头立地，伸颈腾空，跃于百丈之上，居高临下，却见水怪犄角凿石成孔，知其破坏力尽在犄角。说时迟，那时快，灵龟以其坚甲之躯、万钧之力，凌空扑下，迅猛压向水怪头角。随着两声巨响，灵龟与水怪同归于尽：灵龟腹甲被戳穿，水怪头骨被砸碎。霎时，江、汉平和，云梦泽风平浪静。英勇牺牲的灵龟则化作一座山峦，矗在江、汉汇流一侧，永镇水怪于山底，成就大禹治水的功德，守护江、汉平安。武汉人感念灵龟大将治水降妖的功劳，称其化作的山峦为“龟山”。②“禹青飞帽堵洪水”：人们都知道，大禹和他的父亲鲧治水的故事，却很少听说大禹的儿子也参与了治理洪水。武汉这里就流传着大禹的儿子治水的神奇故事，还与汉南的纱帽山有关。相传大禹有个儿子名叫禹青，也是治水的一把好手。大禹在治理水患之时，就把禹青带在身边，以苦其心志，劳其筋骨，等待他成器成才的时候，好将大任交付给他。禹青在汉南水洪口一带的长江边抗洪抢险时，经历了一场惊天动地的搏斗，书写了一段凄婉壮美的诗篇，矗立起一座令后世景仰的丰碑。那时，水洪口靠长江沿线一带属古云梦泽，临近长江。在春夏两季常常有水浸堤岸之患，冲垮房屋，淹没田地，造成当地百姓无家可归。禹青看在眼里，急在心里，奏请父王以求良策。于是，大禹急派八恺、八元几位得力干将前往帮助。禹青恭请八恺、八元帮忙巡查水情，分析形势。八恺分析了地形、地貌和流水走向，八元则分析了当地百姓的心理状况和心理取向，共同制定了“外疏洪水泛滥，内调心理失衡”的治水方针。八元带人到每家每户做工作，增强老百姓抗洪的必胜信心；八恺则下达征招文书，招募年轻力壮者上堤筑坝，共同防御洪魔。就在那一年春夏之交，老天爷连降七七四十九天的大暴雨，江水陡涨，田垸尽淹，一片汪洋。禹青带领着老百姓日夜奋战在长江边，垒石填土，可是大水一直在涨。也就在那一夜，暴雨如注，雷电大作，刚筑好的堤坝就开始溃缺，堤内百姓的性命已到了千钧一发之际。禹青急得大汗淋漓，气得怒目圆睁，一手抓下头上的纱帽，对天长啸：“天眼混浊，不见苍生之苦，枉为天也！我今若不能退却洪水，宁愿失命于此。死后魂魄也要直上九天与老天爷一辩！”说罢，禹青将纱帽用力往空中抛去。只见那纱帽顺势而上 36 丈高，在空中旋舞 360 度后，逐渐扩大，正好落在长江的溃口处，镶嵌其中。说时迟那时快，只听见一声巨响，将雷声震息，又见 360 道金光闪耀，将电光逼得无影无踪。于是，奇迹出现了，雷电销声匿迹，暴雨无影无踪，长江水面陡降 3 尺。再看那顶纱帽，已然化作一座山，形如一顶纱帽纹丝不动立在长江岸边，严严实实地堵住了洪水口，保住了老百姓的一方平安。后来，汉南一带人们世世代代流传禹青纱帽堵洪水的故事，以表达对治水英雄的怀念，同心保护自己的家园，那座山至今人们仍然叫作纱帽山。

4. 重要价值

历史价值。武汉大禹治水传说是我国为数不多叙述上古时代长江流域治理水患的民间故事，反映了原始社会末期荆楚大地复杂的山川水系分布特点，这对研究本地地形地貌的演变具有重要历史地理学价值；其中涉及大禹采用科学的治水方法、发明治水工具等，对研究我国水利工程的发展具有科学史价值；同时，神话传说中的人物与山川地理相融合，具有鲜明的地域特色，对于研究先秦时期楚文化具有一定的地域文化史价值；是武汉城市发展史的重要组成部分。

艺术价值。武汉大禹治水传说，将历史史实与神话传说相融合，塑造了一组性格鲜明的原始社会英雄和神怪群象，故事优美、富于想象、神奇夸张、流传面广，充满了浪漫主义色彩；内容上涉及当时的政治、社会、民族、宗教、科学、爱情等各个方面，具有较高的文学艺术价值。

社会价值。武汉大禹治水传说所蕴含的公而忘私、忧国忧民、艰苦奋斗、坚韧不拔、九州一家、因势利导、尊重自然等传统美德，不仅成就了武汉人“勇立潮头，敢为人先”的城市精神，而且对于今天构建社会主义和谐社会和生态文明建设有着重要的现实意义。

5. 传承人简介

目前,程涛平是武汉大禹治水传说非遗项目的市级代表性传承人。他所居住的武汉市汉阳区南岸嘴高公街一带,以前属无堤地带,每年汛期一到就被淹,当地居民常年与水患作斗争,他们对治理水患有很强的切身感受,程涛平就是在这样的环境中成长起来的。他现在每年都要去居住地附近的中小学宣讲武汉大禹治水传说,每月都在社区对街坊邻里讲解大禹治水故事。

其他传承人还有武汉大禹文化博物馆馆长刘国斌,以及黄国华、张引娣等人,他们经常向全国各地来晴川阁旅游,参观访问大禹治水遗址、遗迹的游客,宣传和介绍武汉大禹治水传说,受到各地游客的欢迎。

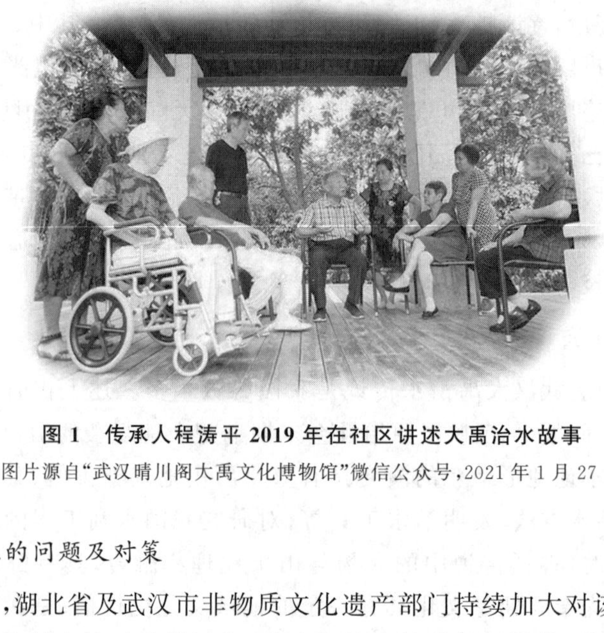

图1 传承人程涛平2019年在社区讲述大禹治水故事

(图片源自"武汉晴川阁大禹文化博物馆"微信公众号,2021年1月27日)

6. 存在的问题及对策

近年来,湖北省及武汉市非物质文化遗产部门持续加大对该非遗项目的保护力度。拨付专款对禹稷行宫、禹碑亭等建筑进行了维修,将晴川阁、禹稷行宫等古建筑群先后建设为汉阳区爱国主义教育基地、武汉市爱国主义教育基地。在收集和整理大禹治水相关文献资料上,湖北省及武汉市的非遗部门指导武汉大禹文化博物馆,通过文字记载、录音、录像、数字化多媒体等手段,对武汉大禹治水传说进行了较为全面、系统的记录和整理,还派员赴全国各大禹纪念地征集大禹相关资料,丰富博物馆的内容。此外,武汉市还修建了大禹神话园等现代人文景观。应该说,在武汉大禹治水传说的传承和保护方面取得了非常可观的成绩。但是,作为入选第五批国家级非物质文化遗产代表性项目名录的武汉大禹治水传说,在保护、传承和开发方面也还是存在一些亟待解决的问题:其一,文化内涵挖掘不足,品牌建设略显迟缓。武汉作为世界上两条大江交汇处少有的百湖之城,有着鲜明的水文化和码头文化,如何深入挖掘大禹治水文化内涵,使之为打造成国际知名的城市水岸品牌服务,目前尚有许多文章要做。其二,文献整理力度不够,传承状态堪忧。同黄鹤楼传说和黄陂木兰传说等国家级非遗项目相比,有关武汉大禹治水传说的文学再创作和学术研究专著方面,明显落后许多;在传承方面,虽然通过进社区、进景区和进校园等形式的开展,增强了人们的非遗传承意识,但由于传说地的人文生态已经发生了较大改变,这些外在的因素很难转化为内生的传承动力。其三,生产性传承思路单一,缺乏整体规划上的宏观视野。武汉大禹治水传说的生产性传承思路主要集中于旅游文化产业方面,对这一文化 IP 产业链的上游内容层(网络文学、漫画等)、中游变现层(电影、电视剧、网剧、游戏等)和下游延伸层(衍生品、艺术/体验馆等)的产业思路不够开阔,缺乏整体布局。针对上述问题,建议采取如下对策:

第一,加强传说文化内涵与城市规划的深度融合,以中国水岸城市品牌创建为切入点做大做强非遗文化传承。传说本身所蕴含的不怕牺牲、勇往直前的英雄主义,疏江导汉、因势利导的治水智慧,人水共生、协调发展的生态情怀,万众一心、慷慨赴义的民族意志等,为大禹神话传说提供了得天独厚的叙事时空。如果将传说文化的这些内涵与武汉两江四岸的独特自然景观和人文景点、百湖之城的水文特色、古往今来的洪水抗争历史相融合,合理规划龟山片区、月湖片区及汉口的龙王庙片区的整体效应,打造武汉城市水岸文化品牌,一定能书写好非遗文化传承这篇好文章。

第二,将传说文化的整理研究与现代新媒体传播相结合,以适应新时代的审美形态传承非遗文化。一方面,加强武汉大禹治水传说的文献整理、文学再创作和学术研究,启动类似"黄鹤楼文丛"的编撰计划,与高等学校和社科研究机构合作,适时召开学术会议,扩大传说文化研究的影响,提升武汉大禹治水传说的知名度;另一方面,充分利用现代新媒体传播手段,建设好相关的互联网站、微信公众号和官方微博,并发挥抖音、快手、斗鱼等短视频平台的传播优势,举办与传说相关的微电影、短视频赛事,使武汉大禹治水传说成为适应新时代的审美要求、受到 21 世纪青年人青睐的文化 IP,以更好地实现生活化、艺术化的代际传承。

第三,推进产业链生态与市场运作的协调发展,以生产性传承反哺非遗文化。对武汉大禹治水传说这一文化 IP 进行深度产业开发,推进产业链生态与市场运作的协调发展,以非遗+主题公园、非遗+数字平台、非遗+沉浸体验、非遗+文化旅游、非遗+游戏、非遗+动漫、非遗+影视、非遗+体验工坊等多种“生产性传承”业态（如增加大禹治水实景演出、建设柏泉非遗小镇），扩大其社会效应和经济效应，进而反哺这一非遗文化。

第四，创建非遗教育的非正规和正规渠道联动机制，以生动活泼的形式传承非遗文化。一方面，鼓励代表性传承人继续深入城市社区、相关景区和中小学校，给街坊邻里讲说武汉大禹治水故事，给游客讲说武汉大禹治水故事，给中小学生讲说武汉大禹治水故事；另一方面，依照我国非遗法中“学校应当按照国务院教育主管部门的规定，开展相关的非物质文化遗产教育”的精神，积极稳妥推进当地中小学校结合有关“课程单元”教学要求（如“人教版”《语文》九年级下册第一单元课程是“土地情思”的主题，“鄂教版”《品德与社会》四年级上册第三单元要求“说说家乡的故事”），组织学生实地考察禹碑亭、朝宗亭、禹功矶、赑屃碑等与传说有关的遗址、遗迹，回校后通过写作文和讲故事等方式，激发青少年学生讲说大禹治水故事的热情。

主要参考资料

一、著作类

1. 钟敬文:《钟敬文民间文学论集》(上、下),上海文艺出版社 1985 年版。

2. 刘守华:《中国民间故事类型研究》,华中师范大学出版社 2002 年版。

3. 柳田国南著,连湘译:《传说论》,中国民间文艺出版社 1985 年版。

4. 肖志华、严昌洪:《武汉掌故》,武汉出版社 2000 年版。

5. 中国民间文艺研究会湖北分会、湖北省群众艺术馆:《湖北民间故事传说集》(武汉市)(上、下册),中国民间文艺研究会湖北分会 1980 年版。

6. 冯天瑜:《黄鹤楼志》,武汉大学出版社 1999 年版。

7. 马昌松:《黄鹤楼纵横谈》,武汉出版社 1993 年版。

8. 武汉市汉阳区地方志办公室:《汉阳典故与传说》,湖北人民出版社 2013 年版。

9. 陈清平、谢和清:《新洲民间故事》(1—6 册),长江出版社 2014 年版。

10. 皮明庥、张俠:《高山流水 知音江城 伯牙钟子期史事与传说》,武汉出版社 2007 年版。

11. 武汉市蔡甸区党史办(地方志办公室):《知音故里人文景观》,武汉第二印刷厂 2003 年版。

12. 张静:《黄陂木兰传说与风物》,华中师范大学出版社 2016 年版。

13. 周大望:《木兰山和将军们的传说》,湖北人民出版社 1986 年版。

14. 周大望:《木兰山·湖和将军们的传说》,湖北人民出版社 1995 年版。

15. 蒋红瑶:《木兰文化新论》,湖北人民出版社 2007 年版。

16. 王会鳌续修:《问津院志》,武汉出版社 2019 年版。

17. 李少武:《问津传说》,武汉出版社 2014 年版。

18. 杨大元:《大禹治水传奇》,宁波出版社 2016 年版。

19. 武汉市汉阳区地方志办公室:《千古文赋品汉阳》,湖北人民出版社 2014 年版。

20. 王新民、罗来启:《江夏民间故事集》,长江文艺出版社 1998 年版。

21. 涂明星:《龙泉山历史文化资源及其开发价值》,武汉大学出版社 2017 年版。

22. 王平生:《东西湖史话》,武汉出版社 2004 年版。

23. 陈丽芳、刘桂英:《武汉东湖故事》,长江文艺出版社 2015 年版。

24. 武汉市硚口区政协文史委、武汉市硚口区汉正街办事处、武汉市硚口区档案局:《武汉有个汉正街》,武汉出版社 2016 年版。

25. 吴方法:《武汉市黄陂区"二程"文化研究会成立大会资料汇编》,中国文联出版社 2005 年版。

26. 彭翔华:《武汉歌谣故事》,长江出版社 2015 年版。

27. 刘守华、陈建宪:《江城记忆 武汉故事传说选》,华中师范大学出版社 2010 年版。

28. 王志武:《武汉市非物质文化遗产大观》,武汉出版社 2014 年版。

29. 武汉市政协文史学习委员会:《品读武汉非物质文化遗产》,武汉出版社 2014 年版。

30. 刘守华、陈建宪:《民间文学教程》,华中师范大学出版社 2009 年版。

31. [明]朱衣纂:《嘉靖汉阳府志》,上海古籍书店根据宁波天一阁藏书刻本影印 1963 年版。

32. [唐]李吉甫撰,贺次君点校:《元和郡县图志》,中华书局 1983 年版。

33. 李剑国:《唐前志怪小说辑释》,上海古籍出版社 1986 年版。

34. [宋]乐史:《太平寰宇记》影印本,中华书局 1999 年版。

35. 万建中:《民间文学引论》,北京大学出版社 2006 年版。

36. 林继富:《民间叙事传统与民间故事传承》,中国社会科学出版社 2007 年版。

37. 王文章:《非物质文化遗产概论》,文化艺术出版社 2006 年。

38. 戴伦·J.蒂莫西、斯蒂芬·W.博伊德著,程尽能译:《遗产旅游》,旅游教育出版社 2007 年版。

39. 陈安泽:《旅游地学大辞典》,科学出版社 2013 年版。

40. 李光斗:《故事营销》,机械工业出版社 2019 年版。

41. 周尚意:《文化与地方建设》,科学出版社 2000 年版。

42. 祁连休、肖莉:《中国传说故事大辞典》,中国文联出版社 1992 年版。

43. 曹林娣:《中国园林文化》,中国建筑工业出版社 2005 年版。

44. 黄永林:《钱六姐与贱三爷》,华中师范大学出版社 1986 年版。

45. 黄永林:《湖北文化与文化产业发展研究》,湖北人民出版社 2016 年版。

46. 刘玉堂:《楚脉千秋》,华中师范大学出版社 2020 年版。

47. 王汉清:《神奇的木兰山》,中国文联出版社 2006 年版。

48. 王汉清:《神奇的木兰湖》,中国文联出版社 2006 年版。

49. 王汉清:《神奇的木兰天池》,中国文联出版社 2006 年版。

50. 汤普森著,郑海等译:《世界民间故事分类学》,上海文艺出版社 1991 年版。

二、期刊、论文集类

1. 刘守华:《黄鹤楼传说的"神仙"情结》,《中南民族大学学报》2013 年第 5 期。

2. 余日季、唐存琛、胡书山:《基于 AR 技术的非物质文化遗产资源产业化开发研究——以黄鹤楼传说为例》,《湖北社会科学》2014 年第 4 期。

3. 梅莉:《军事哨楼 游宴场所 城市地标——黄鹤楼历史文化意蕴探寻》,《华中师范大学学报》(人文社会科学版)2014 年第 6 期。

4. 梅莉:《黄鹤楼与道教关系之历史研究》,《宗教学研究》2016 年第 4 期。

5. 韩德柳:《传说中的黄鹤楼》,《武汉文史资料》2003 年第 12 期。

6. 董冲:《楼以文传 文以人传——黄鹤楼文化 IP 的探索之旅》,《文化月刊》2019 年第 7 期。

7. 张薇、张晓燕:《黄鹤楼景区旅游吸引力提升研究》,《武汉大学学报》(哲学社会科学版)2011 年第 1 期。

8. 刘守华:《伯牙、子期传说的文化解读》,《江汉学术》2013 年第 1 期。

9. 王源:《知音传说的历史源流与文化形态》,《华中学术》2013 年第 1 期。

10. 项红:《论伯牙子期传说的"知音"文化内涵演变》,《湖北广播电视大学学报》2007 年第 10 期。

11. 张静:《道教与黄陂木兰传说》,《文化遗产》2014 年第 5 期。

12. 张静:《人、神和偶像——不同讲述群体中的木兰及其传说》,《民族文学研究》2014 年第 2 期。

13. 张静:《回归民间:黄陂木兰传说的保护路径——以民俗学为视角的研究反思》,《华中学术》2013 年第 1 期。

14. 朱婧薇:《媒介变迁与民间叙事的现代传承——以木兰传说为例》,《文化遗产》2019 年第 1 期。

15. 徐金龙、黄永林:《论美国动漫〈Mulan〉对中国木兰传说的创造性转化》,《思想战线》2012 年第 1 期。

16. 黄永林、谈国新:《中国非物质文化遗产数字化保护与开发研究》,《华中师范大学学报》(人文社会科学版)2012 年第 2 期。

17. 周安平、龙冠中:《我国非物质文化遗产传承人的认定探究》,《知识产权》2010 年第 5 期。

18. 包文婷:《湖南省非物质文化遗产代表性传承人群体特征分析》,《美与时代》2018 年第 7 期。

19. 罗斯玛丽·列维·朱姆沃尔特著,尹虎彬译:《口头传承研究方法纵谈》,《民族文学研究》2000 年增刊。

20. 陈勤建:《孕育现代化和活态遗产和谐共荣的生活世界——以上海为例的城市时代非物质文化遗产保护与传播的思考》,《文化遗产》2010 年第 4 期。

21. 陈泳超:《作为地方话语的民间传说》,《北京大学学报》(哲学社会科学版)2013 年第 4 期。

22. 万建中:《非物质文化遗产与"物质"的关系——以民间传说为例》,《北京师范大学学报》(社会科学版)2006 年第 6 期。

23. 陈雅:《地方文化符号系统的建构与创新》,《青海社会科学》2008 年第 3 期。

24. 范周:《文旅融合的理论与实践》,《学术前沿》2019 年第 6 期。

25. 刘治彦:《文旅融合发展:理论、实践与未来方向》,《学术前沿》2019 年第 8 期。

26. 杨利慧:《遗产旅游与民间文学类非物质文化遗产保护的"一二三模式"——从中德美三国的个案谈起》,《民间文化论坛》2014 年第 1 期。

27. 张静:《从文本学角度看非遗申报书的问题与价值——以黄陂木兰传说为例》,《长江大学学报》(社会科学版)2020 年第 5 期。

28. 孙正国:《激活认同:神话资源现代转化的关键路径》,《长江大学学报》(社会科学版)2019 年第 1 期。

29. 厉新建、张凌云、崔莉:《全域旅游:建设世界一流旅游目的地的理念创新——以北京为例》,《人文地理》2013 年第 3 期。

30. 熊剑峰、明庆忠、王峰:《深度旅游:内涵·缘起·启示》,《旅游研究》2014 年第 4 期。

31.《关于加快推动文化创意产业西进的实施意见(节选)》,《杭州科技》2013 年第 2 期。

32. 陈建宪:《文化创新与母题重构——论非物质文化遗产在现代社会的功能整合》,《民间文化论坛》2006 年第 4 期。

33. 陈建宪：《论比较神话学的“母题”概念》，《华中师范大学学报》（人文社会科学版）2000 年第 1 期。

34. 蒋依娴、王秉安：《传说文化创意与乡村社区营造模式探析——以台湾妖怪村为例》，《福州大学学报》（哲学社会科学版）2015 年第 2 期。

35. 黄永林：《推动数字化产业高质量发展》，《中国社会科学报》2021 年 2 月 9 日。

36. 黄永林、余欢：《5G 技术助推文化产业创新发展》，《理论月刊》2020 年第 4 期。

37. 姜华：《文化资本、“传播圈”与“托尔金神话”的诞生》，《现代出版》2018 年第 6 期。

38. 康澄：《文化符号学的空间阐释——尤里·洛特曼的符号圈理论研究》，《外国文学评论》2006 年第 2 期。

39. 陈雅：《地方文化符号系统的建构与创新》，《青海社会科学》2008 年第 3 期。

40. 阿斯儒：《邮票图像叙事中的蒙古族传说故事》，《内蒙古民族大学学报》（社会科学版）2020 年第 4 期。

41. 张蕖：《品牌如何擦亮非遗这盏灯》，《国际品牌观察》2021 年第 7 期。

42. 顾希佳：《传说群：梁祝故事的传说学思考》，《民俗研究》2003 年第 2 期。

43. 张静：《传说的语言结构分析——以黄陂木兰传说为例》，《华中学术》2017 年第 1 期。

44. 张静：《口头·文本·舞台：黄陂木兰传说的当代文艺创作与跨媒介传播研究》，《歌海》2020 年第 6 期。

45. 冯璐娟、江煌、朱林飞：《大禹治水在武汉的传说》，《文化月刊》2016 年第 17 期。

46. 孙国江：《大禹治水传说的历史地域化演变》，《天中学刊》2012 年第 4 期。

47. 郑憩、张雪领、栾惠：《国外非物质文化遗产传承发展的经验与启示》，《中国产经》2018 年第 2 期。

48. 许青：《电影中的传统文化 IP 开发研究：基于文化认同的视角》，《汉字文化》2020 年第 12 期。

49. 聂振宁：《一部超级畅销书的“生命工程”——〈哈利·波特〉的整体开发与营销》，《编辑之友》2002 年第 5 期。

50. 傅修延：《论西方叙事传统》，《天津社会科学》2020 年第 1 期。

51. 傅修延:《互文的魅力:四大民间传说新释》,《江西社会科学》2014 年第 2 期。

52. 陈建宪:《非物质文化遗产与创意产业》,《文化遗产》2007 年第 1 期。

53. 徐金龙、姬厚祥:《美国迪士尼对中国木兰传说的跨文化演绎》,《文化遗产》2021 年第 3 期。

54. 徐金龙:《传统文化资源向现代产业资本的创造性转化——论民间文学与汉产动漫的整合创新》,《湖北民族学院学报》2016 年第 3 期。

55. 刘文良、谢佳林:《互联网+文创:走出传统非遗创新性发展的困境》,《扬州大学学报》(人文社科版)2019 年第 3 期。

56. 杜海峰、蔡萌、袁婷婷等:《社群结构研究进展与展望》,《浙江社会科学》2011 年第 2 期。

57. 吴巍、邹佳熹:《文旅融合背景下武汉旅游地人文景观研究》,《安徽建筑》2021 年第 2 期。

58. 郑璠宁、陈方明:《武汉木兰山旅游资源开发研究》,《云南地理环境研究》2011 年第 5 期。

59. 黄锂:《木兰传说的历史渊源及人文价值》(上),《学习月刊》2013 年第 22 期。

60. 黄锂:《木兰传说的历史渊源及人文价值》(下),《学习月刊》2014 年第 2 期。

61. 石美玉、李秀娜、石金莲等:《北京市非物质文化遗产的旅游开发研究》,《2012 年首都旅游产业研究报告》会议论文集。

三、博士、硕士学位论文类

(一) 硕士学位论文

1. 韦娇:《黄鹤楼传说研究》,华中师范大学文学院 2014 年。

2. 李明晨:《黄鹤楼的历史演变与旅游开发》,华中师范大学 2009 年。

3. 李鹏燕:《黄鹤楼传说群的生成及其景观叙事研究》,华中师范大学 2015 年。

4. 张静:《黄陂木兰传说研究》,华中师范大学 2005 年。

5. 梁程:《明清通俗文学中的木兰故事文本研究》,华中师范大学 2015 年。

5. 王源:《伯牙子期传说圈研究:以蔡甸、汉阳地区为中心》,华中师范大学 2013 年。

6. 尹小娇:《知音传说的形成与当代建构》,华中师范大学 2015 年。

7. 汪泽琪:《伯牙子期传说的当代传承研究》,华中师范大学 2018 年。

8. 万文捷:《武汉东湖风景区民间传说资源开发与利用研究》,华中师范大学 2019 年。

8. 王奥:《论大禹治水传说在武汉旅游开发中的应用》,华中师范大学 2017 年。

9. 李任:《武汉非物质文化遗产传承与发展研究》,华中师范大学 2015 年。

10. 胡华导:《法国国际旅游目的地在中国的故事营销策略研究》,广东外语外贸大学 2019 年。

11. 吴剑雄:《视觉传播时代下的武汉城市形象建构》,武汉纺织大学 2020 年。

12. 乔雪颜:《抖音视频对城市形象的传播研究——以武汉城市短视频为例》,华中师范大学 2019 年。

13. 吴田田:《武汉历史文化资源与文化产业的互动研究》,华中师范大学 2018 年。

14. 廖棽瑜:《中美花木兰故事叙事策略比较研究》,华中科技大学 2019 年。

15. 徐祖莺:《沉浸式旅游演艺游客体验研究——以武汉市"知音号"为例》,华中师范大学 2020 年。

16. 骆梦瑶:《伯牙子期传说的视觉形象设计探究》,武汉纺织大学 2020 年。

17. 吴晗:《明清新洲问津书院研究》,华中师范大学 2017 年。

18. 柯维佳:《武汉市文化创意产业与城市更新的互动研究》,华中师范大学 2015 年。

19. 余欣洳:《基于知音文化的古琴台旅游景观设计研究》,华中师范大学 2014 年。

20. 易仁乐:《武汉知音文化旅游开发研究》,华中师范大学 2011 年。

21. 任沁:《武汉人文景观的保护与创新研究》,湖北工业大学 2016 年。

(二) 博士学位论文

1. 余日季:《基于 AR 技术的非物质文化遗产数字化开发研究》,武汉大学 2014 年。

2. 余红艳:《景观生产与景观叙事:以"白蛇传"为中心》,华东师范大学

2015年。

3. 徐金龙:《从资源到资本:民间文学与国产动漫的整合创新研究》,华中师范大学2011年。

4. 任晓飞:《都市生活与文化记忆:近代汉口的公共娱乐空间与大众文化(1912—1949)》,华中师范大学2012年。

5. 刘乃芳:《城市叙事空间理论及其方法研究》,中南大学2012年。

6. 龙迪勇:《空间叙事学》,上海师范大学2008年。

7. 曾羽霞:《荆楚文化与唐代文学研究》,陕西师范大学2015年。

8. 陈少峰:《非物质文化遗产的动漫化传承与传播研究》,山东大学2014年。

9. 罗文荟:《屈辞楚俗研究》,中央民族大学2013年。

10. 邵阳:《国产动画的文化传统重构》,浙江大学2012年。

11. 韩肖:《三国说唱文学研究》,扬州大学2012年。

12. 杨慧子:《非物质文化遗产与文化创意产品设计》,中国艺术研究院2017年。

13. 侯西龙:《非物质文化遗产视频资源语义组织研究》,华中师范大学2018年。

14. 廖嵘:《非物质文化景观旅游规划设计》,同济大学2006年。

15. 杨其元:《旅游城市发展研究》,天津大学2008年。

16. 郑久良:《非遗旅游街区文化空间的生产机理研究——基于空间正义视角的反思》,中国科学技术大学2019年。

17. 涂丹:《全球文化保护视野下的武汉市非物质文化遗产传承保护与开发利用研究》,华中师范大学2017年。

后　记

武汉虽不是我的祖籍，也不是我的出生地，但是我对武汉的感情却并不逊于那些生于斯、长于斯的本地朋友。早在20世纪80年代上大学时，我就被武汉的热干面、豆皮和锅贴征服了胃口，为豪气中透着聪慧和幽默的汉腔汉调着迷。回到武汉工作后，闲暇时我总喜欢邀约三五好友一起走街串巷访民情，寻幽探胜赏风景。“车马如梭人如织”的江汉路、“酒香不怕巷子深”的户部巷、“天下江山第一楼”的黄鹤楼、“高山流水觅知音”的古琴台、“山色湖光屈子吟”的东湖畔……一处处旖旎的自然风光和悠久的人文景观，总是让人流连忘返，特别是那些与之相关的民间传说，更是令人浮想联翩，思接千载。本书的写作，既是对武汉传说文化的一次寻踪之旅，也是对自己多年心结的一个交代。

本书是江汉大学武汉研究院开放课题重点项目“武汉地方传说的保护与开发研究”(IWHS2016107)的最终成果。因为课题研究涉及诸多田野调查内容，做起来颇费周章，前前后后大约花了5年时间。本课题研究得到了江汉大学武汉研究院的大力支持，研究过程中人文学院中文专业的多届本科生和部分研究生参与了实地调查和问卷调查工作，他们的调查丰富了研究的第一手资料，这是值得特别提及的。书稿的写作，还参考了大量公开出版的学术论著、学术论文以及与之相关的优秀博士、硕士学位论文和若干内部文献，这些我都在脚注和书后的参考资料中有提及，这些研究成果为我开拓研究思路、提炼学术观点起到了很好的启迪作用。

本书的出版得到了各方面的支持和帮助。江汉大学学科建设办公室和江汉大学人文学院将其列入“江汉大学中国语言文学论丛”。若干阶段性成果在《武汉学研究》杂志发表，使书稿的部分内容得以较早与读者见面。本课题在开题时得到了周建民、王汗吾、闫玲、高文强、黄晓华等诸位专家的不吝赐教，让我的研究和写作少走了许多弯路；在田野调查和案头作业时得到了许多非遗传承人和非遗保护单位的无私帮助，他们为书稿的顺利完成提供了有价值的佐证材料，同时，湖北省非物质文化遗产保护中心闫玲主任也为本课题的田野调查提供了大力帮助。华中师范大学出版社的编辑精心编校书稿，付出了辛勤劳动。我的夫人张桂萍女士承担了主要家务，全力支持我完成本书稿的写作。在此，谨向他们表示衷心的感谢！

由于本人水平有限，书中的不足之处在所难免，敬希广大读者，民间文学专家、工作者和爱好者批评指正。

彭松乔

2021年8月16日于松萍草堂